Os Nove Mentirosos

Tradução
Isadora Prospero

Rio de Janeiro, 2025

Copyright © 2022 by Maureen Johnson. Todos os direitos reservados.
Copyright da tradução © 2024 by Isadora Prospero por Editora Pitaya.
Todos os direitos reservados.

Título original: *Nine Liars*

Todos os direitos desta publicação são reservados à Casa dos Livros Editora LTDA. Nenhuma parte desta obra pode ser apropriada e estocada em sistema de banco de dados ou processo similar, em qualquer forma ou meio, seja eletrônico, de fotocópia, gravação etc., sem a permissão dos detentores do copyright.

COPIDESQUE	Mariana Gomes
REVISÃO	Daniela Georgeto e Natália Mori
MAPAS	Charlotte Tegen
DESIGN DE CAPA	Leo Nickolls e Katie Fitch
ADAPTAÇÃO DE CAPA	Julio Moreira | Equatorium Design
DIAGRAMAÇÃO	Abreu's System

Dados Internacionais de Catalogação na Publicação (CIP)
(Câmara Brasileira do Livro, SP, Brasil)

Johnson, Maureen
    Os nove mentirosos / Maureen Johnson; tradução Isadora Prospero.
– Rio de Janeiro: Pitaya, 2025.

    Título original: Nine liars.
    ISBN 978-65-83175-12-0

    1. Ficção norte-americana I. Título.

24-238406   CDD-813

Índice para catálogo sistemático:
1. Ficção: Literatura norte-americana   813
Bibliotecária responsável: Eliete Marques da Silva – CRB-8/9380

Editora Pitaya é uma marca licenciada à Casa dos Livros Editora Ltda. Todos os direitos reservados à Casa dos Livros Editora LTDA.

Rua da Quitanda, 86, sala 601A – Centro,
Rio de Janeiro/RJ – CEP 20091-005
Tel.: (21) 3175-1030
www.harpercollins.com.br

Para Gillian Pensavalle e Patrick Hinds,
que nunca iriam à mansão da morte
no interior da Inglaterra

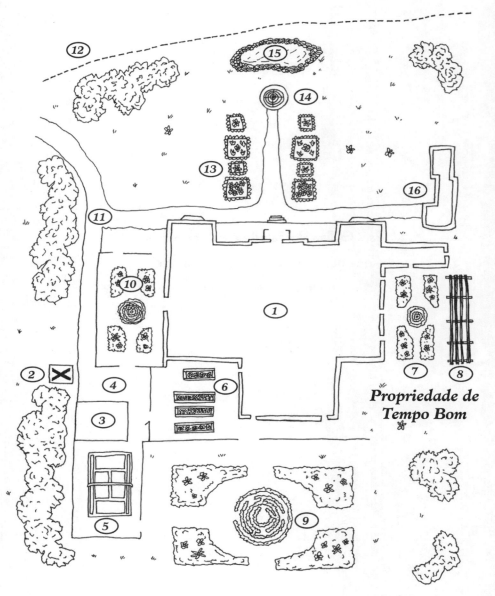

1. Casa
2. Galpão de madeira
3. Garagem
4. Estacionamento
5. Quadra de tênis
6. Jardim da cozinha
7. Jardim ornamental
8. Pérgola
9. Jardins dos fundos com um labirinto circular
10. Jardim ornamental
11. Estrada
12. Ha-ha (fosso)
13. Jardim frontal
14. Templo ornamental
15. Laguinho
16. Estábulos

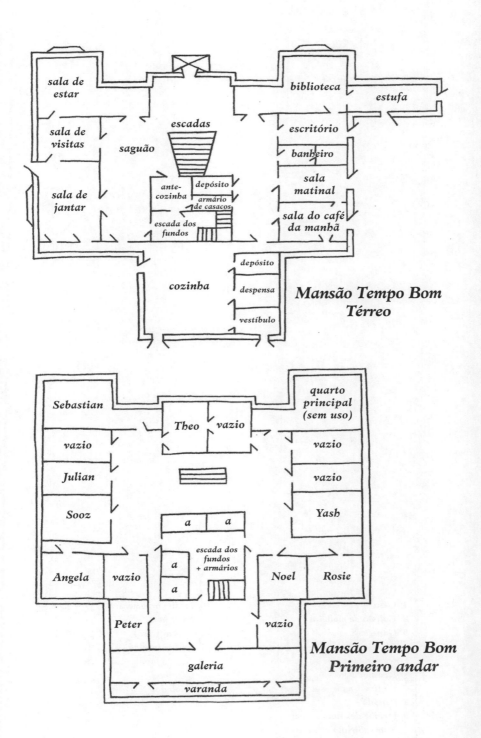

23 de junho, 1995
21h30

— JULIAN É UM BUNDÃO — DISSE SOOZ. — UM GRANDE BUNDÃO, DE MARCA maior.

Sooz Rillington tirava vantagem do lugar no banco da frente do Volvo, esticando o corpo de 1,82m e permitindo que o mundo encarasse seu abdome, que estava claramente exposto por um top esportivo que ela fingia ser uma blusa. Não tinha uma grande plateia no momento, exceto por alguns pardais ou pombos-torcazes nas árvores à margem da estrada, mas, se estivessem interessados em abdomes humanos, estavam com sorte.

Eles saíram atrasados de Cambridge, mas dias de verão ingleses se estendem para sempre. Ainda havia muita luz dourada vertendo-se sobre a estrada no interior de Gloucester, mesmo tão tarde. O céu estava limpo, mas havia uma linha vertical de nuvens cor de chumbo à distância. Choveria em breve.

A Inglaterra era assim. Sempre havia chuva no horizonte.

— Um bundão *Titanic* — continuou Sooz —, que afunda todos que andam nele.

Os comentários eram dirigidos a Rosie Mortimer, que não estava prestando a menor atenção. Ela olhava pela janela aberta do carro, esticando os dedos para roçar gentilmente a cerca viva. O cabelo loiro preso em dois elásticos balançava com a brisa, batendo no rosto de Rosie. Ela não parecia notar nem se importar. Rosie não era do tipo quietinha, então o silêncio distraído abalava a dinâmica usual do grupo.

— A gente sabe — disse Yash.

Yash Varma era tão alto quanto Sooz, mas também tinha sido impecavelmente bem-educado e cedera o banco da frente para ela.

— Por que você ficou com ele por quase dois anos inteiros se ele é tão cretino, Sooz?

— Porque ele também *tem* um bundão de marca maior.

Do banco do motorista, Sebastian Holt-Carey concordou com a cabeça.

— Inegável, em todos os pontos — disse ele. — Nosso Julian é um bundão em todos os sentidos.

Sebastian conferiu o espelho retrovisor para garantir que não tinha perdido o Volkswagen Golf velho e surrado que os seguia. O carro tinha desaparecido de vista por um momento, mas logo reapareceu. Havia cinco pessoas naquele Volvo e mais quatro no Golf, serpenteando entre a cerca viva. Nove no total. Mas não quaisquer nove. Os Nove. Maior do que a soma de suas partes. Sebastian, Theodora, Yash, Peter, Sooz, Angela, Julian, Rosie e Noel.

É preciso apresentá-los. Eles eram:

Sebastian Holt-Carey: futuro sexto visconde Holt-Carey. O dono da mansão. Tinha uma rápida linha de raciocínio e um coração gigante, com gosto pelo glamoroso e pelo gótico e por garotos que gostavam de coisas glamorosas e góticas. Ele deslizara por Cambridge deixando um rastro de vinho tinto, charme e um título. Passou por um triz em química, com a menor nota aceitável, e perdeu o último lugar nas provas, o que o incomodou. Às vezes se podia pensar que ele estava desmaiado ou não prestando atenção, mas aí ele fazia a casa toda gargalhar com um único comentário. Tremendamente bom em interpretar pessoas intensas e aperfeiçoar cenas. Nunca ficava sem palavras.

Rosie Mortimer: uma estudante irlandesa baixinha, com cerca de um metro e meio, mas com a voz e a personalidade de alguém com cinco vezes esse tamanho e uma risada que fazia as paredes balançarem. Uma força imbatível. Um pouco dramática, talvez, mas isso é necessário numa trupe teatral. Sempre disposta a levar as coisas ao extremo. Uma vez, jogou uma xícara de chá num policial.

Sooz Rillington: olhos bem grandes, pernas eternas e a confiança de dez homens medíocres. Uma mente brilhante para Shakespeare e uma imitadora genial. Aquela que, sob a menor provocação, tirava todas as roupas e corria pela rua, rindo. Vá em frente. Dê um motivo a ela.

Noel Butler: alto e magro — todo feito de ângulos e nervos e fumaça de cigarro. Tinha um pendor por roupas vintage dos anos 1970 — não chiques, mas sim aquelas tiradas de brechós de caridade. Óculos grandes. Camisas de colarinho largo. Jaquetas de cotelê. O melhor cara para interpretar gente séria que um grupo de comédia poderia ter.

Peter Elmore: o atleta natural sem nenhum interesse em remar ou correr atrás de uma bola. Esguio, com cabelo loiro-arruivado sempre um centímetro mais longo do que ele gostaria e pálpebras pesadas. Tecnicamente, era um aluno de teoria política moderna; mas, na verdade, era uma base de dados de piadas, pegadinhas e história da comédia. Talvez o mais determinado do grupo a entrar na indústria — e o que tinha mais chances de botar fogo na cozinha tentando fazer torrada.

Yash Varma: o outro nerd de comédia. Obcecado desde a infância por tudo que era engraçado. Sentava-se na frente da TV, transcrevendo programas para estudar os padrões e aprender a escrever o próprio material. A única pessoa do grupo capaz de rivalizar Peter em termos de conhecimento de comédia, que foi o motivo de os dois decidirem fundir o cérebro e formar uma dupla de escrita. O mais romântico do grupo, com um coração que se quebrava fácil.

Julian Reynolds: o bonitão com olhos profundos e longos cílios. Encrenca. Turistas pediam para tirar fotos com ele por nenhum motivo além do fato de ser um aluno de Cambridge ou inglês ou simplesmente estar lá. Um artista irritantemente talentoso. Era o pacote completo — sabia atuar, sabia cantar, sabia tocar violão. Nunca erguia a voz, nunca. Jamais precisava — todos se inclinavam para ouvir o que ele tinha a dizer. Sua cidadezinha no norte do país não era capaz de contê-lo. A maioria dos Nove admitiria a contragosto que muitas vezes ele era o único motivo de as pessoas irem ver os espetáculos.

Angela Gill: a estudante de história de Leeds. Calada, até não ser mais. Chorou de saudade nas primeiras três noites em Cambridge até conhecer Sooz numa festa. Escrevia esquetes de comédia sozinha, muitas vezes com uma gim-tônica numa caneca na mesa e um cigarro pendendo dos lábios. Focada nos detalhes, honesta e a única que usava a máquina de lavar do jeito certo.

Theodora Bailey: sem dúvida, a acadêmica do grupo. Estudante de medicina de Notting Hill, em Londres. Planejava usar o diploma para algo. Cuidava dos outros depois de uma noite longa. A diretora. A que resolvia todos os dilemas. Como uma mulher negra em Cambridge, tinha que lidar com os olhares, os comentários murmurados e os comentários ditos na cara sobre a cor da própria pele. Geralmente grudada em Sebastian.

Os Nove. Partindo para uma aventura final em dois carros, numa estrada de campo, numa noite de junho.

— O problema com Julian... — continuou Sooz.

— Ah, Deus. — Yash cobriu o rosto. — Chega. Falamos sobre Julian sem parar por três anos. Vamos deixar isso pra semana que vem, pode ser?

— Como não vamos falar sobre ele quando ele está bem na nossa cara?

— Ele não está na nossa cara *agora,* nesse carro.

— Eu só quero que Rosie saiba que fez a coisa certa. Você sabe, né, Rose? Eu agi do mesmo jeito quando ele fez isso comigo. Ele vive traindo. É podre. Uma de nós devia ter matado ele há muito tempo.

Rosie manteve o silêncio distraído, o cenho franzido em pensamento.

— Somos amigos, não somos? — perguntou Theo. Ela era a quinta passageira no carro, espremida entre Yash e Rosie. No meio de tudo, como de costume. Sua tentativa de redirecionar a conversa não enganou ninguém, mas foi efetiva.

— Faltam dez minutos, queridos — informou Sebastian.

Sooz aceitou que o tópico tinha sido postergado e enfiou a mão num saco de salgadinhos de queijo e cebola. Descobriu que não sobrara nada além de migalhas e enfiou o pacote vazio no bolso da calça de moletom. Ou da calça de moletom de alguém. Possivelmente de Peter, já que era comprida, e Peter era não só alto, mas uma das poucas pessoas na casa com qualquer roupa esportiva. Na casa deles em Cambridge, as roupas sempre se misturavam na lavanderia e lentamente se tornavam propriedade comunitária. Se você não tirava sua camisa rapidamente do varal, ela era reivindicada por outra pessoa.

— Aqui — disse Sooz, enfiando a mão na bolsa e tirando cinco grandes e pretos estojos de fotos. — Esqueci de mostrar pra você. Peguei elas ontem.

Ela entregou as fotos para os passageiros no banco de trás.

— Ainda está revelando as fotos de graça com aquele cara da Boots? — perguntou Theo.

— É assim que estão chamando, hoje em dia? — disse Sebastian.

Sooz deu um tapa de brincadeira nele, quase o fazendo bater o carro num arbusto.

— Não é culpa minha se ele gosta de mim. E economizei quase vinte libras.

As fotos despertaram Rosie de seu devaneio e ela pegou um dos estojos. Por alguns minutos, as conversas cessaram enquanto os passageiros no banco de trás olhavam as fotos, Sebastian guiava o Volvo enorme pelos caminhos sinuosos e Sooz mexia no rádio. Havia música, havia a canção de pássaros ao pôr do sol, havia provavelmente mais salgadinhos em algum lugar do carro, e tudo estava certo no mundo. Sebastian entrou por uma abertura na cerca viva que quase não era larga o bastante para o carro passar, então seguiu por um caminho de terra esburacado entre as árvores. Eles tinham chegado a um portão de ferro alto, a única interrupção num muro de tijolos coberto de hera.

— Quem vai sair e abrir? — perguntou Sebastian.

— Eu vou — respondeu Yash, abrindo a porta do carro.

— O código é 19387. Puxe um pouco o lado direito na sua direção. É meio emperrado. E segure para os outros, porque fecha depressa.

Yash fez isso, contendo o portão de modo que tanto o Volvo como o Golf pudessem passar. Eles seguiram em frente por uma entrada de carros tranquila sob um arco de árvores que criava um saguão de vegetação abundante, pela qual se infiltravam os finos raios do sol de fim de tarde. Essa era a Inglaterra em seu melhor — o Bosque de Cem Acres, a floresta mágica, a terra verde e agradável de outrora.

— Temos que ir devagar — informou Sebastian. — Chester é meio surdo. Seria um mau começo para a semana se eu atropelasse nosso amado jardineiro enquanto ele estava parado na entrada.

— Poderia virar um bom esquete — disse Yash. — Você atropela o jardineiro, mas aí continua tentando dar uma festa no fim de semana como se nada tivesse acontecido.

— Isso não é um bom esquete — reclamou Theo.

Yash considerou por um momento.

— Não — concordou ele. — Não é. Bom, talvez refinando um pouco a ideia. Me lembra de mencionar a Peter. Ainda temos que escrever um para Edinburgh...

— Vocês *não* vão trabalhar esta semana — declarou Sooz.

— Mas precisamos — respondeu Yash. — Pelo menos um pouquinho. Estamos falando do Fringe Festival, Sooz, não os idiotas de sempre do pub. Peter acha que...

— Eu não ligo para o que Peter acha. Nada. De. Trabalhar. Esta. Semana. Sebastian, faça alguma coisa.

— Se você acha que posso impedir Peter e Yash em sua missão pela glória na comédia — começou Sebastian —, tem mais fé em mim do que mereço.

— Theo?

— Eu sou apenas uma mulher — respondeu Theo. — Não posso fazer milagres.

Eles completaram a última curva da entrada, saindo do bosque. De repente, estavam cercados por muros de hortênsias em tons hipnóticos de azul-ciano e violeta. Ao redor havia pérgulas, caminhos entremeados com glicínias e roseiras com flores cor de pêssego aprumadas. O ar estava repleto do cheiro de lilases que prendiam as gotas de chuva e soltavam perfume no ar.

Tempo Bom estava diante deles. Uma criação extensa de pedra cor de areia, com a fachada reta, o telhado de quatro águas e um pórtico com colunas. Hera e vinhas florescentes esgueiravam-se casa acima, uma cobertura orgânica para suavizar a solidez da construção. Uma varanda de pedra circundava a casa, adornada com urnas e estátuas. Uma estufa de vidro erguia-se do lado mais distante, cheia de árvores em vasos. Na frente, um longo avental verde estendia-se até um lago com um templo grego ornamental. O restante do terreno era costurado em um padrão de jardins com muros de tijolo e caminhos.

— É absurdo para mim que essa seja a sua casa — disse Sooz.

— Bem, eu sou uma pessoa absurda — respondeu Sebastian. — Metade dela está caindo, de qualquer forma. Usamos os empregados menos importantes para sustentar o telhado.

O trajeto terminou na entrada de cascalho, ao lado de uma garagem junto à casa. Rosie pulou do banco e deu alguns passos. Sooz e Sebastian saíram para se alongar e fumar um cigarro, enquanto Theo e Yash começaram a tirar as coisas do carro.

— Rosie está mal — disse Sebastian em voz baixa.

— Está — concordou Sooz, aceitando um cigarro. — E você viu como Yash deu uma cotovelada em Peter para vir com a gente?

— Difícil não ver. Acha que essa vai ser a semana em que um deles vai finalmente tomar uma atitude? É agora ou nunca. Talvez a gente precise agir. Prendê-los juntos no sótão ou algo do tipo.

— Gostei da ideia — disse Sooz, vendo Yash quase cair enquanto tentava carregar a mala mais pesada, embora Theo fosse mais do que capaz disso. — Pena que você não tem uma masmorra.

— A masmorra é para meu uso privado, querida. Mas talvez eu possa abrir uma exceção por uma boa causa.

— Se Yash estivesse ocupado transando, não iria trabalhar.

— Não aposte nisso — falou Sebastian. — Enfim, Peter continuaria mesmo assim. Nosso rapaz ambicioso não pode ser contido. Ele ficaria sentado na porta do quarto com um caderno e escreveria qualquer comentário sexual desajeitado que Yash fizesse.

— Ah, Deus. Isso poderia mesmo acontecer. Eles transformariam num esquete.

— Vocês dois pretendem ajudar em algum momento? — reclamou Yash enquanto tirava a mala de Sooz do carro.

— Não — Sooz e Sebastian responderam juntos.

— Só checando — disse Yash, com um aceno de cabeça.

O Golf entrou devagar e estacionou. Outras quatro pessoas saíram dele, muito mais esmagadas e amassadas do que os passageiros do confortável Volvo. Peter, que viera no banco do passageiro com um mapa, para o caso de o grupo se perder, saiu tamborilando um ritmo alegre no teto do carro. Noel, o motorista, se desdobrou do assento. Enfiou mais um cigarro, de uma série infinita, entre os lábios, acendeu-o e esticou os braços acima da cabeça.

— Inferno — disse ele. Sem elaborar. O comentário poderia ter sido sobre o trajeto, a mansão e os jardins que se estendiam ao redor deles, ou a vida em geral.

Angela e Julian tiveram que ser libertados do banco de trás, onde viajaram abarrotados com as malas e outras bolsas variadas. Angela saiu rastejando do espaço, apertando sua bolsa, com as roupas suadas e amassadas. Julian emergiu do outro lado, parecendo igualmente quente e coberto de suor, mas o suor caía bem nele, e o calor tornava seu andar mais relaxado. A natureza lhe presenteara com olhos azuis como uma piscina, um pequeno espaço entre os dentes da frente que dava a cada sorriso uma vibe comovente e despretensiosa, e uma simetria geral em toda a feição que tocava profunda e agradavelmente a todos que o fitavam. Nenhum período de tempo esmagado no banco de trás de um Volkswagen embaixo de uma pilha de malas estragaria a aparência dele.

— Chegamos rápido — comentou Julian. — Não demorou tanto.

Angela, que tinha caído no cascalho da entrada e abanava a camisa para arejar o peito, grunhiu em resposta.

— Foto! — disse Sooz. — Foto, agora! Vamos tirar aqui.

Houve vários protestos do grupo, mas Sooz os dispensou com um aceno.

— Quero fotos desta semana toda. Cada momento. Essa é a nossa foto de chegada. Vamos. Todos aqui.

Ela gesticulou para os amigos se juntarem às margens da entrada de cascalho, junto a uma construção simples.

— Na frente do galpão de madeira? — questionou Sebastian. — Muito pitoresco.

— Eu posso colocar a câmera no carro se tirarmos aqui. Rápido, antes que a gente perca toda a luz!

Enquanto os outros entravam em posição, Sooz posicionou a câmera no teto do carro e apertou o timer, então correu para entrar na foto. Depois de tirá-la, eles arrastaram as malas através do portão até o jardim da cozinha, pela passagem externa construída para que os criados carregassem lenha, carvão e suprimentos sem perturbar a tranquilidade do jardim dos fundos. Grandes propriedades são como o Disney World — projetados para parecer que funcionam sem esforço, com o trabalho acontecendo atrás de um pouco de decoração. Quando chegaram à porta dos fundos, Sebastian a destrancou, levando-os a um vestíbulo espaçoso cheio de galochas e capas de chuva.

— Quartos, depois a brincadeira! — gritou Sebastian.

Yash largou as malas primeiro e saiu correndo. A corrida pelos quartos estava declarada. Angela, Peter, Julian, Sooz e Theo dispararam pela cozinha e o labirinto de pequenos cômodos no fundo da casa. Alguns subiram a escada de trás, enquanto outros seguiram para o salão principal. Dali, subiram depressa a escadaria grande, ignorando os olhares dos Holt-Carey do passado, que os encaravam de pinturas na parede. Tempo Bom tinha dezesseis quartos — alguns tinham camas de dossel, e outros o próprio banheiro. Todos eram ótimos, à própria maneira, mas tudo era um jogo e uma competição, então eles deslizaram pelos corredores, escorregando na madeira altamente polida e empurrando-se de brincadeira para reivindicar quartos que talvez nem quisessem.

Sebastian não correu; a casa era dele e seu quarto era fixo. Depois de deixar as coisas no vestíbulo e alongar-se por um momento, ele foi à cozinha, tirou a garrafa de champanhe que ficava sempre na geladeira e a abriu. Serviu o conteúdo num copo de cerveja e olhou pela janela, sobre a pia. Tinha uma vista para o jardim da cozinha, ocupado por arbustos de menta desgrenhados, borragem azul e morangueiros cheios de frutas vermelho-forte. Havia mais uma coisa no jardim, junto das plantas abundantes e suas molduras frias. Próximos ao muro, Rosie e Noel estavam conversando. Ainda não tinham entrado e estavam apertados coladinhos, o alto Noel inclinando-se para levar o ouvido aos lábios de Rosie. Se curvava tanto que ficava empurrando os óculos enormes para cima do nariz. O que quer que estivessem discutindo, era muito privado, e Rosie de vez em quando virava para olhar as janelas acima.

Esse é um desenvolvimento interessante, pensou Sebastian. *Algo a ser acompanhado.*

Ele ouviu algo grande cair no andar de cima. Não houve uma cacofonia de objetos despencando, então não era um armário. Um aparador, então, talvez o de mogno com incrustações de mármore. Era sólido. Ia sobreviver.

Além disso, pensou ele bebericando contente o champanhe, *é inevitável que algumas coisas quebrem nesse fim de semana. Não há escapatória.*

I

Cara srta. Bell,

Estive lendo sobre seu sucesso recente em resolver casos arquivados, como aqueles no Instituto Ellingham e no Acampamento Pinhas Solares. Tem alguma coisa acontecendo em minha cidade e preciso de sua ajuda para descobrir a verdade. Meu vizinho está matando pessoas em uma secadora industrial e enterrando os restos mortais em nosso jardim comunitário. Tentei escavar o jardim eu mesma, mas não me permitem entrar devido a uma questão jurídica, e é algo muito difícil de fazer com uma pá pequena. A senhorita não poderia vir aqui me ajudar a...

STEVIE BELL PAROU DE LER.

Era uma noite silenciosa de outubro na casa Minerva. À mesa de fazenda, na sala comunal aconchegante, ela estava sentada com os amigos. Janelle Franklin e Vi Harper-Tomo sentavam-se lado a lado, trabalhando nos laptops.

— Você terminou sua redação para Stanford, certo? — perguntou Janelle a Vi.

— Quase — respondeu Vi.

— Vai usar a mesma para a Tufts?

Vi ergueu os olhos. Elu tinha comprado um novo par de óculos brancos no verão, cortado o cabelo curto e o descolorido quase até a mesma cor dos óculos, com um azul que desbotava atrás da cabeça. Usava um suéter enorme, azul e cinza claro, que combinava mais ou menos com o cabelo. Janelle tinha adotado a paleta de outono, com um suéter laranja e uma capulana kente vibrante na cabeça, com dourado, vermelho e verde.

— Não — disse Vi. — Estou escrevendo um em japonês para a Tufts, e não acabei esse também.

— Me avise quando terminar para eu poder inserir na planilha.

Janelle e Vi se tornaram um casal desde o momento em que se conheceram no começo do ano anterior. Tinham decidido que não queriam ir à mesma faculdade, provavelmente, mas queriam ir a faculdades próximas. Usando termos de crimes reais, tinham feito um perfil geográfico do suspeito desconhecido — resolvendo exatamente o que queriam das escolas e investigando as regiões e os programas. Toda noite, Janelle atualizava a planilha pela qual acompanhava em que etapa estavam do processo de inscrição mútuo.

Ao lado, Nate Fisher também digitava furiosamente, no rosto uma careta de concentração. Nate era um dos amigos mais próximos de Stevie — esguio, pálido de um jeito que os vitorianos teriam classificado como tuberculoso, usando camisetas que nunca eram descoladas e calças do tamanho errado que escondiam um corpo atlético. Uma franja do cabelo castanho encobria parcialmente os olhos dele enquanto Nate se curvava sobre o computador. Em geral, era o companheiro ideal para evitar coisas, mas naquela noite a tinha decepcionado. Seus dedos não tinham parado de se mover desde que chegaram.

Stevie devia estar trabalhando. Ela tinha seis artigos para ler naquela noite, para a aula de História Política Estadunidense Moderna. Quando a matéria tinha apenas cinco alunos, era impossível não fazer as leituras. Dava para ficar repetindo as mesmas generalizações sobre a mídia só por um certo tempo até o professor erguer uma sobrancelha experiente e colocar o cone da vergonha imaginário na sua cabeça.

Ela olhou para o artigo na tela: "Definindo o viés: como interpretamos o que lemos".

O som da digitação de Nate ecoava nos ouvidos de Stevie. Ele estava com fones de ouvido e seus dedos voavam no teclado. Ela nunca o vira trabalhar com tanto afinco. Nate era escritor — tinha entrado em Ellingham graças a um romance que escrevera e publicara no início da adolescência. Desde então, vinha fugindo de prazos e do conceito da escrita em geral como se fosse um urso furioso numa bicicleta elétrica. Onde tinha encontrado tanto *foco*?

Talvez no fato de ser outubro. Último ano. Como ela tinha chegado lá? Bem, o tempo faz isso. O relógio tiquetaqueia sem parar.

O tempo estava tiquetaqueando naquele momento. Ela tinha que ler. Aquele era o menor dos seis artigos. Sabia disso porque, ao longo da hora anterior, tinha rolado todos os seis até o final, vendo quão longos eram e escolhendo qual ler primeiro. Também ia à pequena cozinha na lateral da sala comunal e pegava um pouco de água, ou um chocolate quente, ou ia ao banheiro, ou ia até o quarto pegar um moletom, ou ia até o quarto pegar os chinelos, ou apenas encarava a cabeça de alce com luzinhas de Natal que ficava acima da lareira.

No restante do tempo ela olhava o celular, que era como encontrara aquela nova mensagem sobre a pá e a secadora industrial.

Hora de trabalhar. Certo. Ela ia mesmo. Ia ler. Seus olhos turvos desceram pelo primeiro parágrafo...

Ela cutucou Nate com o pé por baixo da mesa.

— Que foi? — perguntou Nate, tirando os fones.

— Quer dar uma volta? — acrescentou Stevie. — Ir ao refeitório e pegar um bolo?

Nate olhou para a tela, olhou de volta para a amiga e suspirou.

— Tudo bem — disse. — Mas só porque eu amo bolo.

Stevie relaxou de alívio quando ele concordou. Tinha chegado perigosamente perto de ler quase três frases inteiras.

As noites de outono em Vermont eram frias. O ar era cortante de um jeito que fazia a pessoa despertar. Tudo parecia crocante — folhas, vidro fosco, caminhos de cascalho frios. Quando se pisava num graveto, soava como uma bombinha explodindo sob o pé, e toda pilha de detritos orgânicos farfalhava com alguma forma de vida. A lua naquela noite estava cheia e enorme — um gigante olho amarelo suspenso acima deles, lançando seu olhar para o topo da montanha.

— Recebeu alguma mensagem nova hoje? — perguntou Nate.

— Visões. Secadora industrial. Jardim comunitário.

— Faz um tempo que não te mandam uma visão.

— Até que é uma mudança legal dos casos dos vizinhos com um barco e um cooler gigante — comentou Stevie. — Muitas pessoas compram barcos e coolers. E só, tipo, metade delas são serial killers.

— Quantas dessas mensagens você anda recebendo?

— Só algumas esta semana — disse ela. — Talvez dez.

— Ainda assim, é muita gente querendo que você resolva seus problemas esquisitos.

— Eles não querem que eu resolva nada — respondeu Stevie. — Querem me contar sobre algo que viram. E todo mundo vê coisas. Não tem nada para *eu fazer*. Só estou... inquieta.

— Percebi. Você fica assim quando não tem nada para investigar. É bem ruim. Quando escurece e você já falou com David, você basicamente vira um zumbi. Que é o motivo de eu estar caminhando com você agora: te impedir de comer as ovelhas.

— Não vou comer uma ovelha — respondeu Stevie. — Mas quem sabe uma coruja.

— Ossos crocantes, ossos de coruja. Carne deliciosa de coruja.

— Ou um alce. Se um dia eu vir um.

Eles chegaram ao gramado central na frente do casarão — o coração administrativo da escola. O gramado tinha um formato oval largo e perfeito na frente do prédio, com uma fonte de mármore, uma estátua do deus Netuno no topo e uma cúpula na parte de baixo. Normalmente, não havia nada além de espaço aberto no meio, mas uma das alunas novas, uma garota chamada improvavelmente de Valve, que crescera numa fazenda tipo santuário e usava pelo menos sete cristais a todo momento, tinha trazido três ovelhas para a escola. Elas perambulavam sob o luar, principalmente perto da pequena estrutura de madeira que fora construída para elas.

Ovelhas livres seriam uma visão estranha na maioria das escolas, mas aquela não era a maioria das escolas. Era o Instituto Ellingham.

Ellingham ficava nas montanhas de Vermont. Era lendária, sua reputação banhada a ouro, sua ilustre legião de formandos. Sua história era longa, mas podia ser resumida assim: um cara rico e famoso, Albert Ellingham, escalou uma montanha nos loucos anos 1920, ficou atordoado devido à falta de oxigênio e decidiu construir a própria escola dos sonhos — um lugar onde o aprendizado era um jogo. Ele até decidiu construir para si uma mansão enorme no meio dessa escola, assim poderia participar de todo o processo. Dinamitou a face da montanha e esvaziou a carteira sem fundo, construindo o campus mais elaborado e fantasioso possível. Yale e Princeton morderiam os dedos cobertos de hera de inveja dos tijolos vermelhos e dourados, dos caminhos ladeados de árvores, das esculturas, das passagens estreitas e sinuosas e dos pináculos góticos.

Albert Ellingham declarara que sua escola não teria critérios de admissão; os alunos se inscreveriam do jeito que pensavam ser o certo e expressariam sua paixão. Se a escola selecionasse você, a experiência era grátis por dois anos, que era a duração do programa. A escola criaria experiências de aprendizado individuais para cada aluno. Somente cinquenta eram aceitos todo ano. Era competitivo. Era igualitário. Era inovador. Era perfeito de todas as formas, exceto pelos assassinatos.

Assassinatos. Plural.

Alguns ocorreram em 1936, quando a esposa e a filha de Ellingham foram sequestradas e um aluno foi morto. O caso se transformou num dos grandes crimes do século XX. Stevie tinha entrado em Ellingham com o propósito declarado de resolver o caso. Os outros assassinatos eram mais recentes — ocorridos apenas um ano antes. O ano anterior no instituto tinha sido, como dissera a administração, "um período de desafios". Era um jeito educado de dizer "tivemos uma pequena série de assassinatos e uma evacuação em massa". (Isso explicava por que todos da turma nova pareciam um pouco nervosos ou empolgados. Estavam *tensos*.)

Stevie completou a experiência trabalhando em outro caso arquivado nas férias de verão, em Massachusetts e datado dos anos 1970. Isso devia ter lhe garantido uma dispensa de ler algo como "Definindo o viés: como interpretamos o que lemos". Mas não era assim que o mundo funcionava, porque o mundo não se importava com o que ela fizera no ano anterior, ou no mês anterior, ou mesmo no começo da noite, quando corajosamente tentara ler três frases. Se o mundo estiver se sentindo supercaridoso, pode até dar uma olhada rápida no que alguém está fazendo em dado momento. O que importa é o que a pessoa vai fazer em seguida. E o ensino médio não era nada além da próxima caixinha a ser ticada.

— Você odeia quando Vi e Janelle trabalham naquela planilha — disse Nate. — Surta toda vez.

Era verdade. Era outubro do último ano do ensino médio, e o plano de faculdade inteiro de Stevie consistia em sete fotos salvas no Instagram, três janelas que ela nunca fechava no laptop, e uma página de ciência que continha grandes sacadas, tais como "ciência?" e "onde fica?".

Porque a faculdade significava escolher um curso. Significava saber quem você era e aonde queria chegar na vida. Significava descobrir quão inteligente você era *de verdade,* e seria tão inteligente quanto todos os outros na faculdade imaginária? Você deveria ir a algum lugar onde seria a mais inteligente? Deveria ir a algum lugar pequeno ou a uma universidade enorme que ocupava uma cidade inteira? A faculdade também significava dinheiro, e dinheiro era uma coisa confusa. Ela tinha um pouco, o suficiente para pequenas coisas, e talvez um semestre de algum curso, se usasse tudo de uma vez. O restante teria que vir de outro lugar. Empréstimos. Bolsas. Os pais dela não tinham, isso era certeza. O único motivo pelo qual ela pôde estudar em Ellingham era o fato de ser gratuito.

Então, para contrapor-se ao comentário totalmente justificado de Nate, ela respondeu com uma pergunta.

— Você nunca mencionou onde vai se inscrever — disse. — O que vem fazendo dessas coisas de faculdade?

— Estou trabalhando nisso — respondeu ele. — Preenchi algumas inscrições.

— Para onde?

— Lugares diferentes. Ainda estou pensando. Mas você tem que começar, e eu sei que nem procurou nada ainda. Não pode evitar isso para sempre.

— Você é o que, a polícia da faculdade? — questionou ela.

— Só estou dizendo — continuou ele —, você tem estado genuinamente distraída, e o prazo dessas merdas está chegando. Você tem que escolher alguns lugares. Qualquer um. Comece a preencher inscrições. Tem alunos do primeiro ano com algumas dessas coisas prontas. Até *David* já fez.

Ele tinha invocado o namorado distante de Stevie pela segunda vez. Era uma alfinetada direta.

— Você estava escrevendo bastante — falou Stevie.

— É, estava.

Esse *é* confiante foi tanto direto quanto evasivo, atraindo o interesse de Stevie.

— É mesmo?

— É — respondeu ele. — Estou. Estou escrevendo. Eu escrevo.

— Não escreve, não — disse Stevie. — Quer dizer, escreve, mas na maior parte do tempo, não. Está trabalhando no segundo livro? Está... indo bem?

— Ótimo — respondeu ele, como se não fosse importante. — Mas não vamos falar sobre meu livro.

— Meio que já estamos falando.

— Stevie — repreendeu Nate. — Você está virando aquela pessoa. A pessoa que namora à distância. Quer ser uma *namorada*?

Era um convite à briga.

— Trabalhe num desses casos idiotas — continuou ele. — Por que não investiga essa história da secadora e do jardim? Só faça *alguma coisa*.

Stevie não tinha defesa. Eles decidiram mutuamente parar de conversar e foram ao refeitório em silêncio, encheram os potes reutilizáveis disponibilizados pela instituição com bolo e outros alimentos, e saíram de novo sob a grande lua amarela.

Nate tinha razão. Tudo de que ela precisava, na verdade, era um pequeno assassinato. Não um grande. Só uma coisinha, para acalmá-la um pouco. Não um vizinho com uma secadora e uma pá. Um assassinato de verdade. Tantos assassinatos aconteciam por aí. Com certeza tinha algum esperando por ela.

23 de junho, 1995
22h30

No Quarto Lilás (sem cama com dossel, mas com um banheiro privado que incluía uma banheira com pé de garra e rosas trepadeiras ao redor da janela), Angela Gill tirou as coisas da mala — e eram de fato *suas* coisas. Ao contrário dos outros Nove, ela sempre tomava cuidado para não pegar roupas que não fossem dela, ou, se o fizesse, para devolvê-las lavadas e dobradas. Deixou o livro que estava lendo sobre a mesa de cabeceira. Só porque tinha se formado não significava que havia menos a fazer. Ela estava prestes a começar a trabalhar no Museu Victoria and Albert, e precisava se tornar uma especialista em tecidos e roupas da era Tudor o mais rápido possível.

Em algum ponto do corredor, alguém estava ouvindo música alta — Blur. Provavelmente Noel. A resposta veio de imediato de outro quarto, mais alto ainda. Era Sooz, revidando com Oasis. Havia um debate constante na casa deles sobre qual banda era melhor. A batalha tinha sido trazida para Tempo Bom, transformando a mansão numa bolha do Britpop.

Angela abriu a janela, colocando o rosto para fora para cheirar o ar fresco do campo e as flores do jardim. A vista não era tão grandiosa quanto a de alguns outros quartos — a janela dava para o jardim murado da cozinha —, mas era bem agradável e o ar estava doce. As nuvens os tinham alcançado, e os primeiros rumores de uma tempestade de verão balançavam o céu.

Era o fim. Era o fim, de verdade. A última semana juntos. Os amigos. Como ela viveria sem eles? O restante do mundo seria tão solitário.

A Universidade de Cambridge era composta por uma coleção de faculdades sob o guarda-chuva de uma universidade, e os Nove vinham de departamentos diferentes e campos de estudo variados. Nunca teriam se conhecido se não fosse por um amor compartilhado por teatro e uma série de audições nas primeiras semanas de aula. Tiveram níveis de sucesso diversos nessas audições, mas reconheceram algo uns nos outros imediatamente. Amizades em grupo são um resultado do momento certo — a química da estação, atividades, emoções e ocorrências aleatórias. Eles se reuniram em uma série de noites longas no pub, em espaços de ensaio, cafés e quartos. Foi Yash quem propôs que formassem um grupo de esquetes de comédia; Theo manteve o assunto em pauta e levou a ideia adiante. No final do primeiro trimestre, a decisão tinha sido tomada e os membros, solidificados.

Eles passaram por uma série de nomes naquelas primeiras semanas: Vovó Perigo, Cesta de Ratos, Matadores de Torradas, Nada de Diversão Antes de Dormir... esses tipos de nomes eram populares para grupos de comédia estudantis — algum tipo de frase esquisita. Pouco antes do primeiro espetáculo, chegou a hora de tomar uma decisão, o que significava uma ida ao pub, muitos sacos de salgadinho e horas de discussão. Na última rodada, Rosie estava sóbria o suficiente para contar e descobriu que havia nove deles.

— Devíamos ser os Nove... — disse, claramente farta do debate inacabável.

— Os Nove o quê? — perguntou Yash.

— Só... — Rosie observou o copo de cerveja vazio. — Os Nove. Só isso. É diferente de todos esses outros nomes. É simples. *Monolítico*. Como Blur ou Pulp ou Suede.

Era tarde, estavam todos meio bêbados e precisavam de algo para o panfleto na manhã seguinte. Então ficou Os Nove.

Desse ponto em diante, nunca se via um dos Nove sem pelo menos mais um dos outros. No verão antes do último ano deles, Angela encontrou a casa perfeita — uma casa de estudantes para alugar com nove quartos minúsculos, três banheiros com encanamento questionável, uma cozinha com apenas duas bocas funcionais no fogão e uma sala com marcas de um incêndio recente. Era longe da cidade, então ir às aulas exigia longos trajetos de bicicleta ou talvez pegar carona num dos dois carros dos membros do grupo.

Mas cabiam nove pessoas dentro dela — mesmo que ficasse apertado e parecesse haver uma pequena, mas não impossível, chance de a estrutura toda arder em chamas. O melhor de tudo: tinha um jardim murado enlameado nos fundos que levava ao rio. O lugar se tornou ponto cativo nas festas que davam na casa, e a mesa de piquenique capenga e meio apodrecida servia como superfície para refeições quando havia sol (e muitas vezes quando não havia). Sooz pendurou umas luzinhas do lado de fora e guirlandas de flores de tecido para alguma festa e nunca as tirou — idem para as duas tendas de acampar molengas que Peter comprou para um festival. Era o reino dos Nove — e tudo acabaria. Quando a semana chegasse ao fim, tudo estaria terminado, então a festa tinha que continuar o mais intensamente e por mais tempo possível.

Houve uma batida na porta e Peter apareceu com seu sorriso sonolento.

— Perdi meu isqueiro no carro — disse ele. — Posso usar o seu?

Todos os Nove fumavam, exceto Theo e Yash. Angela planejava parar depois daquela semana.

— Está na minha bolsa, a azul, na cama.

Peter foi até a bolsa e pescou o isqueiro. Pôs o cigarro entre os lábios e se juntou a ela na janela grande.

— Alguma chance de você querer nos ajudar a ensaiar umas cenas esta semana? — perguntou ele, acendendo o cigarro.

— Era para a gente relaxar — apontou Angela. — Isto é uma festa, lembra?

— Claro, mas teremos tempo.

Peter sempre tinha os olhos no futuro. Apenas ele e Yash planejavam seguir carreira na comédia, que não era conhecida por ser uma profissão das mais estáveis. Mas ela nunca duvidara de que eles conseguiriam. Eram escritores fantásticos e jamais paravam de trabalhar. Ela também era escritora, mas não podia acompanhar os dois. Bem, era uma historiadora, na verdade. Uma pesquisadora. Esse era o chamado.

Ou talvez ela tivesse fracassado. Talvez apenas não tivesse o comprometimento deles. Se você queria ser engraçado, precisava levar isso mortalmente a sério.

Angela se sentou no peitoril da janela e se inclinou um pouco para deixar o ar fresco roçar seu rosto.

— Cuidado — disse Peter. — Não acho que deveríamos cair de janelas logo no começo da semana.

— Lembra daquela vez que Yash caiu do segundo andar enquanto tentava fazer uma garota rir?

— A imitação de Homem-Aranha.

— De qual faculdade ela era? Kings?

— Pembroke — respondeu Peter. — As costelas dele ainda doem. Não acho que aquelas fraturas sararam direito.

— As fraturas nunca saram, né? Eu quebrei o pulso quando era criança. Sempre foi meio esquisito.

Peter estava olhando-a de um jeito curioso. Ela teve a sensação, leve e formigante, de que ele estava prestes a beijá-la. Fazia sentido, naquele momento. Eles nunca se envolveram romanticamente nos três anos que se conheciam. Eram um dos poucos casais que não tinham acontecido. Os Nove tendiam a namorar internamente e se reconfigurar com regularidade. Para acompanhar a vida amorosa deles, era preciso de uma planilha. Julian e Sooz estavam empatados como os mais romanticamente ativos no grupo. Além de dois períodos com Julian, Sooz namorara Peter por um ano inteiro, Yash por uma semana, Noel por vários fins de semana espalhados e Angela por dois meses. Todas as garotas tinham passado um tempo com Julian, incluindo Angela. Sebastian também teve sua vez com ele. Angela teve um beijo carinhoso e breve com Yash no primeiro ano, depois namorou Noel pela maior parte do segundo ano.

Era como um quebra-cabeça, manter tudo organizado. Eles mesmos muitas vezes não conseguiam e esqueciam quem estava com quem — ou ao menos fingiam esquecer. Essa fricção era o que tornava os Nove o que eram — entrosados por uma rede de nervos e veias, reagindo à dor e ao prazer uns dos outros. Eram uma novela orgânica com dezoito braços balançantes. A tensão e o drama eram parte do que fazia tudo funcionar.

Peter não era bonito como Julian (poucas pessoas eram). Ele não era romântico, como Yash, ou maleável e bobo, como Noel, com roupas dos anos 1970 e membros compridos. Peter era reflexivo, com olhos de pálpebras pesadas que não deixavam nada passar. Sooz tinha apenas boas coisas a dizer sobre os atributos físicos dele (e uma característica de Sooz era ser extremamente franca). Ele tinha um corpo largo e atlético, e cabelo cor de cobre macio e bagunçado. Mas a coisa mais sexy sobre Peter era que ele era engraçado — o mais engraçado de todos, na verdade —, mas isso era algo que somente se compreendia com o tempo. Peter não era dado a alfinetadas espirituosas, como Sebastian, ou a gestos físicos, como Noel ou Yash. Ele era calado. Guardava o humor, escrevia-o, refinava-o.

Angela queria dizer algo a Peter sobre o medo crescente do futuro, de ficar sem o restante deles, de todas as mudanças, de não estar acompanhada pelos Nove a todo momento. Queria agarrá-lo e pressionar o rosto em seu peito. Queria agarrar-se a todos os amigos e nunca, jamais, soltá-los. E, pela cara dele, se sentia exatamente como ela.

Houve um flash de luz seguido por um tremendo estrondo à distância. O céu se abriu e a chuva caiu toda de uma vez. Em vez de aproveitar o momento pelo valor romântico e convidar Peter para encontrá-la ali no chão mesmo, o que ela disse foi:

— Acha que ainda vamos brincar?

E foi isso. Toda a tensão se dissipou. Toda a postura dele mudou. Ela tinha arruinado o momento.

— Tenho certeza de que sim — disse ele, devolvendo o isqueiro para ela. — Te vejo lá embaixo.

Ele deixou Angela sozinha com pensamentos desanimados, além de um bônus de constrangimento e decepção. Ela precisava se controlar. O desânimo não era legal. A semana seria incrível, a mais divertida que eles já tiveram, e olha que já tinham se divertido *muito*. Ela faria questão de revisitar o momento com Peter. Talvez fosse seu projeto para aquela viagem.

Ela se distraiu indo até o espelho examinar a garota careca que a olhou de volta. Ainda não estava acostumada com isso, mesmo após duas semanas. Não tivera intenção de cortar todo o cabelo. Simplesmente acordara uma manhã com lembranças vagas de um jogo de verdade ou desafio e todo o cabelo dela estava na pia da cozinha. Angela riu na frente dos outros e chorou no quarto, não porque odiava o visual, mas porque não se reconhecia. Não era tão ruim. Talvez ela amasse. Era durão, decisivo. Havia um pouco de cabelo nascendo, uma penugem macia. Gostava da sensação de passar as mãos ali.

Outra batida. Dessa vez, a porta se abriu antes de ela chamar, e Rosie enfiou a cabeça para dentro.

— Ange — disse em voz baixa, fechando a porta atrás de si. — Preciso falar com você.

— O que Jules fez?

— Nem *tudo* tem a ver com Julian — respondeu Rosie, fechando a porta. — Jesus.

— Diga isso a ele. O garoto vai desmaiar de choque.

Geralmente, Rosie se jogaria de costas na cama para conversar; naquela noite, sentou-se na beirada com uma expressão séria.

— O que aconteceu? — perguntou Angela. — Você está bem?

— Não sei. Quer dizer... estou. É só que... eu vi uma coisa. Uma coisa que não entendi. Mas acho que posso estar entendendo agora. Estava no jornal. E agora que eu vi as fotos...

— Do que você está falando? — perguntou Angela, sentando-se ao lado dela.

— Você não vai acreditar em mim — alegou Rosie. — *Eu* não acredito em mim...

Antes que ela pudesse dizer outra coisa, houve outra batida na porta e Sooz se juntou a elas. Tinha uma garrafa de champanhe e três copos de água enfiados sob o braço. Rosie balançou a cabeça para Angela, indicando que não deveria tocar no assunto que estavam discutindo.

— Estou furiosa com vocês — falou Sooz às amigas.

— Quê? — disse Angela. — Por quê?

— Vocês não estão bebendo. A família de Sebastian nos deixou seis caixotes do que ele está chamando de champanhe de quinta categoria, o que significa que é melhor do que qualquer coisa que bebemos há tempos. Você parece triste e não vou aceitar isso. Julian já causou problemas suficientes.

Rosie cobriu o rosto com as mãos e abafou um grito.

Sooz abriu o champanhe, fazendo-o borbulhar e transbordar na colcha. Ela encheu os copos e os passou. O champanhe quente subiu direto para o cérebro de Angela, criando uma efervescência calorenta e agradável atrás dos olhos.

— Nada de caras tristes — decidiu Sooz. — Esta semana é nossa e vamos nos divertir. Agora, bebam como boas garotas e venham comigo. Enfim, é hora do jogo.

O que quer que Rosie estivesse para dizer, preferiu segurar. Por mais que todos amassem Sooz, também sabiam que ela não era ótima com segredos. Não parecia acreditar neles como conceito. Tudo existia para ser compartilhado — as posses, os pensamentos, o corpo dela. Era o que a tornava uma boa atriz e uma amiga generosa, e o que a tornava meio que um pesadelo se você estava tentando guardar algo para si mesmo.

— Você tem razão — concordou Rosie. — Vamos jogar.

— Boa garota. Venham, vamos lá.

Enquanto seguiam Sooz até o corredor escuro, Rosie deu um puxão no braço de Angela para segurá-la por um momento.

— Eu falo mais tarde — disse ela a Angela em voz baixa. — Suba e me encontre depois da brincadeira.

— Mas do que se trata? O que está acontecendo?

Rosie balançou a cabeça.

— Agora não — respondeu ela. — É importante demais.

Ao longo dos anos, essas palavras se repetiriam na cabeça de Angela. Se ela apenas tivesse puxado Rosie de volta para o quarto, esperado mais alguns minutos para descer, deitado com a amiga no cobertor molhado e a feito se explicar. Se apenas tivesse ouvido os próprios instintos uma vez na vida, talvez as coisas não tivessem acontecido como aconteceram. A vida dela — a vida de todos eles — teria sido diferente.

Mas Angela não fez isso. Ela seguiu Sooz e Rosie pelas escadas de Tempo Bom, passando pelos retratos familiares e pelas paisagens, até chegar aonde os outros esperavam.

E os eventos se desenrolaram rumo ao inevitável.

2

DE VOLTA AO QUARTO, STEVIE SENTOU-SE NA CAMA E PROVOU UMA FATIA DO bolo de chocolate que tinha pegado. A primeira mordida revelou um fato terrível, mas inevitável: tinha bordo nele. Em Vermont, há xarope de bordo nas coisas — não importa o que *as coisas* sejam. Bolo. Sorvete. Café. Sopa. Mostarda. Concreto. Na água. O bolo de chocolate com bordo era doce demais, mas já estava na boca dela. Com bolo não havia volta. Ela torceu o nariz para o gosto enjoativo e tentou ler novamente.

DEFININDO O VIÉS: COMO INTERPRETAMOS O QUE LEMOS

Quando consideramos o tópico do viés, devemos primeiro considerar o escritor, e, para considerar o escritor, devemos considerar a audiência...

Stevie suspirou e olhou para o teto, concentrando-se na roseta que abrigava a lâmpada acima de si. O aquecedor fazia ruídos metálicos. Estava tão quente. Ela se levantou e abriu a janela alguns centímetros, foi até a escrivaninha e reorganizou algumas coisas, então pegou o celular que tinha deixado lá para manter longe das mãos enquanto fazia a lição de casa. Sem mensagens. Nada para distraí-la.

Ela abaixou o aparelho e se olhou no espelho. O cabelo estava ficando estranho. Pretendera cortá-lo no verão, mas tinha esquecido, então estava com várias camadas loiras irregulares. Tinha tentado cortar ela mesma no começo do semestre, mas Janelle lhe disse que estava ótimo. Stevie confiava em Janelle para esse tipo de conselho, porque Janelle entendia de roupas e cabelo. Esse gene do conhecimento tinha passado reto por Stevie. Ela não sabia como a própria aparência deveria ser. Tudo o que ela conhecia se resumia ao moletom preto que constituía 90% de seu estilo pessoal e o casaco impermeável de vinil vermelho vintage em que consistiam os outros 10%. Ela tinha um pouco de maquiagem — uma paleta de sombras enorme que Janelle lhe dera de aniversário, um gloss e algum tipo de iluminador num tubinho.

Ela pegou o último e começou a aplicá-lo no topo das bochechas. Seu rosto era redondo; o iluminador supostamente faria algo em relação a isso.

Era pegajoso. E agora ela tinha linhas brilhantes sob os olhos. Ela assistiria a um vídeo. Aprenderia a fazer isso.

E se cortasse uma franja? Podia cortar uma franja. Foi até a mesa procurar as tesouras, mas lembrou que Janelle tinha pegado suas tesouras duas semanas antes, quando Stevie disse algo em voz alta sobre cortar uma franja.

Nate tinha razão. Ela tinha se tornado a pessoa com o namorado à distância.

Havia um buraco em forma de David em tudo. Eles trocavam mensagens constantemente e conversavam pelo menos uma vez por dia, mas isso não compensava o fato de que ele estava na Inglaterra, cursando o primeiro semestre da faculdade em Londres, e que a Inglaterra ficava longe de Vermont. Ele estava cinco horas à frente, então falava com Stevie ao longo do dia e depois entre seis e oito da noite para uma chamada mais longa. O que significava que ela tinha o restante da noite para encarar os amigos com cara de boba e não estudar nada. Ela odiava ser essa pessoa, mas não sabia como parar. Seus sentimentos atropelavam os pensamentos. Apaixonar-se tinha matado seu cérebro. Ela precisava *focar*. Precisava ler aquele maldito artigo. Voltou à cama e pegou o laptop para tentar de novo.

Definindo o viés: como interpretamos o que lemos...

Ela parecia constitutivamente incapaz de ler o primeiro parágrafo. Era como se houvesse um campo de força ao redor dele. Stevie sabia exatamente quando seria capaz de lê-lo — a caminho da aula, no celular, em pânico.

Por que ela era assim? As outras pessoas pareciam capazes de fazer as coisas de uma forma razoável. Algumas tinham calendários online detalhados. Outras, como Janelle, mantinham agendas chiques que marcavam com canetas especiais e adesivos. Algumas pessoas simplesmente sabiam o que deveriam estar fazendo e o faziam, e essas pessoas eram as piores de todas. O cérebro de Stevie tinha que atingir um nível de pânico abrasador antes de estar disposto a fazer qualquer esforço real. Aí, ele trabalhava rápido. Era um bom cérebro, mas tinha apenas dois modos: enevoado e frenético.

Talvez ela pudesse cortar o cabelo com um cortador de unha. Ia demorar, mas era possível.

— Ah, meu Deus — disse em voz alta.

Definindo o viés: como interpretamos...

Stevie se engasgou com o bolo quando o laptop fez um som inesperado. O nome de David e o ícone da chamada em vídeo surgiram na tela. Ela tinha migalhas pelo rosto e os dentes estavam provavelmente cobertos por bolo marrom-escuro. Esfregou a cara e passou a língua nos dentes antes de atender.

— Você está ligando tarde — disse ela.

— Nunca é tarde demais para a minha princesa.

David estava encostado numa cabeceira de madeira falsa e olhava a câmera de cima, naquele ângulo que não era lisonjeiro a ninguém exceto cachorros com bochechonas adoráveis e David.

— Você está bêbado?

— Não *bêbado* — falou ele. — Só saí com um pessoal. Tomei duas cervejas. Talvez três. Tomei quatro cervejas. Então, aquelas cinco cervejas que eu tomei...

Deus, ele era bonito. Era sexy. O que quer que *sexy* significasse, era David. Tinha cabelo solto e encaracolado, membros longos e ficava à vontade na própria pele. Quando Stevie chegara a Ellingham no ano anterior, David era o rebelde mais famoso da escola, que diziam estar bêbado ou chapado na maior parte do tempo. A reputação era exagerada, mas ele ainda era o tipo de cara que sempre tinha maconha por perto e não recusaria uma bebida. Comparecia às aulas apenas quando precisava — com o critério sendo o que ele sentia que precisava saber e quando achava que precisava sabê-lo, o que era não muito, e talvez mais tarde. As maiores performances dele no campus incluíam dormir no telhado, meditações berradas às cinco da manhã, dormir na aula num edredom do Pokémon e soltar várias dezenas de esquilos na biblioteca. Depois que foi embora — depois que foi expulso da escola —, ele mudou de vida. Terminou as aulas remotamente com notas altas, formou-se e passou o verão trabalhando para registrar eleitores. Tornou-se um cidadão modelo, e até na Inglaterra, onde se podia beber legalmente aos dezoito anos, nunca parecia fazer isso. Na maioria das noites, quando ligava para Stevie por chamadas de vídeo, estava completamente sóbrio e estudando.

Ela gostava do David levemente bêbado. Sentia falta dele.

— Então, o negócio é o seguinte... — começou ele.

Stevie sentiu a barriga se contrair num punho pequeno e apertado. Era instintivo. Cada frase deixada no ar queimava pelo sistema nervoso dela. Era naquele momento que ele contaria que conhecera alguém na Inglaterra. Uma garota inteligente e engraçada, com um sotaque, que criava cavalos ou algo do tipo.

— Que foi? — perguntou, quando ele não completou o pensamento.

— Quê?

— Você é *bonita*. E seu rosto está brilhando...

O nível de adrenalina abaixou, mas o coração de Stevie ainda martelava, e o estômago dava cambalhotas. Ela esfregou o iluminador com a parte de trás da mão.

— Que foi? — perguntou ela de novo.

— Deus! Tá bom. Então, eu estava pensando. Sabe como eu estou aqui e você está aí?

Stevie assentiu e fez um gesto pedindo que ele fosse logo ao ponto.

— Bem, não é legal, né? Então, eu estava pensando, você não quer vir aqui?

— O quê?

— Você não quer vir aqui...

— Eu te ouvi — disse ela. — E claro que quero ir aí. Mas não posso.
— Por que não?
— Porque...

Não era que não quisesse ir. Claro que queria ir. Todo mundo queria ir à Inglaterra, e ela queria ir especialmente à Inglaterra, mas não era possível. Ela não tinha uma resposta clara sobre por que não era possível, mas era alguma coisa, alguma coisa, escola, vida, alguma coisa.

— Ok, mas o negócio é o seguinte... — Ele deslizou um pouco para baixo da cabeceira e teve que se endireitar, apoiando o laptop nos joelhos e mudando a vista de Stevie. — Eu estava falando com o pessoal que me trouxe aqui que você deveria vir pra cá também porque... porque deveria, e eles disseram que falariam com alguém na embaixada norte-americana que trabalha com turismo educacional ou algo do tipo, e aí eles voltaram e... você é uma estrela-do-mar bonitinha...

— *Quê?*

— Ok! Ok. Você não ficaria no meu prédio, mas eles têm uns quartos no prédio conectado a este aqui. Disseram que conseguem arranjar até quatro quartos por uma semana ou dez dias ou algo assim, e você poderia chamar de intercâmbio ou algo assim, e, tipo, alguém ligaria para a embaixada no caso de a Quinn te encher o saco...

— Espere... você tem... quatro quartos? Para...

— Para você. E para Nate e Janelle e Vi, porque eu sei que é como isso daria certo. Você só... — Ele gesticulou expansivamente, derrubando o laptop dos joelhos. Stevie encarou o teto dele por um momento antes que David se endireitasse. — Estude no exterior. Uma coisa do tipo. Esse cara pode te ajudar com isso. Você fala para a escola que vai visitar museus ou alguma merda assim e vem para cá.

Stevie estava tão distraída que apoiou o bolo na frente do moletom, junto à gola.

— Eu preciso de um passaporte. Não preciso? Não tenho um.

— Pode tirar um. Não demora muito. Só vem pra cá, para de ser babaca por não estar aqui agora e venha. Tem, tipo, uma rainha. Então venha. Só faça isso. Vai.

Stevie não chegou a arrancar a porta de Janelle das dobradiças alguns minutos depois, mas certa violência foi infligida à madeira. Enquanto Janelle chamava Vi, Stevie correu até o fim do corredor e chacoalhou a maçaneta de Nate. Ele não atendeu, então ela mandou uma mensagem até a porta se abrir um pouquinho e ele espiar de dentro.

Todo mundo queria ir à Inglaterra.

Stevie acordou na manhã seguinte presumindo que tudo que se lembrava da conversa era um sonho, mas havia várias mensagens de David à espera — com um nome, um e-mail, um número de telefone e o endereço de um prédio em Londres. Era uma oferta real com uma pessoa real na embaixada norte-americana preparada para apoiá-la.

Ela passou cada momento entre as aulas, o laboratório e a ioga procurando voos e informações sobre o passaporte. Tinha um pouco de dinheiro — graças ao trabalho que fizera no verão com um cara chamado Carson, que tinha uma empresa chamada Caixa Caixa e queria fazer um podcast sobre crimes reais. Ela se infiltrara no acampamento de verão que ele tinha comprado e o ajudara a solucionar o caso arquivado da Caixa no Bosque. Ele a tinha pagado decentemente pelo tempo lá, e ainda adiantara um pouco enquanto montava o podcast sobre o caso. Não era uma fortuna, mas muito mais do que ela já ganhara trabalhando no shopping ou no mercado. Podia comprar um café chique de vez em quando, e tinha investido em novos moletons pretos. Tinha sobrado o suficiente para uma passagem de avião, além de um dinheirinho extra por dia, para pagar por comida e outras coisas.

Naquela noite, durante o jantar (carne de porco com calda de bordo acompanhada por purê de batata doce com um pouquinho de xarope de bordo), os quatro organizaram a apresentação — a proposta para Ellingham sobre por que deveriam ter permissão para ir a Londres. Não havia muitas vantagens em ter um monte de assassinatos acontecendo na escola. Isso tendia a deixar o clima pesado. Porém, na busca pelo lado positivo das coisas, havia uma — a escola tinha adotado por completo o conceito de estudo à distância. Antes, Ellingham esperava que os alunos estivessem lá o tempo todo, "assistindo às aulas" e "sendo parte da comunidade escolar" e esse tipo de coisa. Uma vez que os assassinatos começaram, decidiram ser um pouco mais flexíveis. No fim, havia muita coisa escolar que podia ser feita fora da escola. Ellingham ainda queria que os alunos assistissem às aulas, mas, se tivessem que viajar para casa, ou visitar universidades, ou fazer um projeto em algum lugar, havia muito mais oportunidades. A pessoa podia assistir às aulas remotamente.

Levou cerca de quatro horas e muitas xícaras de café, mas, no fim da noite, eles tinham montado coletivamente algo que parecia uma proposta legítima — um cronograma detalhado, dia a dia, numa planilha, listando locais culturais e históricos de interesse, o que eles pretendiam fazer lá e como isso se relacionava às metas acadêmicas individuais. Revisaram o plano até meia-noite e então o mandaram por e-mail à dra. Quinn, diretora da escola. Não esperavam que mais nada acontecesse até o dia seguinte, mas ela respondeu em dez minutos para todos com as seguintes palavras: *Minha sala. Amanhã. Seis da tarde.*

Stevie ia para a Inglaterra. Talvez. Se a dra. Quinn dissesse que tudo bem. O que não era garantido. Por causa de coisas como os assassinatos e a tendência de Stevie de se envolver com eles.

Ela só precisava de um sim.

23 de junho, 1995
23h00

— Aí estão vocês, meus amores! — disse Sebastian enquanto Sooz empurrava Angela para a sala de estar. Ele abriu uma garrafa de champanhe e levou a espuma que transbordava aos lábios. Parte dela caiu dentro da boca; o resto desceu pela camisa roxo-escura justa. Ele usou a mão pegajosa de champanhe para afastar o cabelo tingido de preto do rosto.

— Vamos mesmo brincar no meio de uma tempestade? — perguntou Yash do sofá.

— Claro! — exclamou Sebastian. — Não somos *covardes*!

— Fale por você.

Angela sentou-se ao lado de Yash, afundando nas almofadas. Era um verdadeiro sofá velho de sala de estar, do tipo que abraçava a pessoa em tecido macio aveludado e enchimento de plumas, convidando-a a ficar hora após hora, bebendo e lendo e desfrutando do fogo.

— Podemos ficar aqui dentro — argumentou Yash. — Como pessoas normais. Podemos beber.

— Parece que alguém está preocupado — acusou Peter, entrando na sala com uma corneta escurecida que tinha pegado de um dos incontáveis armários de antiguidades de Tempo Bom. Ele soprou especulativamente, mas saiu apenas um barulho de peido cuspido.

— Não sei por que temos que brincar disso toda vez que estamos aqui — continuou Yash.

— É tradição! — exclamou Sebastian.

— Como é tradição se só viemos para cá três vezes? Isso não é nem um hábito. Mal se qualifica como uma tendência.

Noel jogou-se sobre as costas do sofá e deslizou entre Yash e Angela. Noel adorava movimentos esquisitos e gostava de se lançar ao redor dos móveis, escada abaixo, até as vigas do teto.

— Agora — anunciou Sebastian enquanto pegava um saquinho e começava a distribuir pequenos embrulhos contendo capas de chuva transparentes descartáveis. — Eu procuro primeiro. Vou contar até cem para dar tempo a vocês. Quando encontrar alguém, a pessoa se junta ao time de busca. E vou dar uma capa amarela para mostrar que mudou de lado.

Ele ergueu um como exemplo.

— Quando encontrarem outra pessoa, tragam ela até mim para trocar a capa. Ah, e nem pensem em entrar nas construções lá fora...

Ele enfiou a mão na frente da calça e fuçou por um momento.

— A noite teve uma guinada súbita — narrou Yash. — É um pouco cedo pra tirar o pau da calça, Sebastian. Até para você.

Sebastian ergueu o braço e triunfantemente mostrou um conjunto de chaves.

— Está tudo trancado, estas são as únicas chaves.

Ele as segurou no alto, encarando-as por um momento como se quisesse questioná-las sobre a natureza de chaves e fechaduras e como elas se encaixavam no grande plano do universo, depois as enfiou de novo na frente da calça, de modo tão brusco que fez todos se encolherem.

— Pronto — continuou Sebastian, cambaleando um pouco. — As chaves estão aqui embaixo agora, com meus outros tesouros de família.

— Por quê? — perguntou Yash. — Por que *aí*?

— Não cabiam no bolso. Faziam vincos na calça. Então, nem pensem em entrar nas construções lá fora. Os limites são tudo dentro do terreno da propriedade: a casa, qualquer um dos jardins, qualquer área de bosque dentro do muro de pedra, e nada além do fosso. Temos que pôr limites ou vamos ficar nisso a semana inteira.

— Então você vai ficar sentado aqui, seco e confortável? — perguntou Noel.

— Não, querido. Eu tenho espírito esportivo. Vou usar o templo perto da lagoa como base. E vamos combinar como regra que, uma vez que alguém sai da casa principal, não pode voltar até o jogo acabar.

— Podemos levar lanternas, né? — perguntou Sooz.

— Lanternas são para o time de busca! — disse Peter. — Essa sempre foi a regra.

— Correto — respondeu Sebastian. — A última pessoa a ser encontrada é a vencedora. Cadê a Rosie? É hora de começar.

— No banheiro — disse Sooz. — Ela já vem.

Então, houve o som de passos rápidos na escada e Rosie apareceu na porta, um pouco distraída.

— Ótimo! — disse Sebastian. — Agora podemos começar. Vou fazer a contagem. Um, dois, três...

O grupo se dispersou. Theo e Yash continuaram dentro da casa, mas os outros se dirigiram às muitas portas que levavam para fora. Certamente, havia muitos lugares para se esconder dentro de Tempo Bom — a casa tinha diversos quartos e salas de visita, várias salas multiuso para lavagem e outras tarefas domésticas, quartinhos de depósito, vãos sob o piso, closets, um sótão abarrotado e extenso, e um porão genuinamente cavernoso. Se alguém se aventurasse do lado de fora, havia acres de jardins com fronteiras altas, um pomar e dúzias de cantinhos e nichos escuros entre árvores e atrás de prédios. Um jogador ambicioso podia se esconder indefinidamente.

Quando chegou ao cem, Sebastian abriu os olhos e analisou a sala de estar vazia. Ficou atento para qualquer som de movimento acima. Nada. A chuva batia nas janelas, mas ele não ouviu passos que fizessem ranger a madeira. Sorriu e virou o resto da taça de champanhe mais próxima.

— Prontos ou não, lá vou eu! — gritou ele.

Ele começou na casa e logo encontrou Theo, o que não foi uma surpresa. Ela estava agachada num dos armários sob a escada. Sebastian e Theo eram melhores amigos, então provavelmente ela se colocou perto dele para ajudar na busca. Yash foi o próximo, tendo se espremido com má vontade sob a cama do quarto de Noel. Mais ninguém apareceu nessa primeira revista da casa.

O time de busca tinha então três membros. Eles vestiram as capas amarelas e saíram na chuva, que se intensificara bastante. As gotas caíam com força no chão. A visibilidade estava terrível e a chuva fazia um som ensurdecedor ao bater nos capuzes.

— Vou fazer uma varredura no jardim frontal e então ir ao templo — anunciou Sebastian. — Theo, dá uma olhada nos jardins ao redor da estufa e volta contornando a casa. Yash, vá pelo outro lado. Comece com as quadras de tênis.

Levaria uma hora antes que a próxima pessoa fosse encontrada. Foi Angela; Theo a encontrou esgueirando-se perto dos estábulos. Pouco antes da uma da manhã, Yash encontrou Peter escondido sob um banco no jardim dos fundos. Àquela altura, a chuva se tornara violenta. O chão estava tão encharcado que a lama sugava os pés quando alguém corria. Os raios chegavam mais perto um do outro. Mas os Nove continuaram correndo e gritando sob as capas de chuva, clarões de lanterna atravessando a escuridão. Sebastian mantinha seu posto no templo, acenando com uma garrafa de champanhe e gritando incentivos bêbados mais alto do que o rugido da tempestade.

Era quase uma e meia da manhã quando Peter encontrou Sooz, que tinha se enfiado entre algumas sebes altas na borda interna do jardim murado. As duas da manhã se aproximaram, e três dos Nove ainda não tinham sido encontrados. A busca assumiu um caráter frenético. O time de busca provocava os jogadores escondidos com gritos. Apontavam luzes para as sombras, cutucavam sob os bancos com gravetos, mantinham vigia na frente de portas e finais de passagens. Tentaram movimentos de pinça para forçá-los a sair dos esconderijos. Houve um tremendo estrondo, e as luzes em Tempo Bom se apagaram todas de uma vez.

Estava realmente escuro.

Yash correu até Sebastian no templo.

— A gente deveria entrar — disse ele. — Esse foi perto demais.

— Só mais uma passada!

Essa última passada teve um resultado. Eles localizaram Julian, que tinha ambiciosamente subido numa pérgula e se mantido agarrado às vinhas por horas na chuva. Talvez nunca fosse encontrado, mas espirrou quando Angela estava andando embaixo dele.

— De volta ao castelo! — gritou Sebastian. — Pausa oficial! Bebidas! Reúnam as tropas!

O chamado ecoou pelos jardins, através da chuva, e um a um os Nove voltaram à casa, encharcados e com uma sede tremenda. Abriram caminho aos tropeços e batidas com as lanternas pela casa escura, rindo e caindo. Sebastian achou algumas velas e as acendeu, Peter atiçou o fogo e acrescentou mais lenha. A sala de estar parecia menor, coberta pela escuridão.

— Cadê Rosie e Noel? — perguntou Theo. — Eles não entraram?

Os nomes Rosie e Noel foram gritados na direção da escada e da porta da frente, mas não houve resposta.

— Pelo visto estão comprometidos com a brincadeira — disse Sebastian. — Admirável.

— Acho que estão comprometidos com outra coisa — respondeu Sooz. — Talvez não a brincadeira.

— Não menospreze a realização deles. Agora, eu sei do que precisamos.

Sebastian caiu no chão e começou a engatinhar até o lado escuro da sala. Estava segurando uma vela, mas Yash a pegou quando passou por ele.

— O que está fazendo? — perguntou Angela.

— As coisas boas... estão... lá embaixo. O uísque. Não *qualquer* uísque. O uísque de 1936. A gente *precisa dele*.

Sebastian continuou engatinhando pelo chão até a cabeça tocar um armário na parede. Ele rolou de costas e enfiou a mão na frente da calça para pegar as chaves, contorcendo-se como um inseto invertido tentando se equilibrar e endireitar.

— Acho que acabei de testemunhar o fim da árvore genealógica dele — disse Yash, encolhendo-se quando Sebastian triunfantemente puxou as chaves da calça.

Ele as sacudiu e começou a apunhalar a porta de madeira do armário numa tentativa de achar a fechadura.

— Não precisamos disso — disse Theo.

— Como ousa! — reclamou ele. — Onde está sua determinação? Não vencemos a guerra com esse tipo de atitude.

Batida, batida, batida. Arranhão.

— Me deixa te dar uma luz, amigo — falou Yash.

— Não preciso de luz! Sou um artista! Fique aí!

Batida, batida. Chacoalhada. Batida. A batalha do armário era, naquele momento, uma performance. Uma luta para as eras.

— De volta à brecha! — exclamou Sebastian, audivelmente arranhando a madeira. — Meus amigos, novamente... ou entupamos este armário com os nossos ingleses mortos.

— E chegamos à parte da noite em que você cita Shakespeare incorretamente — disse Julian.

— Silêncio! Quando há paz... alguma coisa, alguma coisa... porém, quando a rajada de copos vazios soprar em nossos ouvidos, imitem a ação do tigre! Enrijai os nervos... convoquem o sangue... disfarcem a bela natureza com... alguma coisa. Com o que devemos disfarçar a bela natureza? Uma peruca?

— Ele está mesmo tirando uma refeição inteira disso — comentou Yash.

Até para ele isso era um pouco exagerado, um esquete que durava mais do que deveria.

— E... cena — disse Peter, caindo de joelhos e engatinhando até Sebastian. Sebastian estendeu a mão dramaticamente para puxar o amigo para dentro.

— E tu, meu bom guarda! — respondeu Sebastian. — Cujos membros foram feitos na Inglaterra! Vens ajudar teu rei! Um cavalo! Meu reino por um...

— Uísque — respondeu Peter, tirando as chaves da mão de Sebastian antes que ele entalhasse o armário todo. Sebastian caiu de cara no chão e fingiu estar morto enquanto Peter remexia com as chaves e encontrava a certa. Assim que a porta do armário se abriu, Sebastian se levantou.

— Você é a luz da nação — disse Sebastian a Peter. — Me certificarei de que seja lembrado na lista de honrarias.

Ele enfiou os braços no armário, afastando garrafas e fazendo-as bater umas nas outras violentamente enquanto buscava o prêmio.

— Ah — disse Sebastian, deslizando uma para si. — Cá estamos. O de 1936. O mais precioso.

Ele beijou a garrafa com reverência.

— Não deveríamos pelo menos esperar Rosie e Noel antes de abrir? — perguntou Theo.

— Não, vai estar esperando por eles quando decidirem entrar.

Sebastian serviu as taças com grande cerimônia, murmurando algum tipo de encantamento. Elas foram distribuídas às sete pessoas na sala.

— Um brinde! — exclamou Sebastian, erguendo a taça. — A nós. Ao grupo mais genial, talentoso, atraente e humilde de vadios de toda a Cambridge, quiçá do mundo. Que sempre terminemos bem a piada, ajamos como tolos, abracemos o desastre e amemos absurdamente. Amo todos vocês do fundo do meu coração frio e obscuro, e minha vida não seria nada sem vocês.

Angela fungou alto.

— Você já tinha isso escrito — acusou Yash.

— Talvez. Agora bebam, seus camponeses nojentos.

Sebastian não tinha mentido. O uísque tinha o gosto das fogueiras antigas das Terras Altas da Escócia. Descia suavemente pela garganta, enviando uma coluna de calor até a ponte do nariz e o terceiro olho. Infiltrava-se no sangue como uma enguia e, sob seu domínio, as lendas eram todas verdadeiras. A manhã seria péssima — até o futuro próximo poderia ser complicado —, mas aquele momento era excepcional.

— Ah, Deus — disse Yash. — Não consigo sentir as palmas. Só tenho dedos agora. Dedos soltos.

— Conte-me mais — pediu Sooz.

O grupo se perdeu por um momento no calor do uísque, e no fogo, e na tempestade estrondeante fora da janela. Depois do que podiam ter sido cinco minutos ou várias horas, Peter se ergueu cambaleante.

— Eu — começou ele, formalmente — vou vomitar muito. Talvez demore um pouco.

Logo depois, Angela também admitiu derrota e decidiu ir para a cama. Theo a seguiu, parando antes na cozinha para servir alguns copos d'água para si mesma e os amigos. Era o jeito de Theo: depois de toda noite de bebedeira intensa, ela deixava um copo com água na cabeceira de todos.

Sebastian, Julian, Yash e Sooz continuaram na sala de estar. A noite avançava e a escuridão os envolvia. Sebastian colocou Blur para tocar. Os três caíram num silêncio agradável por um tempo, desfrutando do fogo, dos cobertores e do uísque. Sebastian inclinou a cabeça para trás numa posição desconfortável, ou com sono ou fazendo uma longa reflexão sobre o estuque do teto.

— Rosie e Noel realmente se comprometeram com isso — disse Yash finalmente. — Que horas são, afinal?

Julian ergueu a mão na direção do fogo para consultar o relógio.

— Três e meia.

— Mais alguém reparou que eles se aproximaram um pouco essa semana? — perguntou Sooz. — Espero que fiquem lá fora transando na lama a noite toda.

Ela olhou para Julian, que parecia despreocupado enquanto bebia o uísque. Mas Sooz não ia ser ignorada, não depois de uma noite na chuva, a maior parte de duas garrafas de champanhe e um dos melhores uísques escoceses.

— Você estava pegando aquela canadense no pub não tem nem uma semana, Julian — continuou ela. — Não pode reclamar.

— Não estou reclamando — respondeu Julian, erguendo os olhos de baixo da cortina grossa de cílios. — Eu não disse nada.

— Que canadense? — perguntou Yash, mas Sooz não pareceu ouvir.

— Agora que estamos aqui, sabe, agora que vamos embora, precisamos ser honestos — continuou Sooz. — Precisamos resolver as coisas. Se alguém tem coisas a dizer, precisa expressá-las.

— Eu sempre tenho coisas a dizer — disse Sebastian.

— Quis dizer coisas importantes.

— Que canadense no pub? — perguntou Yash de novo, atordoado.

— Uma canadense lá no Cavalos e Penas — respondeu Sooz.

Com isso, Julian pareceu enfim ficar desconfortável, e focou o olhar na taça.

— No Cavalos e Penas? — murmurou Yash. — Eu conheci uma canadense no Cavalos e Penas...

— Era a mesma garota — disse Sooz. — Julian entrou lá antes de você aparecer.

— Quê? Ah, fala sério, cara...

— Você ficou com ela no sábado — cortou Julian. — Isso foi sexta. Eu não faria isso com você. Sabe disso.

A sala foi tomada por um silêncio desconfortável, mas familiar. Ser um dos Nove era conviver com as partes mais vulneráveis e instáveis dos sentimentos, e pausas dramáticas eram comuns.

Yash se levantou, cambaleando um pouco.

— Certo, bem... eu vou... eu tenho que...

Com isso, ele saiu da sala, fazendo uma rota levemente sinuosa que incluiu uma batida direta num aparador e no batente da porta.

Um minuto depois, sons distantes de vômito chegaram à sala, ecoando de um dos banheiros no térreo.

— Não dá pra te levar à sério, às vezes — disse Sooz depois de um tempo. — Trair Rosie e Yash ao mesmo tempo. Uma nova realização para você.

— Eu não...

— Traiu, sim.

Julian se levantou e começou a andar pelo perímetro da sala, correndo a mão pelos livros nas prateleiras. Ele parecia um verdadeiro poeta romântico à luz tremeluzente das velas, com os olhos cintilantes e o cenho lindamente franzido — era lorde Byron numa camisa de flanela, calça jeans grande demais e um colar de conchas.

— Eu não traí Yash — disse ele. — Ele não tinha nem *falado* com ela ainda. Você *sabe* que eu não faria isso.

— E Rosie? Dessa não tem como escapar, né? Você traiu ela com certeza. Mas o trem nunca se atrasa, certo?

— Sooz, vai ser para sempre assim? Podemos fazer qualquer outra coisa? É sempre Hora de Dar Bronca no Julian?

Sebastian deu um ronco dramático, bufando violentamente pelo nariz.

— Que foi? — disse ele. — Eu morri por um momento aqui, enquanto vocês dois estavam fazendo aquela coisa em que Sooz grita com Julian por ser Julian, e você, Julian, faz drama e tenta se safar sendo bonito. Vocês dois, transem ou calem a boca. Decidam. Não ligo para qual vão escolher, mas têm que escolher um.

Sooz fez um barulho aborrecido e foi até a janela que dava para a frente da casa, a fim de se afastar de Julian o máximo que o cômodo permitia. Do banheiro do corredor, houve um som de vômito final e então uma descarga.

— Estou bem — anunciou Yash, debilmente, para ninguém em especial. Isso foi seguido pelos sons dele subindo a escada num ritmo irregular, pontuado por uma ou duas quedas.

Mais silêncio depois disso. Julian manteve a posição do lado mais distante da sala, e Sooz estava presa à janela. Sebastian suspirou.

— *Chato* — reclamou ele. — Sooz, volte aqui. Vou te contar uma história terrível que acabei de ouvir.

Sooz permaneceu na janela, o foco em alguma coisa no jardim.

— Tem uma pessoa lá fora — disse ela. — Acabei de ver uma lanterna brilhar. Alguém deu uma lanterna a Rosie ou Noel?

— Não — falou Sebastian. — As lanternas são para o time de busca.

— Eles devem ter encontrado uma, porque acabei de ver uma acender. Ainda devem achar que estamos nos escondendo. Vou chamá-los.

Ela foi ao salão principal e gritou para eles da porta da frente, a voz teatral enfrentando a tempestade.

— Nada — disse ela quando voltou à sala. — Não tem como não terem me ouvido. Parece que não querem entrar.

— Devíamos ir buscá-los? — perguntou Julian — Quer dizer, está caindo o mundo lá fora.

— Vamos deixá-los ao que quer que estejam fazendo — disse Sebastian antes que a discussão sobre Julian e Rosie retornasse. — É uma noite violenta, mas eles têm um ao outro. Agora, quem está com fome? Iscas de peixe? Batata de forno?

E, assim, Rosie e Noel foram brevemente esquecidos, suplantados por iscas de peixe congeladas jogadas numa travessa e enfiadas num forno que não fora preaquecido. A chuva fustigava as janelas e paredes de Tempo Bom, como que para zombar do nome.

Sebastian tinha razão — era uma noite violenta. Mas não do jeito que ele queria dizer.

3

— O QUE VOCÊS FIZERAM DESSA VEZ? — PERGUNTOU LARRY À GUISA DE CUMprimento.

O Segurança Larry tinha sido demitido após os eventos do ano anterior e então recontratado depois de escalar a lateral de uma montanha numa nevasca para ajudar Stevie e alguns outros que ficaram presos lá. Estava, então, em sua posição tradicional na frente do Casarão, à mesa com a caneca de metal com café. Ele fitou os quatro alunos à frente dele com um suspiro resignado, que era o jeito de Larry de demonstrar afeição.

— Você sabe que não respondo a perguntas assim sem o meu advogado — falou Stevie.

— E sobraram uns folhados de abóbora com bordo desta manhã. — Janelle deslizou o pote.

— Qual é o humor do dia? — perguntou Stevie.

— Ela estava cantarolando quando entrou.

— O que isso geralmente significa? — perguntou Vi.

— Difícil dizer. Pode ser um bom sinal, mas uma vez ela estava cantarolando depois que viu alguém num patinete elétrico cair no Lago Champlain. Podem subir.

Stevie deixou o olhar flutuar escadaria acima, até onde a dra. Quinn aguardava no silêncio altivo.

O Casarão ficava no coração do campus do Instituto Ellingham. Quando Albert Ellingham construiu a escola nos anos 1920, erigiu para si mesmo uma mansão bem no meio dela. Era uma monstruosidade elegante, feita de toneladas de madeira de lei importada, cristal lapidado, vitrais e mármore. Tinha sido o cenário de grandes tragédias, que foram imortalizadas num retrato de família pendurado no patamar — uma imagem surreal de Albert, Iris e da filha deles, Alice, pintada por Leonard Holmes Nair.

Não havia pinturas da tragédia mais recente.

A dra. Quinn tinha assumido o escritório anteriormente ocupado pelo dr. "Me chame de Charles" Scott, o diretor da escola excessivamente entusiasmado que deixara a posição no ano anterior. Quando a sala era de Charles, havia placas na porta que diziam coisas como EU REJEITO SUA REALIDADE E SUBSTITUO PELA MINHA, QUESTIONE TUDO e ME DESAFIE — a última era geralmente considerada a mais odiosa. Eles tinham, de fato, o desafiado. Não era mais a sala dele. Em vez dos pôsteres e do mural de cortiça, a porta fora restaurada com o painel de vidro fumê original com espirais delicadas de Art Nouveau. Havia uma placa de bronze simples e elegante que dizia: DRA. JENNY QUINN, DIRETORA.

Eles pararam na escuridão do corredor e Stevie bateu na porta com gentileza.

— Entrem — disse uma voz vinda de dentro.

A dra. Quinn estava sentada à mesa, focada no laptop. Ela usava Moda de Verdade — peças caras e confusas, com muitas dobras e material extra, e sapatos de salto com solas vermelhas. Era o tipo de pessoa que se esperaria ver numa cúpula global, provavelmente porque ela participava de cúpulas globais de vez em quando. O trabalho como diretora do Instituto Ellingham era um pouco simplista para ela, mas era uma escola prestigiosa, que recebia doações enormes e tinha excelentes pistas de esqui bem ali do lado. Ela poderia pegar um jatinho para Nova York ou Washington, se precisasse, e tinha os verões para viajar o mundo, negociando tratados ou lutando contra jacarés ou o que quer que a pessoa fazia para se divertir se fosse a dra. Jenny Quinn.

— Sentem-se — pediu ela, sem erguer os olhos.

A sala tinha, originalmente, sido o quarto de vestir de Iris Ellingham; ainda tinha o papel de parede de seda cinza-claro. Existia um buraco numa das paredes que fora remendado com toda a habilidade possível pela equipe de manutenção, mas ainda havia rasgos no papel, sinais claros de onde a parede fora atingida no mês de dezembro do ano anterior.

Aqueles quatro alunos estavam na sala quando aconteceu — tinham feito o buraco na parede, na verdade.

Quando o dr. Scott estivera no comando, a sala era cheia de sofás e bonequinhos Funko Pop. Essas bobagens tinham sumido. As únicas coisas que permaneceram eram o mapa grande e emoldurado do Instituto Ellingham, pendurado entre as janelas, e o relógio de mármore verde na cornija que diziam ter pertencido a Maria Antonieta. A dra. Quinn instalara as próprias estantes e uma escrivaninha de madeira que abrigaria uma família de quatro pessoas.

Janelle, Vi, Nate e Stevie se plantaram nas cadeiras dispostas em formato de ferradura e esperaram a dra. Quinn parar de digitar. Ela ergueu os olhos, tirou os óculos e fitou os alunos à frente com o olhar decepcionado de um juiz implacável a quem fora negada uma corda de enforcamento.

— Então — começou ela.

Nate limpou a garganta em nervosismo, o que foi um erro. Era importante nunca demonstrar medo diante da dra. Quinn. Ou isso era com ursos?

Dava na mesma.

A dra. Quinn fazia a mesma coisa que detetives em investigações — deixava o silêncio se estender além do ponto do conforto. As pessoas não conseguiam evitar e o preenchiam. É a natureza humana, e é isso que leva à derrocada muitos assassinos. Stevie aprendera sobre isso após assistir a interrogatórios no YouTube, de forma compulsiva.

— Eu mandei a planilha para a senhora... — começou Janelle, quebrando o silêncio. — Sobre nossa proposta de uma semana de estudo no exterior.

— Eu vi — respondeu a dra. Quinn. — Gostaria de ouvir de vocês pessoalmente. Me contem o que planejam fazer se puderem ir. Expliquem para mim.

O "expliquem para mim" não soava promissor.

— Os primeiros dias seriam dedicados a marcos culturais — continuou Janelle. — A Torre de Londres, as Casas do Parlamento, o Museu Victoria e Albert, a Galeria Nacional. Se olhar na página três, verá que eu compilei uma lista de leitura suplementar que...

A dra. Quinn fez um gesto indicando que Janelle deveria parar de falar.

— Você — falou ela — não é quem me preocupa. Deixe-me ouvir outra pessoa.

Vi se pronunciou.

— Quero me concentrar no impacto do colonialismo — disse elu.

— É um assunto amplo — retrucou a dra. Quinn.

— Vou focar no Museu Britânico — respondeu Vi — e a questão da posse de artefatos culturais.

— E você, Nate?

— Coisas de livro — disse ele. — Escritores...

— Pode ser mais específico?

— A Biblioteca Britânica. *Hã*, eu vou... tem manuscritos lá. Que eu vou olhar. Eles. Os originais. E tem passeios literários.

A dra. Quinn se recostou na cadeira e rolou a caneta esferográfica entre o dedão e o indicador por um momento.

— E você, Stevie? — perguntou ela. — Essa viagem parece ser um convite de David Eastman, então presumo que você tenha algo significativo planejado e não esteja só dando uma desculpa para sair da escola e visitar seu namorado. Ou algum outro motivo leviano.

— Bem — disse Stevie. — Eu estava esperando, só... os museus. O...

Ela tinha ensaiado. Tinha toda uma lista de lugares, justificativas, mentiras completas. Mas, sob os raios escaldantes do olhar da dra. Quinn, sua mente se tornara um lugar seco e estéril.

— O...?

Use palavras, Stevie.

— O... papel específico que a Inglaterra tem nos retratos midiáticos de crimes. Mistérios. Por que gostamos de mistérios ingleses? Como os mistérios ingleses viraram moda, especialmente durante o período entre a Primeira e a Segunda Guerra Mundial? O assassinato como uma atividade de conforto. Ler sobre isso, quer dizer.

Tinha saído embaralhado, mas ela mencionou os conceitos principais.

— Entendo. Bem. Vocês podem compreender por que me deixa um pouco nervosa permitir que vocês quatro viajem como grupo. Coisas tendem a acontecer quando vocês se deslocam como uma unidade.

— Não é exatamente culpa nossa — defendeu Stevie.

— Poderíamos dizer que sim.

— Essa é uma viagem acadêmica — argumentou Janelle. — Quer dizer, também é empolgante. Eu quero ver Londres. Todos queremos ver Londres. Recebemos uma oferta com um lugar para ficar. É o único jeito que podemos bancar algo assim. E como é a semana de Ação de Graças, só perderíamos uns quatro dias de aula. É uma oportunidade que não vamos ter de novo.

Esperta. Boa jogada. Janelle soltou aquela última nota com o tom de voz perfeito.

A caneta foi rolada mais algumas vezes. Silêncio, exceto pelo barulho metálico do aquecedor sendo ligado em algum canto do Casarão.

Tic. Tic. Sssssssh.

— Certo — disse a dra. Quinn. — Entendo que essa proposta que vocês montaram é só um estratagema para obter minha aprovação, mas é uma boa oportunidade. Londres é uma cidade incrível. Vou dar meu ok provisório. Mas há condições. Depois que esses planos forem aprovados pelos professores, vocês vão montar um cronograma e vão se ater a ele. Vão permanecer juntos como um grupo. Não vão se desviar do roteiro sem a minha permissão. Eu tenho muitos, muitos contatos em Londres. Meus olhos e ouvidos estão por toda parte. Também vou ligar para vocês. As chamadas serão em momentos aleatórios. E, quando eu ligar, vocês vão atender e me mostrar onde estão e o que estão fazendo. Pensem em mim como se estivesse sempre com vocês.

Stevie Bell tinha enfrentado assassinatos, fugido para salvar a própria vida, caído de grandes alturas e olhado para o abismo de várias outras formas. Nenhuma dessas coisas inspirava o mesmo pavor que a ideia da dra. Quinn se dirigindo a um aeroporto, embarcando num avião e indo para outro país apenas para trazer Stevie para casa porque ela tinha feito alguma cagada.

Mas ela tinha o sim.

24 de junho, 1995
8h30

THEODORA BAILEY DESCOLOU A CABEÇA DO TRAVESSEIRO E OLHOU O RELÓGIO. Esfregou o rosto com força. Por um lado, sabia que deveria voltar a dormir. Tinha se arrastado para a cama apenas três horas antes. Por outro, sabia que tentar era inútil. Ela era constitutivamente incapaz de dormir depois das seis da manhã, não importava o que tivesse feito na noite anterior, então oito e meia já era indulgente o bastante. Quando começasse a residência no hospital dali a alguns meses, ela teria muitas noites insones, mas ainda precisaria cumprir seus deveres. Isso era um bom treinamento. Ela se empurrou da cama maravilhosamente confortável, cogitou vomitar, esperou o momento passar e se colocou de pé.

De todos do grupo, ela tinha sido a que menos bebera na noite anterior, mas isso ainda significava quatro ou cinco taças de champanhe. Ou seis. Quem poderia saber? Sebastian as enchia antes que estivessem vazias, então podia ter sido qualquer quantidade. Além disso, teve o uísque. Parecia que alguém tinha puxado um suéter de lã sobre os pensamentos dela.

Pelo visto ela tinha tentado se trocar antes de ir dormir — pelo menos estava usando uma camiseta grande demais do Prodigy como uma tentativa de pijama. Enfiou uma calça de moletom que encontrou no chão a seu lado. Quando começara Cambridge, tinha cabelo natural e comprido. A cada ano, cortava alguns centímetros. Médicos precisavam de algo fácil de manejar, em que as coisas não ficassem presas, como o vômito dos amigos quando você os ajudava a ir até o banheiro depois de uma longa noite. Estava reto no topo e cortado curto; quando correu a mão por ele, encontrou uma folha e certos detritos orgânicos de quando rastejara sob uma parede de teixos algumas horas antes. Puxou-os dali. O dano podia ter sido muito pior — eles tinham sorte por ninguém ter sido atingido por um galho caído durante a tempestade. Ou uma árvore inteira, por sinal. Ela podia lidar com uma ou outra folha.

Após uma rápida ida ao banheiro para jogar água no rosto, ela desceu a escadaria principal, tomando cuidado para pisar na lateral dos degraus em vez de no centro. (O centro do degrau sempre rangia mais que as bordas.) Não que as chances de perturbar alguém numa casa tão grande fossem altas. Mas, vivendo espremidos como faziam em Cambridge, já era instintivo pisar de leve e tentar não acordar os amigos.

Ela foi à cozinha, bebeu um copo d'água cheio, e seguiu com uma xícara de café instantâneo e alguns biscoitos de aveia soltos que encontrou em um prato. A cozinha tinha sofrido um ataque sério durante o banquete da madrugada. Ela pôs as travessas que estavam no forno, com restos carbonizados de iscas de peixe e batatas, na pia sob água. Jogou papéis de bala no lixo, varreu o chão e lavou pratos e xícaras. Então começou o circuito para fazer a triagem dos feridos.

Sebastian e Sooz estavam profundamente adormecidos nos sofás, então ela voltou silenciosamente para o andar de cima e percorreu os corredores, espiando dentro dos quartos. Yash, Peter e Angela estavam todos nos próprios quartos, vestidos em maior ou menor grau e numa variedade de posições. Yash tinha se enfiado sob os cobertores, apenas um pouquinho de cabelo despontando por cima. Angela estava deitada de bruços na cama, inteiramente vestida. Peter estava de cueca, dormindo atravessado na cama, a cabeça e os pés pendendo das beiradas. Demorou um pouco mais para achar Julian; ele decidira dormir numa espreguiçadeira chique na biblioteca. Ela jogou uma manta sobre ele.

Por mais que procurasse, não conseguia encontrar Rosie ou Noel — nem nos quartos que eles tinham reivindicado, nem nos quartos vazios ou em qualquer outro cômodo dentro do labirinto extenso que era Tempo Bom. Quanto mais procurava, mais determinada ficava a encontrá-los. Ela abriu armários, olhou em closets, foi até a despensa, a adega, em todos os banheiros e antessalas. Era esquisito, mas nem de longe o resultado mais estranho de uma das festas deles. Uma vez, ela encontrara

Sebastian dormindo no capacho da porta da frente. Ele tinha voltado a pé do pub, chegado à porta, se encolhido e dormido ali. Outra vez, achou Sooz num carrinho de compras no jardim dos fundos. Se Rosie e Noel estivessem escondidos no templo ou em alguma outra construção externa, não era nada demais.

Ainda assim, aquilo a incomodou. Ela gostava de saber que todos estavam bem. Além disso, podia ser meio tedioso ser a pessoa responsável que acordava antes de todo mundo. Normalmente, ela os deixaria dormir, mas isso era quando tinham todo o tempo do mundo. Naquele momento, os minutos importavam, cada segundo era precioso. Na semana seguinte, eles voltariam para casa, empacotariam as coisas e se separariam. Sooz, Sebastian, Peter, Yash e Angela iam para Londres. Julian ia para o norte, trabalhar com direito. Rosie voltaria a Dublin, talvez, ou quem sabe Manchester, ela ainda não tinha certeza. Noel não sabia aonde iria, mas por um tempo se mudaria de volta para casa em East Anglia. Theo ainda tinha alguns anos de estudos médicos em Cambridge e em vários hospitais. Levava anos para se tornar uma cardiologista, e ela os viveria sem os outros oito pedaços de si.

Theo enrolou um pouco mais, então decidiu que era hora de dar uma cutucada gentil nos outros. Seria triste se os acordasse e não tivesse um bom motivo para tirá-los da cama, então faria sanduíches de bacon para todo mundo. Todos levantariam por um sanduíche de bacon — todos exceto Rosie, a vegetariana da casa. Ela ganharia torradas com salsichas vegetarianas.

O cheiro atraiu Peter primeiro. Ele arrastou os pés até a cozinha e afundou numa cadeira. Pela postura e expressão dele, Theo podia ver que, embora acordado, ainda não estava sóbrio.

— Como você está tão bem? — perguntou ele.

— Só estou — respondeu Theo. — Você está péssimo.

— Obrigado.

Ele aceitou o sanduíche de bacon e o consumiu avidamente, depois pegou um segundo.

Yash e Sooz chegaram em seguida, desabando juntos num pequeno sofá junto às janelas. Theo distribuiu chá e sanduíches para eles, que comeram, mas com menos gosto.

— Ainda não acredito — murmurou Yash, a boca cheia de sanduíche. — Finalmente conheci alguém. Conheci *uma* pessoa e Julian teve que se intrometer.

— Antes de te conhecer — disse Sooz, consoladora. — Ela claramente gostou muito mais de você.

— Eu dei nosso número e endereço para ela. Emprestei um CD do Pulp. Ela disse que ia ouvir e devolver. Eu realmente... gostei dela.

— Julian é um bundão. — Sooz apoiou a cabeça no ombro de Yash.

— Ele é um bundão — respondeu Yash.

— Todos sabemos que Julian é um bundão — disse Peter. — Mas ele não fez nada de errado dessa vez.

— Fora trair Rosie — apontou Sooz.

— Pau que nasce torto nunca se endireita. Ela devia ter se acostumado com isso. Você se acostumou.

— Eu nunca me *acostumei*, Peter.

— Só estou dizendo...

— Além disso, Rosie é mais esperta que eu. Eu suportei mais tempo do que deveria. Rosie não. Ou não tanto. E eu era tão ruim quanto ele. Só estou dizendo que Noel e Rosie foram feitos um para o outro e estou feliz que finalmente vão ficar juntos. E, Yash, meu querido, não se preocupe com Julian e essa garota canadense.

— Ela nunca ligou. Provavelmente foi para casa. Eu gostei dela. E ela gostou da minha ideia de esquete onde todos usaríamos baldes na cabeça sem nunca perceber.

Peter fechou os olhos.

— Esse esquete não vai funcionar — disse ele.

— Só precisa ser polido.

— Meu Deus — exclamou Sooz. — Não é à toa que vocês dois nunca transam. Só conseguem prestar atenção por dez segundos antes de pensar em esquetes de novo. Você não estava arrasado um momento atrás?

— Provavelmente dá para tirar um esquete disso — disse Yash.

A torradeira apitou e Theo deu os toques finais em mais alguns sanduíches, que arrumou em um prato. Colocou numa bandeja, com mais xícaras de chá, e os levou até a sala de estar. Sooz, Peter e Yash a seguiram como patinhos — bom, patinhos que queriam mais chá e sanduíches de bacon. Quando ela colocou a bandeja sobre uma mesa, Sebastian foi atingido por um raio de energia e se lançou da poltrona.

— Certo — disse ele. — Certo. O que está acontecendo? O que estamos fazendo?

Ele bebeu o conteúdo da taça mais próxima, que tinha uns dois dedos de um líquido marrom e possivelmente um pouco de cinzas de cigarro.

— Vou chamar Julian — disse Theo. — Ele está dormindo na biblioteca.

Angela desceu a escada, arrastando os pés e esfregando os olhos. Ela pegou um sanduíche de bacon e sentou-se no tapete para comê-lo. Theo voltou com um Julian sonolento, que esfregava o cabelo loiro. Julian conseguia ficar ainda mais lindo quando estava desgrenhado e tinha dormido pouco.

— Vocês viram Noel e Rosie? — perguntou Sooz.

— Eu procurei — respondeu Theo. — Não consegui achar eles.

Sebastian apoiou a cabeça na cornija de mármore e resmungou.

— Eles ainda estão se pegando? — questionou ele. — Chester chega à tarde. Ele tem uma constituição delicada. Pegar duas pessoas em *flagrante delicto* pode matá-lo.

— Você deveria ir buscá-los — disse Sooz.

— Por que eu?

— A casa é sua. Você é o senhor da mansão. Vai ser o *seu* jardineiro morto. E todos precisamos do seu negocinho especial para sobreviver à manhã.

— Você vai me fazer sair lá fora, na *luz cegante do sol*...

Ele apontou a janela e a manhã cinza que emoldurava com um dedo.

— ... porque nossos amigos são ninfomaníacos descontrolados?

— Vamos — disse Theo, entregando-lhe uma xícara de chá. — Bebe isso e a gente vai procurar os dois juntos.

Sebastian deu um gole e fez uma careta.

— Deus, não tem álcool nisso. Está tentando me matar?

— Estou — confirmou Theo. — Beba seu chá. E um pouco de água.

— Eu sou — começou ele, segurando um arroto — o Honorável Sebastian Holt-Carey, futuro sexto visconde Holt-Carey. Me respeite.

Sooz jogou um saco de batatinhas meio vazio nele. Pousou em seu ombro.

— Vou deixar isso passar, plebeia — disse ele —, porque ainda tem umas batatinhas aqui. Tudo bem. Me enviem para minha morte. Theo, você vem comigo. Vamos fazer essa jornada terrível no sol do deserto escaldante.

— Quantas garrafas você acha que bebemos ontem à noite? — perguntou Theo enquanto atravessavam o gramado esponjoso. O matiz de aço do céu sugeria que a chuva torrencial da noite anterior poderia se repetir em breve.

— Quem pode dizer? Provavelmente umas vinte de champanhe. Seria vergonhoso se fosse menos que isso. Além de todo o restante.

— E seus pais não vão se importar?

— Quem liga se eles se importarem? Enfim, é para isso que servem essas coisas. Não deixamos Cambridge todos os dias.

— O que você acha de Rosie e Noel? — perguntou Theo.

— Demorou, como alguns outros casais que eu poderia mencionar.

Ele lançou um olhar significativo para Theo.

— Não — disse ela.

— Yash sempre gostou de você e você sempre gostou dele. O que está esperando? É hora de agir.

— Já falamos sobre isso, Sebastian.

Eles passaram por um arco no muro do jardim e saíram na entrada de carros. O cascalho fazia barulho sob as botas.

— Não falamos, não. Eu pergunto e você não responde.

— Porque ainda tenho a residência para terminar e...

Eles toparam com um carrinho de mão virado e um balde.

— Chester geralmente mantém isso trancado em algum lugar — disse Sebastian. — É o carrinho de mão favorito dele. Ele é todo cuidadoso com isso. Acho que...

Suas palavras foram morrendo. Eles tinham chegado ao galpão de madeira. A porta estava aberta. O cadeado ainda estava trancado, mas alguém o tinha contornado arrancando a fechadura da madeira.

— Que merda — falou ele, correndo até lá. — Merda...

— Roubo? — pergunto Theo.

— É o que parece, porra. Não acho que nosso grupo seja do tipo que arromba os lugares.

Sebastian entrou no galpão e tentou acender a luz, mas nada aconteceu.

Havia pouco lá para roubar, a não ser que você estivesse no mercado por madeira, teias de aranha ou velhas ferramentas quebradas. O galpão continha apenas uma coisa de valor real, e Sebastian foi checá-la. Apalpou em busca de algo ao lado da porta, que no fim era um machado de cabo comprido. Entrou mais fundo no galpão e segurou o machado sobre a cabeça, esticando a lâmina delicadamente até achar um pequeno nó de corda. Ele a puxou, abaixando degraus de madeira dobráveis.

— Está tudo certo aqui em cima — declarou ele de sua posição, na metade dos degraus. Theo só podia ver sua metade inferior; o restante estava no vão sob o teto do galpão. — Eles não acharam o que vieram pegar, se foi isso o que vieram pegar. O chão está encharcado. A porta deve ter ficado aberta a maior parte da noite. Parece que despenderam muito esforço a troco de nada... que foi?

Theo estava encarando Sebastian com uma estranha intensidade enquanto ele descia a escada.

— Seu rosto — disse ela.

— O que tem?

— Você se cortou. Está sangrando. O lado direito.

— Acho que não — disse ele, tocando a bochecha. — Como eu poderia ter feito isso?

Ele examinou os dedos. Estavam manchados de sangue. Ele apalpou a bochecha de novo, procurando um corte, mas não havia nada. O sangue vinha de lugar nenhum.

— Não tenho nenhum corte — falou ele. — De onde veio isso?

Então Sebastian notou — a coisa no chão, perto da pilha de lenha. Primeiro, pensou que era um tronco. Mas então viu que esse tronco em particular parecia estar usando uma galocha. Era uma perna nua debaixo de uma pilha de lenha.

Theo também vira a perna e se ajoelhou no chão, tirando a madeira de cima de Rosie.

Ou, ao menos, tirando a madeira do que sobrara de Rosie.

4

A PARTIDA ESTAVA MARCADA PARA O SÁBADO ANTES DO DIA DE AÇÃO DE GRAÇAS. Seus pais ficaram tristes no começo, ao saber que Stevie não estaria em casa para brigar com eles por um peru de tamanho mediano e recheio de caixinha, mas, quando ouviram que David estava envolvido, tudo mudou. Os pais de Stevie amavam David. Eles o amavam de um jeito que era irritante e enervante. Eles o amavam porque:

a) acreditavam que Stevie ter um namorado era uma missão primordial na vida; e

b) David era filho do herói deles, que por acaso era um político incrivelmente tóxico, caído em desgraça e temporariamente fora de ação, fazendo o que quer que seja que políticos tóxicos fazem enquanto esperam que o público esqueça seus erros. A memória do público é surpreendentemente curta quando se trata dessas coisas.

Qualquer que fosse o caso, isso agia a favor de Stevie. Esse obstáculo foi facilmente superado.

Os outros tiveram as respectivas conversas com a família, e todos receberam permissão para aquela oportunidade educacional. Receberam um e-mail de um cara na embaixada americana e, às vezes, isso era suficiente para fazer o plano de uma semana de tours e oportunidades de foto parecer mais legítimo do que era.

Ela foi às aulas. Fez as leituras (quase todas). Foi a encontros de estudo no *yurt*. Viu as folhas mudarem para dourado e vermelho e, por fim, marrom e caírem das árvores. Comeu xarope de bordo e fingiu ser um membro funcional do corpo estudantil. Estava fisicamente presente. Seu corpo comparecia aos lugares. Sua mente, não tanto. Por semanas, ela foi inundada pelo tipo de empolgação que beirava o pânico. Tudo era novo e fresco e vivo. O ar cheirava mais doce. As aulas eram mais interessantes. A matemática parecia relevante. Os novos alunos eram cidadãos cintilantes da humanidade, e os antigos colegas de classe tão próximos quanto família. As ovelhas a amavam, e ela as amava de volta.

Os pensamentos dela circulavam um assunto, como água numa pia. Alguns dias antes da partida, Stevie decidiu que não conseguia lidar sozinha com as próprias dúvidas, então era hora de consultar a especialista. Bateu na porta de Janelle. A amiga ergueu os olhos da tarefa de física, de uma série de TV e de um trabalho de crochê — tudo que ela estava assistindo e fazendo ao mesmo tempo, porque era Janelle.

Stevie sentou-se no chão e cutucou a madeira por um momento, tentando encontrar as palavras.

— Quando a gente for para a Inglaterra — começou ela. — Eu não... tenho a chance de ver David com frequência. E eu estive... porque ele foi embora, e eu... eu acho que eu... eu quero...

Ela sabia as palavras, mas estava tendo dificuldade em dizê-las.

— Eu acho que nós... eu...

— Você quer transar com David — disse Janelle sem rodeios.

Stevie apontou para ela, indicando que tinha adivinhado.

— Como sabia?

Janelle sorriu de um jeito que sugeria que Stevie era um lindo peixe tropical, tão simples e precioso.

— Qual é a sua dúvida? — questionou Janelle. — Não sou exatamente uma especialista em anatomia masculina, mas sei o básico.

— Não! Não. Não... o que eu... faço? Não... o que eu *faço*. Mas o que eu faço? Para isso... quer dizer, para fazer acontecer? Para me preparar? Eu só quero estar pronta, caso...

— Quer dizer, contraceptivos? É o que está perguntando?

— Não. Quer dizer... tipo, eu tenho que... vestir alguma coisa?

— Na verdade, não. Isso é meio que parte do negócio.

— Quer dizer, algo para antes. Tipo um *look*.

— *Ahhhh.* — Janelle assentiu. Escolhas de moda. Essa era a praia dela.

— Bem, antes de tudo, eu diria que você precisa se sentir confortável. O importante é o que te faz se sentir sexy. O que te faz se sentir sexy?

— Você tá mesmo me perguntando isso? Nada.

— Quer dizer, o que você acha que cai bem em você?

Stevie olhou ao redor do quarto, impotente.

— Um... moletom?

Janelle se recostou na cama. Aquilo era um desafio, e Janelle gostava de desafios.

— Não existe moletom de sexo — falou ela. — Quer dizer, provavelmente não existe moletom de sexo.

— Por favor, pare de dizer moletom de sexo.

— E... calcinha e sutiã?

— Eu tenho calcinha e sutiã — confirmou Stevie.

— Talvez possa arranjar umas bonitas?

Stevie tinha considerado isso, mas calcinha e sutiã bonitos não eram para ela. Ela usava calcinhas de algodão que vinham em pacotes de três, geralmente pretas. Estavam todas esgarçadas, exceto por uma que se agarrava ao elástico com teimosia. Era a calcinha mágica, e Stevie a guardava para ocasiões especiais, como quando poderia ter que se curvar mais do que de costume ou o dia em que seu podcast favorito postava um episódio novo. Quanto a sutiãs... na metade do tempo ela esquecia de usar, e na outra usava o mesmo sutiã esportivo que tinha pegado em uma liquidação. Então, na verdade, era sutiã. No singular. Muito esticado. Com marcas de desodorante que nunca sairiam.

— Vamos fazer umas comprinhas — disse Janelle, abrindo uma aba no navegador. — Ver o que achamos.

Janelle gesticulou para Stevie se sentar ao lado dela e casualmente começou a procurar lingerie. Como se fosse uma coisa que qualquer um podia fazer. Como se olhar sites de lojas fosse grátis ou algo assim.

— Vamos começar com os mais sofisticados — anunciou Janelle, abrindo um site diáfano com foco suave e cheio de pessoas relaxando em sofás, usando calcinha e sutiã combinando sob a luz do sol entrecortada, parecendo presunçosamente satisfeitas. — Vamos só ter uma ideia do seu estilo de sutiã. Do que você gosta?

Stevie não sabia o que havia para gostar ou desgostar. Sutiãs eram uma construção padrão: duas partes com bojo, duas alças, e algo para sustentar tudo.

— Bojo? — perguntou Janelle. — Meia-taça? Renda?

Stevie tamborilou as unhas no chão, nervosa.

— Vamos começar com algo básico — tentou Janelle, clicando numa das ofertas. Era uma peça com renda, preta, com detalhes prateados. Tinha um ar de fantasia de criada francesa e custava noventa dólares. Embora Stevie tivesse dinheiro, não era infinito, e com certeza não gastaria noventa dólares em um sutiã.

— Isso é básico? — perguntou ela.

— Renda preta é bem padrão.

— Custa noventa dólares!

— Qual é a sua verba? — perguntou Janelle.

— Eu... eu não sei. Não pensei nisso.

Tudo o que Janelle sugeria estava errado. Rosa era errado. Forte demais. Janelle ofereceu um sutiã preto simples, severo demais. Vermelho estava fora de cogitação. Tinha um sutiã azul que ela quase aprovou até Stevie ver que tinha renda de uma cor diferente, o que o desqualificava completamente. Janelle ficou encantada com um conjunto amarelo-vibrante, mas mais para ela mesma do que para Stevie, já que amarelo era sua cor favorita. Branco fazia Stevie se sentir um sacrifício. Um verde apenas a confundiu. Ela viraria uma planta.

— Não acho que seja a cor — disse Janelle, por fim. — Você só não quer um sutiã. Tudo bem. Vamos em frente.

— Não precisa — recusou Stevie. — Acho que talvez eu só... Eu vou pensar no assunto.

Ela pensou no assunto durante todas aquelas semanas. Tinha comprado algo. Pusera na mala. E então estava no avião com ela.

Stevie tinha ambições para o voo — coisas que leria, tarefas que adiantaria, e ter menos com o que se preocupar durante a semana. Ela seria produtiva.

O que Stevie fez de fato, quando o avião decolou noite adentro e as luzes da cabine diminuíram, foi entrar num estado de transe e encarar a telinha à frente sem enxergar nada. Cutucou a seleção de entretenimento porque estava lá, na cara dela, e seu cérebro ficou tão sobrecarregado pela experiência que quase podia ouvi-lo chiar. Ela achou *Assassinato no Expresso do Oriente* disponível. Tinha visto esse filme pelo menos dez vezes, o que foi o motivo para vê-lo de novo. Seria exagero dizer que ela o assistiu. Estava na frente dela. Ela estava ciente de sua presença.

O jantar chegou e Stevie aceitou o item descrito apenas como "frango". Ficou obcecada por um pacotinho de molho de salada que se recusava a ser aberto, então tentou rasgá-lo com os dentes. Funcionou bem demais e, quando o rasgou, o conteúdo explodiu na frente do moletom preto (aquele que ela planejara usar na maioria dos dias da viagem e estava eternamente maculado pelas palavras "moletom de sexo") e um pouco no cabelo de Nate. Nate não reparou, porque estava lendo alguma coisa, e ela não quis contar a ele.

Por fim, a linha cor de pêssego do sol nascente ficou mais forte, e eles passaram sobre um canal de água. A terra parecia uma colcha de retalhos verde — grandes quadrados limitados por sebes e árvores e estradas sinuosas. Então eles abaixaram de altitude até o que Stevie podia ver claramente que era Londres. Lá estava o Tâmisa, serpenteando pela cidade. O avião quicou duas vezes quando tocou o chão.

Ela já tinha decidido engolir o custo de ligar os dados móveis — ia contra todo instinto orçamentário, mas de jeito nenhum ela ficaria sem. Havia uma série de mensagens de David esperando por ela.

Vocês decolaram?

Está pilotando o avião?

Estou vendo seu avião. Você está perto da Islândia. Acene para a Islândia.

Já chegou?

Ela tentou responder, mas o celular estava demorando para reconhecer a nova localização e houve um alvoroço para pegar as bagagens de mão e fugir da aeronave, como se estivesse prestes a ser inundada por gás venenoso. Stevie ficou presa na confusão, puxando a mochila de baixo do assento à frente, limpando migalhas do colo e lentamente indo até a saída. Olhou para os resquícios do voo, a carnificina que os passageiros tinham feito no avião — papéis de embrulho, cobertores amarrotados, latas de Pringles vazias, copinhos plásticos virados, máscaras de dormir descartadas. Mal parecia que um voo internacional tinha acontecido, estava mais para uma *rave* bem chata.

A primeira impressão que Stevie teve da Inglaterra foi uma série de corredores e filas. Os corredores do aeroporto de Heathrow eram infinitos, com pessoas andando depressa ou pegando as esteiras rolantes, passando por anúncios mostrando pessoas com os braços abertos dando as boas-vindas. Havia longos corredores sinuosos para chegar à imigração, onde eles esperaram com centenas de outras pessoas. Ela se aproximou do final da fila com o passaporte novinho em folha. Teve certeza, por um momento, de que um agente da imigração o abriria, olharia para Stevie e diria "De jeito nenhum, esquisitona. Não vou te deixar entrar" ou talvez "É você a garota que solucionou aqueles assassinatos? Porque acho que encontrei um corpo numa mala".

No fim, eles nem precisaram falar com ninguém. Cada um foi empurrado para um pequeno compartimento de vidro, onde enfiaram os passaportes virados, e então um olhinho computadorizado deslizou para baixo e tirou a foto deles. O compartimento se abriu e Stevie foi liberada para entrar no Reino Unido.

Enquanto esperavam as malas, ela mandou uma mensagem para David falando que tinham pousado. Depois encarou o celular, esperando uma resposta. Não chegou nada, nem quando eles passaram pela barreira estranha que queria saber se você tinha algo a declarar. (Se não tinha, passava por uma seção verde, onde ela ficou pensando que alguém ia parar e checar ou pelo menos perguntar algo, mas ninguém perguntou. Eles pareciam acreditar em você.) Ela prendeu o fôlego, torcendo para que David fosse uma das pessoas esperando no desembarque, segurando flores e placas e bexigas.

Ela era a bexiga naquele momento, esvaziando-se suavemente. Não havia David esperando na barreira. Nem perto do balcão de transporte. Nem na barraquinha de café. Nem no caixa eletrônico. Por mais que não quisesse ser vista com o molho de salada e os olhos vermelhos brilhantes, queria que aquele momento fosse real — o momento em que ele se inclinava, esperando por ela.

Havia, porém, um homem de suéter marrom com uma plaquinha que dizia:

JANETTE FRANKLIN, NATE FISHER,
VI HARPERTOMO, STEVE BELL

— Eu venci — disse Nate, arrastando a mala. — Steve. Janette e Vi e *Steveeeee*.

O homem, que tinha um forte sotaque cockney*, pediu que o seguissem. Eles o seguiram através do desembarque, passando pelo elevador até um estacionamento. Caminharam por tanto tempo que Stevie começou a se perguntar se eram as vítimas de um sequestro muito preguiçoso. Ela esperava por um daqueles grandes táxis pretos que pareciam chapéus--coco, mas era uma minivan preta com as palavras *Addison Lee* escritas no vidro de trás. Poucos minutos depois, disparavam por uma rodovia e, por mais que ela tivesse se preparado para estar do outro lado da rua, seus sentidos ficaram embaralhados por alguns minutos. Stevie observou os caminhões, que eram vagamente diferentes de um jeito que não conseguia identificar. Também havia algumas ovelhas nos pastos ao longo da estrada, então era como se tivessem levado um pedacinho de Ellingham com eles.

Não viu placas que dissessem BEM-VINDO A LONDRES, POPULAÇÃO: MUITA GENTE, E AINDA TEMOS FANTASMAS, nem nada assim. De repente, só havia mais coisas. Mais casas ao longo da estrada. Mais lojas. Mais caminhões e carros e viadutos. Então ela viu o primeiro ônibus vermelho de dois andares, e tudo entrou em foco em sua cabeça. Caixas de correio vermelhas. Placas de rua pintadas de branco, vermelho e preto. Casas de tijolo grandiosas, com janelas arqueadas e sacadas de ferro forjado. Prédios infinitos com uma imponência baixa e severa — longas fileiras de prédios de fachada branca. Bandeiras do Reino Unido balançando na frente de hotéis. As distintivas placas do metrô com o círculo vermelho cruzado com uma barra azul. Aí ela viu o primeiro marco que claramente reconhecia — a estátua de Eros em Piccadilly Circus. Eles atravessaram ruas de teatros e restaurantes, até uma via bem mais veloz que seguia o rio. Então veio uma série de curvas além de um prédio enorme de pedra cinza que parecia um palácio. Mais algumas curvas ao redor de um quarteirão confuso, até que o carro parou na frente de um prédio feito de tijolo vermelho-dourado (eles gostavam mesmo

---

* Sotaque característico da região East End de Londres. Gírias rimadas compõem o dialeto. (N.E.)

de tijolos em Londres), com janelas longas. Tinha cinco andares, com muitos picos e janelas arqueadas. Ao lado dele, ficava um prédio idêntico e os dois eram conectados por uma estrutura mais baixa.

— Lá vamos nós — disse o motorista.

No começo do trajeto, Stevie tinha dado atualizações a David. Ficara fascinada demais para fazer isso na meia hora que passou, e só então abaixou os olhos para o celular para ver a mensagem.

Desculpe, preciso fazer um negócio. Vou tentar te ver hoje à noite.

Os olhos dela quase se encheram de lágrimas.

— Que foi? — perguntou Vi.

Stevie estendeu a mensagem para elu ler.

— Não tem problema — assegurou Vi. — Vamos desfazer as malas e depois você encontra ele.

Vou tentar te ver hoje à noite. Que porra era aquela?

Nate se inclinou e leu a mensagem também.

— Ah, ótimo — disse ele. — Eu estava torcendo por um pouco de tensão esquisita.

— Vamos — falou Janelle, abrindo a porta. — Estamos aqui!

Stevie respirou tremulamente e abriu a porta de lado, quase derrubando alguém numa bicicleta. Ela ouviu um xingamento gritado enquanto a bicicleta seguia em frente.

— Olhe para a direita — disse uma voz.

Uma cabeça apareceu na porta aberta. Surgiu de lado, quase de ponta-cabeça. Tinha um chumaço de cabelo quase preto, meios-cachos e tufos desgrenhados, e um sorriso torto.

— Como vão, cretinos?

5

David estendeu uma mão para ajudá-la a sair do carro.

— Você...

— Foi uma piada. Você ama piadas!

— Eu odeio piadas — respondeu Stevie, sorrindo. A mão dele estava quente e o gesto era tão cavalheiresco. Era o primeiro toque, o primeiro contato. Ele era real.

— Ah, é verdade — disse ele, então se abaixou e a beijou. Foi fugaz; na verdade, somente um roçar de lábios.

Com David parado ali, e ela na frente dele, tudo entrou no lugar. Stevie o olhara em centenas de fotos desde que ele fora para a Inglaterra, e nas inúmeras chamadas de vídeo, mas pessoalmente podia ver como seu cabelo, um pouco mais comprido, se movia na brisa, a ponta dos cachos balançando para a frente e para trás. Ele usava seu casaco preto, comprido e bonito. O casaco. Aparentemente causara um rombo de dois mil dólares no cartão de crédito do pai dele. David o comprara para impressioná-la, para se arrumar para ela, e provavelmente para irritar o pai também. Tivera sucesso em ambas as coisas.

Era difícil explicar o efeito do casaco. Varria a parte de trás das panturrilhas. As lapelas pareciam destacar os ângulos do rosto dele. Era uma peça mágica.

Por baixo, ele usava a calça de moletom gasta de Yale que pertencera ao pai dele — as letras brancas rachadas e esmigalhando-se na perna. Stevie deu um passo para perto dele e notou um cheiro desconhecido. Sabão em pó novo. Um aroma forte. Era o aroma inglês dele. Ela queria agarrá-lo, empurrá-lo ao lado da minivan, beijá-lo até os pulmões se virarem do avesso pela falta de ar, até a noite cair e o sol se erguer de novo. Queria enojar o mundo e não se importar. Queria vingança por meses de noites solitárias. Queria sentir o gosto da pele dele.

Mas o que ela disse foi:

— Você é péssimo.

David jogou os braços ao redor da cintura dela e a ergueu, girando-a uma vez e quase batendo no motorista com as pernas dela. O homem desviou, resmungando baixinho, e foi pegar as malas no bagageiro. David cumprimentou a todos. Vi e ele sempre se deram bem, então se abraçaram calorosamente. Janelle nunca gostou muito dele, mas aceitou um abraço. Nate não era dado a abraços, então só assentiram um para o outro.

Stevie tinha passado a meia hora anterior da viagem apertando uma nota de dez libras na mão suada e a apresentou ao motorista antes de ele ir embora. Ela não soube, pelo olhar dele, se era muito ou uma merreca patética. Decidiu que se preocuparia com isso por dias. Que a acordaria à noite.

— Bem-vindos a Londres — disse David. — Esta é a Casa Covarde, onde vocês vão ficar. Aquele prédio — ele apontou para um prédio idêntico ao que eles estavam na frente — é onde eu moro. É conectado com o de vocês através do saguão e da sala comunal. Vocês vão ficar por aqui.

Ele pegou a mala mais próxima e começou a puxá-la. Por acaso, era a de Nate, que ficou perfeitamente satisfeito com David arrastando as coisas dele. Não havia um jeito elegante de puxar a mala escada acima até um saguão com inúmeras luzes fluorescentes, o que Stevie tinha certeza de que deixou sua pele com um atraente tom de verde cinzento, como um repolho triste. Ainda era final de novembro, mas uma pequena árvore de Natal tinha sido colocada num canto vazio do saguão, parecendo estar em uma festa na casa de um estranho e odiando cada segundo.

Na recepção, tiraram fotos deles e as imprimiram em carteirinhas. Stevie tentou não olhar para a dela, com os olhos injetados e o moletom com molho de salda. Cada um deles recebeu uma chave com um chaveiro comum.

— Quarto 5-19 — disse a pessoa atrás do balcão para Stevie. — Quinto andar.

Havia elevadores, mas eram comicamente pequenos, claramente projetados para ajudar pessoas que precisavam e não para carregar cinco malas americanas idiotas por cinco andares. Eles se espremeram no elevador em duas levas de pessoas e malas, e ele fez a subida numa lentidão relutante até o quinto andar.

— Por aqui — guiou David, pegando a alça da mala de Stevie e a puxando.

Para chegar aos quartos, eles tinham que passar por três portas pesadas que segmentavam o corredor sem um motivo aparente.

— Alguém está recebendo uma baita grana da indústria de portas — disse Nate.

— Eles amam portas corta-fogo aqui — comentou David. — Tem algo a ver com a cidade inteira ter queimado até virar cinzas.

A maioria das portas no corredor estava fechada, e havia um som baixo de vozes atrás de somente algumas delas.

— Parece vazio — disse Stevie.

— Bem, é a hora do pub. Muita gente desce para beber ou comer ou só ficar à toa no bar por volta dessa hora. Meio que existe uma rotina. Eu mostro pra vocês. Esse é o seu, Vi. Nate, você fica aqui. Janelle, acho que você está algumas portas à frente. E aqui... dezenove.

Stevie abriu a porta de um quarto compacto e utilitário com janelas com vista para a rua. Ao contrário de Ellingham, que tinha quartos grandes e extravagantes, este era uma moderna tela em branco — paredes brancas e lisas, mural de cortiça vazio, luzes embutidas no teto e ao lado da cama.

David encostou a porta e abraçou Stevie, olhando-a no rosto.

— Você veio mesmo — disse ele.

— Espera. Você estava brincando sobre o convite?

— É — admitiu David. — Pode voltar?

Todo o tempo e a distância que eles passaram longe desapareceram, e Stevie sentiu-se cheia. Cheia de amor e sentimento, não apenas por David, mas por tudo — o guarda-roupa embutido, a veneziana meio torta da janela, a garrafa de plástico reutilizável com o logo da universidade; absorvendo a *vibe* geral.

— Eu só estava meio brincando sobre estar ocupado — falou David. — Tem uma aula a que preciso assistir, mas volto em cerca de duas horas. Podem se acomodar e encontro vocês aqui às quatro? Levo vocês para o lugar e aí tenho uma surpresa.

— Quê?

— Uma surpresa *surpresa*. Do tipo que você não sabe o que é.

— O *lugar* — esclareceu Stevie. — O que é o lugar?

— É como eles chamam o pub. Seu pub é o seu lugar, e nós temos um lugar. E todos precisam ir. É a lei.

Então ele tomou o rosto dela nas mãos e a beijou. Não era para ser um beijo longo, já que tinha que ir embora — mas também era o tipo de beijo que pretendia compensar o tempo perdido. Um beijo forte, que fazia contato sólido por um tempo e parecia perguntar "Você está mesmo aqui?". Ela agarrou a nuca dele, apertando-o com mais força em si mesma. Tinha esquecido como era ouvir a outra pessoa respirar, sentir a exalação quente, saber que ela estava viva, que queria tanto estar com você que pressionava a boca na sua e o quarto girava até sumir.

David interrompeu o abraço primeiro, recuando um passo e sorrindo.

— Vamos ter muito tempo para isso — disse ele. — Queria poder matar essa aula. Te vejo em uma hora.

Quando ele saiu, Stevie abriu a mala e olhou para o que ela sorridentemente tinha chamado de "arrumação". Ao contrário de Janelle, que tinha planejado visuais completos para cada dia e os guardado em camadas, em cubos comprimidos, numa ordem diária, Stevie fazia malas como alguém que acabara de ouvir que os relatos sobre o monstro eram verdade e ele estava se dirigindo à cidade. E o estranho era que ela *realmente tentara*. Tinha tirado coisas das gavetas e do closet em Ellingham e as colocado na cama, tentando achar uma ordem lógica para tudo. Era o tipo de pessoa que tinha os dois tipos de camisetas: estampadas com escrita e lisas. Havia as calças jeans de que ela gostava, o que servia ok nela, e a que servia mal, mas ela tinha comprado e, portanto, não tinha como se livrar delas pelo restante da vida, ou o que quer que acontecesse com calças jeans. Ela tinha trazido o único vestido que tinha, que era preto e ainda carregava as etiquetas. Todas essas coisas foram enfiadas na mala num frenesi de trincar os dentes no dia antes da partida porque ela ficou acordada na noite anterior escrevendo um trabalho que já estava dois dias atrasado. Descobriu que só tinha trazido três pares de meias.

Uma coisa, porém, estava embalada e guardada com segurança. Ela a tirou e levou até o final do corredor, onde Janelle estava delicadamente tirando os instrumentos de escrita da mala de mão e alinhando as canetas e os cadernos na escrivaninha.

— Preciso te mostrar uma coisa — anunciou Stevie, entrando e fechando a porta atrás de si. — Quer ver o que eu comprei? Para o negócio.

Janelle arregalou um pouco os olhos.

— Deixa eu ver!

Stevie rasgou o embrulho.

— Eu comprei ontem, logo antes de sairmos — disse ela. — Tive que enfiar na mala antes de sequer conseguir abrir.

Stevie rasgou o pacote plástico interno, soltando dois pacotinhos de gel de silicone. Tirou a peça e a ergueu para inspeção.

Janelle a encarou por um longo momento.

— Isso é um pijama? — perguntou ela.

— É um macacão revestido de lã.

— Não acredito. Você achou um moletom de sexo.

— Escuta — disse Stevie. — Não parece ser para momentos *sexy*, mas tem todos esses botões...

Ela apontou os botões como prova.

— E dá para abri-los e...

Stevie olhou para o macacão. Todos os detalhes pareceram saltar à vista — a cor forte do quadriculado preto e vermelho, a espessura da lã que obscureceria o corpo, os fechos robustos. Fez tanto sentido quando ela tinha escolhido.

— Acho que o que funcionar para você é a coisa certa — falou Janelle, por fim. — E essa é a coisa mais a sua cara que eu já vi na vida.

24 de junho, 1995
20h00

À TARDE, A CHUVA VOLTOU A CAIR. NÃO COMO NA NOITE ANTERIOR — NÃO BATIA no teto e nas janelas. Apenas tamborilava. Embaçava os vidros. Enxaguava as flores e deixava a terra macia, liberando o cheiro de ozônio. A casa caiu sob uma sombra suave, e os Nove ficaram sentados lá dentro, quietos e quebrados, conforme o dia passava. Do lado de fora, havia três viaturas e uma van, policiais de uniforme, caminhando pelo jardim enlameado. Sooz os observava através da janela da sala. Uma hora antes, tinha soluçado tão forte que chegara a vomitar.

Pediram a eles que ficassem lá dentro, especificamente na sala de estar, enquanto a polícia examinava o restante da casa. Um a um, eles tiveram que dar depoimentos. Sebastian teve que aturar um segundo interrogatório, porque a casa era dele e a polícia tinha algumas perguntas adicionais. Eles estavam esperando que ele voltasse. Angela estava sentada entre Peter e Yash. Theo se enrodilhara numa poltrona e estava encarando as brasas frias na lareira. Julian caminhava ao redor da sala, olhando para as prateleiras, as paredes, a parte de trás dos móveis. Fazia frio dentro de Tempo Bom, mas ninguém teve a iniciativa de atiçar o fogo, nem estava claro se teriam permissão para fazer isso. Podia-se queimar lenha depois de um assassinato?

— Que porra está acontecendo? — disse Sooz, mais para si mesma do que para os outros. — Estamos tendo um pesadelo? Todos nós?

Houve um rangido. Sebastian descia as escadas depois do interrogatório. Todos se viraram para olhá-lo quando ele entrou na sala. O normalmente saltitante e sorridente Sebastian estava encurvado. A cor não retornara a seu rosto, e ele ficava esfregando a pele como se ainda pudesse haver sangue nela. Tinha se lavado pelo menos seis vezes, esfregando até ficar em carne viva. Foi direto ao carrinho de bebidas e pegou a garrafa mais próxima.

— Eles disseram que podemos subir para os quartos, se quisermos — informou ele. — Terminaram lá em cima. Ainda não podemos sair. Teremos que ficar aqui pelo menos esta noite. Depois disso...

Ele deixou a frase no ar. Depois daquilo... quem sabia? O futuro tinha mudado.

— Eles também disseram que tem havido uma série de assaltos na região — continuou. — Quatro vezes nesta área nas últimas semanas. Roubam arreios e outras coisas.

— Assaltantes — disse Yash depois de um momento. — Uns *assaltantes* de merda?

Era tão horrivelmente absurdo. Roubava o sentido do mundo.

Sooz começou a bater o pé no chão, até que se levantou e deu a volta no sofá.

— Não entendo — falou ela. — Aquele galpão não estava fechado? Você disse que tudo estava fechado. Como Rosie e Noel entraram lá se estava fechado?

— Não sei. — Sebastian mexeu a bebida para tentar se acalmar. — Imagino que Rosie e Noel entraram depois que a porta foi arrombada. Devem ter ouvido ou visto eles, tentado impedi-los. Ou só entraram e os assaltantes voltaram e os encontraram.

Angela se levantou subitamente.

— Você está bem, Ange? — perguntou Peter.

— Preciso me trocar — declarou ela. — Preciso tirar essas roupas. Preciso de um banho. — Ela esfregou os braços com força e saiu às pressas da sala, subindo a escada.

Angela sentia-se como um fantasma, movendo-se fora do tempo. No dia anterior, eles tinham corrido por aquele corredor, rindo e gritando enquanto reivindicavam os quartos favoritos. Naquele momento, as portas estavam todas abertas depois que a polícia revistara tudo. Estranhos tinham entrado na casa, estranhos tinham revirado as malas, estranhos tinham aberto as gavetas e os closets. A vista do lado de fora era tão adorável e verdejante como sempre. Pela janela, via-se as rosas caninas com as pétalas rosadas delicadas e barrigas ensolaradas. A beleza a ofendia. Confundia. Ela não tinha certeza se era real. Real era Noel — o alto e esguio Noel, com seu sorriso lento, rosto sonhador e o estilo nerd--descolado dos anos 1970. Noel, que dizia as coisas mais surpreendentes, às vezes. As sardas sob os olhos dele, visíveis apenas sob o sol forte. Ela lembrou de uma noite em que roubaram um carrinho de compras e se empurraram pela rua e olharam para o céu e conversaram sobre o quanto amavam o programa infantil *Bagpuss*. Noel, que pedia tão pouco de todos, que sempre lavava as roupas, que não bebia tequila senão se transformava numa criatura estranha que gostava de correr pelada pela rua. Noel, o cara gentil que interpretava vilões — para o choque de todos — muito bem, que deixava qualquer um usar seu carro.

Reais eram os olhos verdes de Rosie, que sempre guardavam uma risada, a calça jeans que ela usava com mancha de esmalte no joelho, as pulseiras de corda em seu pulso. Rosie sentada com ela antes do Natal, as duas embrulhando presentes, Rosie contando a Angela como pensava que o álbum do Blur, *Modern Life Is Rubbish,* era o álbum dela, porque tinha uma canção chamada "Villa Rosie" e uma chamada "Pressure on Julian". ("É o destino, Ange, eu e Jules. Damon Albarn está nos mandando mensagens.")

Rosie, vindo ao quarto dela na noite anterior com um segredo.

Eu vi uma coisa. Uma coisa que não entendi.

A Rosie dramática.

Mas acho que posso estar entendendo agora.

Não.

A Rosie assustada.

A Rosie morta.

E Angela tinha visto uma coisa também. Uma coisa que ela não entendia.

Se não entrasse na banheira de água quente, morreria. A água daria sentido ao mundo, pararia o zumbido em seus ouvidos. Ela abriu as torneiras, arrancou a camiseta e a calça jeans, largou-as no chão e sentou-se na beirada da banheira. Testou a água com a mão, descobriu que estava quente demais e entrou mesmo assim, deixando a pele formigar com a queimação. Ficou se coçando inteira, e esfregou as pernas e deixou o rosto corar. O calor intenso a distraiu. A água estava subindo. Que lavasse tudo. Que a escaldasse até tudo sumir.

Quando a água chegou a um nível mais alto do que deveria, Angela se inclinou para a frente e fechou as torneiras, e então ficou sentada, curvada sobre os joelhos, observando a chuva do lado de fora.

Eu vi uma coisa. Uma coisa que não entendi.

A boca dela estava tão seca. A cabeça doía. Eles tinham bebido tanto na noite anterior.

Houve uma batida na porta do banheiro.

— Sou eu — disse Theo. — Posso entrar?

Os Nove viviam e trabalhavam um em cima do outro. Entre se trocar nos bastidores, a casa e os romances, tinham se visto em todos os possíveis estados de nudez. Não havia nada de estranho em receber visitantes quando estavam na banheira. Theo entrou e deixou uma xícara numa cadeira ao lado dela.

— Eu te trouxe um chá — falou ela. — Sei que não gosta de açúcar no seu, mas precisa disso agora.

— Como você está tão calma? — perguntou Angela.

— Não estou calma — respondeu Theo simplesmente. — Estou em choque, como todos nós. Vai passar com o tempo, para cada um de nós, de um jeito diferente. O choque é o motivo de você estar com tanto frio. Eu também estou. Precisamos ficar aquecidos. Comer. Ficar hidratados.

Theo fez menção de sair, mas Angela a parou.

— Espere um minuto — pediu ela. — Preciso falar com você. Feche a porta.

Theo fechou a porta.

— Tem alguma coisa errada, Theo. Quando chegamos aqui ontem... — Angela abaixou a voz, que ecoou ao redor do banheiro e da água e dos azulejos. — Rosie me puxou e disse que tinha algo para me contar.

— Sobre Julian?

— Não sobre Julian. Alguma outra coisa. Era alguma coisa... não sei. Alguma coisa séria. E sei que Rosie é... — ela não estava preparada para dizer "Rosie era" — ... meio dramática, às vezes, mas isso era diferente. Ela disse que *viu* alguma coisa. Disse que era algo que não entendia. Precisava me contar, mas não teve a chance. Ela ia me contar depois da brincadeira.

— Ela viu algo?

— Foi o que disse. Foi tão esquisito. E... intenso.

— E ela não te deu qualquer dica do que era?

— Tem mais uma coisa. — Angela abraçou os joelhos com mais força junto ao peito e esfregou um pouco do suor que escorria para os olhos. — Eu vi uma coisa ontem à noite. Estive pensando nisso a manhã toda, mas não quis dizer na frente de todo mundo, porque também não sei o que significa. Quando estávamos procurando por eles, eu passei pelo galpão de madeira. *O cadeado não estava na porta.* Não estava lá aberto, tinha sumido.

— Angela — disse Theo devagar. — Eu vi aquele cadeado na porta hoje de manhã. O galpão estava trancado. Foi por isso que eles arrombaram.

— Foi no meio da noite — respondeu Angela. — Eu passei pelo galpão ontem. Vi que estava sem o cadeado e tentei entrar, mas a porta estava emperrada por dentro. Vi uma luz embaixo da porta. Chamei, mas ninguém respondeu. Eu chacoalhei a porta um pouco, aí desisti. Mas te juro, o cadeado não estava na porta.

Theo sentou-se no chão ao lado da banheira.

— Ange — começou ela. — Nossa cabeça vai pregar peças na gente. Precisamos manter a lucidez e ajudar uns aos outros a superar isso. Não sei como vamos seguir em frente a partir daqui, ou viver assim, sem eles, mas sei que precisamos cuidar uns dos outros. Eu te amo tanto e eu...

Ela não conseguiu terminar.

Angela recuou para dentro de si. Ela podia ver a cena tão claramente. Tinha se aproximado da porta. O cadeado não estava ali, e a luz se movia lá dentro. O clarão a tinha atraído até a porta. Era isso. Ela tinha visto alguma coisa. E tinha certeza de que havia alguém do outro lado daquela porta. Esperando. Ouvindo. Ela tinha sentido.

Não tinha?

6

Embora David ficasse se referindo ao local aonde iam como "o lugar", ficava a algumas ruas de distância dos alojamentos, passando por dois outros pubs. E, como ele apontou, embora fossem apenas quatro e meia da tarde quando saíram, já era noite, para todos os efeitos. O céu estava escuro e tingido de roxo, e as luzes alaranjadas se acenderam.

— Escurece muito, muito cedo aqui no outono — explicou David. — Ainda mais quando está nublado... o que é grande parte do tempo.

O layout das ruas de Londres era como a teia de uma aranha bêbada. Algumas se curvavam e terminavam abruptamente; algumas eram entrecortadas por passagens e becos, que uniam toda a estrutura labiríntica. Palavras na rua lembravam a norte-americanos idiotas como ela de que lado o tráfego vinha, mas toda vez que ia atravessar a rua, ela virava para o lado errado.

— Você tem que escolher seu pub com sabedoria — continuou David. — Esse tem as melhores ofertas de bebida, a melhor música, e eles ignoram quando você traz comida de outros lugares. Os outros gostam de uns nachos esquisitos do lugar ali na esquina... — Ele indicou uma loja chamada Señor Sam. — Mas nachos ingleses são muito ruins. Não comam nachos ingleses. Juro por Deus que vi eles colocarem feijão neles. O fish and chips, porém, é muito bom. Isso não é um estereótipo. É um fato. E é isso que vamos comer.

Eles entraram em um lugar nada promissor chamado Sr. Chips: uma lojinha minúscula, pintada toda de branco, com apenas três mesinhas pequenas em que ninguém se sentava. Havia um menu na parede que era um mistério. Stevie entendia as palavras isoladamente, mas estavam em frases que pareciam ter um significado mágico que ela não estava entendendo.

— Posso pedir para a gente — ofereceu David. — Vou pegar várias coisas. É por minha conta! Dois regulares de bacalhau com batata frita, dois regulares de hadoque e batata, um camarão com batata...

— Hambúrguer frito? — perguntou Nate, com certo assombro na voz.

— Vá em frente — disse David. — Artérias são para perdedores.

Vários itens foram jogados nas frigideiras fundas, um cheiro marcante e nada saudável preencheu o ar, e logo eles estavam de volta à noite segurando uma pilha de caixas de isopor.

O pub chamava-se Sete Bispos, e parecia mais com o que Stevie esperava — algo alegre de um jeito dickensiano, pintado de um preto reluzente com letras douradas e uma placa com a imagem de uma mitra. A fachada escura era interrompida por um tabuleiro de xadrez de janelas, e uma luz quente e animadora brilhava lá dentro. No interior havia um bar de madeira, pontilhado com torneiras de cerveja. Havia cabines de madeira com divisórias altas, criando câmaras aconchegantes para as pessoas se reunirem. Algumas ainda estavam vazias.

— Chegamos bem na hora — disse David, sentando-se numa delas com a pilha de comida. — Bebidas! O que vão querer?

— Tipo, *bebidas*, bebidas? — perguntou Vi.

— O que você quiser.

Janelle tinha feito 18 anos em outubro e Nate a seguiu no começo de novembro. Stevie, porém, só faria 18 em dezembro, e Vi em fevereiro. Todos tinham discutido o que fariam quando chegassem lá. Tinham se planejado para isso — mas estar no pub ainda parecia, bem, uma coisa estrangeira.

— Parem de se preocupar — falou David. — Estão vendo isso? — Ele apontou para a pilha de comida na frente deles. — Isso é uma refeição. Aqui, você pode beber álcool acompanhando uma refeição aos 16 anos.

— Sério? — questionou Janelle. — Que lei estranha.

— Bem-vinda ao lar das leis estranhas. Tem outra que eu aprendi na minha aula de introdução à lei do Reino Unido e internacional: o Ato do Salmão de 1986. É ilegal manusear salmão de *um jeito suspeito*. Estarei de olho em vocês. Agora, bebidas. Vamos. O que querem?

— O que é bom? — perguntou Vi. — Quero algo que seja certo para esse lugar. Um Pint* de alguma coisa? Escolha você.

David assentiu e olhou para Janelle, que observava o bar com curiosidade.

— Não gosto de cerveja — disse ela. — Tem outra coisa?

— Tem cidra — ofereceu David. — É um pouco mais doce.

Janelle aceitou. Nate ficou na Coca-Cola.

David se virou para Stevie.

— Não sei — falou ela. — Acho que...

Ela se sentia idiota dizendo *Pint*. Queria fazer as coisas — todas as coisas. Apenas não sabia como.

— Acho que...

Alguém passou com uma taça de vinho. Ela já bebera vinho — champanhe, na verdade —, quente, numa xícara, sentada no chão do banheiro com Element Walker no primeiro dia dela em Ellingham. Parecia certo — um brinde a Ellie.

— Quer um desses? — perguntou David, seguindo o olhar dela. — Um vinho branco?

— Pode ser.

Eles se acomodaram na cabine revestida de verde e olharam para os muitos painéis de vidro da janela com esquadrias de chumbo.

— Bem — começou Nate, abrindo um dos contêiners e tirando uma batata frita. — Chegamos e nada estranho aconteceu ainda.

— Por que você diria isso? — questionou Janelle, examinando os pedaços grandes de peixe frito e erguendo um delicadamente.

— Só estou dizendo, essas coisas nos perseguem. Eu dou três dias.

As batatas eram grossas e quentes como lágrimas do sol, e o peixe tão bom quanto David tinha prometido. Acima deles, Harry Styles cantava sobre o barulho da multidão, sugerindo tratar as pessoas com gentileza. David voltou com as bebidas, sentou-se ao lado de Stevie e passou o braço pelo ombro dela com naturalidade. Stevie bebericou o vinho branco. Descia fácil e encheu sua cabeça com um calor feliz.

---

* Unidade de medida padronizada na Inglaterra no período da Rainha Elizabeth I, o copo Pint equivale a 568 ml. (N.E.)

Eles estavam juntos de novo. Todos os amigos. David. David tão próximo que ela podia enfiar o rosto na curva de seu pescoço. Ela precisava se conter. Queria fazer muito mais.

— Temos que comer meio rápido. Temos que sair em — ele consultou o telefone — quinze minutos.

David não era o tipo de pessoa que eles costumavam querer seguir a uma segunda localidade, mas ali o namorado de Stevie era o guia. Isso deixava Janelle ansiosa. Vi transmitia tranquilidade, e Nate só queria algo para comer — estava preparado para ignorar o próprio juízo. Eles terminaram os fish and chips, drenaram os copos e saíram da cabine, de volta para a noite.

Tomaram uma passagem pelos fundos do pub, atravessaram um túnel curto e uma ponte, e, por fim, emergiram na margem do rio do outro lado. Não chovia, mas agulhas microscópicas de umidade eram sopradas pelo ar, diretamente no rosto deles. David passou o braço ao redor de Stevie, puxando-a para perto. Era desconfortável andar assim, mas nada no mundo já fora melhor. O vinho estava nos lábios dela e sua mente estava anuviada, deixando as luzes de Londres manchadas numa paleta brilhante e colorida. As águas escuras do Tâmisa corriam ao lado deles, cheirando levemente a mar. Ou era outra coisa? Os sentidos dela estavam confusos. Stevie estava cansada e pesada e extremamente acordada, tudo de uma vez.

David caminhava feliz e saltitante. Ele não se barbeava fazia um ou dois dias, e tinha uma leve penugem no queixo e sobre o lábio. Devia saber como estava lindo, senão teria tirado. Era a quantidade perfeita de barba, uma quantidade artística de barba. O suéter era novo — preto e colado ao corpo. Isso tudo era para ela? O mundo era realmente tão bom? O vinho aquecia seu cérebro, e os hormônios esquentaram o restante.

Ela precisava que essa noite continuasse e nunca tivesse fim.

Eles caminharam depressa junto ao rio, passando pelas informações a turistas e pela Masmorra de Londres e por um carrossel antigo com uma pintura alegre. À frente deles havia uma roda enorme e iluminada. Ela dominava a margem do rio como uma coroa giratória, brilhando em roxo e azul. Era a London Eye, a roda-gigante de proporções épicas. Não tinha cadeirinhas, mas cabines — compartimentos de vidro selados que podiam conter até umas vinte pessoas enquanto subiam e desciam. Havia somente algumas pessoas na fila. Parecia que muita gente não estava a fim de sair numa noite úmida de novembro como aquela.

Tinha uma garota parada sozinha. Era alta e angulosa, com um queixo pontudo. Mesmo através do casaco azul-turquesa pesado, dava para ver que seus cotovelos eram pontiagudos. O cabelo castanho era volumoso e foi preso num coque alto e bagunçado, usava óculos muito grandes que protegiam um par de olhos castanhos com um cuidadoso delineado em asa. Ela abanava os braços na direção deles como se orientasse um avião.

— Quem é essa? — perguntou Stevie.

— Essa — disse David quando se aproximaram dela — é Izzy. Ela é uma das minhas colegas de tutoria. Iz, esse é o pessoal.

— Você é Stevie — adivinhou ela. — E... Janelle? E Vi. E Nate. Acertei?

Izzy tinha, de fato, identificado todos eles corretamente.

— David fala sobre vocês o *tempo todo* — informou ela. — Constantemente. Eu estava tão animada para conhecer vocês.

Normalmente, se alguém dissesse isso a Stevie, ela teria pensado que a pessoa estava sendo sarcástica ou ao menos um pouco exagerada. Izzy parecia sincera. Ela tinha um ar efervescente e entusiasmado, além de dar a leve impressão de que pedia desculpas por algo. Era uma daquelas pessoas que, como Janelle, sabia escolher acessórios. Usava múltiplos anéis empilhados nos dedos — pelo menos seis —, brincos que pareciam cestinhos de flores e um cachecol roxo e amarelo de seda ao redor do pescoço. Janelle notou tudo isso com um olhar aprovador.

— Está tudo pronto — disse Izzy a David. — Ficamos com a última.

Ela virou para o grupo e indicou que deviam avançar até a plataforma de embarque.

— Um amigo da minha família trabalha para a empresa que administra isso aqui — explicou Izzy. — A única vantagem é que posso passear na Eye de graça sempre que quero. Até já vim umas vezes depois de fecharem ou quando é alguma ocasião especial ou se estão fazendo manutenção. É ótimo para quando tem gente visitando a cidade. Meu truque de festa.

Se alguém assiste a séries de mistério britânicas — e Stevie assistia —, Londres parecerá familiar, mesmo se nunca tiver se aproximado da cidade.

Ela vira a London Eye muitas e muitas vezes, girando no pano de fundo de *Sherlock*. Entendia que era uma roda-gigante enorme, iluminada em violeta, bem na margem da água. Deixou-se esquecer que não era fã de rodas-gigantes enquanto eram conduzidos rapidamente por uma plataforma até uma cabine que nunca parava de se mover. Quando se deu conta, o compartimento foi fechado e Stevie e os amigos estavam subindo, subindo, subindo, o Tâmisa correndo, as Casas do Parlamento e Londres em geral encolhendo abaixo deles.

Estava escuro demais para ver detalhes; a noite destacava os contornos, as linhas formadas pelas luzes artificiais. Dava para ver o sistema de trânsito de Londres — as ruas, as pontes, os carros se movendo —, tudo pulsando com energia. Os prédios menores se tornaram uma massa escura de sombras, e os maiores apresentaram seus contornos. Era uma cidade de pináculos irregulares, torres antigas e arranha-céus de vidro modernos que se projetavam na linha do horizonte como facas. Um deles literalmente se chamava The Shard.

A chuva começou a cair para valer, atingindo a cabine, embaçando o vidro, transformando a vista em faixas de luz. Enquanto subiam, Izzy os encheu de perguntas sobre a viagem. O voo tinha sido bom? Eles tinham gostado dos quartos? Estavam cansados? Estavam se divertindo — ah, mas, claro, eles tinham acabado de chegar, não sabiam ainda se estavam se divertindo. Ela tinha braços compridos e mãos graciosas, que agitava em gestos largos e expressivos. Insistiu em ajudá-los a tirar fotos — fotos em grupo, de David e Stevie, pelo menos uma dúzia de Vi e Janelle se pegando sobre o horizonte de Londres. ("Não dá para ver muito bem a paisagem, mas vocês estão uma graça.") Parecia ter um desejo profundo de estar perto do grupo e ajudá-los de qualquer forma, o que era estranho. Não havia nada de suspeito no jeito como Izzy e David conversavam — era tudo casual, referências à universidade e ao dormitório. Mas Stevie não conseguiu conter uma inquietude perto dessa estranha de cheiro gostoso (ela usava algum tipo de perfume que identificou como a colônia de flor de laranjeira da Jo Malone, quando Janelle perguntou), simpática e atenciosa.

— Quem é ela? — perguntou Nate a Stevie em voz baixa. — Por que gosta da gente?

Stevie deu de ombros.

— Porque somos adoráveis?

— Não muito — retrucou ele. — Somos no máximo ok. Todos os ingleses são amigáveis assim?

— Não sei — respondeu Stevie quando Izzy incentivou Vi e Janelle a tirarem mais algumas fotos.

A roda os girava em direção à água do Tâmisa e o passeio chegava ao fim quando Izzy se encostou em Stevie.

— Estou tão feliz que você está aqui — disse ela. — Eu queria contar a alguém sobre isso há tanto tempo, mas não tinha ninguém com quem conversar sobre o assunto, e aí David me falou tudo a seu respeito e eu sabia que precisava te contar quando chegasse aqui. Pensei em esperar até terminar o passeio. É o seguinte... — ela agarrou o corrimão que percorria o interior da cabine — ... eu preciso te contar sobre um *assassinato*.

— Ah, pronto — soltou Nate, com um suspiro.

7

DE VOLTA AO CHÃO, A CHUVA OS FEZ PROCURAR ABRIGO EM UM COMPLEXO próximo, no South Bank — um bunker gigantesco de concreto cinza liso que Janelle lhes assegurou ser um exemplo de estilo brutalista. Placas os orientavam até o que pareciam ser dezenas de espaços: teatros, salas de conferência, exibições, cafés. Eles se acomodaram à mesa de um café e se espremeram sobre xícaras de chá e os últimos muffins do dia.

— Eu sei que as pessoas devem te contar o tempo todo que sabem de um assassinato. Mas é verdade. Minha tia viu um assassinato. Ela estava lá. Foram os amigos dela que morreram...

Izzy falava depressa, as palavras transbordando da boca.

— Quando minha tia Angela estudava em Cambridge, ela fazia parte de uma trupe de teatro. Era um grupo muito unido. Todos viviam juntos numa casa estudantil. Depois das provas no último ano, eles viajaram para uma semana de celebração. Um deles... o nome dele é Sebastian, é um querido... a família dele tem uma mansão enorme no interior, chamada Tempo Bom. Todos foram para lá para uma festona. Na primeira noite, estavam brincando de esconde-esconde nos jardins. Começou a chover, então todos entraram em casa, menos dois deles. Alguns do grupo foram procurá-los na manhã seguinte. Acharam os dois no galpão de madeira. Mortos, quer dizer. A machadadas. Eles tinham surpreendido alguns assaltantes durante a noite. Foi isso que eu sempre ouvi, mas...

Izzy quase derrubou o resto do chá ao se inclinar sobre a mesa.

— Me contaram essa história quando eu era criança. Nunca em detalhes. Só sabia que Angela tinha estado numa festa onde alguns assaltantes entraram e mataram dois amigos dela. É um assunto muito sensível pra minha tia, obviamente. Sei que há lugares que ela evita por causa disso. Prefere ficar na cidade. O interior a deixa bastante ansiosa. Nunca pensei muito no assunto até o começo deste ano. No verão, fiquei com Angela depois que ela fez uma operação no joelho. Ela machucou alguma coisa na academia e teve que consertar e ficou imobilizada por uma ou duas semanas. Precisava de alguém com ela porque estava tomando analgésicos e não conseguiria se levantar por alguns dias, então fiquei lá para fazer chá e levar sopa para ela e coisas do tipo...

Ela fez um aceno de mão fofo, indicando as muitas comidas apropriadas para inválidos que levou para a cabeceira da tia.

— A TV estava ligada, passando um programa sobre assassinato, e do nada ela disse: "Acho que um dos meus amigos matou alguém. Eu estava lá". Então eu perguntei: "Como assim?". E ela: "Os meus amigos. Os que foram mortos. O cadeado não estava na porta. Eu vi que o cadeado não estava na porta". E aí ela começou a falar algo sobre coisas terem sido plantadas. Eu podia ver que ela não estava alucinando. Estava dizendo algo em que realmente acreditava, mas não teria dito em voz alta se não estivesse doidona por causa dos analgésicos.

— Sua tia disse: "Acho que um dos meus amigos matou alguém" — repetiu Stevie.

— E também que ela estava lá. E o cadeado e as evidências plantadas, ou plantaram alguma coisa, ou algo assim. Aí, acho que ela percebeu o que estava dizendo e parou. Eu não tinha ideia do que fazer. Perguntei depois, mas ela tentou me enrolar.

— Alguns analgésicos são bem fortes — disse Janelle. — É possível que ela só estivesse chapada? Dizendo coisas sem relação com a realidade?

— Se estivesse lá, você entenderia — falou Izzy. — Foi real. Ela baixou a guarda, mas falava com clareza absoluta. Tinha uma expressão no rosto, como se estivesse lembrando de alguma coisa, como se tivesse só esquecido com quem estava falando. Penso nisso desde então e não consigo esquecer. Li tudo o que consegui sobre os assassinatos, mas não achei muita coisa. A questão é: eles nunca encontraram o culpado. Ninguém nunca foi acusado ou condenado. Foi considerado um roubo. Mas ela sabe de alguma coisa, algo que a está corroendo por dentro.

Eu não sabia o que fazer sobre nada disso, até que conheci David umas semanas atrás e ele me contou sobre você, e pareceu o destino. Acredito muito em destino. Estive esperando para te conhecer e falar sobre isso.

No momento em que Izzy tinha, de fato, lhe contado sobre isso, Stevie não fazia ideia do que responder. Em geral, essas coisas chegavam na forma de mensagens, não pessoas se inclinando sobre uma mesa de café com os olhos arregalados, cheirando levemente a flor de laranjeira, tamborilando unhas verdes lascadas na mesa e cutucando os restos de um muffin.

— Então eu tive uma *ideia*. — A ideia de Izzy flutuou no ar por um momento, voando ao redor da mesa. — David mencionou que vocês vão fazer muitos passeios guiados, né? E que vão na Torre de Londres esta semana? Angela produz programas de histórias para a BBC. Ela é uma especialista em todo *tipo* de coisas sobre a história de Londres. Está trabalhando num programa novo. Eu pensei... se quisessem, podíamos comprar comida e jantar com ela! Minha tia não mora longe, só a algumas paradas de metrô. Sei que adoraria conhecer vocês e ela pode contar um *monte* de coisas sobre Henrique VIII e as esposas dele. Sabe tudo sobre a Torre. Escreveu algo sobre isso... um artigo, talvez parte de um livro? Porque foi lá que elas foram decapitadas. As esposas. E aí quem sabe você não pode falar com ela sobre o assunto? O que acha? Tem um restaurante incrível na rua onde ela mora que faz o melhor curry para viagem do mundo. Mas só se vocês quiserem, sei que têm planos, mas pensei em oferecer, já que estão aqui e vêm fazendo esse tipo de coisa e imagino que tenham que jantar de qualquer forma e...

Havia algo quase elegante no jeito como Izzy falava sem pausas. As palavras eram uma bola rolando num chão de mármore, deslizando sem esforço em um movimento contínuo, imparável sem uma força externa. Tudo o que dizia era educado e amistoso, oferecido apenas como sugestão — mas, quanto mais ela falava, mais Stevie percebia que este era o plano. Era razoável demais para recusar. Não dá para discutir com uma brisa gentil. Por que eles não encontrariam uma historiadora, comendo algo delicioso e ouvindo sobre um assassinato a machadadas?

— ... obviamente, não quero atrapalhar os planos de vocês...

Todos olharam para Janelle.

— Nossos jantares estão quase todos abertos — disse ela. — E conhecer uma historiadora que sabe muito sobre a Torre de Londres parece uma coisa boa?

— Ah, então *peeeerfeito*! Nos encontramos depois dos seus passeios amanhã. Que horas é melhor para vocês?

Todos pareciam um pouco indefesos diante daquele ataque de educação. Além disso, o grupo estava começando a murchar devido à falta de sono e ao jet lag e à chuva fria. Stevie teve o forte desejo de voltar ao alojamento, entrar debaixo de um cobertor quente e levar David consigo. A questão ficou resolvida.

Eles voltaram para a Casa Covarde. Os dormitórios de Izzy e David ficavam numa direção, e o de Stevie e dos outros na direção oposta. Nate, Vi e Janelle pegaram o elevador primeiro, deixando Izzy, Stevie e David.

— Boa noite pra vocês! — disse Izzy. Ela parou, olhando para David como se esperasse que ele fosse junto, aí balançou a cabeça e se corrigiu. — Ah, claro. Você vai ficar aí. Te vejo amanhã!

Esse era um jeito muito público de reconhecer que David ia com Stevie. Embora Stevie tivesse ido a lugares privados com David muitas vezes, ainda era estranho quando alguém destacava esse fato. Como se o mundo em geral estivesse ciente de sua vida. O que, claro, estava. Como detetive, ela observava outras pessoas — que outras pessoas a observassem era o corolário desconfortável.

De volta ao quarto de Stevie, David enfiou as mãos nos bolsos do casaco e fez um circuito pelo pequeno espaço. Ele sabia que esse gesto puxava o casaco para baixo, alongando-o. Tinha um sorrisinho malandro, lupino, enquanto olhava para o mural de camurça vazio, as malas dela, a veneziana levemente torta. Parou na escrivaninha embutida na parede e sentou-se na beirada, então ergueu a chaleira plástica barata da base.

— Até vem com chaleira — disse ele. — É essencial. Eles amam uma chaleira. É só encher e clicar aqui.

Ele a devolveu à base.

— Você sabia sobre tudo isso? — perguntou Stevie. — A história do assassinato?

Ele assentiu.

— Ela me contou. Queria te contar. Todo mundo tem uma história, hein?

— Acho que sim.

— Bem, agora você vai poder conhecer uma moça da TV e ouvir sobre um assassinato. Viu como eu faço coisas legais para você?

Houve uma pausa.

— Vem cá — disse ele.

Stevie estava ao lado do interruptor. Hesitou. Deveria desligar a luz? Era um jeito direto de sinalizar o que esperava que acontecesse. Não parecia ser muito sutil. Mas seria divertido? Ela sentiu que seria melhor pender para o divertido.

Casualmente desligou a luz com o ombro ao passar, como se não tivesse a intenção. David riu.

Ela caminhou pelo quarto semi-iluminado, tentando não tropeçar nas malas que tinha deixado no chão. A rua abaixo fornecia um forte brilho ao ambiente, uma vez que o poste ficava do lado de fora da janela. Era suficiente para ver os contornos do rosto dele — o nariz comprido, os pequenos picos erguidos das sobrancelhas.

— Eu estou muito — disse ele, se inclinando —, muito, *muito* feliz que você veio.

Ela se ergueu para beijá-lo com força. Sentiu um tremor atravessar o corpo inteiro, um calor, a sensação de que o mundo inteiro estava ali, correndo entre eles. Essa posição — meio inclinados sobre a mesa — era impossível de manter, e os dois caíram no chão, ignorando a cama. O linóleo frio era a melhor superfície do mundo. As mãos dele deslizaram sob a camiseta dela. Ela tentou tirá-la, mas o moletom atrapalhou, então se sentou para remover o moletom e a camiseta.

Esse teria sido o momento para empregar o sutiã chique que Janelle tinha mostrado a ela, mas de que importava? O sutiã esportivo gasto era tão bom quanto, e David estava estendendo a mão para...

O celular.

Quer dizer, estava tocando. Com uma chamada de vídeo da dra. Quinn.

— Merda — disse Stevie, vestindo a camiseta. — Merda, merda, merda. Era para eu ter ligado. Merda...

Ela botou a camiseta e se levantou, a cabeça ainda girando e as pernas um pouco fracas. Correu uma mão pelo cabelo, o que não ajudou em nada. David rastejou alguns passos, como um caranguejo, enquanto Stevie atendia.

— Ah — disse Stevie. — Oi. Desculpe. Me confundi com o horário. Eu estava... desfazendo as malas.

— No escuro? — perguntou a dra. Quinn. Ela estava recostada na cadeira na sala em Ellingham, ligando do computador. Stevie sentiu como se a estivesse olhando do outro lado da mesa.

— Eu... acabei de entrar. Estava no quarto de Janelle. Desculpa.

Ela estendeu a mão e acendeu a luzinha de leitura ao lado da cama. O efeito foi como apontar uma lanterna para o próprio rosto, como se estivesse tentando contar uma história de terror. Ela sentou na cama e tentou parecer casual.

— Como é o alojamento?

— Bom — disse Stevie. — Bonito. Ótimo. Legal.

— Bom e bonito e legal. Deixe-me ver, então.

Ao ouvir isso, David começou a se mover pelo quarto, longe do foco da câmera.

— Ligue a luz principal para eu poder enxergar — disse a dra. Quinn.

— Aham...

Stevie manteve David fora de vista enquanto ia até o interruptor junto à porta. Ela iluminou o quarto e continuou virando a câmera. O quarto era tão pequeno que David teve que se apertar atrás dela e subir na cama para ficar longe de vista. Ele fez um pequeno rangido de plástico se amassando.

— Ah, olá, David — disse a dra. Quinn. — Venha me cumprimentar.

Stevie abriu a boca numa tentativa patética de negação, mas, antes que pudesse ficar vermelha, a dra. Quinn balançou a cabeça. David vestiu a camisa, ajustou-a e entrou na frente da câmera.

— Oi — cumprimentou ele. — Quanto tempo. Eu só estava mostrando para Stevie como funciona a chaleira.

Ele apertou a alça na chaleira e ela acendeu e gorgolejou alegre, como se estivesse encantada pela perspectiva de uma boa xícara de chá.

— É uma máquina complicada — falou a dra. Quinn.

— Levei um tempo para dominá-la.

— Saia do quarto de Stevie agora. Vou ficar no telefone com ela por um tempo, então não adianta esperar lá fora.

— Aham — concordou David. — Aham. Enfim, Stevie, é assim que a chaleira funciona, então te vejo amanhã...

Ela sabia. É *claro* que ela sabia. Podia ter sido um palpite de sorte, ou talvez tivesse alguém infiltrado, ou talvez tivesse hackeado as câmeras de segurança. Era a dra. Jenny Quinn, então tudo era possível.

— Acho que seria melhor — começou ela — se David ficasse fora do seu quarto. É tarde aí, você deve estar exausta da viagem. O jet lag chega rápido, embora eu tenha descoberto que muitas vezes é pior no segundo dia. Descanse. Aproveite sua chaleira.

DO CADERNO DO DETETIVE PHILLIP STARLING, POLÍCIA DE GLOUCESTER

24 DE JUNHO DE 1995

Contexto:

O incidente se passou em Tempo Bom, uma mansão que ocupa mais de cinquenta acres, com muitas construções externas e jardins extensos. Os proprietários estão na Grécia no momento, e sabia-se localmente que a casa estaria vazia. O filho do proprietário, que estuda em Cambridge, voltou à casa com oito amigos para uma visita, chegando aproximadamente às 22h00 da noite passada. Nenhum empregado estava presente na propriedade e todos foram localizados.

Entrevistas das sete testemunhas/colegas de casa pintam uma história consistente de uma festa, incluindo uma brincadeira em grupo de esconde-esconde que se desenrolou nos jardins entre as 23h00 e as 02h30. Durante esse período, todos os membros do grupo estavam correndo livremente pelos jardins, tanto se escondendo como procurando os outros. (Os depoimentos das testemunhas contêm detalhes.) Caía uma tempestade elétrica potente durante a brincadeira.

Por volta das 02h30, a tempestade derrubou cabos de energia no começo da estrada São Swithun, que é a única via de entrada ou saída de Tempo Bom. Tempo Bom e o vilarejo Ramscoate-on-Whyle ficaram sem eletricidade, e serviços de emergência despacharam uma van para lidar com os cabos caídos e impedir incêndios ou eletrocussões acidentais. Essa van chegou às 03h00 e permaneceu no lugar até as 07h30. Para impedir veículos ou pessoas de se aproximarem dos cabos, a van foi estacionada de viés na ponta da estrada São Swithun, bloqueando a passagem. Durante esse período, nenhum veículo poderia ter entrado ou saído de Tempo Bom sem cruzá-la. Os trabalhadores relataram que nenhum veículo ou pessoa apareceu na estrada, o que não era surpreendente, dada a hora e a severidade da tempestade. (Observação: Tempo Bom tem um portão elétrico acessado por teclado numérico. O código é conhecido de muitos moradores locais que trabalham ou fazem entregas na propriedade. Sem eletricidade, o portão teria que ser forçado, e não há sinais de entrada forçada no portão.)

As sete testemunhas voltaram para a casa quando caiu a luz. Dois membros do grupo, Rosalyn Mortimer e Noel Butler, não responderam aos chamados anunciando o fim da brincadeira. As testemunhas disseram que havia um romance desabrochando entre os dois, então imaginaram que tinham ido a algum lugar privado e não desejavam ser perturbados. Os outros sete permaneceram na casa pelo restante da noite, bebendo e conversando. Ninguém relatou ter ouvido nada fora do comum, mas a tempestade teria facilmente abafado quaisquer gritos de ajuda ou sons de invasores. A testemunha Suzanna Rillington afirma que "viu claramente" a luz de uma lanterna na frente da casa. Não pôde fornecer a hora exata, mas, como o sol ainda não tinha se erguido, estimou que teria sido entre 03h00 e 03h30.

Hoje, por volta do meio-dia, as testemunhas Theodora Bailey e Sebastian Holt-Carey foram procurar os membros perdidos do grupo. Em sua busca, encontraram um carrinho de mão virado na frente de um galpão de madeira localizado perto da garagem. O galpão de madeira é usado como depósito de lenha e instrumentos de jardinagem e não contém nada de valor. A porta tinha sido aberta à força, arrancando a fechadura da madeira. O galpão é fechado com um cadeado, que foi encontrado intacto. Presumindo que alguém tentara assaltar o galpão, as testemunhas entraram para examinar os danos. Em vez disso, encontraram os corpos de Mortimer e Butler.

Impressões das vítimas e da cena:
Ambas as vítimas foram encontradas parcialmente cobertas por lenha, e ambas foram atacadas com uma arma afiada e pesada que deixou ferimentos em forma de cunha, condizentes com um machado. O machado normalmente guardado no galpão não estava no local. Um machado de cabo longo foi encontrado

perto de PC Whitsgate em um pequeno riacho que flui através da propriedade. Ambas as vítimas tinham múltiplos ferimentos e sofreram uma enorme perda de sangue. A localização do carrinho de mão e o uso do machado indicam que interromperam um crime em progresso.

A porta do galpão estava aberta e a água da chuva tinha empoçado no chão, eliminando quaisquer pegadas potenciais e lavando o sangue e outros resquícios. A luz do galpão era fornecida por uma única lâmpada afixada ao teto. Ela estava estilhaçada e traços fracos de sangue foram encontrados nas bordas, sugerindo que fora quebrada pela arma do crime durante o ataque. Cacos da lâmpada quebrada foram encontrados sobre a lenha que cobria Mortimer, mas *embaixo* do corpo de Butler. Isso parece indicar que Mortimer morreu primeiro. Butler provavelmente entrou no local depois que Mortimer já estava morta e sob a lenha.

O médico legista chegou à cena às 14h00. A impressão inicial é que tanto Mortimer quanto Butler vieram a óbito por volta da mesma hora. O horário não pôde ser determinado com exatidão; entretanto, o par tinha morrido entre dez e doze horas antes. Como foram vistos pela última vez às 23h00, isso situa a janela de oportunidade entre 23h00 e 04h00, englobando todas as horas de escuridão.

Várias das testemunhas afirmam que passaram pelo galpão durante a brincadeira e o encontraram intacto, sem o carrinho de mão na frente. Havia duas chaves para esse galpão: uma com o jardineiro, que estava em casa, e uma no chaveiro de Holt-Carey, que o tinha em posse em todos os momentos. (Foi estabelecido como regra do jogo que os prédios externos estavam proibidos e foram trancados.)

A não ser que o(s) invasor(es) tenha(m) entrado a pé, o que é improvável, considerando a localização de Tempo Bom e o tamanho e peso de potenciais bens roubados, isso sugere que chegaram e deixaram a cena antes da queda de energia às 02h30. O veículo provavelmente foi estacionado fora da vista da casa. Atenção especial à discrepância de horário na declaração da testemunha

Rillington sobre a lanterna. Se os invasores saíram às 02h30, não haveria lanterna às 03h00 ou depois. A explicação mais provável é que a testemunha consumiu álcool a noite inteira e viu alguns dos muitos raios que caíram. O cronograma dos serviços de energia é muito mais confiável.

Adendo 12 de julho: o sangue encontrado nos restos da lâmpada no teto foi identificado como de Mortimer.

8

— Um panóptico — disse Vi.

Eles estavam sentados ao redor de uma mesa alta e levemente bamba num *Pret a Manger* de esquina, tomando café da manhã. Stevie optara por um café grande e um brownie, o que talvez não fosse a melhor escolha, mas parecia certo. Ela estava um pouco confusa sobre que horas eram, portanto precisaria da energia de todo açúcar e cafeína que conseguisse inserir no corpo.

— É um conceito de prisão — continuou Vi, pegando os pedaços de manga no copo de salada de frutas para comer primeiro. — É circular. As pessoas na prisão ficam dispostas ao redor de uma estação de vigia central cujo interior não dá para ver. A ideia é que você só precisa de um guarda, porque as pessoas aprisionadas nunca sabem *quando* estão sendo observadas, então têm a sensação de *sempre* estarem sendo observadas.

Vi estudava a reforma prisional, e esse era o tipo de coisa sobre a qual sabia falar.

— Quinn não precisa estar em todo lugar — continuou. — Ela só tem que estar *em algum lugar*.

— Você acha mesmo que ela tem alguém no prédio nos observando ou só teve sorte? — perguntou Stevie.

— Não importa — disse Vi. — Esse é o ponto.

— Por que ela liga para isso? — perguntou Stevie.

— Quando você é guardião de alguém, tem que se certificar de que esse alguém não está fazendo sexo, mesmo quando sabe que está e não tem nada de errado com isso. É a ressaca patriarcal. Não, não é nem uma ressaca. É só patriarcal.

Elu fez uma careta decepcionada porque tinha comido toda a manga, o único morango e as três uvas, chegando, enfim, aos pedaços de melão leitosos que espreitam o fundo de todo copo de salada de frutas. Vi não gostava de desperdiçar comida, então se pôs a ingerir o melão sem muito ânimo.

Ao longo dessa discussão, Janelle ficara consultando a agenda no celular e assentindo em vários momentos para indicar concordância. Ela estava espetacular para o grande dia deles em Londres. Janelle tinha começado a fazer compras por consignação online e pegou algumas roupas que chamava de "peças". Usava uma agora, um vestido colado ao corpo com fileiras ziguezagueantes de tons outonais multicoloridos. ("Isso é um *Missoni* vintage. Eu consegui por cinquenta e cinco dólares porque tinha um buraco na bainha. Posso consertar sem problema. *Missoni*.") O cabelo dela estava preso em dois coques, que ela acentuara com vários prendedores bronze e laranja. Não ia ficar de brincadeira numa viagem como aquela.

— Deveríamos voltar pelo caminho que fizemos ontem — disse ela —, ao longo do rio, e pegar o ônibus turístico no Temple Pier, que é bem perto. Então é melhor terminar aqui e ir. Nate, você vai comer alguma coisa?

— Não estou com fome — disse ele. — Vamos indo.

O plano, que parecera tão sensato e curto e compacto quando Stevie o vira pela primeira vez, estava, então, em andamento. Eles compraram as passagens para o ônibus turístico e passearam por Londres, com Janelle acompanhando o trajeto no celular. Desceram para ver a troca da guarda no Palácio de Buckingham, o que envolvia ficarem parados na frente de um portão enquanto pessoas com enormes chapéus pretos peludos andavam de um lado para o outro. Voltaram ao ônibus e foram até a parte mais distante do Hyde Park. O Hyde Park era exatamente o que o nome sugeria — um parque, e havia muito dele. Conectava-se a mais parque. Viagens envolviam tanto tempo intermediário — ficar andando e tentar entender onde se estava. Viram o Palácio de Kensington, a estátua de Peter Pan, o lago Serpentine, onde consideraram alugar um barco, mas não dava tempo, o Speakers' Corner... Depois atravessaram um arco para mais parque, um diferente. Esse era o Green Park, que era basicamente o jardim dos fundos do Palácio de Buckingham. Isso os levou ao St. James's Park e ao Palácio de St. James's (havia muito mais palácios do que Stevie imaginara), até Westminster, 10 Downing Street e as Salas do Gabinete de Guerra. Voltaram ao ônibus. Seguiram por alguma outra direção. Onde estavam agora? Covent Garden? Soho? Russell Square. Eram apenas nomes. Nomes e prédios gigantes.

A cabeça dela estava girando e sua atenção esmorecia.

Izzy — ela aparecia na mente de Stevie. O queixo pontudo, as mãos longas, o casaco felpudo, a cabeleira que parecia adoravelmente perfeita empilhada na cabeça como um santuário de corujas glamuroso. Izzy e David passavam tanto tempo juntos ali. Ele não a tinha mencionado nas ligações. Ou tinha? Talvez tivesse mencionado uma Iz em algum momento. Stevie provavelmente teria achado que ele tinha dito "Is" ou algo assim. Por que não mencionar a garota? Ele planejava coisas com ela, como o passeio na roda-gigante da noite anterior. Claro, foi uma boa surpresa. David arranjou uma volta na London Eye e uma história de assassinato para ela.

No entanto...

Tanto tempo juntos. Tantas noites londrinas como a anterior. Tantas tardes longas e chuva fina, e conversas no pub, e passeios pelas ruas... as ruas que ela não conhecia.

Minha tia viu um assassinato. Ela estava lá.

Stevie abaixou os olhos para o celular e fez algumas buscas. Tinha apenas dois pontos de referência para a pesquisa. Dois assassinatos. 1995. Uma mansão no campo. Um assaltante.

O Google não ofereceu muita coisa. Ela encontrou somente um ou dois artigos e eles repetiam os fatos básicos que Izzy tinha contado a ela. Nove alunos, recém-formados de Cambridge, foram a uma mansão chamada Tempo Bom em 23 de junho de 1995. Naquela noite, durante uma tempestade, brincaram de esconde-esconde nos jardins. Dois membros do grupo nunca voltaram para a casa e foram encontrados pela manhã no galpão de madeira, assassinados a machadadas. Pensaram que o caso estivesse relacionado a vários assaltos locais. E foi isso. Mais nada.

Os dois casos em que ela trabalhara antes — os assassinatos de Ellingham e os da Caixa no Bosque — receberam uma cobertura midiática considerável. A falta de informações disponíveis era tão decepcionante quanto intrigante. Era um terreno novo, intocado.

— Chegamos — anunciou Nate, com um tapinha no braço dela.

Eles tinham voltado ao ponto de partida. Stevie nem tinha notado. Rapidamente pegou a mochila e seguiu Nate pelos degraus até o nível inferior do ônibus e a calçada. Janelle e Vi já tinham desembarcado.

A escuridão se acumulava sobre a Casa Covarde enquanto entravam sob a luz esverdeada do saguão. A árvore parecia ligeiramente mais triste. Inclinava-se para a esquerda e alguém tinha colado olhinhos em alguns dos enfeites. Duas bolas tinham caído e balançavam suavemente no chão.

— Cruel — disse Nate, notando-as enquanto passava. — Sabe, a melhor fanfic que já li foi uma história erótica sobre Thor e Tony Stark vivendo juntos numa fazenda sexual de árvores de Natal.

— Quê? — perguntou Vi. — Foi uma fazenda de sexo ou uma fazenda de árvores de Natal?

— Ambos — respondeu Nate enquanto abriam as portas para a sala comunal. — Principalmente sexo, algumas árvores. Não acho que estavam levando o negócio a sério, porque aquele não era o jeito de lidar com uma guirlanda.

A sala comunal era um espaço grande com um tapete roxo chocante, vários sofás com moldura de madeira e grandes mesas de estudo, além de um pequeno bar no canto que parecia não estar aberto. David e Izzy já estavam lá, sentados juntos num sofá trabalhando cada um no próprio laptop. Izzy usava uma blusa branca enorme com mangas largas. Em Stevie, teria ficado esquisito, e meio que era em Izzy, mas também, charmoso.

Algo engraçado atingiu Stevie. Um chiado desagradável.

— Ah! — exclamou Izzy, se levantando. — Vocês voltaram! Prontos para ir?

A tia de Izzy morava num lugar chamado Islington, que ficava a várias estações de metrô ao norte, em algo chamado Linha Norte — uma linha preta nos rabiscos ordenados do mapa do metrô. Isso significava que precisavam ir até a estação de Embankment, que ficava no caminho que tinham feito antes, junto ao rio.

O metrô de Londres. O famoso metrô de Londres. Já não era nada de mais para David. Ele estava lá havia meses e encostou o cartão de leve no leitor enquanto Stevie e os outros se atrapalharam com as passagens. Ele e Izzy papearam e brincaram enquanto desciam pela escada rolante incrivelmente longa até as profundezas abaixo de Londres. As paredes eram revestidas por telas que repetiam a mesma rotação de anúncios enquanto desciam, tentando desesperadamente convencê-la a comprar um novo thriller chamado *Sangue na aurora*, assistir a uma produção sobre *Ricardo III* e comprar sobremesas natalinas de um lugar chamado M&S. Havia um leve cheiro de mineral, algo entre combustível e o aroma doce e estagnado que os porões tinham às vezes.

Outro pequeno chiado quando Izzy mostrou algo para David no celular.

Não havia motivo para ter ciúme, foi o que ela disse a si mesma enquanto esperavam na plataforma, olhando para os anúncios gigantes que estavam colados nas paredes curvas do subterrâneo. Pelo contrário, Izzy parecia mais animada com a presença de Stevie.

Mas e se isso fosse algo que você fazia quando estava tentando esconder alguma coisa?

— Ei.

David estava sussurrando no ouvido de Stevie. A sensação do hálito quente a fez se arrepiar e todo o lado direito de seu corpo pareceu entrar num estado líquido.

— Adivinha? — sussurrou ele.

— O quê?

— Surpresa!

Ele cutucou o ouvido dela com a língua.

Houve uma rajada de vento e o trem apareceu. Ouviram um som de sino discreto e então a voz gravada disse "cuidado com o vão entre o trem e a plataforma" num sotaque inglês sério.

— Eles fazem isso mesmo? — perguntou Nate.

O trem estava completamente abarrotado. Não havia assentos disponíveis e pouco espaço para ficar em pé. Todos se espremeram juntos numa floresta de braços, balançando quando o trem acelerou. Janelle e Vi se apertaram contra uma barra. David tinha passado um braço ao redor de Stevie. Fazia calor no trem e o embalo gentil deu sono em Stevie. Ela não ia dormir, mas não estava tão acordada quanto gostaria. Não havia tempo para cochilar naquela viagem — aquilo era tudo o que ela tinha. Cada dia era valioso. Cada noite.

Houve muita gente se apertando e se erguendo e cambaleando e se espremendo antes que o trem os cuspisse num lugar chamado Angel. Eles emergiram numa rua de lojas e restaurantes.

— Não é longe — disse Izzy, animada. — Uns quinze minutos de caminhada.

Não era de fato "logo na esquina" como Izzy tinha prometido. Finalmente, depois de percorrer pelo menos uma dúzia de ruas, eles pararam num restaurante de esquina chamado Rosa de Bengala, que exibia velhos filmes de Bollywood numa tela grande.

— Pensei em pegar uma seleção de pratos para dividir, se vocês toparem — falou Izzy. — Por minha conta. Algum de vocês é vegetariano?

Vi estava fazendo a transição para uma dieta vegana, então isso foi anotado. Izzy pediu uma série de coisas que Stevie não conhecia. Todos os pratos chegavam nas mesas em tigelinhas de cobre que tinham um aspecto e cheiro incríveis, mas ela não sabia o que eram. Parecia que iam comer de tudo — cordeiro *bhuna*, *rogan josh*, camarões *tandoori*, *saag paneer*, *aloo gobi*, *bindi* masala, *chana* masala, *chapati*, *paratha*, *peshwari naan*... algumas dessas palavras soavam vagamente familiares, mas ela estava perdida. Pela primeira vez desde que chegara, Stevie sentiu a realidade da distância. Não conseguia nem entender o que a nova amiga de David estava comprando para o jantar.

Depois de uma espera curta, receberam três sacolas transbordantes e voltaram para a rua, seguindo Izzy por uma fileira de casas geminadas idênticas de dois andares feitas de tijolo marrom. Cada uma tinha seis degraus de concreto ou pedra levando a uma porta preta lustrosa, e uma cerca baixa de ferro forjado preto ao longo da calçada, separando-a de uma área recuada onde havia um nível inferior. Stevie não sabia exatamente como eram as coisas na época de Dickens, mas imaginava casas como aquelas, com varredores de chaminé e cozinheiros e criadas conversando uns com os outros nos degraus de entrada. Na época dela, em vez de cavalos, havia carros impossivelmente pequenos e patinetes ao longo da rua, e lixeiras de plástico colocadas ao lado do meio-fio.

— Olá, Porta — disse Izzy.

— Você disse oi para a porta? — perguntou David.

Izzy apontou para o topo de uma lixeira de reciclagem ao lado deles, no pequeno átrio de uma casa. Em cima dele, como o Gato de Cheshire de *Alice no País das Maravilhas,* estava um grande gato laranja batendo o rabo nele mesmo.

— Esse é Porta — apresentou ela, passando as sacolas de comida para David e pegando o gato nos braços. — Porque ele é burro como uma porta. O brinquedo favorito dele é a parede. Ele tem uma entradinha de gato, mas não consegue entender como funciona. Você não é muito esperto, né? Mas é um bom menino. Ela vai ficar tão empolgada.

Stevie não sabia se Izzy se referia ao gato, mas o gato parecia ser macho.

— Ela? — perguntou. — Sua tia? Ela sabe que estamos vindo, certo?

— Eu mandei uma mensagem — respondeu Izzy.

Ela bateu na porta duas vezes, então pegou um chaveiro e a abriu para conduzi-los a um vestíbulo escuro e bem organizado, cheio de casacos numa fileira de ganchos, uma bicicleta e a estátua de pedra de um Buda no chão. Desceu Porta e ele deu três voltinhas antes de passar por uma entrada aberta até o que parecia ser a sala de estar. Havia uma luz ligada em algum lugar acima deles, mas nenhum som.

— Oie! — chamou Izzy, escada acima. — Sou só eu! Trouxe comida!

O que parecia uma coisa estranha de se dizer, já que não era só Izzy e sugeria que a comida não tinha sido previamente discutida. Stevie ouviu uma cadeira rolar para trás e passos. Uma mulher desceu a escada. Parecia o bastante com Izzy para confirmar que era, de fato, tia dela. Seu cabelo ia até o queixo e tinha um monte de cachinhos saltitantes. Ela tinha sobrancelhas bem cuidadas, profissionalmente cheias, mas não usava maquiagem. Estava de calça de pijama e uma camiseta grande.

— Ah — disse ela. — Oi...

— Eu trouxe uns amigos — informou Izzy. — Esse é David, da faculdade. E esses são alguns amigos dele dos Estados Unidos: Janelle, Vi e Nate... e essa é Stevie. Stevie Bell.

Izzy disse o nome de um jeito que sugeria que Angela deveria conhecê-lo e talvez aplaudir.

Ela não fez isso.

— Ah — falou Angela. — Certo. Prazer conhecer vocês.

Ela olhou para Izzy com uma expressão que dizia *por que você me trouxe cinco americanos? Eu não pedi cinco americanos.*

— Eles estão fazendo um tour por lugares históricos — continuou Izzy. — Vão na Torre amanhã. E pensei, já que você nunca come quando está trabalhando, eu podia trazer comida e talvez pudéssemos conversar?

Então Izzy não tinha falado à tia que aquilo ia acontecer. Eles eram invasores. Invasores que traziam muita comida, mas invasores. Stevie olhou para David, preocupada, mas ele só deu de ombros e abriu um meio sorriso.

— Ah. Certo. Claro, sim. E vocês chegaram em boa hora. Não comi hoje e estou *morrendo de fome.* Izzy me conhece bem. Sim, vamos até a cozinha.

Angela se recuperou da surpresa inicial, ou ao menos disfarçou bem. A cozinha ficava nos fundos da casa — um espaço pequeno e alegre com paredes amarelo-claras. Izzy jogou as sacolas na mesa, e Angela começou a pegar pratos do armário enquanto os cinco americanos se remexiam no lugar e tentavam não atrapalhar, o que era difícil.

— Vocês estão de férias? — perguntou Angela educadamente.

— Estamos numa viagem de estudo de uma semana — respondeu Janelle.

— Ah, certo. Que divertido.

Izzy não parava de tirar embalagens da sacola. Pareciam infinitas. Havia pratinhos de alumínio de arroz fumegante com flocos amarelos e laranja, diversos curries, pratos de grão-de-bico e verduras, pães chatos e uma dúzia de copinhos de plástico com condimentos, nenhum dos quais Stevie reconhecia. Foi um daqueles momentos em que ela sentiu que tinha fracassado em alguma tarefa primordial da vida — saber o básico de uma refeição indiana.

Angela espirrou alto várias vezes.

— Estou sarando de um resfriado — disse ela, como desculpa por enxugar o nariz com um guardanapo. — Só voltei a sentir o gosto das coisas agora. Quanto foi a comida? — Ela examinou o recibo. — Setenta e oito libras. Aqui.

Ela foi até uma gaveta, tirou quatro notas de vinte libras e as entregou para Izzy.

— Ah, não, sério... — disse Izzy.

Angela lhe deu um aceno que dizia "eu sou sua tia e você vai aceitar esse dinheiro", e Izzy pegou as notas.

Todos encheram o prato com comida, que tinha um aspecto tão bonito quanto o cheiro delicioso — o vermelho forte e o amarelo suave dos curries, as bolhas chamuscadas no pão fresco, os pontos brilhantes de coentro. Nate, ávido, encheu o prato até quase transbordar. Não havia espaço na cozinha para sete pessoas, então eles se transferiram para a sala de estar, onde Angela tentou deixar os convidados inesperados confortáveis.

— Então, Stevie e Janelle e Nate e Vi estudam numa escola chamada Instituto Ellingham, em *Vermont* — disse Izzy, sentando-se no chão junto à mesa de centro e começando a comer. — E David também estudou lá.

Ela disse *Vermont* como se fosse um lugar mágico e fictício de reputação duvidosa. Verdade fosse dita, era um pouco. Pelo menos o lugar que Stevie tinha em Vermont.

— Já ouvi falar na Ellingham — disse Angela, arrancando um pedaço do pão com gosto. — Não teve aquele sequestro nos anos trinta? Eles nunca resolveram, né? Ou algo aconteceu recentemente, talvez?

— Foi Stevie! — disse Izzy, passando os condimentos numa bandeja.

Ela não esclareceu e Angela não perguntou. Era melhor assim. Stevie já estava na casa de uma desconhecida, segurando um prato gigante de comida, meio tonta de exaustão. Não estava preparada para dar uma palestra sobre o *trabalho de detetive*. Queria comer, evitar arrotar, dar uns amassos no namorado e talvez dormir no chão.

Para a surpresa dela, Izzy começou a recontar a história do trabalho de Stevie sobre o sequestro e os assassinatos em Ellingham — até as coisas que não apareceram na imprensa. Ela contou a história das cartas de Cordialmente Cruel e das mortes recentes. Eram coisas que ela somente poderia ter aprendido com David. Izzy sabia dessas coisas em detalhes, e acertou os detalhes. Isso fez Stevie entender algumas coisas. Primeiro: David falava muito sobre Stevie. Segundo: Izzy prestava atenção. Terceiro: Izzy falava como se Stevie fosse a Wikipédia Holmes, uma base de dados ambulante, falante e solucionadora de mistérios que comia crimes reais e cuspia justiça.

— Ah. Entendo. Isso é bem impressionante — falou Angela em resposta a Izzy.

Era meio lisonjeiro, mas alguma outra emoção mais sombria estava se infiltrando no cérebro de Stevie. Por que Izzy se importava tanto com ela? Era só para trazê-la, para conversar com a tia? Ou era para construir confiança com David? "Ah, sua namorada! Me conte sobre ela..." Stevie de repente conjurou imagens de longas noites no pub, os pés deles se tocando sob a mesa, a intenção e expressão interessada de Izzy. Ela tinha olhos castanhos quentes, aquele halo de cabelo macio, uma covinha na bochecha esquerda. E era inteligente. Ficou discutindo política internacional com Vi no metrô. Os interesses de Vi e Izzy se sobrepunham um pouco — justiça ambiental, insegurança alimentar, as implicações políticas das prisões. Izzy tinha começado a estudar japonês online, e Vi, que estudava havia mais tempo, tinha lhe dado algumas dicas. Izzy era o pacote completo, calorosa e vibrante e inteligente e engajada; estava o tempo todo com David...

E então havia Stevie, muito longe, nos Estados Unidos, sem plano para o futuro nem ideia de como salvar o planeta. Ela não sabia nem como cortar o cabelo.

Houve um estouro alto do lado de fora, como uma rajada de tiros, e Stevie viu um brilho de luz amarela. Tendo participado de treinos de tiroteio escolar desde o jardim de infância, ela quase institivamente se encolheu debaixo da janela e fora de vista.

— Não precisam se alarmar — falou Angela, pegando mais chutney. — São só fogos de artifício que sobraram da Noite da Fogueira. Alguém fica estourando no jardim.

— Vocês conhecem a Noite da Fogueira? — perguntou Izzy. — Lembrai, lembrai, do cinco de novembro, a pólvora, a traição e o ardil?

— Vagamente? — disse Janelle.

Stevie ouvira falar do assunto em muitos livros de mistério ingleses. Sabia que envolvia um boneco, mas nunca tinha entendido do que se tratava.

— Henrique VIII — disse Angela. — Vocês provavelmente sabem que ele teve seis esposas. Quando queria deixar a primeira, Catarina de

Aragão, para casar-se com Ana Bolena, a Igreja não deixou. Depois de brigar com eles por anos, ele rompeu com a Igreja Católica e se declarou chefe da igreja na Inglaterra. Destruiu mil anos do governo da Igreja Católica Romana na Inglaterra. Dissolveu os monastérios. Pegou toda a riqueza da igreja, que era muita. Essa mudança de religião causou tumulto por décadas, com católicos e protestantes lutando pelo controle da coroa. E, em 1605, um grupo de fanáticos católicos armou uma conspiração para explodir o Parlamento e o rei. Guy Fawkes foi encontrado escondido sob o Parlamento com 36 barris de pólvora. Não deu muito certo para ele. Foi torturado até denunciar os comparsas. Porta! Não!

Porta tinha acomodado sua massa laranja feliz no casaco de Stevie e estava sugando um dos botões. Assim que Angela fez menção de levantar, ele deu um pulo e subiu correndo a escada.

— Ele faz isso — disse Angela. — Gosta de mastigar os botões das coisas. Botões, zíperes, cadarços. Desculpe.

— Chá? — Izzy pulou do chão de repente e pegou alguns pratos sujos. — Quem quer? Eu vou fazer chá.

Ela saiu depressa da sala.

— Vocês vão à Torre amanhã? — perguntou Angela. — Foi lá que o torturaram. Eu vou filmar lá daqui a algumas semanas. Sou uma daquelas pessoas que apresentam documentários históricos ou aparecem neles. Izzy deve ter mencionado. Esse é *outro* programa sobre as esposas de Henrique VIII. Há um apetite insaciável por coisas sobre as esposas de Henrique VIII. Todo mundo ama as histórias. Sexo e assassinato.

— Assassinato? — perguntou Stevie.

— Como você descreveria matar duas esposas?

Fazia sentido, e Stevie se sentiu idiota por ter dito a palavra como uma pergunta. Seu cérebro estava lento.

— É disso que as pessoas sempre querem saber — disse Angela. — Cá está um rei tão obcecado por uma mulher que destrói tudo para se casar com ela, e faz isso em novembro de 1532. Ela não lhe dá um filho. Dentro de uns dois anos, ele está refletindo sobre como se livrar dela. Arranja uma amante; já tem a sucessora dela escolhida. A fim de ter essa nova esposa, a antiga precisa sumir. E não pode ir embora com todo o alvoroço da primeira. Quer dizer, ele acabou de explodir o mundo, estraçalhando a religião e a ordem do mundo, então não pode só admitir que eles não deram certo. Ele tem que *apagar* Ana...

Angela disse a palavra com um desgosto genuíno.

— Então ela foi presa sob acusações principalmente, se não completamente, forjadas de infidelidade, incluindo a acusação de que tinha um relacionamento com o *irmão*.

— Eita — disse Vi.

— Eita mesmo. O rei queria que ela sumisse, então ela ia sumir, custe o que custasse. Quanto mais caísse em desgraça, melhor. Não poderia haver dúvidas. Ana foi levada para a Torre depois de presa. Provavelmente vão contar para vocês no passeio que ela entrou pelo Portão dos Traidores, mas não é verdade. De qualquer forma, ela foi aprisionada lá. Henrique já estava se divertindo com a nova amada. Acabou rapidamente, dentro de duas semanas, em maio de 1536. Ela foi presa no segundo dia. Todos os homens com quem ela foi acusada de ter um caso foram levados para interrogatório, o que significa que foram torturados. Ana foi julgada e considerada culpada no décimo quinto dia. Os homens foram executados no décimo sétimo, e a execução dela ficou marcada para o décimo nono. Dezessete dias. Foi só isso que levou para ela ir de rainha a acusada, presa, condenada e executada. O rei lhe deu um presente de despedida, por assim dizer. A punição para o crime do qual ela fora acusada era queimar na fogueira... para mulheres comuns. Como ela era a rainha, ele decidiu que não era apropriado. Ela seria decapitada. Mas uma simples decapitação também não era suficiente. Ele mandou buscar um carrasco da França que usava uma espada. Fez isso, aliás, *antes* de ela ter sido condenada, quase como se soubesse como tudo ia acabar.

Outro clarão e estouro, menor, do lado de fora.

— Tem uma curiosidade meio macabra — continuou Angela. — A Torre é cheia delas. Com decapitações por machado, você tem que colocar sua cabeça num bloco, assim...

Ela demonstrou inclinando-se para a frente e virando a cabeça de lado, como se a estivesse apoiando em algo.

— ... mas decapitações por espada eram diferentes. Você se ajoelhava, mas mantinha a cabeça erguida. Quando Ana subiu no cadafalso após dar seu discurso, que foi tocante, por sinal, teve que tirar a capa, o adereço de cabeça, todas as joias. Até teve que pagar seu próprio carrasco com um saco de dinheiro que entregaram para ela dar formalmente a ele. Tudo isso fazia parte do protocolo, mas sempre me afeta quando penso a respeito. Eles puseram um saco na cabeça dela, a fizeram se ajoelhar e cobriram seus olhos com uma venda. Então ela não conseguia enxergar. O carrasco, para fazer-lhe jus, era bom no que fazia. Usava um método para pôr a cabeça da vítima na posição certa. Ele pedia a seu ajudante para trazer a espada, mas não havia ajudante. O carrasco já estava com a espada. Fazia isso porque as vítimas naturalmente viravam a cabeça na direção que ele estava chamando, esperando para ouvir a espada ser trazida ao cadafalso. Parece tão simples, esse truque, mas funcionava. Um pouco de dissimulação ajudava muito. Só foi preciso um golpe da espada. O estranho é que depois de tudo isso... os julgamentos e a tortura e trazer um espadachim da França... ninguém planejou o que fazer com o corpo. O corpo que sabiam que estaria lá. Ninguém tinha arranjado um caixão. Um dos guardas da Torre teve que ir ao arsenal e encontrar uma caixa.

Izzy voltou com uma bandeja de xícaras fumegantes desparelhadas com um pacote de cookies de chocolate. Ela distribuiu as xícaras, entregando uma rosa com pontinhos para Stevie.

— E, para completar — continuou Angela, aceitando uma xícara de chá —, Henrique não se deu o trabalho de chamar o espadachim para o assassinato da quinta esposa, Catherine Howard, seis anos depois. Deixou que usassem o machado.

A palavra *machado* parecia ser a deixa perfeita. Stevie viu Izzy estender a mão para o bastão conversacional.

— Sabe — começou ela, passando chá para os outros —, eu estava contando a Stevie... porque ela trabalhou nessa área, trabalhou de verdade, como eu disse... o leite, Vi, você aceita açúcar? Eu vou deixar aqui... sobre o que aconteceu com você. Com seus amigos. Sabe. Os assassinatos.

9

ANGELA TENSIONOU AS MÃOS AO REDOR DA XÍCARA. NÃO FOI UMA TRANSIÇÃO de assunto muito sutil.

Não se jogava *assassinatos* casualmente em uma conversa.

— Eu sei — disse Izzy, depressa. — É um assunto difícil para você, mas... como Stevie é... bem, uma especialista nessas coisas, e nunca foram resolvidos...

De novo, ela esperou que Angela pegasse a deixa, mas ela não fez isso. Apesar do que Izzy lhes dissera, a tia claramente não fazia ideia de que aquilo ia acontecer. Ela não sabia que eles apareceriam, não sabia que teria que dar uma aula de história a um bando de americanos, não sabia sobre o jantar e não esperava ter que falar sobre o que devia ter sido um dos dias mais terríveis de sua vida.

— Izzy...

— Sem problemas — disse Izzy, embora não coubesse a ela dizer o que era ou não um problema para Angela. Janelle se remexeu em profundo desconforto. Vi encarou os restos do curry de grão-de-bico no prato. Nate estava tão completamente inexpressivo que seu espírito parecia ter deixado a sala. Tinha passado para algum outro plano de existência. Até David deu um olhar de soslaio meio preocupado para Stevie.

— Quando eu estava terminando a universidade — explicou Angela —, dois amigos meus foram mortos. Foi horrível. Foi um assalto. Nunca acharam o culpado. Por motivos óbvios, não gosto de falar sobre isso.

Justo. Mas algo no jeito dela sugeria o contrário. Angela se arrastou para a beirada do sofá. Queria desesperadamente falar, mas estava se segurando. Stevie era a única vendo aquilo?

O jeito mais seguro de fazer alguém contar algo que você quer saber não é perguntar sobre o assunto. O que você deve fazer é começar a história, dizer o que acha que aconteceu e contar *errado*. As pessoas podem até não querer discutir o assunto, mas sempre vão corrigir você.

— Acho que eu li a respeito — disse Stevie.

— Leu? — perguntou Angela. — Não apareceu muito nas notícias. Duvido que já tenha ouvido falar disso.

— Algo envolvendo uma brincadeira? Numa mansão? Esconde-esconde? E alguém se afogou?

Izzy abriu a boca para corrigir Stevie, mas pareceu entender o que ela estava fazendo e a fechou.

— Não — disse Angela. — Bem, houve um jogo. Aconteceu numa mansão. Mas...

— Numa piscina? — insistiu Stevie.

Isso foi intolerável para Angela, tanto como amiga das vítimas quanto como historiadora profissional. Ela não podia ficar sentada ali e deixar os erros continuarem. Ela se levantou e subiu os degraus.

— O-oh — disse Vi.

Angela voltou meio minuto depois com uma pequena moldura que passou para Stevie. Era um pôster, escrito à mão e xerocado num papel cor de mostarda:

OS NOVE APRESENTAM
A FESTA DO SEXO NO HALL DO BINGO
45 MINUTOS DE ESQUETES DE COMÉDIA QUE SUA TIA NÃO IRIA GOSTAR

Havia uma foto na página — obviamente tinha sido xerocada, então estava em preto e branco e sem nitidez. Ainda assim, Stevie via que aquelas nove pessoas queriam que você soubesse que eram comediantes. Cada uma usava uma fantasia, mas nenhuma estava relacionada com qualquer outra. Havia uma mulher alta num vestido formal sujo. Outra usava uma cartola. Um dos caras não usava nada e tinha um globo de bingo estrategicamente situado sobre a virilha.

— O que aconteceu foi o seguinte — começou Angela. — Quando eu estudava em Cambridge, fazia parte de uma trupe de teatro. Éramos nove. Nós nos conhecemos na semana dos calouros e em algumas audições, no nosso primeiro ano nos tornamos amigos. Escrevíamos e apresentávamos shows juntos.

— Os Nove? — perguntou Stevie.

— Era assim que nos chamávamos — confirmou Angela. — Apesar do que esse pôster sugere, não éramos ruins. Não éramos os Footlights de Cambridge nem nada assim, mas tínhamos uns seguidores fiéis. Fomos ao festival de comédia de Edimburgo duas vezes e nos saímos bem. Sooz...

Ela apontou para a mulher alta com vestido de baile em frangalhos.

— ... é uma atriz. Ela vive apresentando peças de Shakespeare e de vez em quando aparece na TV. Está sempre trabalhando. É uma incrível imitadora. E Yash e Peter...

Ela apontou para o cara que não usava nada e segurava as bolas de bingo e o cara usando uma fantasia de caubói.

— Esse sem roupas é Peter. E Yash é o de chapéu. Eles são uma dupla de escritores e trabalham num monte de séries, programas de variedades, sitcoms, todo tipo de coisa. Na verdade, ganharam um prêmio pelo seu último programa algumas semanas atrás. Estão sempre fazendo isso. Então pelo menos três de nós acabaram no meio artístico. E eu faço um pouco de trabalho na TV, então somos quatro, acho. Enfim, alugamos uma casa juntos no nosso terceiro ano, todos os nove. Éramos a vida uns dos outros, na verdade. A família de Sebastian tinha uma mansão no interior, chamada Tempo Bom. Íamos para lá às vezes, no final do trimestre. No último ano, depois das provas, Sebastian nos convidou para passar a semana lá comemorando a formatura. A família dele tinha ido para a outra casa de férias, na Grécia, então a propriedade era toda nossa. Na noite em que chegamos, fizemos uma brincadeira... um esconde-esconde. Fazíamos isso o tempo todo. Uma pessoa começava procurando e, à medida que cada um era encontrado, se juntava ao time de busca até só sobrar uma pessoa. Jogamos até de madrugada, mas paramos depois que a tempestade ficou intensa demais. Dois dos meus amigos, Rosie e Noel... não percebemos que tinham sumido, a princípio. Imaginamos que estavam... achamos que eles queriam um tempo a sós.

Pela manhã, os encontramos no galpão de madeira. Tinham surpreendido alguns assaltantes durante a noite, ou os assaltantes os surpreenderam. De toda forma, foram mortos com um machado de lenha do galpão. Nunca descobriram quem foi. Essa é a história.

— E o cadeado? — perguntou Izzy.

Angela não chegou a gritar ou jogar um prato do outro lado da sala, mas a palavra *cadeado* teve um efeito assustador. Ela inclinou a cabeça de lado. Por um momento, não disse nada, então soltou um "O quê?" engasgado.

— O cadeado — repetiu Izzy. — Seus amigos foram encontrados num galpão que deveria estar fechado. Você me contou, disse que o cadeado não estava na porta durante a noite.

A cor estava sumindo do rosto de Angela.

— Quando eu disse isso?

— Quando eu fiquei com você depois da sua cirurgia no joelho, no começo do ano.

O clima na sala mudou completamente.

— Não tem cadeado nenhum na história — respondeu Angela, de um jeito que deixou claro que havia, sim, um cadeado na história.

— Você disse algo sobre terem plantado evidências, e que...

Angela nem estava mais tentando disfarçar o desconforto.

— Os remédios eram fortes, Izzy.

— Você disse que achava que um dos seus amigos era um *assassino*. Sei que isso é terrível para você, mas foi *real*. Eu vi na sua cara que foi real. Stevie pode ajudar. Ela já fez isso antes.

Porta se esfregou nos calcanhares deles enquanto um silêncio desconfortável recaiu sobre o grupo. Aquilo tinha efetivamente interrompido a conversa. Não haveria mais discussão sobre assassinatos.

— Odeio ser rude — disse Angela —, mas preciso acordar cedo amanhã e tenho mais trabalho para terminar esta noite.

— O que você achou? — perguntou Izzy quando voltaram para a rua, a caminho do metrô.

— Foi...

O que tinha sido? Evasivo, certamente, mas evasão era uma resposta razoável para um grupo de adolescentes estrangeiros aparecendo em sua casa sem aviso e perguntando sobre o maior trauma da sua vida. Mas *havia* algo lá — certo brilho nos olhos de Angela quando o cadeado foi mencionado. O cadeado não tinha sido conjurado por opiáceos. Era real, ou ao menos uma lembrança real. A lembrança poderia ser falha ou irrelevante, mas era uma memória que ainda tinha e que foi criada bem antes de ela tomar o analgésico. Havia conjurado algo em Angela que Stevie não conseguia identificar.

— Foi estranho, não foi? — continuou Izzy. — Ela não queria falar sobre aquele cadeado. Tem algo aí, não tem? Eu queria que você visse o que eu vi quando ela estava sob o efeito dos analgésicos.

O metrô estava menos lotado, mas Stevie descobriu que a comida se acomodara alegremente em sua barriga e seu corpo estava sedado. O trem balançava. Londres disparava por eles numa série de nomes de estações e flashes de azulejos e túneis e pessoas. Ela estava sentada num dos assentos com estofado (assentos de metrô com tecido? Parecia arriscado. O que vivia neles?). Apoiou a cabeça no ombro de David e cochilou.

— Ei.

Ele sacudiu o ombro e Stevie ergueu a cabeça com uma bufada alta.

— Chegamos.

Stevie ouvira falar em jet lag, mas não viajava muito de avião e não sabia como funcionava. Aparentemente, era assim. Você apenas caía no sono. Ela estava num estupor enquanto se arrastava de volta à Casa Covarde.

— Você está acabada — disse David quando voltaram, percorrendo um dedo pelo queixo dela. — Vai desmaiar. Jet lag é pior no segundo dia. Tenho que fazer uns trabalhos hoje. Você deveria dormir.

Ela não queria estar cansada. Queria ir a algum lugar com ele. Mas isso não ia acontecer. Seu corpo estava apagando.

— Amanhã, depois que vocês voltarem — disse ele. — Quer ir a um encontro?

— Um o quê?

— Eu sei. Um encontro de verdade.

— Que nojo — falou ela.

David sorriu, deu um beijo em Stevie e ela se arrastou até o elevador com os outros. No quarto, tirou as roupas enquanto andava e se jogou na cama. Ouviu o rangido do plástico se amassando no estrado, olhou para o halo de luz que vinha do poste do lado de fora. Alguém chutou uma garrafa de vidro na rua e pessoas estavam rindo. O estômago dela estava cheio de curry. Seus hormônios dançavam e a visão estava turva de exaustão.

Não tem cadeado nenhum na história. Os remédios eram fortes, Izzy.

Angela estava mentindo para eles. Por quê? Por que se dar ao trabalho de mentir quando podia ter rido da ideia? Por que dizer que não tinha cadeado nenhum quando tudo em sua voz e seu corpo demonstrava que *definitivamente* havia um cadeado envolvido e que o cadeado era importante?

Enquanto caía na inconsciência, Stevie sentiu a pontinha de uma revelação. Conhecia a emoção que vira cruzar as feições de Angela enquanto contava a história. Não era tristeza pelo que tinha acontecido ou irritação por ser obrigada a contar uma história traumática para um bando de adolescentes desconhecidos em sua casa.

Era medo.

EXCERTO DO DEPOIMENTO DA TESTEMUNHA
ANGELA GILL

24 DE JUNHO DE 1995

P: Você pode descrever a natureza do grupo aqui na mansão agora?

R: Dividimos uma casa em Cambridge. E temos uma trupe de teatro. Estamos comemorando a formatura. Nós... estávamos comemorando...

P: E vocês chegaram a que horas ontem à noite?

R: Quase dez.

P: E essa brincadeira que estavam fazendo começou...

R: Por volta das onze. Estávamos escolhendo quartos e conversando, e então começamos quando escureceu.

P: Aonde você foi no começo da brincadeira?

R: Eu saí pela porta da frente. Rosie também foi por ali.

P: Mais alguém seguiu por esse caminho?

R: Não. Fomos só nós duas.

P: E para onde você foi em seguida?

R: Rosie foi para a esquerda, na direção da entrada de carros e do bosque. Eu segui reto. Quase caí no fosso. Percebi que tinha feito uma escolha ruim correndo por ali, então dei a volta, atrás dos estábulos, até os fundos da casa e me escondi no jardim. Depois de cerca de uma hora, cansei de ficar na lama, então saí de lá e fui achar outro esconderijo, em algum lugar mais quente. Foi aí que passei na frente do galpão de madeira.

P: E tentou entrar?

R: Não.

P: Por que não?

R: Sebastian disse que estava trancado.

P: Mas você viu se estava trancado?

[silêncio na gravação]

P: Senhorita Gill?

[silêncio na gravação]

P: Senhorita Gill, você viu algo relacionado à porta do galpão?

R: Não. Sinto muito. Eu me sinto um tanto... a porta... estava... trancada. Bem trancada. Durante o jogo. Sim, eu vi. Estava trancada.

10

A Torre de Londres, Stevie ficou envergonhada de descobrir, não era uma torre. O nome induzia ao erro. Tantas coisas que lhe disseram para esperar na vida não foram como ela antecipava. O negócio era uma enorme muralha de pedra, com torreões e um fosso gramado onde costumava ficar um mastro, e dentro dele havia mais uma dúzia de pináculos e torres e estruturas de todos os tipos. E a coisa inteira ficava bem no meio de um distrito comercial congestionado à vista das torres de vidro (torres de verdade) da Londres moderna.

— Temos de duas a três horas para isso — disse Janelle, consultando o celular enquanto iam para a fila, esperar que o lugar abrisse. — Mas temos o tour da Cidade Velha de Londres à uma, e são quase dez, então acho que devíamos tentar fazer tudo em duas horas para poder comer e enviar o primeiro relatório em vídeo. Todo mundo baixou o app, certo?

Stevie tomou um grande gole de café e encarou a emblemática Tower Bridge — a ponte que aparecia em todos os pôsteres e fotos. Havia carrinhos vendendo ímãs e panos de prato e capinhas de celular com a bandeira do Reino Unido, o sinal de que aquele era o lugar deles. Eram Turistas com T maiúsculo e, por fim, seriam vencidos pelo cansaço e comprariam uma camisa ou moletom com LONDRES escrito na frente.

Não tem cadeado nenhum na história. Os remédios eram fortes, Izzy.

Por um lado, Angela era testemunha de um crime, um crime que queria deixar no passado. Foi o que tinha dito. Ela não queria fazer parte da história que supostamente contara sob efeito de medicação. Mas era essa a questão. A nota discordante. O *problema*. Nesse caso, o problema do cadeado. Stevie podia visualizá-lo — um pedaço de metal com uma voltinha no topo, que abria com uma chave na parte de baixo. Um cadeado comum, fechando uma porta de madeira.

E a ideia tinha aterrorizado Angela. Por quê?

A fila começou a andar. Stevie tropeçou numa rachadura na calçada e espuma de leite voou do buraco do copo de café, uma parte subiu pelo nariz dela, um pouco mais caiu na manga do casaco e uma quantidade decepcionante manchou a frente da camiseta. Ela estava prestes a lamber a manga quando se pegou no ato.

Viajar a estava deixando nojenta.

— Já está acontecendo, hein? — perguntou Nate, parando ao lado dela.

— Quê?

— A história do assassinato, de ontem à noite. Você já está envolvida.

— Não estou envolvida. Além disso, quem mata os amigos com um machado?

— Estranho você dizer isso considerando o nosso histórico.

— É, mas não vimos assassinatos a *machadadas*. Isso é zoado. Quer dizer, todo tipo de assassinato é zoado, mas isso é realmente zoado. Angela estava chapada por causa dos remédios. Provavelmente não é nada.

— Sei que você acha que é alguma coisa porque não disse uma palavra a manhã toda e estava prestes a lamber a manga da sua roupa. É, eu vi. É assim que você fica.

— Não importa. Não tem muito o que eu possa fazer a respeito.

— Isso nunca te impediu antes.

Stevie pagou a entrada (que era cara de tirar o fôlego — como tinha um pouquinho para gastar, notava como o dinheiro sumia rápido). Nate estava atrás dela e, quando bateu o cartão, a máquina fez um barulho desaprovador. Ele tentou de novo.

— Esse cartão não está funcionando — disse a pessoa na cabine. — Você tem outro?

— Eu, *hã*... — Ele se atrapalhou com a carteira, que continha uma única nota de vinte libras, o que não era suficiente.

— Aqui — disse Stevie, batendo o cartão para ele. — Depois você me paga.

— Valeu — disse Nate. — Acho que estraguei o chip ou algo assim.

Ele deu um sorriso fraco, mas o canto de seus olhos se enrugou de um jeito estranho, como se ele estivesse preocupado. Nate tinha dinheiro. Nate provavelmente tinha mais dinheiro do que qualquer um deles. Ele tinha um livro publicado. Ela não sabia quanto ele ganhava por isso, mas provavelmente era uma grana considerável. E todos eles tinham sido pagos pelo trabalho no acampamento de verão — não uma fortuna, mas tinha sido decente.

Estava caçando pelo em ovo.

Quando passaram pelo portão principal da torre, se encontraram num complexo murado, quase uma cidade inteira: a Torre do Sal, a Torre da Seta Larga, a Torre Martin, a Torre de Tijolos, a Torre Flint, a Torre Beauchamp... todas elas eram unidas por ameias e entrelaçadas por passagens e jardins e caminhos. A voz empolgada no aplicativo contou que a torre ainda era tecnicamente uma residência real. Tinha sido um palácio, uma estrutura defensiva, uma câmara de torturas, um depósito de munições. Tinha servido como prisão para todo mundo que se pudesse imaginar, de líderes religiosos fanáticos a espiões da Primeira Guerra a membros da realeza depostos a feiticeiros que arranharam guias cósmicos nas paredes. Era protegida por Beefeaters, ou guardas da torre, que viviam numa das várias residências charmosas junto aos muros. Eles tinham até o próprio pub, cheio de relíquias históricas. O lugar vira mais de mil anos de reinos e guerra e derramamento de sangue, e um milhão de turistas.

Tinha até, continuou a voz no aplicativo, abrigado um zoológico inteiro por séculos, porque o que mais se pode dar à realeza que já tem tudo? Só se pode dar babuínos, leopardos, tigres, um ou dois elefantes. Em algum momento, alguém presenteou um rei com um urso polar, que ele prendia numa coleira e levava para o Tâmisa para pescar. Porque, quando você é o rei, tem passatempos esquisitos. Mas, pela maior parte daqueles séculos, ninguém sabia cuidar dos animais, então os macacos ficavam mordendo todo mundo, o leão devorou alguém, e os cuidadores achavam que os avestruzes podiam comer de tudo, então lhes davam metal. Por fim, o zoológico da morte foi fechado e os animais transferidos para uma instituição de verdade.

O áudio começou a falar de datas e reis, vários Henriques e Carlos ou Ricardos ou Eduardos ou quem quer que tivesse vivido ou morrido ali, cada um dos quais construiu uma torre ou capela, até o lugar ficar tão labiríntico que, se tentasse atacá-lo, você se perderia lá dentro, perseguindo Henrique ou Carlos ou Eduardo, que era dono na época. Stevie tentou, mas não conseguiu se interessar por quem tinha tido uma cama ali em 1300 e tanto ou por que a lareira era importante. Angela tinha tentado explicar o significado de várias dessas coisas na noite anterior, mas, quando começaram a falar de assassinato, Stevie deletou esses arquivos mentais. As informações tinham sumido.

As portas, porém, a atraíram. Eram pesadas, com vários centímetros de espessura, fechadas por grandes cadeados.

Não tem cadeado nenhum na história...

Eles deixaram uma das construções que estavam visitando e saíram de novo nos caminhos que davam a volta na Torre.

— Preciso ir ao banheiro — declarou Vi. — E de mais café.

A Torre tinha várias lojinhas e barracas do lado de dentro dos muros. Nada completava uma fortaleza do século XI como um cappuccino, afinal.

Um dos guardas saiu usando chapéu e uniforme, e levando um pote de plástico. Aquele, como apontou um guia para um grupo próximo, era o Mestre dos Corvos, responsável pelos corvos que moravam na torre.

— Mestre dos Corvos — repetiu Nate. — *Mestre dos Corvos.*

O Mestre dos Corvos passou a oferecer aos corvos seus petiscos favoritos, que incluíam biscoitos mergulhados em sangue.

— Emprego nojento — acrescentou Nate. — Mesmo assim, o melhor nome.

— Sangue? — perguntou Stevie. — Só... sangue? Sangue de quem? Eles realmente deveriam dizer onde estão arranjando o sangue.

— Nunca explique onde você arranja o sangue — retrucou Nate, olhando para Stevie enigmaticamente.

— E, agora — disse o guia —, o lugar que todos queriam ver. Essa é a Torre Verde, onde alguns dos prisioneiros mais famosos da Torre foram executados. Entre eles estão lady Jane Grey, a rainha dos nove dias, e Ana Bolena, a segunda esposa de Henrique VIII.

Aquele era um baita privilégio, visto que a maioria dos pobres coitados presos na Torre (não exatamente as palavras do guia) eram levados para o Morro da Torre para ter uma morte pública; somente gente chique podia morrer na Torre Verde. Havia uma instalação artística lá — uma almofada de vidro — representando onde eles tinham apoiado a cabeça para o carrasco.

Tudo na mente de Stevie se mesclou num tecido único — a Torre de Londres com a tia de Izzy com Henrique VIII e aqueles pobres estudantes cortados em pedaços com um machado nos anos 1990. Não foi difícil seguir essa linha de raciocínio, especialmente porque o guia, animado, entrou em detalhes sobre como as cabeças decapitadas eram exibidas do lado de fora e na ponte, então os prisioneiros sabiam o que estava por vir.

— Uma vida terrível — comentou Nate — e não muito longa.

Janelle e Vi surgiram numa esquina, sem café.

— A fila estava longa demais — reclamou Vi, com um sorriso estranho. Isso poderia ou não ser verdade. Claramente, tinham escapulido por um minuto para serem romântiques e fofes, talvez para dar uns amassos ou tirar fotos.

— Agora vamos para as joias — disse Janelle, consultando o aplicativo —, depois a Torre Branca, que é essa grandona aqui, e aí acabamos.

Eles entraram numa construção grande escura e fortemente vigiada por soldados de verdade com armas de verdade. Viram as joias da coroa. ("Chapéus mágicos", disse Nate. "Varinhas mágicas. Orbes mágicos. Colheres mágicas. Tudo isso é coisa de feiticeiro." "Literalmente tudo isso aí foi roubado", acrescentou Vi.) Então foram para a Torre Branca, a estrutura dominante no centro do complexo. Era um palácio velho, uma fortaleza. Janelle não pôde deixar de admirar todas as armaduras. ("São roupas e trabalho em metal.") Havia até um cantinho de assassinato e mistério para Stevie — o lugar onde os ossos de duas crianças foram encontrados, presumivelmente os príncipes perdidos da Torre que dizem terem sido assassinados por Ricardo III. Ao sair, passaram por salas com armas, outras armas, bolas de canhão e mais armas. O passeio terminava alegremente na câmara de tortura, onde viram os bancos de tortura, as algemas e algo chamado Filha do Varredor, que comprimia as pessoas até sair suco. Como limões.

Depois de duas horas disso, o cérebro de Stevie estava em carne viva de tantas torres e bolas de canhão e corvos e reis. Eles encontraram um lugar com Wi-Fi para ligar para Ellingham e dar ao dr. Brandfield, do departamento de história, observações sobre o que tinham visto. Estava claro que Vi foi quem prestou mais atenção e fez um relato detalhado de muitos dos saques que viram, descrevendo as joias e de onde todas vieram.

Deu tempo para um sanduíche rápido, então pegaram outro tour a pé, pela Cidade Velha de Londres, cobrindo o coração da área. Stevie não estava prestando atenção nos fragmentos de muro romano, na pedra mágica chamada Pedra de Londres, que ficava escondida atrás de uma grade, ou na recriação do templo romano que ficava embaixo de um prédio de escritórios. Londres recusava-se a parar. A principal lição de todos os tours e prédios e datas e pináculos e estátuas e pedras era que tudo levava muito tempo para ser construído. E então queimava. Ou alguém queria uma coisa nova e diferente e continuava construindo a coisa em outro estilo. Todo mundo morreu numa peste? Sem problema. Construa um poço de peste. Os mortos foram empilhados no subsolo numa espécie de mil-folhas arqueológico de sete camadas. De vez em quando, alguém tentava consertar uma estrada e achava um esqueleto dando tchau com a mão ossuda. Acontecia tantas vezes que eles tinham um time de arqueólogos só para lidar com isso.

Morte. Peste. Destruição. Tortura. Decapitações. A boa e velha Inglaterra!

Stevie não podia deixar de admirar a jogada de Izzy. A garota tinha dado um jeito de fazê-la ouvir a história de Angela, e de ouvir Angela falar sobre esse lugar de decapitações e violência e tormento. Quando você começava a pensar sobre assassinato a machadadas, tendia a continuar pensando sobre assassinato a machadadas.

Assassinato a machadadas era coisa séria. Na Torre, era uma mensagem brutal e uma justiça vingativa. Eram raros na maioria dos mistérios — machados eram território de filmes de terror. Alguém podia se esgueirar com uma faca ou arma ou garrafa de veneno, mas seria notado com um machado. Nesse caso, parecia uma arma de conveniência. Estava no galpão, provavelmente, já que era um galpão onde guardavam lenha.

Se alguém naquele grupo de nove tinha assassinado os outros dois, devia ter sido no calor do momento.

Também havia as questões práticas. Como uma única pessoa com um machado matou duas pessoas num galpão? Foi um banho de sangue ensandecido? Por que as vítimas não resistiram?

O que Angela tinha dito? *Um pouco de dissimulação*. Foi isso que o espadachim usara para fazer Ana virar a cabeça, para tornar mais fácil matá-la.

Talvez fosse tudo de que se precisasse para matar alguém e se safar. Um pouco de dissimulação.

11

Quando chegaram à Casa Covarde, após caminhar muitos quilômetros e milhares de anos por Londres, David os esperava no saguão. Ele usava uma camisa social e uma gravata e já estava de casaco. Vinha deixando crescer uma leve penugem na mandíbula. De alguma forma, nunca chegava a ser uma barba. Entre isso e o modo como se recostava nos degraus, esticando as pernas... ele sabia exatamente o que estava fazendo.

— E aí, garota — falou ele, erguendo-se para beijar Stevie nos lábios.

Ela nunca se cansava dessa sensação. Do momento de contato. Sentir aquela lufada de ar quente do nariz dele, a maciez da boca, o modo como ele estendia a mão para segurar a cabeça dela por trás, os dedos no cabelo curto dela.

— Pronta para ir?

— Agora? Eu não posso...?

— Cinco minutos, Bell. Aí temos que ir.

— Aonde vamos?

— Outra surpresa — disse ele, com um sorriso lupino.

De novo, eles saíram a pé, pegando o mesmo caminho da outra noite, serpenteando pelas ruas. Havia um prazer especial em conhecer melhor o caminho. Já era um pouco familiar.

— Você fica me dando uns olhares esquisitos — notou David.

— É só que... você está bonito. Todo elegante. E, sabe, o casaco...

— Você só gosta de mim pelo casaco — disse ele.

— Aham — admitiu ela. — Tudo isso é uma estratégia de longo prazo para conseguir esse casaco.

— Começa às cinco — informou ele.

— O que começa às cinco?

David balançou a cabeça.

Eles foram à estação Enbankment e pegaram a Circle Line, que era um espaguete amarelo que se entrelaçava com a verde District Line no mapa. Tomaram o trem no sentido leste, saindo, após algumas paradas, num lugar chamado Aldgate. Ele a levou por uma rua comercial larga, com uma mistura de prédios de escritórios altos e modernos feitos de vidro, incontáveis canteiros de obra, alguns lugares mais velhos e ornamentados de tijolo dourado, várias casas de aposta e um Burger King.

— Sério — disse ela.

— Estamos quase lá.

Assim que viu a primeira placa que dizia WHITECHAPEL, ela entendeu. Eles viraram numa esquina e encontraram muitas pessoas esperando — todos turistas, como ela.

— Por aqui para o passeio guiado original — disse um homem de cartola. — Ingressos disponíveis. Vocês devem ter um código se compraram online, então, por favor, tenham o celular em mãos para eu escanear, e aí poderemos seguir nosso caminho.

— Isso... é um tour de Jack, o Estripador?

— Nada é homicida demais para a minha princesa — disse David. — Até combinei com Janelle.

David estendeu o telefone e deixou o homem com bochechas murchas e cabeleira branca escanear os ingressos.

Como qualquer pessoa que acompanhava crimes reais, Stevie conhecia o básico do caso de Jack, o Estripador. Londres, 1888. Um homem espreitava as ruas e matava trabalhadoras do sexo, mulheres pobres tentando sobreviver. Ficou famoso pelas mutilações rápidas, algumas em locais onde podia facilmente ter sido descoberto. Mas o que ele era mesmo era um canalha. A imprensa lhe deu o apelido de Jack, o Estripador, e o caso dominou os jornais. Havia debate sobre quantas foram as vítimas, mas o consenso geral fechava em cinco. Ele era um herói popular assustador.

A essa altura, Stevie já tinha feito muitos passeios guiados. Ao contrário dos outros lugares que tinha visitado, não havia belos prédios naquela caminhada — nada de torres ou torreões, bustos de mármore ou pináculos. Henrique III nunca tinha passado por lá. Em vez disso, a caminhada os levou por algumas ruas bem mundanas no leste de Londres, já quase desertas àquela hora. Eles passaram por restaurantes de frango frito, bancos, pubs, lojas de vape, lojas de tecido... a maioria fechada. Havia ruas de velhos armazéns de tijolo marrom, convertidos em apartamentos de luxo. O guia fez um resumo básico das condições socioeconômicas da Londres vitoriana, e o fato de que as vítimas canônicas de Jack, o Estripador, tinham sido obrigadas a realizar trabalho sexual porque precisavam comer. Muitas eram viciadas no gin barato que se vendia em todo canto e era a única coisa que tornava a vida dura nas ruas do East End remotamente suportável.

Exceto que ele não disse exatamente assim, e não chamou as vítimas de trabalhadoras do sexo.

As pessoas estavam ali pelos assassinatos. As pessoas sempre iam ali pelos assassinatos. Stevie tinha que admitir que ela era uma dessas pessoas que foi pelos assassinatos — mas não era tão simples.

— Por semanas, tudo ficou quieto — contou o guia, dramático. — Então, no dia trinta de setembro de 1888, Jack, o Estripador, atacou duas vezes em uma mesma noite, duas vezes em *apenas quarenta e cinco minutos*, no que agora é conhecido como o evento duplo. Foi uma noite brutal, horrível, com chuva, granizo e um vendaval...

Algo vibrou no bolso do casaco de David.

— ... como ele fez isso? Como matou duas pessoas, em duas partes diferentes da cidade, num tempo tão curto? Como ele faz sua cirurgia maléfica na escuridão da Mitre Square? Seria ele um fantasma?

— Não — disse Stevie para si mesma.

Em seu cerne, histórias de assassinato eram sempre sobre a mesma coisa — algum babaca que achava aceitável tirar a vida de outra pessoa. Assassinos eram pequenos por dentro. Pessoas tinham morrido lá, e morreram porque eram pobres e vulneráveis.

Outra vibração.

— Quem é? — perguntou ela.

— Izzy — disse David, lendo as mensagens.

— Assassinos são sombras — falou o guia. — Essa é a característica primordial deles.

— Assassinos são cretinos — retrucou Stevie, alto o suficiente para ser ouvida. — *Essa* é a característica primordial deles.

Alguém se virou. O guia deu um sorriso irônico que sugeria que já tinha encontrado gente da laia dela antes, jovens com ideias sobre a sociedade, e que achava graça. Enquanto ele liderava o grupo adiante, Stevie apoiou a mão no braço de David e o segurou.

— Olha, eu amei que você bolou tudo isso — começou ela —, mas...

— Não. Faz meia hora que estou com vergonha alheia. Tinha outros passeios do Jack, o Estripador, mas fui com esse porque o cara tinha um chapéu. Acho que escolhi um ruim. Foi culpa do chapéu.

— O que ele quer dizer com "assassinos são sombras"? — questionou Stevie.

— Vai saber. Bom, parece que temos um tempo livre, então. Que tal jantar e algum divertimento mais leve? Consigo pensar em algumas coisas divertidas para fazer...

E lá estava. A faísca. O momento eletrizante.

Essa era a noite. Ela podia sentir. Podia sentir a energia emanando dos tijolos marrons-dourados dos armazéns vitorianos que viraram apartamentos, o brilho laranja das luzes, as pessoas se esgueirando por ruas escuras em patinetes elétricos. Aconteceria.

Mas o celular dele ficava vibrando. David o tirou do bolso, escreveu uma resposta e o jogou de volta.

— Desculpa — disse ele. — Izzy está surtando.

— Por quê?

— Angela não está respondendo às mensagens dela. Ela está preocupada que a tia esteja brava por causa da outra noite.

— É — concordou Stevie. — Acho que pode estar. Acho que Izzy meio que a pegou de surpresa com tudo aquilo.

Não tem cadeado nenhum na história. Os remédios eram fortes, Izzy.

— Vamos — disse David. Ele envolveu o braço nos ombros dela e deu passos comicamente largos, seguindo na direção da estação de metrô por onde tinham passado alguns minutos antes. — Sei aonde devemos ir. Vou te levar ao melhor restaurante de Londres.

Chamava-se Ali's de Londres. Tinha, de novo, uma fachada branca simples com luzes fluorescentes fortes e uma TV montada na parede passando um jogo de futebol. Na janela, via-se um espeto vertical rotatório com carne assada, do qual um dos homens atrás do balcão habilmente cortava fatias finas. David se inclinou sobre o balcão com as mãos, assistindo-o trabalhar.

— Ali é um artista — disse ele. — Olhe.

Ali sorriu e ergueu uma fatia da carne. Era tão fina que chegava a ser quase translúcida. Como alguém que trabalhara numa delicatéssen por duas semanas no verão, ela sabia reconhecer um especialista em fatiar carne quando via um.

— Essa — apontou David — é a comida que mantém a Inglaterra funcionando. É o doner kebab. É magnífico. Veja só.

Outro homem estava jogando pães chatos na grelha. O cheiro do pão quente e da carne era intoxicante.

— As pessoas dizem que é o fish and chips — continuou David. — Mas não. As pessoas dizem que são as salsichas com purê. Mas não. É o doner kebab.

— Ele tem razão — concordou Ali enquanto o homem na grelha jogava o pão chato numa caixa de isopor. — Você quer alguma coisa?

— Ela quer tudo — respondeu David. — Essa é minha namorada, dos Estados Unidos. Ela é uma detetive famosa.

— Ah, é? — Ali assentiu distraído enquanto enchia o kebab com alface picada e cebola roxa, tomates fatiados, pepinos e pimentas em conserva e cobria tudo com um molho branco.

As duas embalagens ficaram prontas e Ali informou o valor. David pegou a carteira, mas Stevie deu um tapinha no braço dele.

— Eu pago essa — disse ela.

— Detetive famosa — repetiu David.

— Bom — disse Ali, com um tom aprovador. — Você deveria se casar com ela.

— Talvez eu me case — disse David, com um sorriso, enquanto pegava a comida.

O quê?

O quê?

Era uma piada, claro. Algo gritado por um homem com um sanduíche. Mas David tinha respondido. Tinha dito *sim*. Era algo com que se brincava? O que aquilo significava?

Eles foram se sentar num banco à beira do rio, apesar da garoa fina que começara.

— É o tempero — explicou David. — Tudo aqui fica melhor com tempero. Você começa a se acostumar. Começa a pensar que está quente quando só está meio frio, e que uma garoa não é chuva.

— É assim que você come normalmente? Sanduíches na chuva?

— Estou sendo mais sofisticado esta semana porque você está aqui. Na maioria das noites como espaguete enlatado. Vai, prova. Saboreie a arte.

Stevie tentou pegar o gyro gigante sem fazer bagunça, mas era impossível. Ela se inclinou para dar uma mordida. Era tão bom quanto prometido, gorduroso e cheio de alho e melequento.

— Viu? — disse David. — É a melhor refeição na cidade.

Eles comeram por apenas um momento ou dois. Stevie percebeu que estava morrendo de fome depois daquela caminhada no frio.

— Ele me fez uma oferta — falou David antes de dar outra grande mordida do sanduíche.

— Seu pai?

Um aceno pesado.

— É. — Ele limpou um pouco de gyro do canto da boca. — Ele cortou toda a minha mesada faz uns meses. Nada de dinheiro para a escola nem nada. Mas me ligou duas semanas atrás. Se ofereceu para pagar minha mensalidade se eu ficar e terminar a faculdade. Ele disse que é porque eu estou indo bem aqui, mas, na verdade, me quer fora do país. Sou um risco. Se ele conseguir me manter fora dos Estados Unidos por três anos, é uma preocupação a menos.

O coração de Stevie tremulava nervoso. Eles tinham evitado o tópico da faculdade de David. Aquilo era para ser apenas um semestre no exterior. Estava quase acabando. E agora...

— Eu gosto daqui — disse ele. — Mas não quero o dinheiro do meu pai. Eu disse para ele que o veria no Natal e desliguei.

— Então você não vai...

— Estar aqui tem suas vantagens. Eu gosto. Gosto mesmo. E gosto de estar longe dele. Mas você também fica meio longe, o que eu não gosto. E você? Quer dizer, sei que não tem certeza... quer dizer, nunca mencionou nenhum lugar aonde gostaria de ir. Você poderia estudar aqui. Eles têm bons programas de criminologia.

— É, mas como?

— Como o quê?

— Eu não sei como... conseguir o dinheiro para isso. Ou como organizar isso. Minhas notas são boas. São ok. A maioria. Mas não sei se entraria.

— Eu entrei.

— É mais fácil para você. Seu pai pode ser péssimo, mas facilita as coisas para você.

Aquilo saiu errado.

— Eu quis dizer...

— Eu sei o que você quis dizer — disse ele. Não parecia bravo. — Você resolveu *assassinatos* — apontou David. — Eu não resolvo assassinatos. Só fico perto de alguém que faz isso.

— É, mas as faculdades não querem saber disso. Não há nenhuma questão nas provas sobre quantos assassinatos você solucionou.

David a fitou com curiosidade por um longo momento.

— Você não entende, né? Realmente não entende.

— O quê? Você acha que estou sendo modesta ou algo assim?

— Algo assim.

— Não estou — disse Stevie. — Eu tenho orgulho de mim mesma. Mas sou perdida com faculdade. Fiz algumas coisas, mas também perdi várias aulas no caminho. Eu não sou Janelle...

— Ninguém é Janelle. Talvez nem Janelle.

— Eu não falo várias línguas. Não sei nada de arte. Não toco um instrumento. A não ser que haja algum quiz de crimes reais na inscrição, talvez eu esteja ferrada. Só me inscrevi na Ellingham porque já conhecia o caso.

De repente, ela não conseguia mais terminar o enorme sanduíche. Estava delicioso e cheio de alho e de coisas gostosas e gordurosas — mas pensar no futuro tinha destruído seu apetite. Ela se levantou e jogou o resto no lixo, sentindo-se mal pelo desperdício. Foi até a mureta que corria ao longo do rio e apoiou os cotovelos nela. O famoso Tâmisa. Sua imagem mental do rio vinha da TV e dos livros, e ela o comprimira, tornando-o pitoresco e agradável. O Tâmisa real era largo, com uma corrente poderosa, cheio de grandes embarcações. Cheirava levemente a mar — ou ao menos a algum elemento primitivo. Batia no quebra-água. Era um rio durão.

David foi até ela e abriu o casaco, convidando-a a entrar. Ela abraçou a cintura e apertou a cabeça no peito dele.

— Merda — disse Stevie baixinho. — Eu odeio isso.

— Odeia o quê?

— Não ter todo mundo perto de mim. Para sempre. Quero ficar com você. E Janelle e Nate e Vi, e isso não vai acontecer.

— É, mas... você está aqui. Vamos dar um jeito. Vamos. Olha! Você está em Londres! Era pra gente estar se divertindo. Quer se divertir?

— Me divertir como? — perguntou ela, erguendo a cabeça para olhar para ele.

— Posso pensar em várias coisas divertidas para fazer.

Stevie sentiu o coração dele bater mais rápido, e o dela acelerou até acompanhá-lo. Era isso. Era a hora de ter a conversa. David estava totalmente ali com ela, no momento, e eles poderiam... fazer qualquer coisa.

— Preciso te perguntar uma coisa — disse ela. — Você já...

Ela tinha refletido sobre isso — como perguntar. Era uma pergunta direta. Bem, tinha aspectos diretos. *Você já transou?* Mas como o momento tinha chegado e ela tinha que falar com palavras reais que sairiam de sua boca real, elas foram reduzidas a partículas, sopradas pelos ventos do significado. O que contava como transar? O que exatamente ela queria dizer? E se a resposta fosse sim (ela sempre teve quase certeza de que a resposta seria sim), e daí? Ela continuava a linha de questionamento como se estivesse num tribunal? Que tipo de transa e o que você fez exatamente e com quem e quantas vezes e poderia apontar neste mapa os locais...

David ainda aguardava o restante da pergunta. Tinha um meio sorriso que repuxava o canto do lábio. Será que sabia o que ela queria perguntar e achava engraçado? Ou estava esperando para ver que diabo ela queria, porque "você já..." podia levar a qualquer coisa e Stevie era uma maníaca que não sabia como falar com ninguém sobre coisa alguma. E então ele lhe devolveria a pergunta? Ela tinha certeza de que ele já sabia a resposta. Não, não tinha. Sua experiência nessa área era limitada. Para ser sincera, ela tinha ficado chocada em encontros anteriores por não ter qualquer ideia do que deveria fazer. Era incrível que não tivesse esperneado ou se debatido ou caído de uma janela por acidente ou algo do tipo durante qualquer encontro físico.

David ainda estava esperando. Tinha passado da antecipação a essa altura, a pergunta começava a se desfazer como fumaça.

Houve um apito e uma vibração quando uma mensagem de texto chegou. David não pegou o celular no bolso, mas Stevie podia senti-lo no quadril. Apitou de novo, como uma abelha persistente.

— Quer ver o que é? — ofereceu ela.

Outra vibração.

O momento tinha passado.

— É Izzy? — perguntou Stevie.

— Não sei. Não olhei.

— Vocês passam muito tempo juntos — falou ela, afastando-se do peito dele e dando um passo para trás.

— Bom, é. O que tem?

— Eu não estou dizendo nada — respondeu Stevie.

— Meio que está sim, porque mencionou.

Stevie podia ver que aquilo ia acabar mal, e estava acontecendo depressa. Hora de salvar o clima. Rir como se não fosse nada. Converter a conversa em outra coisa. Uma piada. Um momento. Mas David estava olhando para ela com aquela leve curva na sobrancelha que significava que estava focado — o visual fazia Stevie se sentir ainda mais atraída e irritada —, e que tinha algo ali. E não, ela não conseguiria largar o assunto. Era um dente frouxo que exigia uma cutucada. Um buraco no tecido que precisava ser puxado e expandido.

Não. Ponha fim à conversa.

— Eu não quis dizer nada. Só estava dizendo.

O tom dela saiu seco demais. Convidava ao combate.

— Ela está no meu grupo de tutoria — insistiu David. — Sou só eu e Izzy e um tal de Graham que carrega queijo no bolso e achamos que possa ser um predador online, então Izzy e eu meio que colamos um no outro. Eu moro aqui agora. Tenho pessoas aqui...

— *Obviamente* tem pessoas aqui. Tem pessoas em todo lugar. Eu não quis dizer...

— Quis, sim. Você precisa confiar em mim. Acha que não consigo me controlar ou algo assim? Que não levo nosso relacionamento a sério? O que eu já fiz para te fazer se sentir assim? Eu me esforcei muito para parar de ser o David que só fazia cagada e me tornar um novo David. Além disso, o David que só fazia cagada sempre teve os mesmos sentimentos por você e nunca te traiu. Eu só matava mais aulas e passava mais tempo no telhado.

— Esquece. Tá bom?

— Estou tentando, na verdade.

— Então...

David esperou um momento e assentiu. Isso acontecia com eles às vezes. Iam de zero a cem. Na verdade, a pulsação dela estava acelerando além do ponto da empolgação feliz e entrando no território do medo. Fazia o pescoço latejar e choques elétricos descerem pelos braços.

— Ah, merda — disse ela.

— O quê?

Agora não. Ali não. Assim não.

Mas não tinha jeito com crises de ansiedade. Elas aconteciam quando queriam. Invadiam a situação e a dominavam. O mundo se distorcia.

— Stevie?

Ela não sabia o que pedir para ele. Remexeu na bolsa toda atrapalhada, puxando o zíper e procurando o chaveiro que continha o ansiolítico emergencial.

— Não está se sentindo bem?

Ela balançou a cabeça.

— Crise de ansiedade — respondeu quando os dedos encontraram o potinho. Abriu-o, tirou o comprimido e o engoliu a seco.

— Certo — disse David, passando o braço ao redor dela e lhe dando apoio. — Sem problemas. Caminhe comigo um pouco. Respire esse ar fétido. Está sentindo o cheiro? É a água fria e nojenta do rio.

Ela era uma confusa e inútil peça de mobília humana, enfiada sob o braço dele. Será que as pessoas estavam olhando para eles? O que pensavam dela? Elas estavam em outro mundo, um mundo que fazia sentido.

— Só vá com calma — falou David, perto do ouvido dela. — Respire devagar.

Como se fosse fácil assim. Mas ela tentou. Sabia que funcionava. Sabia que acabaria, e todas as coisas que tinham caído seriam colocadas de volta ao lugar, e o mundo voltaria ao normal. Ela tinha passado por isso muitas vezes — mas em geral não em público. Tendia a acontecer mais antes de dormir ou dormindo, quando podia desmoronar com privacidade, se enfiar embaixo das cobertas, descansar no chão, andar de uma parede familiar até a outra. Mas estava em Londres, escura e brilhante e alta e estranha, e só havia David a quem se agarrar no momento.

Ele foi a única sinalização dela enquanto andavam de volta ao metrô e seguiam através do clamor e das luzes fortes da estação. No trem, ela teve que se virar e enfiar o rosto no ombro dele, porque a vista da janela era demais — o túnel passando depressa, os anúncios brilhantes a provocando com ofertas de seguro de viagem, fotos de barras de chocolate do tamanho de uma pessoa, as melhores taxas de telefonia... todos os detritos e entulhos da vida. Números e casas e futuros e comida. Por que tudo isso tinha que voar na cara dela? Quem precisava de tudo isso? Por que ir tão rápido?

— Respira — dizia David.

— Estou respirando — murmurou ela.

Ela estava respirando. Inspirando e expirando. Essa ia para a coluna das vitórias. Ela estava respirando. A terapeuta tinha dito que era ao que ela deveria se agarrar. Você está respirando. Você está bem. Prenda a respiração. Deixe as expirações serem mais longas que as inspirações. Era tudo que ela tinha que fazer. Inspirar por quatro segundos. Prender por cinco. Expirar por seis. A própria respiração quente a encasulou no casaco de David. Era um cobertor, algo que ela podia agarrar com a mão e entender. Ela tinha a própria respiração e um casaco, e ia pegar essas duas coisas e recuperar a ordem do planeta com elas.

Foi assim que voltaram à Casa Covarde.

Quando chegaram, o remédio começou a fazer efeito. As coisas ainda disparavam, mas estavam desacelerando. Ela se agarrava a David, mas os joelhos estavam mais estáveis e os passos mais regulares. As luzes não a incomodavam tanto. Stevie quase conseguiu aproveitar o momento, seu corpo junto ao de David, o jeito como ele a segurava.

Ele não disse nada enquanto a ajudava a entrar no elevador e descer o corredor. A porta de Nate estava aberta, e ele ergueu a cabeça quando David passou com uma Stevie atordoada.

— O que aconteceu? — perguntou Nate.

— Nada de mais — respondeu David, pegando a chave que Stevie estava tentando achar e ajudando-a a abrir a porta.

— Você está bêbada?

Stevie balançou a cabeça pesadamente e entrou no quarto na penumbra. O remédio logo a derrubaria. Ela tirou o casaco e o deixou cair no chão, então subiu na cama, o colchão de plástico rangendo enquanto se enfiava sob o edredom. Seus pensamentos formavam um caleidoscópio na mente — as ruas de Londres, a vista da ponte, as realidades econômicas da Inglaterra dos anos 1880 e o gosto de alho nos lábios de David, Izzy e a tia dela e o cadeado na porta, a teimosia dela. O rosto de David. Seu rosto comprido e anguloso. A maciez do casaco e o calor de sua respiração. Tudo se mesclou e correu sobre as faixas de luz ambiente que entravam pelas venezianas e cortavam a parede. E então o remédio fez efeito e tudo esvaneceu.

EXCERTO DO DEPOIMENTO DA TESTEMUNHA
SUZANNA RILLINGTON

24 DE JUNHO DE 1995

P: Se puder contar tudo o que aconteceu ontem, por favor, começando com a brincadeira que estavam fazendo. Aonde você foi quando a brincadeira começou?

R: Eu saí pelos fundos, pela porta do vestíbulo. Os jardins são vastos. Achei que o jardim dos fundos era um bom lugar para começar. Tem um labirinto de teixo lá.

P: Alguém saiu por lá com você?

R: Julian, mas nos separamos quando saímos.

P: Aonde você foi?

R: Eu corri pelo jardim dos fundos por alguns minutos, mas não consegui encontrar um esconderijo decente. Acabei no jardim murado ao norte da casa. Tem uma fileira de arbustos do lado de dentro. Eu me enfiei ali.

P: Sabe quando foi encontrada?

R: Senti que fiquei um tempão parada na chuva, mas não sei quando foi.

P: E quem encontrou você?

R: Peter. Eu tinha acabado de mudar de lugar de novo quando ele atravessou o jardim. Esse é o truque — não se mova.

P: E você foi levada ao templo para receber uma nova capa?

R: Isso. E aí comecei a procurar os outros.

P: Você passou pelo galpão de madeira em algum momento enquanto se escondia ou procurava?

R: Passei por ele algumas vezes, mas não fui até lá. Estava trancado.

P: Como você sabia?

R: Sebastian nos disse. Todas as construções externas estavam trancadas. Eu passei pela área, mas não olhei direito para ele. Acho que teria notado se a porta estivesse aberta e o carrinho de mão lá fora. Sinto que posso dizer isso com certeza.

P: Em algum momento, quando estava lá fora, você viu Rosie ou Noel?

R: Acho que posso ter visto Noel correndo pelos jardins dos fundos quando a brincadeira começou, mas não tenho certeza. Noel escala bem. Ele podia estar indo em direção às árvores. Mas não sei.

P: *Que horas teria sido isso?*

R: *Não sei. Cedo. Bem no começo.*

P: *Você viu que porta ele usou para deixar a casa?*

R: *Não.*

P: *E a brincadeira em si acabou quando...*

R: *Houve um raio tremendo seguido de um trovão, e todas as luzes na casa se apagaram. Logo depois, todos decidimos voltar para dentro da casa. Não queríamos ser atingidos por um raio e precisávamos nos aquecer e beber alguma coisa.*

P: *Você sabe a que horas foi isso?*

R: *Acho que por volta das duas e meia. Tem um relógio de pêndulo no hall de entrada que bate a cada meia hora. Lembro que soou logo que entramos, porque o hall estava escuro e foi um som meio sinistro.*

P: *E Rosie e Noel nunca entraram?*

R: *Não. Achamos que estavam juntos em algum lugar. Romanticamente, eu quero dizer. Eles vinham se aproximando esta semana e achamos que estavam se divertindo juntos, então era melhor deixá-los a sós.*

P: *Romanticamente.*

R: *Sim.*

P: *E o relacionamento era recente?*

R: *Sim. Rosie tinha... bem, ela tinha namorado Julian até recentemente.*

P: *E eles terminaram?*

R: *Sim. Julian é meio Don Juan. Rosie tinha se cansado.*

P: *Ela terminou com Julian?*

R: *Sim, mas... ele não iria, quer dizer... se está sugerindo que...*

P: *Não estou sugerindo nada. Estamos só tentando averiguar os fatos.*

R: *Julian é um galinha. Todo mundo está acostumado com o jeito dele. Esse tipo de coisa meio que acontece muito com a gente. Podemos ficar bravos uns com os outros, mas a coisa mais violenta que já aconteceu foi Rosie virando uma garrafa de Coca-Cola na cabeça de Julian. Nós nos importamos uns com os outros. Nos amamos. Nos...*

P: *Você precisa de um momento?*

R: *Não. Eu consigo. Por favor. Continue. Preciso fazer isso por eles.*

P: *E o que aconteceu quando vocês voltaram?*

R: *Fomos para a sala de estar nos aquecer. Sebastian estava louco para pegar uma certa garrafa de uísque, um negócio especial que estava trancado num armário. Ele engatinhou no chão para chegar lá e quase derrubou a parede tentando abrir o armário. Peter teve que se ajoelhar no chão para ajudá-lo. Era uma garrafa muito especial, e bebemos um pouco e brindamos e conversamos. Acho que pode ter sido demais, porque Peter passou mal e Angela subiu para dormir. Theo foi pegar copos d'água para todo mundo antes de ir dormir também — ela sempre faz isso. Futura médica. Sempre cuidando de todos. Yash também estava passando mal. Sebastian, Julian e eu ficamos lá para terminar a garrafa. Conversamos e aí eu vi a luz.*

P: *A luz?*

R: *Alguma coisa brilhou lá fora! Não era um raio, quer dizer, uma lanterna ou algo assim. Foi no chão, um feixe de luz. Pensei que talvez fosse Rosie ou Noel.*

P: *Onde foi isso, exatamente?*

R: *Em algum lugar próximo. Perto da casa. Acho que vinha na direção geral da entrada de carros, da esquerda. Pelo pátio da frente. Como se alguém estivesse vindo da lateral da casa. Foi o que pareceu. Eu me levantei para ver se eram eles, e pensei que era estranho porque você só podia ter uma lanterna se estivesse no time de busca, e nenhum dos dois tinha sido encontrado. Sebastian e Julian não viram, mas Sebastian não estava virado para a janela e Julian estava fazendo alguma coisa e não estava olhando naquela direção. Mas eu estava olhando para a janela. Vi aquela luz perfeitamente.*

P: *Quando foi isso?*

R: *Sinceramente, não sei. Eu já não estava em condições de saber a hora. Mas foi uma lanterna na escuridão. O sol nasce bem cedo esta época do ano, por volta das quatro ou quatro e meia. Então foi antes disso, mas não acho que muito antes. Pensei que podia ser Rosie ou Noel, então fui até a porta — a porta principal, na frente da casa — e chamei por eles, dizendo para entrarem e que a brincadeira tinha acabado. Fiquei gritando por eles. Eu gritei. Eu chamei...*

P: *Você está bem? Precisa de um momento?*

R: *Posso tomar um chá? Vou ficar bem. Eu... Por favor, posso tomar um chá?*

EXCERTO DO DEPOIMENTO DA TESTEMUNHA
SEBASTIAN HOLT-CAREY

24 DE JUNHO DE 1995

P: *Essa casa é da sua família, correto?*

R: *Correto.*

P: *E sua família está viajando?*

R: *Sim, na Grécia. Temos uma casa lá. Eles vão várias vezes ao ano.*

P: *E você veio de Cambridge com seus amigos para comemorar a formatura?*

R: *Correto. Você se importa se eu fumar? Estou...*

P: *Fique à vontade. Então esses são seus amigos. Colegas de casa, é isso?*

R: *Isso.*

P: *Sua família sabia que estariam aqui?*

R: *Eles estão cientes.*

P: *E quais empregados ficam aqui na casa?*

R: *Não tem ninguém morando aqui em tempo integral. Há faxineiras que vêm algumas vezes por semana. Jardineiros, pelo menos quatro. O principal é Chester Jones. Ele mora em Ramscoate.*

P: *Não havia nenhum empregado na propriedade ontem à noite?*

R: *Não. Era só a gente.*

P: *Você acha que seria de conhecimento geral na vizinhança que sua família não estava em casa?*

R: *Imagino que sim. Você sabe como é num vilarejo. Todo mundo sabe da vida de todo mundo.*

P: *O portão no final da entrada de carros fica sempre trancado?*

R: *Sempre.*

P: *Quem tem o código de acesso?*

R: *Não sei. Todo mundo que trabalha aqui ou faz entregas, imagino. Não acho que o código seja um grande segredo no vilarejo.*

P: *Como se acessa o portão quando não há eletricidade?*

R: *Pode ser destrancado com uma chave.*

P: *E quem tem a chave?*

R: *Eu, minha família. Chester.*

P: Você disse aos outros que as construções externas estavam trancadas, correto?

R: Aham.

P: E isso inclui o galpão de madeira.

R: Sim. Recentemente instalamos um cadeado lá por causa dos assaltos na área. As pessoas invadem para roubar arreios. Perdemos diversas selas ao longo dos anos.

P: Como você sabia que tudo estava trancado? Foi conferir?

R: Não precisei. Minha família estava na Grécia. Eles trancam tudo antes de sair.

P: Durante a brincadeira, era você que coordenava o time de busca?

R: Isso.

P: E o que isso significa?

R: Esperar no templo, principalmente. Gritar. Quando o time encontrava alguém, trazia a pessoa até mim. Eu dava capas de chuva amarelas para eles e uma lanterna. É uma brincadeira boba.

P: Então você ficou no templo durante a maior parte da noite?

R: Foi. Eu fiquei um pouco abrigado da chuva.

P: E a brincadeira terminou quando acabou a força?

R: Isso. Os raios estavam caindo perto demais. Parecia que estávamos tentando o destino, correndo lá fora enquanto árvores podiam cair em nós ou raios nos atingir a céu aberto. Fizemos um último esforço, encontramos Julian se agarrando no topo da pérgula e suspendemos a brincadeira.

P: Quem o encontrou?

R: Angela.

P: Quem decidiu que todos deveriam entrar?

R: Foi uma decisão coletiva.

P: A que horas foi isso?

R: Acredito que por volta das duas e meia.

P: O que aconteceu quando entraram na casa?

R: Bem, voltamos para a sala de estar para nos aquecermos, nos embrulhamos em cobertores e atiçamos o fogo. Tinha uma garrafa muito boa de uísque no armário que achei que precisávamos beber para marcar a ocasião. E fui pegá-la.

P: Usando suas chaves?

R: Aham, mas estava terrivelmente escuro. Eu me atrapalhei um pouco com elas. Peguei a garrafa. Bebemos. As pessoas começaram a se despedir e ir para a cama.

P: Você lembra quem foi primeiro?

R: Angela ou Peter, talvez? Theo foi em algum momento. Ela geralmente faz uma ronda de enfermagem depois de uma noite longa, deixando água na cabeceira de todo mundo. Sei que eu estava na sala com Sooz, Yash e Julian. Yash passou mal e foi se deitar. Julian e Sooz estavam tendo uma briguinha boba sobre alguma coisa, e Julian decidiu ir dormir. Sooz e eu terminamos a garrafa e desmaiamos ali mesmo.

P: Você viu ou ouviu algo fora do comum?

R: Bem, seria difícil ouvir qualquer coisa. A chuva estava esmurrando as janelas e assoviando na chaminé — foi esse tipo de noite. Em algum momento Sooz disse que viu uma lanterna passar pela janela.

P: Você também viu?

R: Não. Mas eu não estava... super focado.

P: A que horas foi isso?

R: Não sei. Julian estava lá, acho. Só lembro dela dizendo que viu uma luz, e tentou chamar Rosie e Noel, mas ninguém respondeu. Fora isso, nada. A próxima coisa que lembro foi de manhã. Theo estava parada em cima de mim com uma xícara de chá, dizendo que deveríamos ir procurar por Rosie e Noel.

P: Você está sob influência de álcool no momento?

R: Estou, sim. Prefiro não estar sóbrio hoje.

P: Talvez seja melhor tomar um chá ou um café. Talvez comer alguma coisa.

R: Não, obrigado.

P: Tudo bem. Você pode voltar para junto dos outros. Obrigado.

12

Chuva. A prometida chuva da Inglaterra — a garoa incessante e as nuvens cor de aço. Esse era o tempo do lado de fora da janela.

A manhã que se seguia a uma crise de ansiedade era sempre estranha pela normalidade. Horas antes, o universo estivera desabando como uma caixa de papelão, e então o dia tinha chegado e tudo voltara ao lugar. Exceto pelo cansaço, ela estava bem. A ansiedade era só uma coisa esquisita que a perseguia às vezes.

Claro, Stevie também tinha perdido uma noite em Londres com David. Tinha feito com que sumisse da existência numa névoa de terror e medicamentos. Era com isso que ele estava dizendo para não se preocupar, é claro. A noite anterior não tinha seguido exatamente o plano, mas também não tinha sido um fracasso. Aquela seria melhor.

O roteiro do dia era outro denso programa de passeios guiados. Ela acordou atrasada, tomou uma ducha fria e se enfiou no moletom e na calça jeans. Algum dia faria mais esforço que isso, mas o dia não seria aquele. Stevie tinha uma bolha enorme atrás do calcanhar esquerdo. Colocou alguns lenços dobrados no tênis. Não era a melhor solução, mas teria que servir.

— Você está bem? — perguntou Nate quando ela saiu no corredor.

Ele estava encostado na porta do próprio quarto, com um suéter marrom imenso e cheio de bolinhas e calça jeans folgada. A iluminação cinzenta da Inglaterra combinava com Nate. Era uma luz para pessoas que ficavam em casa, para fantasmas, para a realeza e para pivetes de rua. Para escritores.

— Estou — disse ela.

— Você passou mal? — perguntou Janelle enquanto ela e Vi chegavam pelo corredor. Tinham se arrumado como de costume. Vi estava usando um macacão roxo com uma blusa de gola alta prata-acinzentada por baixo. Janelle usava um suéter vermelho felpudo que tinha tricotado, com um chapéu combinando.

— Só uma crise de ansiedade — respondeu Stevie. — Não foi nada.

Vi deu um apertãozinho reconfortante no braço dela. Em seguida, saíram para as ruas frias e movimentadas da manhã londrina.

— Deveríamos pegar o ônibus — falou Janelle. — Eu já olhei o mapa. Vamos para Westminster, e não é longe. A maioria das coisas que vamos ver hoje são próximas umas das outras.

Eles se juntaram a um grupo de pessoas na parada de ônibus, indo para o trabalho, e subiram a escada até o segundo andar. Conseguiram assentos na frente e chuparam algumas balinhas e beberam refrigerantes para aproveitar a vista. Dali, tinham uma perspectiva estranha e flutuante de Londres e da rua, e havia a ilusão de que carros e bicicletas estavam sendo sugados para baixo do ônibus enquanto avançava, como uma baleia terrestre deslizando pela rua, consumindo tudo no caminho.

Eles começariam na Abadia de Westminster, um lugar que Stevie já ouvira ser mencionado várias vezes, mas no qual nunca tinha parado para pensar. Abadia parecia a casa de monges ou freiras, mas, no fim, era uma catedral em escala gigante. Mais um dia, mais um guia entusiasmado sobre datas e paredes e pessoas chamadas Eduardo e Henrique. A Abadia de Westminster, descobriram, era outra obra de Henrique III, que era tão obcecado por um cara chamado Eduardo, o Confessor, que teve que construir uma catedral para ele. Quando terminou, transferiu o corpo de Eduardo para lá, colocando-o num enorme plinto que ficou desprovido de decorações por causa das tantas pessoas que vinham venerá-lo.

— É isso que acontece quando fanboys saem do controle — comentou Nate, olhando para o monumento e então para o teto vasto.

A abadia foi projetada para fazer a pessoa se sentir pequena. Veja esse teto — veja como ascende rumo ao céu. Ouça o eco sinistro do órgão, o som etéreo de vozes humanas em harmonia girando ao redor do espaço. Você se perdia ali. A construção queria que você soubesse seu lugar. Não importava o que fizesse, o quanto tentasse, alguém estava fazendo mais do que você.

Também era, informou o guia, o lugar onde a Inglaterra mantinha muitos de seus mortos famosos — mais de três mil deles estavam enterrados ali, e muito mais imortalizados em mármore e pedra e vidro. Havia muitos reis e rainhas, sepultados em túmulos de mármore com estátuas do corpo em repouso. Dava para tirar uma foto com a rainha Elizabeth I, e as pessoas faziam isso mesmo.

De lá, eles atravessaram a rua até as Casas do Parlamento e o Palácio de Westminster, a sede do governo do Reino Unido. Não era onde as decapitações aconteciam, mas era, muitas vezes, o motivo delas.

Mais um descanso. Mais um sanduíche. Fotos obrigatórias com os leões gigantes da Coluna de Nelson. Um passeio incessante pela Galeria Nacional com roupas suadas. Os lenços enfiados no tênis ficavam saindo do lugar e escapando da parte de trás, então Stevie ficava pulando para botar de volta no lugar. Por fim, ela o tirou e permitiu que a dor se manifestasse.

Arte, arte, arte, arte, arte. Depois de um ponto, nada mais fazia sentido. Eram informações em massa, uma sobrecarga de estímulos. Coisas para ticar em uma lista.

— Tenho vinte e uma faculdades ainda na minha lista — disse Janelle do nada.

— Quê? — Vi estivera contemplando a pintura escura de um arranjo de frutas com o que parecia ser um interesse genuíno. Era difícil dizer. Vi era ótime em manter uma expressão neutra de interesse; elu queria fazer algum tipo de trabalho internacional para consertar o mundo, e isso ia exigir muitas reuniões sobre coisas entediantes e conversas com pessoas terríveis. Tinha dominado o olhar impassível. Era um talento.

— Eu só estava pensando. Vinte e uma faculdades. Sete são em Boston... bem, não só Boston. Em Massachusetts. Preciso anotar essa na lista.

— Tá. — Vi não parecia muito interessade pelo tópico "faculdades" no momento, então Janelle se virou para Nate.

— É coisa demais, né? — perguntou ela. — Não posso me inscrever em vinte e uma faculdades. É loucura.

— Acho ok — respondeu Nate.

Ele estava olhando para as pinturas de frutas com completo desinteresse. Nate tolerava a maioria das coisas por cerca de uma hora se houvesse a promessa de um lanchinho e uma chance de ficar sozinho no futuro próximo.

— Quando eu receber as respostas, vai ser outra coisa para decidir. Queria já cortar algumas. Tipo, não estou dizendo que vou ser aceita nas vinte e uma...

— Vai sim — disse Vi.

— ... mas, se fosse, aí teria que pensar no que fazer. Sem contar que isso ia dar uns dois mil dólares em taxas de inscrição. E tem todas as coisas para escrever e providenciar. Sinto que, não sei, sete é um bom número? Ou dez? Para quantas você vai se inscrever?

— Não sei ainda — respondeu Nate.

— Mas provavelmente não serão vinte e uma, né?

— Não — confirmou ele.

Janelle não tinha incluído Stevie na conversa, talvez porque Stevie tivesse se focado na pintura de um grupo de homens vestidos de preto, parados ao redor de uma mesa com chapéus grandes. Por que perguntar a Stevie sobre faculdades? Seria o mesmo que perguntar aos bilhões de pombos na Trafalgar Square suas opiniões sobre a inflação.

Stevie ficou encantada quando o celular vibrou e ela viu uma mensagem de David.

Onde vocês estão agora?

Galeria Nacional, escreveu ela.

Já estão terminando? Porque estamos aqui fora.

— "Estamos"? — repetiu Stevie.

De fato, eles estavam nos degraus. Junto de David, tremendo num grande casaco rosa, estava Izzy.

— Preciso da sua ajuda — disse ela. — Minha tia está desaparecida.

— Desaparecida? — perguntou Janelle.

— Ela sumiu — afirmou Izzy, assentindo. — Não respondeu a nenhuma das minhas mensagens ou ligações desde a outra noite. Ela *não faz* isso. *Sempre* me responde. Então eu fui lá hoje à tarde ver o que estava rolando, entrei na casa e... ela sumiu. Todas as coisas da outra noite ainda estão lá. Comida. Pratos. Ela nunca deixaria tudo aquilo lá.

Tem alguma coisa errada. E outra! Olhei no tablet dela, ele também recebe as mensagens de texto. Veja isso.

Ela puxou um tablet da bolsa e mostrou a Stevie parte de uma longa sequência de mensagens. A data era a noite em que eles tinham ido lá.

21h23. ANGELA: Gostaria de propor uma reunião. Talvez esse fim de semana? Acho que devíamos conversar. Seb, Tempo Bom está livre?

21h23. ANGELA: Eu não pediria se não fosse importante.

21h27. SEBASTIAN: A casa está livre e acho que consigo esse fim de semana. O que aconteceu?

21h28. THEO: Eu poderia pedir pra alguém cobrir pra mim. Tem algo de errado? Você está bem?

21h29. SOOZ: Estou nos bastidores. Tenho uma performance no sábado à noite, mas nada no domingo. O que aconteceu?

21h31. PETER: Eu tinha que levar as crianças pro Mundo da Peppa Pig esse fds, mas fico feliz de ter uma desculpa.

21h31. PETER: E repito a pergunta deles.

21h32. THEO: Ange?

21h33. SOOZ: Ange vc tá bem?

21h41. YASH: Você falou como se fosse algo sério, Ange. O que está rolando?

21h45. ANGELA: É sobre o que aconteceu

21h45. ANGELA: precisamos conversar

21h46. ANGELA: e acho que não pode esperar

21h46. ANGELA: Ela tinha o botão

21h47. THEO: ?

21h48. SOOZ: O que Theo disse.

21h48. YASH: Botão?

21h49. PETER: o que?

21h50. SOOZ: Tenho que voltar pro palco. Por favor, alguém me explica o que tá acontecendo.

21h51. SEBASTIAN: Você pode me ligar?

21h55. THEO: Ange?

21h57. THEO: Ange vc pode atender?

21h58. PETER: Eu tentei ligar também e foi pra caixa postal.

22h16. SOOZ: Voltei. Alguém pode me dizer o q tá rolando?

22h18. YASH: Genuinamente confuso sobre o que está rolando agora

22h21. JULIAN: Estou num jantar. Tem algo de errado? O que aconteceu?
Meu celular não para de tocar.

22h22. THEO: Ange pf me liga quando sair do telefone.

22h24. SOOZ: Qual de vocês está falando com ela?

22h25. YASH: Eu não. Alguém sabe o que tá acontecendo?

22h26. PETER: Nem eu

22h27. JULIAN: Aconteceu algo com a Ange? Preciso voltar pro jantar.

22h29. THEO: Ange pfvr ligue

— E continua — disse Izzy —, com muitas mensagens de todos perguntando onde ela está. Incluindo eu.

— Que história é essa de botão? — perguntou Stevie, rolando a tela.

— Não faço ideia — respondeu Izzy.

— Isso não é uma expressão? Uma coisa inglesa?

— Não.

Izzy tinha razão. Não parecia bom.

— Então — começou David — eu pensei que poderíamos ajudar. Talvez ir à casa dela e dar uma olhada para ver se algo parece estranho? É meio que a sua especialidade.

Ele abriu um sorriso particularmente charmoso. Tinha razão. Invadir o espaço dos outros era a especialidade de Stevie. Ela tinha feito isso em Ellingham várias vezes quando um dos colegas foi morto e outro desapareceu. Tinha feito isso até com o próprio David, algo que ele jamais esqueceria. O gosto dela por investigar espaços era tanto uma coisa séria quanto uma piada interna deles. David não deveria falar do assunto daquele jeito.

Mesmo assim, provavelmente era uma boa ideia dar uma olhada na casa de Angela.

— Posso conversar com eles um segundo? — Stevie perguntou a Izzy. — Só precisamos decidir o que vamos fazer.

— Claro. Claro!

Stevie falou à parte com Nate, Janelle e Vi.

— Acha que aconteceu alguma coisa? — perguntou Vi.

— Não sei — admitiu Stevie. — Angela tem um trauma sério e disse coisas estranhas sob o efeito de analgésicos. Em toda história de crime que eu já ouvi... toda pessoa que já passou por algo tão traumático tem teorias. Tenta achar a verdade. Ela estava chapada. Não sei.

— Mas agora sumiu — argumentou Vi.

— As pessoas surtam — devolveu Stevie.

— E precisam de ajuda quando isso acontece — disse Janelle. — Você deveria ir lá. Deixa que a gente escreve o relatório de hoje.

Era hora de revistar uma casa.

13

Fora da casinha aconchegante em Islington, Porta esperava por eles, miando alto, se jogando nos calcanhares e esfregando o corpo. Izzy o pegou nos braços.

— Tadinho! Olha para ele. Olha. Está com fome. Está assustado.

Porta não parecia estar sentindo nenhuma das duas coisas. Enfiou a cabeça no queixo de Izzy e ronronou, então botou a cara dentro do suéter dela.

Izzy pegou as chaves e os deixou entrar na casa. Stevie escorregou em alguma coisa assim que pisou no hall escuro e agarrou a parede. Olhou para baixo e viu que quase tinha sido levada pela correspondência, incluindo alguns flyers com acabamento brilhante da Domino's.

— Viu? — disse Izzy, extraindo uma declaração de um conselho local de baixo do tênis de Stevie. — A correspondência de hoje. E olha, o casaco e a bolsa normalmente ficam aqui. — Ela indicou alguns ganchos vazios na parede de entrada.

Havia uma imobilidade na casa — uma qualidade estranha que as casas adquiriam ao serem deixadas a sós, mesmo por um curto período. Tudo estava do jeito que eles tinham deixado na outra noite. A sala de estar estava em ordem, com manchas deixadas pelas xícaras e migalhas na mesa de centro, onde eles tomaram o chá e comeram os cookies.

Na cozinha, os restos de comida indiana ainda estavam em evidência. A sacola e as embalagens de comida. Não havia a menor dúvida de que era a mesma refeição: o recibo estava grampeado na sacola, com o nome de Izzy no pedido. Os pratos sujos estavam na pia, ainda manchados de curry e com arroz grudado. As xícaras de chá também estavam lá, e o pacote de cookies foi largado meio aberto no balcão.

— Ela deixou esses pratos — disse Izzy. — Não é a cara dela. Ela não iria embora com os pratos assim. Não deixaria comida aqui sem jogar fora.

O restante da cozinha parecia indicar que isso era verdade. A pequena mesa estava vazia exceto por uma tigela ornamental listrada, cheia de maçãs e laranjas. Stevie abriu os armários e examinou o amontoado de xícaras lá dentro — eram muitos padrões e tipos, mas todas estavam onde deveriam estar. Não parecia o tipo de lugar onde restos de curry seriam deixados expostos por dias, permitindo que os pratos criassem crostas e atraíssem moscas. Aquela era uma casa fora do ritmo.

Porta uivou ao lado da tigela de comida, então Izzy pegou um pouco de ração do armário e a encheu. Ele imediatamente começou a comer, com mastigadas barulhentas. Talvez Izzy tivesse razão. Ele comia com urgência. Era um gato que não estava acostumado a pular refeições. Stevie voltou à sala, deu uma olhada demorada na torre de gato elaborada no canto e nos brinquedos espalhados pela sala. A caixa de areia no banheiro do andar de baixo estava transbordando e cheirando mal.

Ela desceu a escada de novo, testando as janelas. Todas estavam fechadas e trancadas. Havia uma portinha para gato na janela da cozinha que levava ao telhado do nível inferior, mas nenhum ser humano entraria por algo com tão poucos centímetros de altura.

— O que tem embaixo deste apartamento? — perguntou Stevie. — Outro apartamento?

— Não — disse Izzy. — Alguém aluga como depósito. Eles têm uma empresa de bufê e deixam mesas e cadeiras extras e outras coisas ali.

— Você conferiu o andar de cima? — perguntou Stevie.

— Claro! Olhei a casa toda. Vou te mostrar.

O escritório de Angela ficava logo após a escada. Era um espaço pequeno, com arquivos, pilhas de livros, murais cheios de referência, cartões de visita e fotos. O laptop estava aberto na mesa. Stevie o ligou. Ele pediu uma senha.

— Sei qual é — disse Izzy, sentando-se. — Eu tive que usar o laptop dela uma vez quando não conseguia achar meu celular. É Cleves. Como Ana de.

— Ana de?

— Ana de Cleves. A quarta esposa de Henrique IV. A sortuda. Mas eu já vasculhei o laptop. Abri cada pasta e arquivo. Não tem nada aqui além de anotações de roteiro e partes do livro no qual ela está trabalhando. Eu olhei todos os e-mails dela. Não tem nada estranho. A agenda dela diz que tem uma reunião na BBC em dois dias.

— E o histórico de busca dela? — perguntou Stevie.

Eles verificaram. Angela tinha uma vida online mundana. Ela atualizava as mídias sociais. Visitava sites de mobília atrás de tapetes e produtos para gato. Procurava receitas simples e pedia comida. Pagava algumas contas. Na maior parte do tempo usava bibliotecas e arquivos online para fazer pesquisas sobre os Tudor. Não era promissor, mas Stevie copiou mesmo assim e mandou para si mesma.

Ela levou um momento para abrir as gavetas dos arquivos. Continham registros domésticos — contas, seguros, um passaporte.

— Ela não saiu do país — inferiu Stevie, mostrando o documento.

Em seguida, eles examinaram o quarto de Angela, que era um pouco menos arrumado do que o restante da casa, mas dentro dos limites do razoável. Havia algumas roupas numa cadeira, mas a cama estava arrumada e decorada com uma almofadinha prateada.

— Se vamos olhar — disse Stevie —, precisamos *olhar*. Isso significa tudo.

Os três começaram a abrir as gavetas, os armários, os guarda-roupas. Não encontraram nada fora do comum. Stevie examinou o banheiro. Cada objeto apontava para o fato de que Angela deixara a casa em algum momento após a visita e não tinha voltado.

— Viu só? — falou Izzy. — Ela saiu depois que estivemos aqui. Estou com medo de termos dito algo... de eu ter dito algo... algo que a aborreceu. Isso não é a cara dela. Minha tia não iria só *embora*, sem falar nada.

Izzy e David olharam para Stevie com expectativa. Todos esperavam que ela fizesse alguma coisa — que tirasse um coelho da cartola. Mas tudo o que Stevie conseguia ver era uma casa sem a dona. Ela entrou no banheiro a fim de aparentar estar ocupada enquanto suas engrenagens mentais giravam. Apalpou as toalhas (estavam secas), abriu o armário de remédios (apenas coisas normais, nada etiquetado como VENENO), procurou por uma escova de dentes (uma elétrica muito chique que parecia se conectar com um aplicativo).

Estava difícil parecer uma detetive genial.

— E tem o quartinho das caixas — informou Izzy.

— O quartinho das caixas?

Izzy gesticulou para que a seguissem até o corredor. Ela ergueu a mão e puxou uma portinhola que Stevie não tinha notado, que revelou uma escadinha dobrável. Izzy a puxou para baixo e Stevie subiu.

O quartinho de caixas mal era um quarto — era mais um sótão apertado com estantes ocupando três paredes e um teto inclinado que não os deixava ficar em pé. As prateleiras estavam cheias de caixas de revistas com papéis e pastas. Havia algumas menores, de documentos, com etiquetas como "Câmara estrelada, cópias das fontes primárias", "Thomas Cromwell 1517-18", "História naval, notas de palestra". Um cômodo inteiro de documentos, como seria de se esperar de alguém cujo trabalho era fazer pesquisa.

Stevie sentou-se, e Izzy e David subiram e se espremeram no espaço estreito com ela. Havia caixas de materiais do tempo que Angela passou em Cambridge — catálogos de cursos, cronogramas de aulas, artigos acadêmicos xerocados. Com eles havia uma caixa de roteiros dos Nove, impressões rústicas dos primórdios da informática com letras cinza. Os três abriram todas as caixas, mas ficou evidente que aqueles eram os velhos registros acadêmicos e materiais de pesquisa arquivados de Angela.

O celular de Stevie começou a tocar. Quinn. É claro. A ligação noturna.

— Oi — disse Stevie, tentando parecer casual.

— Onde você está?

— Na casa da historiadora — disse Stevie. — A da outra noite, sabe?

Sempre conte a verdade quando puder. Minta apenas quando necessário. Isso era verdade.

— Você parece estar no closet dela.

— No sótão... ou nos arquivos dela. Ela me deixou ver as pesquisas.

Ela procurou ao redor até achar algo saído de uma antiga impressora, intitulado "Fé ardente: a Inglaterra durante a dissolução dos monastérios".

— Você está desenvolvendo um interesse pelos Tudor? — perguntou a dra. Quinn.

— É — disse Stevie. — A Torre me deixou curiosa. Sobre o... Henrique VIII. É meio que sobre crimes, né? Ele era um assassino, na verdade. De que outro jeito você chamaria um homem que matou duas esposas?

Ela estava se apropriando das palavras de Angela, mas não achava que ela se importaria.

— Um ponto interessante — concordou a dra. Quinn. — Está fazendo isso sozinha?

— Não — disse Stevie. David estava lá, mas Izzy também. Stevie virou a câmera para a dra. Quinn poder ver. — Estamos trabalhando juntos. Essa é Izzy, Angela é tia dela. Ela estuda com David.

Uma longa pausa.

— Não vejo a hora de ouvir sua opinião sobre o assunto nos próximos dias — disse a dra. Quinn, por fim. — E talvez incorporemos um pouco de história dos Tudor no seu programa.

— Definitivamente — disse Stevie, com um aceno. Os lábios dela estavam secos e seu sorriso era inexpressivo.

— Acha que ela acreditou? — perguntou David quando a ligação terminou.

— Acho que ela não tem certeza. Provavelmente não. Mas não estou fazendo nada de errado, sentada aqui com pesquisas históricas, então ela não pode dizer nada.

A dra. Quinn tinha desligado e o momento passou. Stevie era apenas uma garota esquisita sentada numa pilha de lição de casa antiga de outra pessoa.

— Isso te diz alguma coisa?

Izzy tinha um olhar esperançoso, como se esperasse que Stevie tivesse encontrado a tia dentro de uma das caixas.

Aquelas coisas não diziam nada. Nenhuma delas. Que diabo havia para achar? Somente pilhas de história, pratos sujos, um gato faminto. O que detetives faziam mesmo?

O parceiro. Claro.

— Quem mais existe na vida dela? — perguntou Stevie. — Estava saindo com alguém?

— Ela tem um ex-marido. O nome dele é *Marvin*. Ele é ok. É um jornalista e mora em Hong Kong. Eles não se veem há anos, não foi uma daquelas histórias turbulentas. Terminaram porque ele estava sempre viajando pelo mundo com a BBC e ela estava aqui.

— Mais alguém?

Izzy balançou a cabeça.

— E a família dela? Angela é irmã da sua mãe?

— Ah. — Izzy apertou os lábios de leve. — Sim, mas minha mãe morreu quando eu era bebê. E eu fiquei mais próxima de Angela desde que me mudei para Londres. Meu pai não saberia onde ela está. Eu sou a única. Não conheço ninguém com quem ela trabalha. Sou só eu e os amigos dela.

Stevie apertou o nariz e esfregou a mão pelo rosto. Ela cheirava a poeira e papéis velhos e estava sem ideias.

— Acho que podemos pôr essas coisas de volta — disse ela.

Eles tentaram deixar o quartinho de caixas do jeito como o encontraram e desceram a escada dobrável, depois voltaram para o primeiro andar. Stevie vagou em círculos por um momento, olhando ao redor da sala. O que podia aprender? O que via? A lareira de tijolos com os lindos azulejos art deco. Os livros. Os padrões exuberantes do papel de parede. O cheiro de comida velha e da caixa de areia.

Ela tinha esquecido a coisa mais importante.

— O lixo — disse ela.

— Imagino que a gente devesse tirar.

— Não — cortou Stevie. — *Precisamos* do lixo.

Eles voltaram à cozinha e acenderam todas as luzes. Havia uma lixeira prateada com pedal num canto, além de duas de reciclagem. Um par de luvas de plástico estava na pia. Stevie o pegou e examinou o armário sob a pia. Sacos de lixo. Ela pegou o rolo e arrancou alguns dele.

— Aqui — disse ela a Izzy e David —, espalhem no chão.

O piso da cozinha logo foi coberto por sacos de lixo escorregadios.

Ela pegou a lixeira prateada. O lixo estava lá havia vários dias, então desenvolvera um aroma pungente — um fedor azedo que fez Stevie torcer o nariz involuntariamente. Ela tirou o saco e derrubou o conteúdo no chão. Fez o mesmo com as de reciclagem, separando em um montinho a alguns passos dali.

— Bem, se ela voltar para casa agora, vai ter uma bela surpresa — disse David.

Stevie vestiu as luvas, se ajoelhou e começou a examinar o conteúdo. Lixo era arqueologia. O lixo sempre falava a verdade. Começando pela reciclagem. Estava tudo limpo. Tudo tinha sido separado corretamente. Angela tirava as tampas e desmontava as caixas. Havia duas garrafas de vinho vazias. Sete de água com gás. Pelo menos uma dúzia de embalagens de refeições prontas do mercado: sopas, lasanhas e saladas em potes plásticos. A dieta de uma pessoa morando sozinha. Alguém ocupado.

O lixo reciclável devia ter sido esvaziado recentemente, porque havia muito pouco no saco. Restos de filme plástico de um pacote. Um cadarço mastigado. Dois recibos da Boots, que era uma grande rede de farmácias. Angela tivera um resfriado recentemente. Comprou descongestionante e pastilhas para a garganta, além de sabonete e uma escova de dentes. Nada estranho.

Stevie ergueu a tampa da composteira e jogou os restos de comida e pilhas de sachês de chá num canto vazio do plástico.

— Ela bebe *muito* chá — comentou, revirando a pilha nojenta. — E não termina a maior parte das refeições.

Porta tinha se interessado pela investigação e escolheu o momento para fazer um assalto. Viu um pedaço de frango velho, roubou-o e saiu correndo.

— Não! — gritou Izzy. — Porta, não! Você vai passar mal...

Ela correu atrás do gato. David se agachou e olhou para Stevie do outro lado da pilha de lixo.

— Ei — disse ele. — A gente tem os melhores encontros, né?

Não havia humor na voz dele. Stevie assentiu.

— O que você acha? — perguntou David em voz baixa, esticando a cabeça para garantir que Izzy estivesse fora do alcance de sua voz. Mas não havia por que se preocupar; claramente podiam ouvi-la correndo pela sala chamando por Porta.

— Pelo visto ela... só foi embora — disse Stevie, apontando o óbvio. — Nenhum sinal de entrada forçada. Nenhum sinal de luta. Parece que jantamos com ela e então ela saiu. Você me pediu para procurar e... eu procurei.

Ela indicou a pilha de lixo abaixo dela como prova.

— Eu sei — concordou ele.

O que significava aquele tom? Era desanimado, mas o que queria dizer? Ela tinha fracassado. A grande Stevie, que invadia lugares e revirava coisas — ela não tinha nada. Não fez um truque. Somente virou um monte de lixo no chão. Ela queria dizer alguma coisa, explicar-se, mas, antes que pudesse, Izzy os chamou.

— Vocês deveriam vir aqui — disse ela.

Eles a encontraram de quatro no chão. Tinha afastado uma poltrona que estava enfiada no canto onde a escadaria se encontrava com a parede. Metade do corpo estava para fora. Izzy rastejou para trás e ergueu os olhos para eles.

— Porta arrastou o frango até aqui. Tem uma pequena abertura. Olhem.

Ela empurrou a poltrona. Os painéis de madeira sob a escada foram cobertos com um papel de parede com estampa tropical e, no canto, um deles tinha sido empurrado alguns centímetros, apenas o suficiente para um gato determinado se espremer. Izzy apalpou o painel e mostrou que estava preso por dobradiças. Era a abertura de um armário muito pequeno.

— Eu não sabia disso — falou ela. — Então é aqui que fica o aspirador. E é aqui que Porta vem guardando seus furtos.

Stevie se inclinou para olhar. De fato, era o ponto em que Porta colecionava pequenos tesouros. Um rato de brinquedo. Parte do que parecia ser um rato de verdade. Um sachê de chá usado. Dois botões. Um lenço amassado. Um cotonete sujo. Um cabinho de uva.

Izzy tirou o aspirador e enfiou a cabeça na abertura. Em seguida, pegou uma maleta pesada e retangular.

— Olha isso — disse ela, empurrando-a mais para o centro da sala onde poderiam ver.

— É um cofre à prova de fogo — declarou Stevie. — Para guardar documentos.

Esse modelo não tinha fechadura, e sim um teclado.

— Sem chance de você saber o código, né? — perguntou Stevie.

Izzy balançou a cabeça.

— Eu não fazia ideia de que ela tinha isso. Para que serve?

— Documentos importantes, em geral — respondeu Stevie. — Registros. Testamentos. Seguros. Passaportes. Coisas importantes. É um cofre, basicamente, que mantém seus documentos a salvo no caso de incêndios e enchentes.

— Acho que ela guarda todas essas coisas no escritório. Então o que tem aqui?

— Se não tivermos o código, não vamos saber.

— As pessoas tendem a usar senhas e códigos ruins — disse David.
— A senha realmente é "senha" um número decepcionante de vezes. Qual o aniversário dela?

— Nove de fevereiro.

— Então, 0209 — sugeriu Stevie, digitando o número.

— Não. 0902. O contrário.

Certo. Inglaterra. Muitas coisas eram ao contrário. Ela tentou as duas versões. Nenhuma funcionou.

— Ano de nascimento?

Izzy fez as contas.

— 1974.

Também não.

— Certo — disse Stevie, erguendo-se e circulando pela sala, olhando para as estantes de livros. — Ela é historiadora. A história tem muitas datas.

— É praticamente só datas — apontou David.

— Mas ela gosta muito de Henrique VIII, certo?

— A especialidade dela é o período Tudor — respondeu Izzy. — Que foi... — Ela procurou no celular. — De 1485 a 1603.

As duas datas foram testadas e não funcionaram. Nem o ano em que Henrique VIII se tornou rei, a decapitação de Ana Bolena, ou quando Elizabeth I se tornou rainha. Por fim, eles tentaram todos os números entre 1485 e 1603.

— E 1066? — sugeriu Izzy. — É um grande ano da história inglesa. *1066 e todo o resto*.

Não era 1066.

— Esse grupo dela — disse Stevie. — Eram chamados de Nove. Tem algum número relacionado a eles?

A única coisa que eles pensaram foi 9999, que não fez nada. Nem 1995, o ano da formatura e do evento em Tempo Bom. Por precaução, ela tentou o 1234 padrão, só para garantir que Angela não tinha mantido a configuração de fábrica. Ela não tinha. A caixa se recusava a revelar seus segredos.

— E se tentarmos arrombar? — perguntou David.

Stevie deu de ombros para indicar que valia a tentativa. Eles procuraram algo para abri-la, encontrando uma chave de fenda de cabeça chata no armário de ferramentas. Todos fizeram um esforço, mas a caixa resistiu.

— É bem sólida — concluiu Stevie. — Foi feita para resistir a grandes danos.

— E agora? — perguntou Izzy. A frustração por não conseguir abrir o cofre, o estado da casa e as evidências crescentes de que algo estava errado estavam deixando-a com os olhos marejados.

— Acho que vou levar isso com a gente — decidiu Stevie. — Se ela aparecer, devolvemos para ela. Mas vamos continuar tentando abrir. Tudo bem?

Izzy assentiu enfaticamente.

— Mas tem que ter mais alguma coisa que possamos fazer — disse ela. — Vou falar com a polícia amanhã. Andei pela área, até já falei com alguns vizinhos para ver se eles viram ou ouviram alguma coisa, mas ninguém sabe de nada. O que eu faço agora?

Ela olhou para Stevie com uma expressão aberta e suplicante. Precisava de ajuda. Precisava de Stevie. Stevie tinha fracassado na casa, mas Izzy não perdera a fé. David também estava olhando para ela.

Pense, Stevie. O que você faria?

— Ela acredita que um dos amigos cometeu assassinato — começou Stevie. — Ela manda uma mensagem para eles pedindo para se encontrarem. Diz algo sobre um botão, algo sobre ir a Tempo Bom. Isso se trata dos Nove. Você conhece algum deles?

— Um pouco — disse Izzy. — Conheci Theo. Ela veio várias vezes depois da cirurgia para ver como minha tia estava. É médica. E os outros já estiveram aqui também. Não os conheço bem, mas fomos apresentados.

— Se Angela estava falando com eles naquela noite, precisamos entrar em contato. Foram as últimas pessoas com quem ela conversou, e parecia que queria encontrá-los. Eles estão por aqui?

— *Hã* — considerou Izzy. — Theo, sim. Sooz, sim. E Peter e Yash, acho que estão também. Julian... acho que ele é um membro do Parlamento em York ou algum lugar no norte. Sebastian vive em Tempo Bom, que fica perto de Cheltenham. Então quatro deles estão em Londres.

— Certo... — Stevie esfregou a testa, pensando. — Precisamos falar com eles. Mas... temos que fazer isso agora. Logo. Pode mandar uma mensagem para eles? Pergunte se podemos encontrá-los. Assim que possível.

— Posso fazer isso — disse Izzy, pegando o tablet. Ela digitou furiosamente por um momento. — Theo tem um turno de doze horas amanhã. Sooz... tem um show à noite. Ela pode à tarde. E... Yash... Yash e Peter. Eles disseram que vão para a casa de Sooz. Podemos encontrá-los lá. Às duas?

Ela ergueu os olhos com esperança.

Às duas era bem no meio do dia cuidadosamente planejado deles. Stevie teria que dar um jeito.

— Às duas — disse ela. — Aonde vamos?

EXCERTO DO DEPOIMENTO DA TESTEMUNHA
THEODORA BAILEY

24 DE JUNHO DE 1995

P: Você pode repassar os eventos dessa manhã, começando por quando acordou?

R: Sim. Eu... Eu acordei por volta das oito e meia. Tinha ido dormir às três, então ainda estava bem cansada, mas... não consigo ficar deitada. Desci para o andar de baixo. Arrumei um pouco a cozinha. Aí comecei a andar pela casa para ver se todo mundo estava bem. Sem vomitar, quer dizer.

P: Onde estavam todos?

R: Angela, Yash e Peter estavam nos próprios quartos. Sebastian e Sooz dormiam na sala de estar. Julian estava na biblioteca.

P: O resultado de uma festa?

R: Exato. E continuei procurando, batendo nas portas, procurando Rosie e Noel pela casa inteira, mas eles não estavam em lugar nenhum. E como todo mundo acordou cheio de fome, decidi que era hora de alguém ir atrás deles. Tinham passado a noite toda fora. Imaginei que estivessem desmaiados em algum lugar. Eu queria garantir que estivessem... Ah, Deus... Posso beber um pouco d'água, por favor?

P: Você consegue continuar?

R: Estou bem agora. Posso continuar. Eu saí com Sebastian. A casa é dele, e parecia que um pouco de ar fresco faria bem. Começamos no jardim da frente, fomos ao templo, depois demos a volta até os jardins formais no lado da estufa, pelos fundos, verificamos o pavilhão na quadra de tênis, e saímos pelas árvores onde fica o galpão de madeira.

P: Sinto muito, mas preciso pedir que você descreva a cena que encontrou.

R: Eu entendo. Eu sei. O galpão fica logo depois da entrada de carros, entre as árvores. Havia um carrinho de mão. No chão, na frente do galpão. Virado na lama. Havia um balde. E a porta do galpão estava aberta, pela metade, então podíamos ver um pouco do interior. E podíamos ver que a fechadura tinha sido forçada, a porta tinha sido arrombada. Estava claro que alguém tinha invadido. Estava muito úmido lá dentro, com poças de água no chão. Os troncos estavam organizados numas pilhas esquisitas no chão, uns montinhos... No começo parecia só que alguém tinha invadido e bagunçado o lugar... mas aí Sebastian fez uma careta e eu vi o que ele viu. Tinha uma bota embaixo de uma das pilhas e parte de uma perna e... eu pensei... nossa, que estranho. Alguém está se escondendo sob uma pilha de lenha. Mas a perna estava tão imóvel. Eu não... eu não conseguia entender o que via. Não fazia sentido. Eu fui até lá e comecei a afastar alguns troncos...

P: Vá com calma.

R: Sim. Estou bem. Sim. O que eu vi... não era consistente com a vida. Eu não tive que conferir os sinais vitais dela. Sebastian tinha recuado e, ao fazer isso, encontrou Noel. A condição de Noel era a mesma de Rosie. Sebastian e eu saímos do galpão. Ele estava começando a entrar em choque, então o tirei da área e o trouxe de volta para casa. Aí ligamos para vocês.

P: Você disse que os outros saíram para fazer compras enquanto vocês estavam procurando seus amigos?

R: Isso.

P: Foram só vocês dois que encontraram a cena?

R: Sim.

P: Vocês moveram alguma outra coisa além dos troncos?

R: Saímos de lá o mais rápido possível. Não queríamos tocar em nada, depois que vimos. Tentei ser analítica. Tentei falar o melhor que pude. Estou vendo que estou com frio e minha cabeça... sinto muito.

P: Você fez um ótimo trabalho. Pode voltar para junto dos seus amigos e tomar um chá.

EXCERTO DO DEPOIMENTO DA TESTEMUNHA
JULIAN REYNOLDS

24 DE JUNHO DE 1955

P: *Você pode me contar aonde foi quando a brincadeira começou?*

R: *Eu saí pela porta do vestíbulo nos fundos da casa.*

P: *Viu mais alguém sair por lá?*

R: *Sooz... Suzanna.*

P: *Aonde você foi?*

R: *Dei uma volta nos jardins dos fundos, que são enormes. Tem um labirinto lá, mas parecia um lugar óbvio demais para se esconder. E havia tantos espacinhos de topiaria lá atrás, como salas, mas não tem onde se esconder neles. Saí em busca de um lugar melhor. Rodeei a casa pelo menos duas vezes, correndo por toda parte, procurando.*

P: *Você passou pelo galpão de madeira?*

R: *Sim.*

P: *Tentou entrar?*

R: *Não. As construções externas estavam trancadas. Não havia por que tentar.*

P: *E você sabia disso porque Sebastian tinha dito ou porque viu que estava trancado?*

R: *Ele nos disse que estava trancado. Com certeza parecia estar. Por fim, tive a ideia de subir na pérgula e me esconder em cima. Foi isso o que fiz. Achei que ia ser pego, mas fiquei lá um tempão. As pessoas passaram bem embaixo de mim. No começo eu fiquei satisfeito, mas estava encharcado. Fiquei lá por horas. Literalmente horas.*

P: *Você viu Rosie e Noel em algum ponto durante a brincadeira?*

R: *Eu vi Noel.*

P: *Onde?*

R: *Nos jardins dos fundos.*

P: *Onde, exatamente?*

R: *Em uma das áreas de topiaria. Aquele lugar é um labirinto. É difícil dizer, mas foi lá em algum lugar.*

P: E ele estava sozinho?

R: Estava.

P: Quando foi isso?

R: No começo. Bem no começo.

P: Consegue ser mais preciso que isso?

R: Só sei que foi cedo. Eu diria dentro dos primeiros quinze minutos da brincadeira, talvez? Foi durante minha primeira passagem pelos jardins dos fundos.

P: Você falou com ele?

R: Não. Acho que ele não me viu. Estava se movendo depressa. Ele sumiu por uma das saídas e eu não o vi de novo depois disso.

P: E Rosie?

R: Ela eu não vi.

P: Você e Rosie tiveram um relacionamento romântico recentemente?

R: Sim.

P: Há quanto tempo isso vinha acontecendo?

R: Um ano. Ou pouco menos de um ano.

P: Um ano? Então bastante tempo.

R: É. Acho que sim. É.

P: Mas tinha acabado recentemente?

R: Tinha.

P: Por quê?

R: Isso importa?

P: Precisamos fazer esse tipo de pergunta. Pode me contar sobre o fim do relacionamento? Foi recente?

R: Dentro das últimas semanas.

P: E qual foi a causa?

R: Eu... Eu fiz algo que a deixou chateada.

P: E o que foi?

R: Isso importa mesmo?

P: Por favor, responda à pergunta.

R: Cerca de uma semana atrás, estávamos todos no pub. Rindo, brincando. Minhas provas tinham acabado e talvez eu tivesse bebido demais, e acho que sabia que Rosie e eu não íamos continuar do jeito que estávamos, e eu... eu beijei outra garota. Uma garota qualquer que encontrei lá naquela noite. Não era sério, mas Rosie descobriu, claro. Todo mundo viu. Mas esse é o nosso... essas coisas, nós... acontece. Eu não... sinto muito. Sinto muito, Rose. Sinto muito.

[Ininteligível]

P: Vamos parar por ora.

14

No dia seguinte, eles seguiram o cronograma. Começaram no Museu de História Natural, que era um palácio ornamentado de pedras e ossos. De lá, foram ao Museu Victoria and Albert, o museu do design, que continha, entre outras coisas, uma coleção gigantesca de roupas e itens de moda de diferentes épocas. Janelle ficou extasiada examinando espartilhos com laços vitorianos, antigos sapatos egípcios, vestidos de festa Balenciaga e cosméticos usados por Frida Kahlo. De lá, seguiriam até o Museu de Ciência. Aproveitaram para ligar para a dra. Quinn.

— Estamos ligando um pouco antes — disse Janelle. — A próxima parada é o Museu da Ciência e tem um programa interativo sobre mudança climática que começa às duas.

Ajudava o fato de ser verdade.

O plano era que Stevie os deixaria nesse ponto e pegaria o metrô para encontrar Izzy. David não podia ir — ele tinha aula. Pegar o metrô sozinha acabou sendo uma experiência estimulante e angustiante. Tinha algo a ver com o fato de estar sozinha naquele lugar pela primeira vez, sem ninguém para notar se ela estava indo para o oeste em vez de para o leste ou entrando no trem errado. Londres era dela naquele momento.

Ela se ateve ao plano. Acompanhou as paradas com cuidado, com medo de perder a dela. Knightsbridge, Hyde Park Corner, Green Park...

Piccadilly Circus. Ela saiu do trem num alvoroço de pessoas e casacos e bolsas, uma enorme multidão de humanidade que se dirigia ao mundo superior em escadas rolantes compridas, com mais anúncios piscantes e sincronizados. Era uma loucura. Havia saídas demais, ela se perdeu e ficou presa na multidão e teve que dar uma volta enorme para encontrar Izzy, que esperava junto à estátua de Eros. Izzy parecia não ter dormido. Seu delineado gatinho não estava muito caprichado, e as bochechas estavam coradas pelo frio e pelo esforço físico.

— Eu fui à casa dela de novo, assim que acordei — contou. — Para ver se ela tinha voltado e para dar comida para Porta. Ainda nada. O que dizemos quando chegarmos lá?

— Sua tia acha que um dos amigos dela pode ser um assassino. Ela falou sob influência de analgésicos, mas só dessa vez. Provavelmente guardou as suspeitas para si mesma. Não vamos contar a eles o que ela disse sobre o cadeado. Vamos só fazê-los falar. Perguntamos se alguém teve notícias dela, então vemos se conseguimos fazê-los discutir o caso comigo. Deixe que digam qualquer coisa que venha à cabeça. Só os deixe falar.

Em Londres, não havia placas de rua em postes nas esquinas. As elegantes placas com o nome das ruas ficavam no canto dos prédios em si, muitas vezes no segundo andar, então Stevie estava sempre olhando para cima. Viu edifícios imponentes e modestos, prédios que pareciam cobertos de ferrugem e outros de cor verde pastel e amarelo-claro, ou com um acabamento decorativo elegante de outra época. As ruas ficavam mais estreitas, mal cabia um carro. Elas passaram pela orgulhosa Old Compton Street, que era, obviamente, o centro do bairro gay. Viraram esquinas e atravessaram becos. Tinham entrado fundo numa parte antiga de Londres, vivaz e variada e provavelmente meio questionável às vezes.

Sooz morava atrás de uma porta totalmente preta numa rua de cafés e lojas tão adoráveis e requintadas que Stevie sentiu-se pobre somente por estar perto deles. A porta de Sooz ficava entre um café vegetariano pintado de azul-celeste e um restaurante de bao, roxo-acinzentado. Izzy tocou a campainha do apartamento dois, e a porta se abriu com um zumbido baixo. Elas subiram um lance de degraus rangentes, cobertos por carpete vermelho, vários dos quais se inclinavam para a esquerda, como se a casa tivesse sido derrubada em algum ponto e apressadamente levantada de novo. O apartamento dois ficava no topo da escada e tinha uma porta moderna que não combinava muito com o restante do prédio.

A porta se abriu, revelando uma mulher alta e ruiva com enormes olhos amendoados. Estava toda vestida de preto — calça preta justa e um suéter com gola alta colado ao corpo. Stevie não sabia direito como a caxemira distinguia-se de outros materiais, mas de alguma forma soube que tudo que Sooz estava usando era feito disso.

— Isabelle! — Ela jogou os braços ao redor de Izzy. Foi um abraço apertado, que a engoliu.

— Essa é Stevie — disse Izzy. — É uma amiga. Eu a trouxe junto porque...

— Não precisa explicar. Na minha época da faculdade, eu ia a todo lugar com meus amigos também. Você sabe disso. Venham, entrem. Peter e Yash estão a caminho. Estão terminando um ensaio.

Elas entraram num apartamento pequeno, mas perfeitamente mobiliado. O espaço principal tinha um tapete branco felpudo e dois sofás azul-cobalto. Havia muito preto e prata e espelhos em lugares curiosos. Junto à porta ficava um organizador de vime que continha sapatos, revistas, livros, bolsas, uma escova de cabelo e um estojo de maquiagem — o tipo de coisa que uma atriz largaria ali ao chegar tarde da noite ou pegaria se precisasse sair de novo. Cada centímetro das paredes estava sendo usado, coberto de fotos e pôsteres de espetáculos emoldurados. Havia dúzias deles. Fotos em porta-retratos nas estantes. Fotos presas com ímãs nas geladeiras e na tampa do fogão. Fotos que se revezavam em porta-retratos digitais. Sooz tirava selfies muito antes de o mundo saber o que era uma selfie. Lá estava Sooz, com alguns rostos vagamente familiares. Stevie teve que olhar duas vezes antes de reconhecer uma atriz de uma de suas séries de detetive inglesas preferidas. E de novo Sooz, de preto e branco, vestida como a apresentadora de um circo. Junto à cozinha estreita com armários dos dois lados, havia uma foto comprida de uma turma inteira de Cambridge, todos usando saias brancas com becas acadêmicas pretas, enfileirados numa foto formal tirada ao ar livre. Em caligrafia no topo, ao redor de um brasão duplo de dois escudos, estavam as palavras *Universidade de Cambridge, Madgalene College, Exames Finais, 1995*.

Sooz reparou que Stevie parou na frente dela.

— Tem vários de nós nessa — disse. — Angela, Peter, Noel e eu estudamos na Magdalene.

Ela pronunciava "Módlin".

— Querem um Darjeeling? — ofereceu.

— Ah, sim, por favor — disse Izzy.

Vendo o olhar confuso de Stevie, esclareceu:

— Chá. Desculpe. Quer um pouco?

Stevie assentiu.

— Estive pensando nisso sem parar — disse Sooz enquanto enchia a chaleira. — Mandei mensagens. Falei com os outros. Não faz sentido. Não faz *sentido*, Izzy. Ela não é assim. Não a Ange. Eu não entendo.

— É por isso que Stevie e os outros estão aqui. Stevie é...

— Sebastian me contou. E eu li sobre você quando ele explicou. Você pode nos ajudar?

Era sempre um pouco estranho quando desconhecidos colocavam fé nela. Naquela manhã, Stevie quase tinha comido a tampinha do copo de café para viagem. Ela queria dizer algo maravilhoso e corajoso e inspirador, mas o que saiu foi:

— *Hã*... eu posso... tentar... fazer...

Sooz se moveu pela cozinha, deixando Stevie abandonar a frase no meio. Ela espiou pela janela para um telhado além, onde três gatos sentavam-se numa formação triangular, encarando uns aos outros.

— Eles fazem isso — disse Sooz, distraída. — Por horas. Ficam se encarando assim. Tenho medo que um dia desses vão se atracar.

— Qual é o seu? — perguntou Stevie.

— Meu? Ah, nenhum. Sou alérgica a gatos. Fico com a pele cheia de bolinhas.

Todas consideravam a batalha iminente quando a chaleira começou a borbulhar. Sooz a pegou assim que deu o clique, servindo a água quente em xícaras. A ação pareceu focá-la. Ela começou a pegar utensílios, sachês e xícaras e colherzinhas e uma bandeja. Movia-se com a fluidez de alguém que atravessava a vida correndo na ponta dos pés.

Elas se sentaram na sala. Sooz se acomodou elegantemente no canto de um dos sofás, enfiando os pés descalços embaixo do corpo, e olhou por cima do vapor do chá. Um segundo depois, a campainha tocou.

— Yash e Peter — disse ela, erguendo-se em um pulo.

Yash Varma era um homem alto, com pele marrom-escura e uma barba espessa e bem aparada que cercava a mandíbula. Tinha olhos castanhos cintilantes nos quais brilhava um humor genuíno. Parecia o tipo de pessoa que ria fácil e com frequência. Ele entrou, tirando um sobretudo verde e revelando uma camiseta gasta do Nirvana e calça jeans.

— Desculpem o atraso — disse ele. — Tivemos uma primeira leitura horrível do programa. Vamos estar nos cagando na gravação amanhã, a menos que fiquemos muito mais engraçados de repente.

— Eu não tenho muita esperança disso — disse o companheiro. Peter Elmore tinha cabelo loiro-avermelhado, que parecia ainda mais ruivo perto do pulôver cor de ferrugem. Tudo em Peter tinha um ar de despreocupação intencional, casual e cômica. Yash tinha a energia mais vibrante, Peter era a nota mais lenta e baixa.

Izzy começou as apresentações, explicando a presença de Stevie.

— Só queremos descobrir o que ela vinha fazendo recentemente — disse Izzy. — Estamos tentando achar informações em geral.

— Claro — disse Sooz. — Qualquer coisa.

— Qual foi a última vez que vocês viram minha tia? — perguntou Izzy.

— Semana passada — respondeu Peter. — Ela estava numa festa que eu dei em casa. Estávamos todos lá.

— Peter e eu ganhamos um prêmio pelo programa, então estávamos comemorando — explicou Yash.

— Não foi uma competição acirrada — acrescentou Peter. — Estávamos concorrendo com apenas um outro programa, que não era muito bom.

— Eu escrevi aquele outro programa — disparou Yash. — É por isso que ele está dizendo isso. Está todo convencido.

— Eu te dei a ideia para aquele programa.

— Nos seus sonhos.

— Vocês dois — disse Sooz. — Quietos.

— E como ela estava? — perguntou Izzy. — Ela fez ou disse algo fora do comum?

Os três se entreolharam.

— Não — disse Sooz. — Ela estava animada. Estava trabalhando naquele documentário novo sobre Henrique VIII e ficou nos contando sobre a pesquisa. Ela sempre fica mais feliz quando está trabalhando num projeto. Estava com um humor maravilhoso. Todos bebemos um pouco.

— Talvez um pouco demais — comentou Yash. — Foi uma festa de verdade, das antigas. Acho que ela acabou dormindo no seu sofá, né, Pete?

— Eu cedi o quarto para ela — disse Peter. — E dormi no sofá.

— Ela me trouxe um protetor labial — contou Sooz. — Eu tinha dado um para ela uma semana antes, quando saímos e vi que estava com os lábios rachados. Era dos bons, flor de laranjeira da Penhaligon's. Não é caríssimo, mas custa umas onze libras. É meu preferido. Quando chegou à festa, ela tinha um substituto, exatamente o mesmo. Ange é assim. Se empresta alguma coisa, ela *sempre* substitui. *Sempre* te paga pelo que emprestou. Nunca quer que ninguém se preocupe ou se incomode. Ela não iria embora e deixaria todo mundo preocupado.

— Vocês poderiam falar um pouco sobre o que aconteceu em 1995? — perguntou Izzy. — Stevie é uma verdadeira gênia. Ela tem um talento para descobrir as coisas. Sei que não é fácil, mas minha tia estava falando com a gente sobre o assunto naquela noite e talvez estivesse pensando no que aconteceu. Talvez, se soubéssemos mais, pudéssemos entender se isso teve algo a ver com aonde ela foi...

O vento suave das palavras de Izzy soprou pela sala, embalando-os num estado de conformidade. Os elogios excessivos e a discussão dos métodos dela fizeram Stevie começar a suar sob o casaco de vinil. Ela o tirou, revelando o moletom por baixo, as manchas de molho de salada ainda na frente.

— Certo — disse Sooz. — Se você acha que vai ajudar. Todos nós nos conhecemos como calouros em Cambridge. Vínhamos de departamentos diferentes. Nos conhecemos nas audições, e nas festas depois das audições, coisas assim.

Os três conversaram por um tempo sobre quem conheceu quem em qual pub ou festa ou evento escolar, e quem apresentou quem a quem e onde, e então, sentindo que tinham desviado do assunto, Sooz fez um gesto gracioso que sugeria as palavras "ou algo do tipo, não importa".

— Nós meio que... bem, nos juntamos de cara. Éramos melhores amigos. E decidimos montar nosso próprio grupo teatral, escrever e apresentar nossas próprias esquetes de comédia. É normal entre estudantes.

— Todos fazíamos um pouco de tudo — continuou Peter —, mas tínhamos alguns papéis gerais no grupo. Yash e eu escrevíamos juntos, como fazemos agora. Foi lá que começamos. Éramos os escritores principais.

— Angela escrevia bastante — disse Yash. — E Rosie escrevia um pouco também.

— Theo dirigia — disse Sooz, e os outros assentiram. — Também fazia parte da produção, encontrando lugares para nos apresentarmos.

— Sooz, Julian, Sebastian e Noel eram nossos atores principais — continuou Peter.

— Noel era nosso personagem especial — disse Sooz. — Ele era bom em interpretar figuras de autoridade. Tinha um jeito hilário de *estar* no palco. Simplesmente te fazia rir sem precisar de muita coisa.

Peter e Yash assentiram.

— Não éramos ruins. E morávamos juntos. Era o fim da universidade. Hora de empacotar nossa casa. Era como se o mundo estivesse terminando e começando de novo. Era assim que parecia, antes... não fazíamos ideia. Nenhuma.

Sooz esfregou a boca com as costas do punho para se preparar.

— Nós fomos à Tempo Bom — disse ela. — É o nome da mansão... você já deve saber disso. Ela pertencia à família de Sebastian. É dele agora, junto do título de visconde. A gente ia para lá de vez em quando, nas férias, quando a família dele estava fora. É um lugar incrível. Eu cresci numa casinha perto de Southampton. Nunca tinha visto nada parecido. Era mágico. Fomos em dois carros. Era um dia quente, houve uma onda de calor naquele verão. Ficamos ouvindo *Parklife* altíssimo o caminho todo... é um álbum do Blur. Blur é uma banda. Vocês nunca devem ter ouvido falar deles, mas eram gigantes. Lembram?

— Foi uma questão enorme naquele verão — disse Peter. — Blur e a outra banda grande do momento, Oasis, tinham uma disputa pública e ficavam se desafiando. Todo mundo escolheu um lado e tinha uma opinião sobre qual banda era melhor...

— Oasis — disse Sooz. — A maioria dos outros pensava que era o Blur. Eu era a única defendendo os irmãos Gallagher.

— Eles lançaram um single no mesmo dia e teve toda uma disputa sobre qual banda ia vender mais — continuou Peter. — Chamaram de Batalha do Britpop. É tão engraçado pensar nisso... foi um verão tão feliz e a maior controvérsia era qual banda era melhor.

— Chegamos bem no fim da tarde — disse Sooz. — Lembram? Saímos tarde porque a maioria de nós estava de ressaca e tínhamos que embalar as coisas em casa. Chegamos quando estava escurecendo e a chuva começou. Saímos correndo pela casa e escolhemos nossos quartos. Essa parte era sempre divertida.

Ela franziu o cenho. Tinha lembrado de algo.

— Teve uma coisa esquisita — continuou. — Rosie ficou com um humor estranho o caminho todo, eu lembro. Algo a ver com Julian. Rosie estava namorando Julian, e as coisas com Julian eram sempre...

Ela balançou a cabeça.

— Drama — disse Peter. — Sempre tinha algum drama envolvendo Julian.

— Não só Julian! — exclamou Sooz. — Éramos todos expansivos, passionais, difíceis. Mas, sim, naquele dia tinha a ver com Julian. Eu sabia como podia ser estar com ele. Namoramos duas vezes, e na maior parte do nosso segundo ano. Julian e Rosie ficaram juntos pela maior parte do nosso último ano e terminaram perto do fim. Pelo menos Rosie estava no processo de trocá-lo por Noel. Naquela última semana que passamos em Cambridge, eu os vi saindo juntos. Tínhamos uma tenda esfarrapada, que alguém comprou para um festival e deixou montada no nosso jardim dos fundos e ninguém nunca tirou. A gente ia para lá às vezes. Era nojenta, enlameada, mofada, mas privada. Vi Rosie e Noel entrando ali durante a semana de provas.

— Rosie e Julian brigaram? — perguntou Stevie.

— Não faço ideia. Provavelmente. Não foi uma briga séria, nada... nada violento! Coisas idiotas. Julian era, e ainda é, muito, muito atraente. *Todo mundo* flertava com ele, e ele flertava de volta. Quando você namorava Julian, as coisas ficavam difíceis. Ele não era sempre fiel... e por "não sempre" quero dizer nunca. E quem é, naquela idade? Eu também tive meus momentos. Mas Julian era o pior de nós.

— Mas ele podia estar bravo com Rosie e Noel, certo? — perguntou Stevie.

Sooz envolveu as mãos na xícara e juntou os joelhos enquanto considerava a resposta.

— Não — disse ela.

— Não?

— Não era assim com a gente.

— E Julian não tinha o direito de reclamar de ninguém — acrescentou Peter.

— Ah, Deus — disse Yash. — A gente estava sempre falando sobre ele.

— O que eu quero dizer — cortou Sooz — é que éramos... meio que uma comuna, quase? Dividíamos as coisas uns com os outros. Tudo o que você levava para dentro da casa virava de todo mundo. No fim, acho que nenhum de nós sabia quais roupas eram de quem. Se você achava no varal, era propriedade coletiva. Roupas. Bicicletas. Escovas de cabelo. Livros. Comida. Não havia posses na nossa casa e, de certa forma, ninguém era possessivo. Acho que todos namoramos uns com os outros em algum momento. Houve tantos romances. Mesmo que todo mundo namorasse e terminasse, éramos amigos. Quer dizer, Yash, você e eu ficamos no primeiro ano, e, Peter, você e eu tivemos um bom ano lá no meio. Não é?

Os dois encolheram os ombros para indicar que era o caso.

— Podíamos estar magoados ou furiosos, mas os outros nos ajudavam a superar. Estávamos sempre irritados com algum de nós, sempre, mas éramos leais acima de tudo. Se Rosie parasse de namorar Julian e começasse a namorar Noel, só era como fazíamos as coisas. Sempre havia um frisson de tensão; era bem empolgante, na verdade.

— Mais que um *frisson* — comentou Yash. — A atmosfera podia ser *densa*.

— Mas essa era a graça — disse Sooz. — A sensação subjacente de que qualquer coisa podia acontecer.

— E geralmente acontecia — respondeu Peter. — Em vozes bem altas. A qualquer hora. Frequentemente na parede que dividíamos com o quarto de Julian.

— É por isso que eu consigo dormir em qualquer lugar agora. — Yash se alongou e estalou o pescoço. — Uma vez dormi numa apresentação do Stomp, na parte em que eles batem as tampas de lixeira. Só me embalou mais no sono.

— Enfim. — Sooz fez um aceno com a mão, retomando o assunto. — Rosie estava no quarto dela, conversando com Angela, e eu as arrastei para o andar de baixo para beber champanhe. Bebemos muito champanhe naquela noite, e umas outras coisas também. Começou a cair uma tempestade e aí começamos a brincadeira. Era esconde-esconde em equipe. Sebastian procurava, o restante de nós se escondia. Não havia muitas regras; você só não podia voltar para casa depois de ter saído e as construções externas estavam proibidas.

— Sebastian enfiou as chaves na frente da calça — disse Peter. — Vocês lembram?

— Ah, sim — falou Yash.

— A última vez que qualquer um de nós viu Rosie e Noel foi quando saímos correndo para a chuva no escuro — continuou Sooz. — Eles nunca voltaram. O que a gente *pensou* é que estavam transando em algum lugar. Na manhã seguinte, eles ainda não tinham voltado. Sebastian e Theo foram procurá-los...

Ela deixou a frase no ar.

— Theo e Sebastian os encontraram — disse Peter baixinho.

Claramente era o tudo o que eles estavam preparados para dizer sobre o assunto.

— Você tem muitas fotos — disse Stevie a Sooz.

— Ah, sim. Eu era a fotógrafa do grupo. A gente tinha que comprar filme e revelar as fotos, e era caro, mas eu conhecia um cara na Boots que revelava minhas fotos de graça, então tirava muitas.

— Você tirou alguma... — Stevie prosseguiu com cuidado — daquele final de semana?

— Tirei — disse ela.

— Se importaria se víssemos? — perguntou Izzy. — Sei que é meio estranho, mas... poderíamos dar uma olhada?

Sooz assentiu.

— Claro. Já vou pegar.

Ela saiu só por um momento e voltou com três álbuns pretos cheios de fotos impressas.

— Essas foram as últimas fotos que tirei dos nove — disse ela, cruzando os braços e olhando para os álbuns. — Nunca consegui digitalizá-las. Nem gosto de olhar para elas. Mantenho-as separadas. Não sei como podem ajudar, mas... se alguma coisa puder ajudar a encontrar Angela... vá em frente. Fique à vontade.

Ela acenou para Stevie, indicando que podia examinar as fotos, e se encolheu de novo no sofá.

— Algumas são daquela semana ou de logo antes de partirmos — explicou Sooz. — Eu tinha acabado de revelar os primeiros dois rolos antes de irmos para Tempo Bom. Lembro que mostrei para os outros no carro. Usei o último rolo quando estávamos lá. Por um longo tempo, não consegui pegar a câmera de novo. Tem cerca de seis meses entre as fotos no último álbum.

Havia muitos olhos vermelhos, flashes em janelas e espelhos. Nenhum filtro. Apenas pessoas erguendo os olhos no meio da vida e sendo capturadas no momento, curvando-se para pegar uma cerveja ou um livro. Fazendo caretas às costas uns dos outros. As mesmas nove pessoas, sem parar. Vez por outra havia mais alguém no canto das fotos, mas as estrelas do show eram sempre as mesmas.

— Vejam isso! — disse Peter, erguendo uma foto de Angela careca. — Lembram que Ange raspou a cabeça logo antes da gente ir?

— Ah, é verdade — confirmou Sooz. — Foi... num jogo de verdade ou desafio. Estávamos todos um pouco chapados. Sebastian tinha umas ervas potentes. Ele criava os próprios blends. Acho que fui eu que fiz esse desafio. Não acreditei que ela aceitaria. Mas achei que ficou ótima. Bem Sinead O'Connor.

— Esta aqui — disse Yash, tirando uma da pilha. — Esta é provavelmente a última de nós nove juntos. Foi tirada quando chegamos à Tempo Bom.

Ele entregou a Izzy e Stevie uma foto do grupo. Nove pessoas — com sorrisos bobos e malas, parecendo meio cansados e muito felizes. E lá, atrás de todos eles, havia uma estrutura. Madeira cinza, simples, com uma janelinha fechada acima da porta.

— É ali — apontou Sooz em voz baixa. — O galpão. É onde... É o lugar. Tiramos a foto lá porque tínhamos acabado de chegar e eu apoiei a câmera no carro e botei o timer. Quando olhei depois, vi o que eu tinha na foto...

Ela não conseguiu continuar.

— Como eles eram? — perguntou Stevie. Era uma boa pergunta para fazer as pessoas se abrirem e falarem.

— Rosie? — Sooz deu uma risada curta. — Rosie era... feroz. Era de Dublin.

— Teimosa — disse Peter, assentindo. — Capaz de beber com os melhores.

— E como — confirmou Yash. — Uma vez eu a vi beber doze Pints em uma tarde. *Doze.* Mal teve efeito nela.

— Ela era incrivelmente leal — continuou Sooz. — Se você tinha um problema, fosse dia ou noite, Rosie estava lá para te apoiar. Se estava doente, Rosie estava do seu lado. Se ela estava brava com você, você sabia disso. Ela era maravilhosa. E tão engraçada. Acho que nunca conheci alguém tão engraçada quanto Rosie. Ela teria sido famosa. Eu acredito nisso.

— Eu poderia ver Rosie apresentando *Bake-Off* hoje — disse Peter. — Ou participando desses programas de variedade.

— Ela teria sido ótima no nosso — acrescentou Yash.

— Já Noel... — Sooz deixou o olhar vagar para o teto. — Quando cheguei em Cambridge e conheci todo mundo, não conseguia entender ele. Parecia muito certinho, sério. Gostava muito de poesia. Era brilhante interpretando os personagens sérios na comédia. Vilões também. Era inspirador em qualquer cena. Ele tinha esse dom. Mantinha os sentimentos guardados no peito... Acho que, o tempo todo, Noel foi apaixonado pela Rosie. Eu sentia isso. Podia ver. Mas ele só criou coragem bem mais tarde. Fico feliz que, no fim, eles tiveram um momento.

Peter limpou a garganta, e Yash olhou para a janela.

— Certo — falou Sooz, recompondo-se. — Vamos descobrir o que aconteceu. Apesar de ser um lixo completo, Julian se deu bem na vida e faz um bom trabalho. Ele é um membro do parlamento. Sei que está investigando e vai ligar para meio mundo, se precisar. Confio nele com isso, e talvez seja o único de nós que pode fazer algo diretamente. Mas todos vamos fazer o que pudermos. Estou postando online. Todos estamos. O que precisarem de nós, perguntem.

— Dia ou noite — disse Peter.

— E não importa onde ela esteja — disse Yash —, procurando as calças velhas de Henrique VIII ou o que quer que seja, vamos dar uma baita bronca quando ela voltar para casa. Vai ficar tudo bem, Izzy. Você tem a gente. E nunca largamos uns dos outros.

15

— Então, todas essas pessoas dormiam umas com as outras o tempo inteiro. Foi principalmente isso que aprendemos hoje — constatou Stevie.

O grupo estava sentado ao redor de uma grande cabine circular num restaurante em Chinatown, no Soho. Sobre pratos de macarrão ao estilo Singapura, ho fun e panquecas de pato, contaram a Janelle, Nate e Vi sobre as informações que tinham obtido de Sooz, Peter e Yash.

— Além disso... — Izzy pegou um rolinho primavera. — Parece que todo mundo ficava bravo com Julian o tempo todo. Julian Reynolds. Ele é membro do parlamento no norte da Inglaterra. Tem um bom histórico em questões sociais, mas aparece bastante nas notícias por estar sempre saindo com alguém. É tudo interessante, mas não nos diz nada sobre onde minha tia pode estar, né?

— Algo novo da polícia? — perguntou Vi.

— Dizem que vão examinar as gravações das câmeras de segurança amanhã. Seria mais útil *agora*. Alguma coisa pode estar acontecendo. Que cacete eu faço?

— Divulgue a notícia — sugeriu Vi. — Poste em todo canto.

Esse tipo de coisa era a especialidade delu, e logo a mesa estava envolvida numa discussão sobre imagens de divulgação, mensagens e influencers. Depois de terminarem a refeição, eles montaram um flyer, imprimiram mil cópias e subiram a Islington juntos para enfiá-las em aberturas de cartas e colá-las onde pudessem.

Quando acabaram, já era quase meia-noite. Voltaram à Casa Covarde com uma pesada sacola de besteiras da Tesco Express e a sensação de terem feito algo. No saguão, David e Stevie se entreolharam.

— Quer fazer alguma coisa? — perguntou David.

Ela queria, de fato, fazer alguma coisa.

Decidiram ir ao quarto dele. Tinha uma disposição bem parecida com o de Stevie, apenas com mais alguns toques pessoais. Mas não tantos quanto ela esperava, Stevie notou. Ele não tinha conseguido levar muita coisa para a Inglaterra, então a maioria dos objetos eram novos para ela e o quarto era estéril e meio vazio.

O que não importava nem um pouco. Assim que a porta fechou, ele a beijou, fazendo-a recuar com cuidado na direção da cama. Stevie tateou para encontrar o colchão e saber onde se sentar e quando se reclinar. Ele estava em cima dela, beijando-a no queixo e descendo para o peito. Enfiou a mão sob a barra da camiseta dela, correndo as mãos ainda frias na barriga, mais alto.

— A noite toda — disse ele. — Ficamos lá a noite toda e...

Stevie o silenciou colocando a boca na dele, erguendo a própria camiseta, movendo-se com uma velocidade frenética — e então vieram batidas fervorosas na porta. David interrompeu o beijo. Fechou os olhos e balançou a cabeça, então abaixou a própria camiseta e recostou-se como se nada tivesse acontecido. Stevie fez o mesmo.

— Entra! — gritou ele.

— Temos novidades — disse Izzy, entrando afobada e sem prestar a menor atenção à atmosfera do quarto. — Duas coisas. Primeiro, Julian conseguiu uma informação. Na noite em que desapareceu, minha tia recebeu uma ligação de um celular desconhecido às 21h53. Isso foi bem no meio dessa sequência de mensagens. Aqui.

Ela abriu as mensagens de Angela e apontou o lugar certo.

21h46. ANGELA: Ela tinha o botão

21h47. THEO: ?

21h48. SOOZ: O que Theo disse.

21h48. YASH: Botão?

21h49. PETER: o que?

21h50. SOOZ: Tenho que voltar pro palco. Por favor, alguém me explica
    o que está acontecendo.

21h51. SEBASTIAN: Você pode me ligar?
21h55. THEO: Ange?
21h57. THEO: Ange vc pode atender?
21h58. PETER: Eu tentei ligar também e foi pra caixa postal.

— Aqui ela menciona o botão. É a última vez que fala nessa conversa. A ligação veio logo depois que Sebastian pediu para ela ligar. E Peter diz aqui que a linha dela está ocupada e vai para a caixa postal. Um número de celular desconhecido.

— Não é difícil arrumar um celular descartável — apontou David.

— E alguém se deu o trabalho de fazer isso — disse Stevie.

— Não parece bom. — Izzy se abraçou. — Muito estranho. Ela recebe uma ligação desconhecida e aí some. Mas tem mais. Hoje à noite, eles continuaram falando no grupo e decidiram se encontrar em Tempo Bom. Amanhã. Vão passar a noite lá. Eu tive uma ideia. Mandei uma mensagem para Sooz separadamente, fingindo que não sabia que eles iam. Estava falando como essa situação é assustadora até ela me convidar para ir. E aí pedi para levar vocês. Todos vocês. À Tempo Bom.

— A gente? — perguntou Stevie. — Onde fica?

— Gloucester. Fora de Cheltenham. São só umas duas horas de trem. Estou enlouquecendo em Londres e não tem mais nada que eu possa fazer. A resposta está lá, não está? Com eles? Precisamos ir aonde vão estar, e todos eles vão!

Stevie se sentiu uma idiota tendo que explicar que no dia seguinte eles teriam um passeio de barco no Tâmisa para aprender sobre o trabalho de alguém chamado Isambard Kingdom Brunel, que aparentemente tinha sido um engenheiro vitoriano muito importante que construíra túneis e pontes, mas parecia o tipo de cara que tinha um porão cheio de garotos maltrapilhos em casa. Stevie, em particular, não ligava para o passeio, mas Janelle estava animada e pretendia escrever um ensaio sobre o assunto.

— Tem um trem ao meio-dia que nos deixaria lá no meio da tarde — disse Izzy. — Por favor. Pode ser nossa única chance de descobrir o que está acontecendo.

Stevie fez os cálculos na cabeça.

Por um lado: pessoa desaparecida.

Por outro: tempo limitado na Inglaterra, e cada segundo estava passando. E eles tinham um cronograma para seguir ou enfrentariam consequências.

Por um terceiro lado: pessoa desaparecida que esteve presente num assassinato numa casa de campo e achava que tinha algo suspeito no crime...

Pelo quarto lado (oficialmente havia lados demais): não era que ela tivesse ido para lá para ficar com David, mas... mansão. Com David.

Minutos depois, Stevie foi até o prédio de seu dormitório. Encontrou todos ainda acordados, sentados no quarto de Vi comendo um banquete de batatinhas e cookies.

— Então, aconteceu um negócio — anunciou Stevie. — Escutem.

Ela começou com a abordagem positiva. Eles não gostariam de ir a uma mansão? Tinham sido convidados por um visconde, caso alguém ligasse. Ela esperou mais entusiasmo do que o silêncio tépido que recebeu. Vi recolheu os restinhos no fundo do saquinho de batatas sabor cebola, e Nate torceu o nariz como se segurasse um espirro. Janelle encontrou os olhos de Stevie.

— Stevie, não sei se podemos, ou devemos, por vários motivos — disse ela. — Só temos mais dois dias aqui. Ainda faltam todas as atividades de Vi e de Nate. Quer dizer, uma mansão parece legal, mas é só uma casa, e temos coisas aqui em Londres. Vi tem uma entrevista com um curador do Museu Britânico amanhã. É importante. Elu precisa para as inscrições da faculdade.

— A resposta está lá — argumentou Stevie, com um desespero crescente. — Angela tinha alguma pista, ou pelo menos estava trabalhando em algo. Nós aparecemos na casa dela, Izzy menciona que Angela estava falando sobre o cadeado quando estava chapada, Angela manda uma mensagem para os outros dizendo que precisa falar com eles e que deveriam ir à Tempo Bom, e agora ela some. Onde quer que ela esteja, tem algo a ver com o que aconteceu em Tempo Bom, e o jeito de encontrá-la é descobrir o que aconteceu.

— Nós entendemos. É importante que Izzy encontre a tia. Entendemos mesmo. Mas a tia desapareceu *aqui*, certo? É por isso que ajudamos com os pôsteres.

— Bem, ela foi *vista* pela última vez aqui...

— Mas quais as chances reais de ela estar em Tempo Bom?

Nate e Vi tinham se calado e observavam a conversa com cautela.

— Quinn não vai deixar a gente ir — declarou Janelle. — Ela já está tensa com a gente aqui. Era para seguirmos o plano. Se dissermos que vamos para uma mansão qualquer, ela *vai* procurar a mansão. *Vai* descobrir que houve um assassinato lá uma vez. *Vai* perceber o que está rolando.

Isso já tinha ocorrido a Stevie. Ela passara alguns minutos no quarto de David pesquisando Tempo Bom. O primeiro link era para o site oficial, feito para atrair casais procurando locais para casamento e produtoras caçando locações de filmagem. Tinha uma página na Wikipédia e várias menções a festas de Natal, casamentos e eventos realizados lá. Os jardins aparentemente eram famosos e as pessoas visitavam para ver a mudança de estação. Sebastian tinha se esforçado muito para manter a história do assassinato o mais longe possível das buscas. Mas, se continuasse procurando, você achava o caso enterrado em notícias antigas. Se colocasse "Tempo Bom" e "assassinato", aparecia de cara. Não seria natural fazer isso, a não ser que você fosse a dra. Quinn e conhecesse Stevie e seus hábitos.

A melhor resposta que ela tinha arranjado para isso foi:

— E se só... fôssemos? Um pouquinho? Só uma noite. Sem pedir permissão...

— Sem contar para ela? — questionou Janelle. — Ah, ela vai nos matar. Vai entrar num avião e vir nos *matar* com o *cabelo*.

Ela estava certa, é claro. Se a dra. Quinn descobrisse que eles tinham percorrido meia Inglaterra para entrar de penetra numa mansão de assassinato, ela de fato mataria todos eles com o próprio cabelo.

— Stevie... — Janelle limpou uma poeira imaginária do suéter amarelo. Era da cor de limões sicilianos, a favorita de Janelle. — Estamos em outro país. E... precisamos nos formar.

— Eu também preciso — falou Stevie.

— Eu sei disso. Não disse que não.

— Eu posso ir — declarou Stevie. — Sozinha.

— Para Quinn ter motivo para te expulsar? Sério, Stevie, você sequer *começou* a montar suas inscrições para a faculdade? Eu não te vi fazendo nada.

Os prazos estão todos acabando. Você precisa fazer planos. Está sempre correndo atrás do que aparece na sua frente, mas não pode fazer isso para sempre.

Foi inesperado. Stevie sentiu as palavras como um soco no estômago. A coisa que nunca era dita — a coisa que ela sentia que estava espreitando sobre seu ombro, mas dizia a si mesma que não estava lá — era real. Os amigos a viam pelo que ela era. Janelle e Vi e Nate estavam fazendo o necessário, e Stevie era um objeto flutuante, à deriva, procurando foco. Vasculhando o lixo dos outros.

Janelle estava tão chateada que quase tremia. Ela se levantou e deixou o quarto. Vi a seguiu. Stevie os ouviu ir ao dormitório de Janelle e fechar a porta.

— Isso não deu muito certo — comentou Nate.

— Não.

— Se um de nós estivesse desaparecido — começou Nate — e você estivesse preocupada e surtando, convidaria um bando de estranhos para a sua casa?

— Se um desses estranhos resolvesse casos do tipo, sim.

— Acho esquisito. E Janelle tem um bom ponto. Você acha mesmo que vai conseguir encontrá-la indo à Tempo Bom?

Cinco minutos antes, Stevie tivera certeza, mas sua confiança levara um baque. A melhor amiga dela tinha dado um golpe pesado.

Alguns minutos depois, Vi entrou no quarto seguide por Janelle. Janelle estava quieta. Ainda havia tensão na postura dela.

— Sinto muito — disse ela. A maioria das pessoas olhava para baixo quando pedia desculpas, Janelle olhou diretamente nos olhos de Stevie.

— Eu só... eu me preocupo. E já estamos numa situação delicada. Eu tenho uma proposta. Se você ligar para Quinn e ela disser que podemos ir, eu vou. Vi vai também. Nate?

Nate deu de ombros, aceitando o plano.

— Mas, se ela disser que não, você fica — acrescentou Janelle. — Vamos ficar juntos. Combinado?

Era uma da manhã lá, o que significava ser oito da noite em Vermont.

— Ela pode já ter ido embora — disse Stevie.

Janelle deu de ombros como que para dizer *Não posso fazer nada quanto a isso.*

— Está bem — falou Stevie. — Combinado. Vou ligar para ela.

Stevie voltou ao próprio quarto, o rosto corado de ansiedade. Receber uma ligação de Quinn já era ruim — ligar para Quinn depois do expediente não era uma perspectiva agradável. Ela tinha que já ter saído da escola, ido para algum jantar ou coquetel ou encontro com um amante ou encontro com um espião ou o que quer que Quinn fizesse quando não estava no comando de Ellingham. Stevie digitou o número, apertando e soltando o punho involuntariamente, e então...

— É tarde aí, não é? — perguntou a dra. Quinn.

Ela ainda estava lá, à mesa, parecendo cansada e confusa.

— É. *Hã*. Eu queria perguntar uma coisa. Desculpe o horário.

— O que foi? — perguntou a dra. Quinn, indicando que Stevie deveria ir logo ao ponto.

— Nos convidaram para ir a um lugar chamado Tempo Bom. É uma mansão. O dono nos convidou. Ele é um...

Como era mesmo? Duque? Barão? Visconde? Ela sabia que era um desses, mas não conseguia lembrar qual.

— Ele tem um título. E é amigo de alguém aqui. E é bem legal. Tem um site do lugar. Você pode ver.

— E ele convidou vocês para fazer o quê?

— Só passar a noite. É meio que um hotel, tipo um lugar para eventos, então tem muitos quartos.

Ouviu-se um som de tamborilar do outro lado da tela. A diretora estava procurando.

— Entendo.

— Tem... uns jardins muito famosos.

Ela podia ouvir as sinapses da dra. Quinn disparando. Esse era o problema de ter uma diretora inteligente — ela sabia que existia alguma pegadinha ali. Mas, como uma boa jogadora, sempre reconhecia outra. Stevie tinha apresentado um plano altamente suspeito, mas, no fim, razoável. A falha não era óbvia. Ela estava intrigada.

Tec. Tec. Clique. Clique. A diretora estava investigando.

— É um lindo lugar — elogiou a dra. Quinn, por fim. — Mas acho que vocês deveriam se ater ao cronograma.

— Certo, mas a gente...

— Sigam o cronograma. Vocês têm o suficiente para fazer em Londres. Nada de viagens paralelas. Acredito que têm um passeio amanhã focado em Brunel, não? Acho que é mais importante. Boa noite.

E desligou.

Stevie se sentou na cama, pensando.

Angela Gill estava desaparecida. Ela precisava de ajuda. Stevie tinha certeza — *certeza* — de que conseguiria achar a resposta em Tempo Bom.

Quase certeza, pelo menos.

Era uma possibilidade. Forte. Mas Quinn dissera não.

Stevie se levantou, tomou meio comprimido para ansiedade, engoliu o conteúdo de alguma bebida em lata que comprara no dia anterior e esquecera, aí voltou ao quarto dos amigos.

— Ela disse sim. — Stevie arranjou a expressão numa máscara de descrença agradecida. — No fim, parece que ama jardins.

Era tão fácil mentir. Tão assustadoramente fácil.

EXCERTO DO DEPOIMENTO DA TESTEMUNHA
PETER ELMORE

24 DE JUNHO DE 1995

P: Pode me contar aonde você foi quando a brincadeira começou?

R: Eu saí da casa. Lá dentro teria sido mais confortável, mas, se você vai brincar, tem que brincar pra valer. Havia mais esconderijos lá fora. Mais espaço para se mover.

P: Por onde você saiu da casa?

R: Pela biblioteca... bem, pela estufa conectada com a biblioteca. Eu comecei tentando me esconder nos jardins que ficam daquele lado, mas não havia para onde ir. Acabei indo para os jardins dos fundos. Tem muito mais lugares lá. Estava caindo uma chuva torrencial. Eu me espremi embaixo de um banco.

P: E viu Rosie ou Noel em qualquer momento quando estava lá fora?

R: Não. Eu não vi muita coisa além do chão.

P: E quem te encontrou?

R: Yash. E ficou bem satisfeito com isso. Eu não fiquei triste, estava lá há tempos, congelando e com câimbra.

P: Você passou para o time de busca.

R: Sim, eu fui levado ao templo para pegar minha capa de chuva e uma lanterna. Consegui achar Sooz quase de imediato.

P: Em algum momento você se aproximou ou tentou entrar no galpão de madeira?

R: Provavelmente passei correndo por ele em algum momento, mas não fui olhar. Todas as construções externas estavam trancadas. Sebastian fez questão de que a gente soubesse disso.

P: O que aconteceu depois que a brincadeira foi suspensa?

R: Voltamos para a casa. Acendemos umas velas. A lareira estava acesa na sala de estar. Tinha quase se apagado desde que saímos, então jogamos mais lenha e atiçamos o fogo. Sebastian ficou falando sobre um tal uísque que queria que a gente bebesse. Fez um alarde enorme por causa disso. Aquilo se provou a minha perdição. Eu tinha levado uma garrafa de champanhe para fora comigo e bebi inteira, sem contar os drinques de antes, além de qualquer outra coisa... o uísque foi a última gota. Tive que subir e vomitar. Depois fui para a cama. Theo passou com copos d'água. Aí eu acordei em algum momento por volta das... onze, acho, ou meio-dia. Eu me sentia bem, porque em geral você se sente bem depois de vomitar, né? Tira as toxinas do corpo.

P: *Eu já tive essa experiência, sim. E você foi para o andar de baixo?*

R: *Alguns dos outros estavam acordados. Rosie e Noel ainda não tinham vindo. Estávamos todos meio moribundos. Alguém, Julian, talvez, disse que queria uma fritada. Ovos, salsichas... Alguém queria salgadinhos. Então decidimos ir ao mercado. Theo e Sebastian saíram para achar Rosie e Noel e trazê-los para a casa.*

P: *Entendo que há dois carros, um de Sebastian e um de Noel. Qual vocês pegaram?*

R: *O de Sebastian. As chaves de Noel estavam... com Noel, imagino. Dirigimos até o mercado e, quando voltamos, vocês estavam aqui. Não você, acho, mas uma viatura, quero dizer.*

P: *Entendo. Acho que é tudo que precisamos por ora.*

EXCERTO DO DEPOIMENTO DA TESTEMUNHA
YASH VARMA

24 DE JUNHO DE 1995

P: *Por favor, me conte o que você fez quando a brincadeira começou às onze.*

R: *Eu não sou um grande fã da brincadeira, mas participo porque... porque é o que a gente faz. Tem uma regra que, se você sair da casa, não pode voltar, senão perde, então decidi começar aqui dentro e ficar o máximo possível. Fui me esconder debaixo de uma cama num dos quartos. Queria ficar na casa.*

P: *E foi encontrado?*

R: *Quase de imediato. Achei que levaria mais tempo. Eu estava meio bêbado e jurava que estava sendo esperto. Se esconder embaixo de uma cama não é muito esperto.*

P: *Então você, Sebastian e Theodora viraram o grupo de busca.*

R: *Sim. Revistamos a casa juntos, de cima a baixo, o que provavelmente levou uma hora. Acho que fizemos uma pausa para beber algo antes de sair.*

P: *A que horas vocês saíram?*

R: *Em algum momento por volta da meia-noite. A gente não queria, mas tínhamos que sair. Estava caindo uma chuva torrencial. Sebastian foi montar uma base no templo, e, à medida que achávamos os outros, os levávamos até ele.*

P: *Você passou pelo galpão de madeira em suas buscas?*

R: *Ah, sim. Várias vezes.*

P: *E não notou nada fora do comum?*

R: *Absolutamente nada.*

P: *Conferiu a porta para ver se alguém tinha entrado?*

R: *Bem, todas as construções externas estavam trancadas, então não havia por que procurar nelas.*

P: *Você não conferiu?*

R: *Não precisava. Sebastian tinha as chaves. Ele as enfiou na frente da calça bem na nossa frente.*

P: Na frente da calça?

R: Sim. Pareceu bem doloroso.

P: Você notou qualquer coisa fora do normal?

R: Nada.

P: Qualquer carro na entrada, além dos de vocês?

R: Sério, não tinha nada. E eu fiquei dando voltas pela casa e pelos jardins. Não vi nada que considerasse estranho.

P: E encontrou algumas pessoas?

R: Sim, achei Peter. Ele estava agachado embaixo de um banco no jardim dos fundos. Seu esconderijo era quase tão ruim quanto o meu.

P: A que horas foi isso?

R: Não sei bem. Na minha primeira hora buscando, provavelmente. Esse lugar é enorme.

P: Sim, é bem vasto, não é? O que aconteceu no restante do tempo que você passou lá fora?

R: Eu sei que Peter achou Sooz escondida em uns arbustos. Ange foi encontrada. Houve um trovão terrível e todas as luzes da casa se apagaram. Ficamos lá fora mais alguns minutos, achamos Julian no topo da pérgula, e aí ficou claro que devíamos entrar.

P: O que aconteceu quando vocês voltaram para a casa?

R: Sebastian estava falando sobre uma tal garrafa de uísque especial que a gente tinha que experimentar. Estava muito escuro e ele começou a engatinhar pelo chão, se atrapalhando com as chaves. Parecia que estava numa batalha com o armário, então Peter teve que se ajoelhar e ajudá-lo a destrancar o negócio antes que ele arrancasse a parede. Conseguimos abrir e aí todos bebemos um pouco. Eu bebi um copo, mas nesse ponto já estava sentindo. Todos tínhamos bebido muito. Angela se cansou primeiro e foi dormir. Peter subiu para vomitar um pouco. Eu não cheguei muito longe... Lembro que passei mal no banheiro do térreo, aí me arrastei escada acima e me deitei na cama. Lembro de Theo colocando um copo d'água ao meu lado e foi só isso até esta manhã.

P: Você sabe a que horas foi isso?

R: Eu não sabia de nada àquela altura.

P: Então você passou o restante da noite na cama?

R: Foi.

P: Viu ou ouviu alguma coisa?

R: Não, eu estava completamente chumbado. Um avião podia ter pousado ao meu lado e eu não saberia. A próxima coisa de que lembro é Theo de novo, voltando com uma xícara de chá. Era de manhã.

16

Na manhã seguinte, eles foram à Estação Paddington, que Stevie ficou com vergonha de descobrir que existia mesmo. Ela achou que tinha sido inventada por causa do urso, e a Estação Paddington realmente queria vender um ursinho Paddington para ela. Eles não tiveram tempo de comer, mas a estação tinha um monte de restaurantes. Stevie comprou uma baguete de queijo Brie e maçã, uma garrafa d'água e o maior café possível. Depois eles seguiram para a enorme plataforma coberta onde os trens chegavam à estação.

O cofre tivera que ir com eles — o que quer que contivesse, o que quer que fosse, não podia ser deixado para trás. Mas estava claro que era um cofre à prova de fogo, e não podiam simplesmente aparecer com ele em Tempo Bom como se fosse uma coisa normal. Teria que ser escondido em alguma outra coisa. Stevie pegou a mala do canto do quarto, tirou as roupas sujas que estava guardando lá e fez a caixa caber com certo esforço. Sobrou espaço apenas para enfiar o macacão. Era um bom material para embalar coisas. Então ela arrastava uma mala enorme e pesada com o cofre à prova de fogo atrás de si e levava as coisas para a noite na mochila.

Havia algumas mesas disponíveis com quatro assentos ao redor. Ela escolheu uma ao lado de David, e Izzy e Nate à frente. Vi e Janelle sentaram-se atrás. Stevie conseguia ouvir a conversa baixinha atrás dela.

Quando estavam no trem e as portas se fecharam, todos se acomodaram com os lanches. Izzy ficou encarando o celular, preocupada, torcendo por notícias que pareciam não estar chegando. Nate lia algo no dele. David também pegou o celular para assistir a alguma coisa, relaxando no assento e inclinando a cabeça na direção de Stevie. A última vista de Londres foi a parte de trás das casas — cinza e tijolo — com os retângulos perfeitos que eram os jardins dos fundos.

Ela tinha feito aquilo. Tinha levado os amigos naquela viagem. Com uma mentira.

Mentiras, notou ela, gastavam energia. *Pesavam* muito. Ela tinha que pensar sobre tudo o que dizia e fazia para manter a mentira. Ela se acomodara na cabeça dela, emanando vibes.

Mentiras eram radioativas.

Ela tinha que fazer alguma coisa. Descobrir alguma coisa. Mas tinha tão pouco com o que trabalhar. Apenas as fotos de Sooz — elas teriam que servir. Stevie puxou o tablet para examiná-las e dar zoom nelas, absorvê-las até torná-las parte da própria memória.

Noel era um varapau, usando óculos gigantes e roupas dos anos 1970. A personalidade de Sebastian transparecia nitidamente. Ele quase sempre tinha um copo de alguma coisa na mão e uma postura teatral. Theo muitas vezes estava com ele. O cabelo dela era curto, e ela usava um cardigã colorido sobre uma camiseta branca. Angela muitas vezes estava à parte nas fotos, fumando e observando. Peter e Yash tendiam a aparecer juntos. Yash parecia ter doze anos, nadando numa camiseta enorme. Ele não tinha barba. Parecia sempre estar no meio de alguma explicação ou piada, com um sorriso no rosto. Peter quase não mudara. O cabelo ruivo-loiro era mais bagunçado, mas ele parecia o homem que Stevie tinha conhecido. Rosie era baixinha, com cabelo loiro comprido que usava quase sempre em maria-chiquinha. Ela também aparecia rindo nas fotos com frequência. A câmera amava Julian e seus olhos azuis com cílios compridos. Ele era a personificação dos anos 1990, do colar de conchas às camisas de flanela ao cabelo de boy band loiro e desgrenhado. Sooz tirava a maioria das fotos, então não aparecia em muitas, mas, quando estava, era a estrela — na frente, com braços ou pernas abertos, abraçando, pulando, os enormes olhos castanhos como ponto focal.

Esses eram os jogadores.

A conversa na casa de Sooz começou a tocar como uma gravação solta na cabeça de Stevie, saltando e voltando. Uma parte se repetia:

Quando você namorava Julian, as coisas ficavam difíceis. Ele não era sempre fiel... e por "não sempre" quero dizer nunca. E quem é, naquela idade?

Aquela última frase tinha mudado o dia de Stevie, fazendo-a se sentir inquieta e fria. Isso era uma coisa dos anos 1990? Ou ainda era verdade? Eles estavam na metade daquela viagem à Inglaterra. A jornada tinha sido um objetivo por tanto tempo que ela se esquecera do outro lado — a beira do penhasco, quando iria embora, despencando de volta à terra. Toda noite se aproximava mais da última noite, assim como os Nove e sua viagem malfadada à Tempo Bom, fazendo a contagem regressiva dos últimos momentos que passariam juntos.

Atrás dela, Janelle e Vi estavam examinando a agenda para o último dia completo da viagem. O dia seguinte. Chá. Teatro. Depois daquele, somente mais um dia inteiro.

— Do que se trata *Ricardo III*? — Janelle perguntou a Vi. — Nunca li, o que acho que é vergonhoso, mas a verdade é que não gosto de Shakespeare.

E quem é, naquela idade? Na idade de faculdade, foi o que Sooz quis dizer. Que era por volta da idade que Stevie e os amigos tinham. David permaneceria lá, no ar quente dos pubs e do alojamento estudantil e do metrô de Londres. Aquela era a nova vida dele. Quem sabia o que aconteceria em seguida? E eles estavam passando tanto tempo com Izzy, fazendo alguma coisa por Izzy ou relacionada a Izzy. Izzy não tinha feito nada de errado. Até elogiou Stevie, em excesso. Parecia acreditar em Stevie mais do que ninguém. Mas talvez fosse algo que ela fazia para esconder alguma coisa. Porque aparentemente ninguém era fiel...

— Paranoia — disse Vi.

Stevie babou um pouco de café no queixo e no tablet.

— É sobre paranoia — continuou Vi. — E querer muito, muito mesmo, um cavalo. Acho. Só li a página da Wikipédia.

— Eu estava pensando — começou Janelle. Qualquer um estava livre para ouvir, mas ela falava principalmente com Vi. — Talvez eu devesse estudar engenharia e depois medicina. Para produzir equipamentos médicos. Dá para trabalhar com isso sem ser médica, mas uma médica saberia melhor como seriam usados. Né?

— É muita faculdade — respondeu Vi. — Você ficaria estudando para sempre.

— Bem, os cursos de engenharia têm quatro ou cinco anos. Eu poderia terminar em quatro. E aí provavelmente mais um ano para pré-medicina.

Aí quatro anos de faculdade de medicina. E o período de estágio, que é por volta de três ou cinco anos...

— É muita faculdade — repetiu Vi. — Você teria trinta e poucos anos quando acabasse.

— Sim, mas eu ainda poderia fazer coisas nesse tempo. Eu poderia... não sei. Foi só uma ideia. Mas, se fôssemos estudar em Boston, teríamos tantas opções. Ou Nova York...

A conversa foi morrendo silenciosamente. Nate apertou o ar de um saco de batatinhas que segurava, e ele estourou com um barulho repentino.

Pop.

Algo se moveu nos corredores escuros do cérebro de Stevie. Algo estava vivo ali. Uma ideia. Um *pop*. Um barulho. Um barulho inesperado. Como fogos de artifício. Um fogo de artifício que sobrara da Noite da Fogueira. A grande celebração anual para comemorar o dia em que o Parlamento não explodiu.

— Levanta — disse ela a David, que ainda assistia a algo no celular. Ela o empurrou do assento e foi até a área de bagagem na ponta do vagão. Puxou sua mala e se ajoelhou no corredor, ocupando-o por completo enquanto tentava achar espaço para abri-la. Alguém estava tentando voltar do banheiro e encontrou Stevie no chão no caminho.

— Desculpe — disse ela, puxando o cofre à prova de fogo. — Um segundinho.

Foi mais que um segundinho. Foi uma luta desajeitada que durou vários minutos. Ela carregou o cofre até a mesa, obrigando todo mundo a erguer copos e embalagens. Pegou o assento no corredor, que David deixara livre ao passar para a janela.

— Quando você precisa lembrar de alguma coisa... — começou Stevie para o grupo. — Quer dizer, você é uma historiadora e precisa lembrar. Do que você lembra? Pensa, pensa... qual era a data mesmo? A data para se lembrar? A dos fogos de artifício?

— Cinco de novembro — respondeu Izzy.

Ela tentou 1105. Nada.

Mas era o contrário na Inglaterra, claro. Ali seria 0511.

O cofre se abriu com um click.

17

— Ora, ora — exclamou David. — Quem teria imaginado.

Os seis estavam reunidos ao redor da mesinha do trem, Janelle e Vi se inclinando sobre os assentos de David e Stevie. À frente deles, disposta num arranjo organizado, estava uma seleção de documentos.

Documentos oficiais. Documentos policiais, na maior parte. Cópias em tamanho original de 35 fotos. Sete depoimentos de testemunhas. Uma cópia das anotações do detetive que cuidava do caso. Relatórios de autópsia. Uma fotocópia de uma notícia de jornal. E, no topo, um bilhete em papel de caderno no que Izzy identificou como a letra de Angela. Ele dizia:

Ordem dos eventos, horários aproximados:

Logo antes da brincadeira Rosie disse:
 "Eu vi uma coisa que não entendi, mas entendo agora."
 "Estava no jornal."
 "Você não vai acreditar em mim, eu não acredito em mim" — *não acreditava em si mesma.*
 Sooz veio.
 Íamos conversar depois porque a brincadeira ia começar.

23h00: brincadeira começa, vi Rosie pela última vez saindo pela porta da frente comigo, mais ninguém a viu.
23h15: Theo é encontrada (dentro da casa, por Sebastian).
23h30: Yash é encontrado (dentro da casa, por Sebastian e Theo juntos).

Horário indefinido, mas provavelmente antes da meia-noite: Julian e Sooz veem Noel no jardim dos fundos.

00h30: eu sou encontrada (estábulos, por Theo).

1h00: Peter é encontrado (jardim dos fundos, por Yash).

1h30: Sooz (jardim formal murado, encontrada por Peter).

2h30: luzes se apagam, Julian é encontrado, voltamos para a casa.

3h00-3h30: Sooz vê uma lanterna na lateral da casa, vindo da direção geral do galpão de madeira e da entrada de carros.

— Ela estava investigando o caso — constatou Stevie. Era óbvio, mas aquele conjunto de documentos era tão monumental que ela não pôde deixar de afirmar em voz alta. — Como ela encontrou tudo isso?

— Ela é uma pesquisadora — disse Izzy. — É seu trabalho. Ela tem contatos e sabe como obter as coisas. Mas isso significa que a história do cadeado era *real*. O que ela disse sobre achar que um dos amigos era um assassino era *real*.

— Bem, significa que ela estava investigando o caso, o que ela ainda podia estar fazendo mesmo se estivesse procurando assaltantes que assassinaram os amigos — falou Stevie.

Izzy bateu nas anotações dos horários.

— Ela anotou onde todo mundo estava — apontou. — Porque pensou que um deles era o culpado.

Stevie correu os olhos pelos papéis. Uma coisa destoava do restante: a notícia de jornal. Não tinha nada a ver com os eventos em Tempo Bom.

CORPO DE ESTUDANTE AMERICANA DESAPARECIDA É ENCONTRADO

O corpo da estudante americana Samantha Gravis, que estava desaparecida, foi encontrado no rio Cam perto de Grantchester Meadows. O residente local Donald Worth levava o cachorro para passear à beira do rio na manhã de ontem, quando o animal foi atraído por algo numa área de entulhos e vegetação.

Enquanto tentava puxar o cachorro do local, Worth viu o que parecia ser um corpo humano preso entre os galhos e plantas reunidos. A polícia identificou a vítima como sendo Samantha Gravis.

Gravis, 18 anos, era de Portland, no estado do Maine. Recentemente, se formara no ensino médio e estava visitando a Inglaterra pela primeira vez, hospedada com uma amiga que estudava em Madgalene College. Gravis passou a semana fazendo passeios turísticos e socializando. Foi vista pela última vez pelos amigos às duas da manhã do dia 15 de junho. Eles estavam dando uma pequena festa para comemorar a última noite de Samantha em Cambridge. Ela planejava seguir para Londres para continuar a viagem. Os amigos disseram que Samantha estava moderadamente inebriada e com um ótimo humor naquela noite. Ela informou que tinha algo que precisava fazer e rejeitou a oferta de companhia. Quando não voltou na manhã seguinte, os amigos foram procurá-la e alertaram a polícia.

Gravis expressara aos amigos o desejo de ir correr sobre *punts* — a tradição local de Cambridge de correr ao longo dos barcos chatos que ficam amarrados no cais. Eles a tinham dissuadido disso em ocasiões anteriores.

"De acordo com nossas conversas com os colegas da vítima, acreditamos que a falecida estava embriagada e pode ter ido correr sobre os barcos", disse o detetive Nigel Rose. "Ela tinha uma pequena lesão no rosto consistente com uma queda. Acreditamos que ficou temporariamente inconsciente e se afogou. O corpo flutuou e o pé ficou preso em um carrinho de compras que estava no fundo do rio. Queremos enfatizar que a corrida em *punts* é extremamente perigosa e resulta em muitos ferimentos. Esse evento trágico é prova disso."

— Imagino que foi isso o que ela quis dizer com "estava no jornal" — disse Stevie. — Significa algo para você?

Izzy leu o artigo e balançou a cabeça.

— Não — respondeu. — Não faço ideia. Quer dizer, fora o fato de que tem a mesma data dos assassinatos.

Stevie pegou a página de volta. Ela não tinha visto aquela informação. Desleixada. Não podia ser desleixada.

Não parecia provável que Angela tivesse apenas colecionado notícias de jornal do dia dos assassinatos de Tempo Bom. Essa pessoa, Samantha Gravis, tinha algo a ver com o caso. Uma primeira busca no Google não revelou muita coisa — nada além do que a notícia tinha informado. Ela era americana. Estava visitando Cambridge. Bateu a cabeça, caiu no rio e morreu.

— Uma garota americana cai num rio em Cambridge e morre — começou Stevie. — Uma semana depois, sai uma história a respeito no jornal. No mesmo dia, os Nove vão a Tempo Bom e dois deles são assassinados naquela noite. Quem quer que seja Samantha Gravis, ela tem algo a ver com esse caso. — Stevie bateu as unhas na mesa. Era tanta coisa para absorver. — Ok... — Ela olhou para a pilha de documentos. — Precisamos ler tudo isso.

Eles distribuíram os documentos. Stevie começou com as fotos da cena do crime. O galpão de madeira era uma estrutura simples com um telhado triangular. A lenha era variegada, marrom em alguns pontos e cor de carvão em outros. Tinha uma porta de madeira sólida pintada de cinza com a tinta descascando, parcialmente aberta. Logo acima ficava uma janelinha de ventilação, pequena demais para uma pessoa passar, que estava aberta alguns centímetros. Havia fotos em close-up da porta e da maçaneta, que era de madeira rústica. A fechadura era um trinco de metal com um cadeado. Ela tinha sido arrancada com um pé-de-cabra ou alguma outra ferramenta, estilhaçando a madeira. O cadeado ainda estava intacto. Fora do galpão, a pouco mais de um metro, havia um carrinho de mão virado e um balde na lama. O interior do galpão estava escuro em algumas fotos. Elas revelavam um lugar simples e rústico, a parte de trás repleta de pilhas de madeira, que também se espalhava pelo chão. Havia ferramentas jogadas no chão — um ancinho, uma pá. Stevie teve que apertar os olhos para ver a forma de uma perna humana saindo de uma das pilhas.

Ela não teve que estreitar os olhos nas fotos seguintes. Estavam iluminadas por holofotes da polícia e mostravam o verdadeiro horror do que tinha acontecido. Ela abaixou as fotos e Izzy as pegou.

— Só para você saber — disse Stevie —, são bem feias.

Izzy as pegou mesmo assim e se encolheu enquanto as examinava.

Com a imagem da cena na mente, Stevie examinou o relatório de autópsia, não que houvesse um grande mistério sobre o que matara Rosie e Noel. Ela exalou lentamente e olhou pela janela. As casas tinham sumido. De repente, estavam em um lugar totalmente diferente, um lugar aberto, com grandes extensões de terra retalhada e dividida por fileiras de árvores ou sebes altas. Em alguns desses campos havia cavalos ou ovelhas ou vacas pastando. Tinham chegado ao interior. Londres tinha sumido, e uma Inglaterra diferente se apresentava. Os espaços eram amplos e selvagens. E, pela primeira vez desde que isso começara, Stevie teve uma sensação real do perigo que se encontrava ali.

Angela não tinha ido embora. Alguém a tinha levado. Por causa daquele caso, por causa de algo que ela sabia ou que poderia estar prestes a saber. E todos eles estavam indo direto para o coração da fera. Para Tempo Bom. Para os Nove.

18

Eles desembarcaram em Cheltenham.

Havia vários táxis esperando na frente da estação, mas nenhum daqueles pretos e chiques. Eram carros normais com decalques na lateral. David, Izzy e Stevie entraram em um, com Janelle, Nate e Vi logo atrás.

— Vamos para Tempo Bom — disse Izzy ao motorista. — Fica...

— Eu sei onde fica, querida — respondeu o motorista. — Levo pessoas para lá o tempo todo para casamentos.

Eles partiram por ruazinhas apertadas com chalés dos dois lados. Então saíram da cidade, passando por campos ordenadamente divididos por cerca viva e cercas rústicas. As curvas eram muitas e apertadas e surgiam sem aviso. Stevie soltou um gritinho baixo e involuntário quando uma van apareceu disparando bem na direção deles. Izzy sorriu e deu um tapinha no braço dela. O taxista, imperturbável, desviou para o lado o máximo possível, até que as sebes arranharam o carro. A van passou espremida ao lado deles, a centímetros do táxi.

— Ele só veio na direção errada? — perguntou Stevie, virando-se para ver o carro se afastar.

— Essa é uma via de mão dupla — disse o motorista. — Você é americana? Vocês têm estradas largas nos Estados Unidos, não têm?

Aquela não era uma estrada de mão dupla. Era um caminhozinho muito, muito, muito pequeno, cercado por um muro alto de vegetação que bloqueava a vista. Uma armadilha mortal, um fio serpenteante de loucura. Sugeria que havia algo nos ingleses que ela talvez nunca entendesse.

Ela olhou para David, que teve a decência de também parecer meio surpreso, embora não tivesse gritado.

Eles viraram numa estradinha ainda mais estreita, que corria ao longo de um muro de pedra baixo e acabava num portão. O motorista, parecendo acostumado com o sistema, acessou um botão escondido num painel em meio à vegetação. Após uma pausa educada, o portão se abriu para dentro. Eles desceram por uma estradinha entre um muro de tijolos mais alto e árvores, e então a vista à esquerda virou algo saído diretamente de um dos muitos mistérios ou dramas históricos a que Stevie já tinha assistido. Era uma mansão enorme de pedra cor de areia, que parecia estar viva com trepadeiras de um vermelho outonal chocante.

— Não posso parar lá na frente — disse o motorista, guiando o carro para um estacionamento de cascalho à parte. Momentos depois, o segundo carro parou ao lado deles.

— Nunca mais faço isso — anunciou Nate, saindo cambaleante do banco de trás. — Qualquer que tenha sido esse passeio rejeitado pelos guias turísticos.

— Era uma estrada bem estreita — disse Janelle, parecendo igualmente desconfortável. Somente Vi parecia ter curtido a experiência.

— Olá! — chamou uma voz inglesa aristocrática do outro lado de um muro de tijolos alto. — Olá!

Um portão preto no muro se abriu, e Sebastian apareceu. Era impossível não o reconhecer. Ele tinha uma figura mais larga que nas fotos, o rosto um pouco mais caído e o cabelo grisalho. Estava usando uma calça cinza e um suéter preto simples, mas provavelmente caro, com detalhes brancos nas mangas. Cruzou o cascalho depressa, falando sem parar.

— Ah, vocês chegaram! Espero que a viagem de trem tenha sido boa. Izzy. Izzy!

Ele a envolveu num abraço apertado.

— Houve alguma notícia? — perguntou ele, recuando para olhar para ela. Izzy balançou a cabeça. — Como você está?

— Não tenho certeza — respondeu ela.

— Pois é, imagino, mas vamos resolver tudo isso, não se preocupe. Agora, quem é todo mundo? Por favor, me apresente.

Izzy fez as apresentações. Sebastian prestou atenção aos nomes e então os repetiu corretamente.

— Muito bem — disse ele, batendo palmas. — Venham pela frente, ok? Vou levá-los do jeito certo.

Ele indicou um portão diferente através de outro muro alto de tijolos, que levava a um jardim privado, ladeado por topiarias, bancos e canteiros, e com um caminho de cascalho sinuoso.

— Bem-vindos à Tempo Bom — disse ele, se virando para levá-los além de uma pequena fonte.

Ele passou um braço ao redor do ombro de Izzy e se inclinou para falar com ela. David alinhou o passo com Stevie enquanto seguiam através do caminho sinuoso do jardim.

— Tem algo acontecendo na sua cabecinha — disse ele baixinho. — Eu vi no trem. O que é?

— Não posso — falou Stevie em voz baixa. — Agora não.

David franziu o cenho.

Havia uma brecha na parede de topiaria que Stevie nem tinha visto. Sebastian se aproximou dela e os levou até uma longa varanda de pedra. Chamavam-se varandas, essas coisas? A casa dela em Pittsburgh tinha uma varandinha, com uma caixa de correio torta, um banner que dizia *Deus abençoe os Estados Unidos* e duas cadeiras de vime que abrigavam gerações de aranhas. O que ela via ali não era uma varanda — e sim um palco de pedra, com balaustradas, pontuado nos cantos com urnas cobertas de líquen. Abaixo, abriam-se gramados e jardins que pareciam se estender por quilômetros, englobando as colinas ao redor, que eram retalhadas por linhas de sebes verde-escuro e árvores. Bem abaixo, ovelhas pastavam livremente, balindo e passeando pela área. Parecia que estavam completamente sozinhos no mundo ali, num idílio pacífico.

Um palco esperando por uma audiência. Era isso o que era.

Sebastian os levou sob um pórtico colunado através de uma porta externa e depois uma interna até um saguão grandioso de teto alto. Embora houvesse um bom número deles entrando no que devia ter sido um espaço ecoante, Stevie ficou imediatamente ciente de como Tempo Bom parecia consumir os sons. O relógio de pêndulo ao lado da escada tiquetaqueava como uma batida de coração alta.

— Eles chegaram! — berrou Sebastian. A voz dele era expansiva: uma voz profissional, que ocupava todo aquele espaço vazio. — Vocês podem deixar suas coisas aqui e seus casacos ali, naquela mesa.

Ele indicou uma mesa lateral longa com topo de mármore sem nenhuma função visível. Acima dela estava pendurado o retrato de um homem com uma espingarda e um cachorro, que parecia mais um aviso do que um cumprimento.

— Venham, venham — disse Sebastian. — Estamos na sala de estar. Acabei de fazer chá.

Claro que havia chá. Stevie tinha começado a antecipar os chás. Esse já estava servido numa bandeja grande sobre um banquinho de veludo baixo. Sentada junto ao fogo estava uma mulher negra com um vestido cinza de caxemira, meia-calça preta e botas de cano alto sem salto. Seu cabelo estava cortado rente à cabeça.

— Você se lembra de Theo? — perguntou ele a Izzy.

— Claro! — Izzy aceitou um abraço de Theo.

As apresentações foram feitas de novo. Theo, eles foram informados, era uma médica no pronto-socorro do St. Thomas's Hospital em Londres.

— Eu organizei tudo — disse Sebastian. — Todos os quartos estão prontos. Sooz vai chegar a qualquer momento. Peter e Yash estão a caminho. Julian vem mais tarde, provavelmente depois do jantar.

Chá e alguns biscoitos foram rapidamente consumidos e então Sebastian os guiou de volta para o salão. O sotaque americano deles parecia ecoar grosseiramente pelo espaço. O homem da pintura não parecia impressionado. Nem o cão dele estava feliz com a aparição súbita do grupo. Subiram a escada, cujas paredes tinham retratos de pessoas que pareciam odiar estar em retratos. Havia tantas pinturas — pinturas de cavalos grandes e suados, de mulheres desmaiando, uma fina faixa de sol nascendo sobre chalés e pastos, vários navios em mares perigosos, labradores babando, um homem em roupas medievais sendo apunhalado através de uma cortina. Era tristeza, enjoo de mar e terror numa moldura dourada após a outra. E havia *coisas* em todo o lugar. No topo da escada, uma tigela de porcelana esperava sobre uma mesinha onde qualquer um podia derrubá-la. Encostado na parede havia um armário cheio de... pedras chiques? Um remo acima da porta. Um alaúde numa mesa. Estantes com porta de vidro. Fotos emolduradas antigas. Um pratinho de chaves antiquadas. A mandíbula de uma criatura marítima monstruosa (possivelmente obtida numa das batalhas marítimas retratadas anteriormente?). Vasos. Mais vasos. Uma pastora de porcelana. Tapetes em cima de tapetes.

Aquilo lembrava a Stevie dos avós, que tinham um vício sério em comprar coisas em vendas de garagem e lojas de ferramentas — possuíam seis air fryers, um monte de monitores de computador, um alvo para dardos de um bar e uma máquina de Skee-Ball tirada de um Chuck E. Cheese que tinha sido destruído num incêndio criminoso para resgatar o dinheiro do seguro.

Essas coisas eram diferentes. No mínimo, eram mais caras.

— Acho que vou pôr você aqui, Izzy, no Quarto do Bispo — disse Sebastian, acendendo a luz e revelando um quarto enorme com papel de parede azul-claro e uma cama de dossel. — Janelle, que tal este aqui? O Quarto Rosa. O fantasma da minha tia-avó mora aqui, mas ela só fica mudando os óculos das pessoas de lugar, então não se preocupe. Fora isso, é uma mulher encantadora. Vi? Por aqui, queride. O quarto DeVere. Nate, certo? Temos um quarto espetacular aqui, o Quarto do Regente. Stevie e David, venham por aqui, virando o corredor. Tenho dois lindos quartos nos fundos com vista para os jardins.

David ganhou um quarto chamado Quarto Mountjoy. Era decorado em tons revigorantes de azul-escuro e verde. Stevie foi guiada além de duas outras portas.

— E cá está o seu, Stevie — disse Sebastian. — O Quarto Lilás. Você pode não estar acostumada com o clima inglês. Esse tipo de casa é bem arejada, com muitas correntes de ar. Há cobertores extras no baú ao pé da cama.

— Obrigada — disse Stevie.

— Imagina, imagina. Vou só descer para dar uma espiada no jantar. Junte-se a nós quando estiver pronta.

Quando ele saiu, ela trancou a porta, tirou o cofre à prova de fogo da mala e o escondeu sob a cama. Então foi abrir a janela. Não havia telas ali, então ela podia se inclinar um pouco para fora e tocar as trepadeiras que cercavam a janela e escalavam as paredes. O jardim parecia ser funcional, com seções de verduras e ervas todas dispostas em fileiras ordenadas, sustentadas com arame e muitas cobertas por arcos de tela. Algumas pereiras cresciam coladas aos muros e estavam pesadas com frutas.

Além do jardim havia mais jardins, e mais atrás os campos verdes ondulantes se estendiam até as colinas e as árvores. Inglaterra. Uma Inglaterra verde e infinita.

Também notou como seria fácil cair de uma janela daquela. Bastava se inclinar um pouco demais para olhar uma rosa ou nuvem ou ovelha e você estaria esparramado nas pedras do terraço em um segundo, estilo Agatha Christie.

Ela fechou a janela.

O banheiro era bom. Havia uma banheira enorme com pé em garra e um pequeno sofá. Apenas para se sentar. No banheiro. Ela se sentou nele por alguns minutos, encarando a banheira, reprimindo uma crise de ansiedade que ameaçava explodir. Respirou devagar, tornando as exalações mais longas que as inspirações.

Angela. Era por isso que Stevie estava ali. Tudo bem, tinha trazido todo mundo com uma mentirinha, mas era por um bom motivo, e se você mentia por um bom motivo, era mesmo uma mentira?

Ela precisava contar para alguém. Nate. Nate entenderia. Ela tinha que contar para Nate, e aí ele contaria para Janelle e Vi e tudo ficaria bem e aí ela poderia seguir com a missão de encontrar Angela.

Stevie saiu para o corredor de painéis escuros repleto de portas. Esgueirou-se na ponta dos pés, embora não soubesse bem por quê. Havia algo nos tapetes ornamentados e nas passadeiras e em todos os olhos nas paredes e no relógio de pêndulo que sugeria que se esgueirar era o único jeito aceitável de se mover numa casa como aquela. Bater os pés era vulgar. Andar era para *pobres*. David saiu do quarto.

— Ei — chamou ele. — Vai descer?

— Só preciso falar com Nate rapidinho — disse ela. Então, abaixando a voz, acrescentou: — Acha que está mesmo tudo bem para eles a gente estar aqui?

— Eles são ingleses — disse David. — Reclamam quando você vira as costas. Nunca vão falar na sua cara. E meio que esperam que americanos sejam rudes, então não importa.

— Rudes, não — disse Sooz.

Stevie soltou um barulho assustado. Estranho. Meio que um *hip*. Sooz aparentemente tinha chegado e deixado as coisas num quarto próximo.

Naquele dia, ela estava usando um macacão azul-escuro com bordados prateados. Seu cabelo ruivo cacheado balançava enquanto ela andava.

— É bom ver vocês de novo. A maioria dos americanos que eu conheço são um amor. E *eu diria* para vocês se todo mundo estivesse irritado, mas os outros provavelmente não falariam nada. São mais educados. Não tem problema mesmo vocês estarem aqui. Podemos muito bem ficar juntos. Melhor do que ficarem sentados sozinhos em casa se preocupando. Vamos lá para baixo. Sebastian estava dizendo que queria fazer um tour pelos jardins com vocês.

— Desço num minuto — disse Stevie.

— Eu vou com você — ofereceu David.

— Legal. Sebastian! — A voz de Sooz retumbou pelo espaço.

— Sim, querida? — Foi a resposta.

— Você tem tudo de que precisa para um drinquezinho de fim de tarde?

— Tem um *cabernet* delicioso que sobrou de um casamento umas semanas atrás. Está na cozinha.

David olhou de volta para Stevie, e então desceu a escada. Ela seguiu seu caminho, tendo que voltar alguns passos até encontrar a porta do quarto que achava ter sido designado a Nate. Ela bateu e deu de cara com um cômodo com paredes bordô, escuras e saturadas como sangue seco. Ele tinha se jogado na cama e estava rolando a tela do celular.

— Está gostando de sua estadia na casa de *Rocky Horror*? — perguntou ele. — Quando fazemos a Time Warp?

— Preciso falar com você — disse ela, fechando a porta.

— Por que isso me enche de pavor? Você nunca precisa falar comigo sobre ter encontrado um dragão bebê ou um balde sem fundo do KFC. É sempre alguma coisa terrível.

— Quinn não disse que a gente podia vir.

Nate colocou o celular no colo.

— O que isso *significa*, exatamente? Achei que tinha pedido para ela?

— Eu pedi, mas...

— Mas?

Stevie olhou para o amigo.

— Mas? — insistiu ele.

— Ela disse não.

Nate cobriu os olhos com a mão.

— Você tá brincando, né?

— A gente já vai voltar — cortou Stevie. — E eu vou assumir a culpa. Toda a culpa. Vou contar a ela que eu disse para vocês que ela tinha aprovado. Vou assumir a responsabilidade. Toda.

Ela permitiu que ele tivesse um momento de silêncio, a base da mão pressionando a testa. Ele finalmente a abaixou e olhou para Stevie com seriedade.

— Você tem que contar para Janelle e Vi.

— Você está bravo?

— Você faz essas coisas, Stevie. É assim que você é. Acho que eu provavelmente sabia, em algum nível, que Quinn tinha dito não e que a gente vinha de qualquer jeito. É sempre assim com você. Mentir é meio que uma merda? É. E, sei lá, Vi e eu provavelmente não vamos criar caso, mas você não devia mentir para Janelle.

Por algum motivo, aquilo era mais doloroso e difícil do que se Nate só tivesse ficado bravo. Ele tinha razão. Nate e Vi poderiam relevar aquela mancada, mas Janelle levava a verdade muito a sério.

— Quão ruim você acha que vai ser? — perguntou Stevie.

— Ruim — disse ele. — Conta agora. Temos que pensar no que fazer quando Quinn ligar.

— Eu já pensei nisso. Ela não vai saber de onde estamos ligando, então podemos...

Ele a encarou.

— É, eu...

— Pessoal! — chamou Sebastian. — Querem fazer o tour?

— Conta logo para ela, Stevie. Merda. *Eu* não vou contar e também não vou mentir pra Janelle.

Mentir. Era uma palavra tão feia, com espinhos. Stevie era uma *mentirosa*. Uma coisa diabólica. A garganta dela estava seca.

— Vou contar para ela esta noite — disse Stevie. — Prometo.

19

Sebastian levou David e Stevie até a porta da frente, e eles pararam por um momento na varanda de laje grandiosa, contemplando os campos ondulantes e as ovelhas e o pôr do sol. Nate escolhera não fazer o tour, e Janelle e Vi tinham desaparecido em algum ponto nas profundezas de Tempo Bom. Izzy estava tendo uma conversa séria com Theo, então somente David e Stevie estavam passeando do lado de fora.

— Foi bom vocês terem vindo com Izzy — comentou Sebastian, levando-os escada abaixo até o jardim. — Como ela está?

— Ansiosa — respondeu David enquanto desciam os degraus baixos de pedra.

— Todos estamos. Julian deve trazer notícias. Até lá, nos resta ficar calmos e seguir em frente, suponho. E vocês podem ver um pouco mais da Inglaterra. Um lugar como esse, por exemplo. Minha família mora aqui desde 1675. Algum ancestral fez alguma coisa pelo rei e recebeu o terreno e uma casa velha como presente. É o tipo de coisa com que eu deveria me importar e lembrar, mas não. Eles derrubaram aquela casa e construíram uma nova, e aí, cem anos depois, algum outro ancestral meu decidiu que a casa nova não era boa, então a derrubou e construiu esta aqui. Loucura. Mas cá estamos.

Ele acenou na direção da casa que se erguia atrás deles.

— Eu nunca conseguiria manter esse lugar se ele não se pagasse sozinho — disse Sebastian. — É absurdo que uma só pessoa ou família possua algo assim, mas fazer o quê. Agora a propriedade se sustenta como espaço para casamentos e eventos, set de cinema, coisas assim. Primavera e verão, Natal e Ano-Novo... são as épocas mais movimentadas. Mas uma equipe de filmagem vai vir para cá em duas semanas gravar umas cenas para uma nova série de época. É bem divertido quando isso acontece. Já apareci como figurante em algumas coisas. Interpretei um mordomo uma vez. Até tive uma fala.

Sebastian sorriu.

— Eu deixo todos os quartos mais elegantes abertos para convidados e filmagens e moro no último andar. São os quartos dos criados, mais apertados, mas tinha muito espaço lá e eu derrubei algumas paredes para fazer um quarto e uma sala maior para mim. Meu marido é um especialista em antiguidades da Sotheby's. Ele está em Viena no momento, avaliando itens para um leilão. É doido por feiras de rua... ou de garagem, como vocês chamam, certo? Ele consegue identificar um tesouro em meio a um monte de entulho e comprar por dez libras ou algo assim. Então, vivemos numa pilha de jogos de chá e mesinhas georgianas que as pessoas encontraram nos sótãos e porões de suas casas.

— Quando seu marido viajou? — perguntou Stevie, tentando soar casual.

— Semana passada. Esses leilões de grandes propriedades são coisas complicadas.

Eles andaram um pouco e contornaram um laguinho na base do jardim. Mais distante, de frente para a casa, havia o que parecia ser um pequeno templo grego.

— O templo — disse ele. — Um ponto muito bom para fotos de casamento. Cuidado!

Ele pegou Stevie pelo braço.

— Fosso — avisou Sebastian.

Stevie o encarou. Ele indicou que ela deveria prestar atenção aonde pisa. O jardim se interrompia subitamente e havia uma queda íngreme de pouco mais de um metro. Não havia nada ali para marcar a mudança — nenhuma parede ou ornamentação de qualquer coisa do tipo. Não era nem um pouco visível.

— Chamam de ha-ha — explicou Sebastian. — É um tipo de arquitetura de jardim projetada para manter os animais longe, nesse caso as ovelhas e os cervos, sem afetar a vista da paisagem. A questão é que não dá para a gente ver. Imagino que por isso sejam chamados de ha-has? Desculpe, eu devia ter avisado vocês. Por aqui.

Ele os levou para a entrada de carros, onde o jardim abria espaço para uma fileira de árvores e o chão estava coberto com uma camada rica e macia de marrom dourado.

— Antigamente — continuou Sebastian, erguendo a perna para pular um galho caído —, tínhamos um chefe de jardinagem chamado Chester. Ele tinha uns 160 anos quando eu nasci. O pai dele era um dos jardineiros originais. Cresceu aqui e conhecia cada canto, cada planta. Tentou me ensinar sobre elas quando eu era novinho. Eu não tinha muito interesse na maioria, mas sempre gostei de cogumelos. São as crianças esquisitas da floresta. Acho que eu me identificava. Aqui...

Ele se agachou e apontou para um cogumelo de chapéu vermelho com pontinhos brancos.

— Este é chamado de agário-das-moscas. Muito comum. Bonito. O cogumelo básico de *Alice no País das Maravilhas*, ou, se vocês gostam de jogar Mario, é esse o tipo de cogumelo que aparece lá. Levemente psicoativo — informou Sebastian.

David examinou o cogumelo com interesse.

— Acreditem, eu provei todos que achei serem mágicos — admitiu Sebastian, notando isso. — Vomitei muito, mas nunca me envenenei, o que foi uma sorte. Quando percebeu que eu estava comendo os cogumelos, Chester fez questão de que eu soubesse qual era qual. Aqui... eles ficam por aqui, em geral... sim, cá está um...

Sebastian foi até um trecho qualquer de folhas caídas e vegetação, afastou algumas com um graveto e indicou um cogumelo marrom simples com um caule grosso.

— *Amanita phalloides*. Chapéu-da-morte. Não parece grande coisa, mas é *muito* perigoso. *Vai* te matar. Acredita-se que foi isso que matou o imperador romano Cláudio. São sempre os quietinhos, sabe? Esse cogumelo entediante é a coisa mais mortífera por aqui. Você é uma detetive. Achei que gostaria de conhecer as coisas mortais do bosque.

Stevie queria, de fato, saber sobre esse tipo de coisa, e apreciava o fato de Sebastian entender isso.

Ele os levou pela entrada de carros de cascalho, ao longo de um muro de tijolos alto coberto de hera e através de um portão até um jardim elaborado, cheio de canteiros de flores, uma fonte, um caminho e um pequeno riacho borbulhante que fluía no meio.

— Somos mais famosos pelos jardins do que pela casa. Eles foram projetados em 1910 pelo meu bisavô, Sylvester Holt-Carey, que era doido por jardinagem. Ele contratou esquadrões de jardineiros para criar esse lugar e comprou mudas e plantas do mundo todo.

Eles podiam ver através da janela da sala de estar dali. Theo estava sentada falando com alguém. Ela os viu passar e ergueu a mão. Sebastian acenou de volta. Eles passaram pelo jardim formal, através do jardim da cozinha, e então voltaram até os fundos da casa. Ao contrário da frente, que tinha um caminho claro e sinuoso, o jardim dos fundos era dividido por várias paredes de vegetação, algumas baixas, algumas altas. Era outra mansão, mas ao ar livre e feita de material orgânico, com cômodos e mais cômodos de plantas, fontes, árvores e caminhos. Ela entendia do que todos estavam falando quando mencionavam os jardins dos fundos — a coisa toda era um labirinto confuso de plantas e caminhos e muros e fronteiras. Se Sebastian os deixasse sozinhos ali, levariam meia hora para acharem a saída.

Eles entraram num círculo perfeito, murado por teixos altos e bem aparados, com um pequeno pavilhão e uma fonte na forma de uma cabeça de leão.

— Eu fiz uma parceria com uma organização que trabalha com pessoas que lutam contra vícios. Promovemos pelo menos quatro retiros por ano aqui para ajudá-las a se afastar de tudo e fazer terapia concentrada. Minha meta é transformar este lugar numa residência em que as pessoas possam ser tratadas... um lar de verdade para quem precisa disso. Só tenho que fazer a casa trabalhar por si mesma mais um pouco e realizar todas as reformas necessárias para que o piso não desabe. Não é de bom tom ter um quarto inteiro caindo na sua cabeça. Este espaço aqui é especialmente bom para meditação. Muitos dos nossos hóspedes já disseram isso.

— Posso te perguntar uma coisa? — pediu Stevie.

Embora tivesse acabado de conhecer Sebastian, e vice-versa, não havia tempo a perder.

— Por favor — respondeu ele.

— Angela é o tipo de pessoa que some e não conta para ninguém?

— Não — disse ele. — Ange tem seus momentos de espontaneidade, mas ela não iria embora e deixaria todo mundo preocupado. Estava mandando mensagens para a gente naquela noite, dizendo que queria encontrar todos nós. Aqui, na verdade.

Ele pegou o celular, achou o grupo de mensagens e o estendeu a Stevie. Ela não mencionou que já tinha visto as mensagens, e o fato de ele ter lhe mostrado tornava muito mais fácil para ela questioná-lo sobre a conversa.

— O que ela quis dizer com botão? — perguntou Stevie.

— Não faço a menor ideia. Acho que foi um erro do corretor automático.

— Quando você viu Angela pela última vez?

— Numa festa — disse ele. — Algumas semanas atrás, na casa de Peter. Yash e Peter ganharam um prêmio pelo programa deles, *Peixe num Barril*. É um programa de auditório de comédia sobre atualidades. Não sei se você já viu, mas é bem bom.

— Como ela estava?

— Totalmente normal — falou ele. — Todos nós nos divertimos muito. Eu só bebi água tônica e, como durmo cedo, fui embora primeiro, com Theo. Mas Ange estava lá e em boa forma.

— Então por que você acha que ela queria vir aqui e conversar sobre... o que aconteceu?

— Bem... — Sebastian sentou-se num banco junto à parede de teixos. David e Stevie se acomodaram na beirada da fonte. — Vou contar uma coisa para vocês. Os eventos daquela noite... eles nos mudaram. Obviamente. Quero dizer que fundamentalmente alteraram quem somos. É engraçado morar aqui, com a lembrança. Mas lugares como este são assim, testemunham muitos eventos. Guerras. É como se fossem construídos para absorver esse tipo de golpe. Eles se tornam parte do lugar. Como estou aqui todos os dias, talvez eu tenha conseguido processar mais o que aconteceu. Mas de vez em quando todos nós precisamos encarar os fatos. Não podem ser evitados. Devem ser enfrentados. Ela devia estar pensando nisso.

— Mas não havia nada de novo acontecendo? Nenhum suspeito, pista ou algo assim?

— Nunca vão pegá-los agora — disse Sebastian, balançando a cabeça. — Não acho que esse seja o tipo de caso que o DNA vai resolver. A chuva molhou tudo e não sei quanto eles guardaram.

— Você se incomoda em falar sobre o caso?

— Não — respondeu ele. — Como eu disse, mantenho o que aconteceu em pensamento.

Sebastian cruzou as pernas compridas e recostou-se na posição de alguém que está prestes a contar uma história.

— Meu pai, o falecido e nada saudoso quinto visconde, era meio que um desgraçado. Ele tinha um filho, eu, e não queria um filho gay. Deixava isso *muito* claro. Então encarei como um desafio para me tornar a pessoa mais ostensiva e animada que poderia ser. Eu bebia. Estávamos na universidade, todo mundo bebia. É assim que funciona. Mas eu bebia *pra valer*. Ganhava de todos. Também fumava uma quantidade impressionante de maconha. Eu estudava química, acreditem se quiser. Sempre fui bom no curso. Talvez seja por isso que Theo e eu somos tão próximos, temos uma inclinação pela ciência. Claro, ela se esforçava pra caramba e eu me esforçava o mínimo possível.

"Há quatro notas que você pode obter ao fazer as provas e sair de Cambridge. Você pode ganhar uma nota "um", que é para pessoas brilhantes que mantinham os lápis afiados e se dedicavam de verdade. Foi o que Theo tirou. Então tem o "dois-um" e o "dois-dois". As notas intermediárias. O dois-um significa que você foi muito bem. O dois-dois é aceitável e significa que talvez você tenha curtido demais os jogos universitários e passado tempo demais no pub, mas é bom o suficiente. Um "três" significa que você passou raspando. E, como os resultados das provas são ranqueados, eu descobri bem cedo como fazer o mínimo absoluto e ainda assim passar. Queria a nota mais baixa. Peguei a prova, fiz precisamente o que tinha que fazer, então fui o primeiro a sair da sala e chegar ao pub. Eu me orgulhava muito disso. Não importava, de toda forma, porque eu queria ser ator. Mas então *aquilo* aconteceu. Os eventos de junho de 1995.

Ele olhou para um enorme pássaro preto que tinha pousado na cabeça da figura da fonte e estava grasnando para eles sem parar.

— Não resolvo reclamações pessoalmente — disse ele ao pássaro. — Por favor, entre em contato pelo nosso site.

Isso pareceu satisfazer o pássaro, que saiu voando.

— Então — continuou Sebastian. — Eu fui para Londres. Tinha um pouco de dinheiro, uma graninha que um parente deixou para mim. Não muito, mas o suficiente para alugar um apartamento encardido, que eu dividia com Sooz. Ela se dedicou cem por cento a fazer audições e atuar. Eu me dediquei totalmente a ser o sujeito mais estúpido possível. As coisas ficaram muito, muito ruins mesmo. Comecei a usar qualquer droga que achasse. Nunca queria pensar ou me lembrar. Sooz tentou me ajudar, mas acho que eu conseguia disfarçar um pouco, fazendo parecer que era só um *bon vivant*. Um ano e meio depois do incidente, tudo chegou ao fim. Eu acordei no chão do banheiro de alguma boate, com paramédicos em cima de mim. Sei lá o que eu tinha tomado. Acabei no hospital, fazendo uma lavagem estomacal. Aparentemente, foi por um triz. Minha família não estava falando comigo na época, por causa das drogas. Foi esse pessoal...

Ele apontou na direção da casa, mas Stevie sabia que ele estava se referindo aos amigos.

— ... que veio ficar comigo. Era Theo que estava lá quando eu abri os olhos. Eles conversaram comigo. Me colocaram num programa de reabilitação. Me apoiaram em cada passo do caminho. Eu fiquei limpo e sóbrio, e permaneci limpo e sóbrio. Mas acho que só superei o horror do que aconteceu porque cheguei num ponto muito baixo e fiz muita terapia. Ou aprendi a viver com isso. No fim, eu me saí o melhor de todos, mas tive que descer até o fundo do poço antes de poder subir. E ganhei esta propriedade. Tenho sorte, e nunca, nunca me esqueço disso. Os outros são... solitários. Theo é médica de pronto-socorro, então mal tem tempo para si mesma, que dirá para qualquer outra pessoa. Sooz tem parceiros que vêm e vão. Angela se casou com Marvin, mas... eu nunca achei que duraria, e não durou. Peter se casou duas vezes e em ambas acabou mal. Yash pareceu nunca ter sorte com romances, mas acho que tem alguém que ele ama há muitos e muitos anos. Julian, bem...

Ele encolheu os ombros como se pedisse desculpas.

—Julian é o clássico político. Aquele que é pego traindo e tem que dar um discurso sobre os erros que cometeu. Mas ele é muito bom no que faz, então seus constituintes votam nele de novo. Que é a coisa

certa a fazer, se quer minha opinião. Ele trabalha muito. Acho que...
se eu disser que aquilo nos amaldiçoou, vai soar diabólico e sobrena-
tural. Só quero dizer que quebrou todos nós de alguma forma. Ainda
somos os Nove. Ainda somos, de muitas maneiras, as pessoas mais
importantes de nossas vidas. Enquanto tivermos uns aos outros, isso
é tudo que importa.

Essas palavras atingiram Stevie com força. Os amigos dele eram tudo
o que importava.

Ela tinha mentido para os próprios amigos. Estava *no processo de mentir*
para eles naquele exato segundo.

— Vamos — disse Sebastian, erguendo-se e aliviando o clima. Ele
os guiou de volta por onde vieram, saindo pelos fundos até a lateral da
casa, onde havia uma garagem e dois carros estacionados. — Por aqui
— apontou ele, levando-os entre algumas árvores.

E lá estava. O galpão de madeira. Era maior do que parecia nas fotos.

— Eu devia derrubar esse negócio, mas parece errado — disse. — Não
consigo fazer isso.

A porta do galpão era nova, e trancada com uma chave normal, não
com um cadeado. Sebastian a abriu, revelando um espaço simples e
quadrado, contendo um carrinho de cortar grama e dúzias de fardos
de feno. As janelas estavam cobertas com teias de aranha antigas que
tinham se grudado umas nas outras e formado cordões cinza, e os
peitoris estavam cobertos de latas de desengripante e outras latas e
garrafas de óleos e sprays de jardim. Cheirava a feno doce e gasolina.
Não era a primeira vez que Stevie estava no local de um assassinato. O
que a impressionou ali, como no passado, era como era comum. Não
havia placa de neon, seta, nem estátua ou marco. Era um galpão —
um galpão grande, mas apenas um galpão. Ela percorreu o perímetro
para ter uma ideia do tamanho. Parecia ter cerca de três metros por
quatro e meio — mais ou menos o tamanho de dois carros. Parecia
estar na mesma condição das fotos, não recém-pintado, mas num estado similar de cinza e marrom desbotados. Ela examinou a porta. A
fechadura tinha sido substituída, claro, mas, ao olhar mais de perto, ela
distinguiu pequenas cicatrizes na madeira de onde a fechadura antiga
tinha sido arrancada.

Ela pensou numa coisa que Sebastian tinha acabado de dizer — a coisa sobre o cogumelo chapéu-da-morte. Parecia tão inocente. Tão enfadonho. Tão comum.

— Só um galpão sujo e velho — falou Sebastian, olhando ao redor. — Eu não o uso mais para guardar lenha. Construí um novo para isso. Agora só tem os cortadores de grama e esses fardos de feno, que usamos como assentos para eventos ao ar livre. As pessoas se sentam ao redor do fogo numa noite de outono, bebem um chocolate quente ou uma tacinha gostosa de vinho do porto.

Stevie olhou para cima e ao redor. Alguma coisa a estava confundindo. Alguma coisa que ela tinha acabado de ver, ou não ver, naquelas fotos da cena do crime. O galpão tinha uma janela, bem no alto, perto da ponta do telhado. Quando ela ergueu os olhos, não havia janela alta nem ponta. O teto era chato e, pensando bem, era mais baixo que a altura da construção por fora. O que significava que havia algo *acima* deles. Um exame rápido do teto revelou uma corda de puxar e o leve contorno de um alçapão.

— O que tem lá em cima? — perguntou ela.

— Só um sótão — respondeu ele.

Quando você quer que as pessoas te contem algo, não pergunte diretamente, comente alguma informação errada.

— Ah — exclamou Stevie. — Foi onde os assaltantes se esconderam, certo?

— Ah, não — corrigiu ele. — Não. Não, ele não foi usado. O piso estava podre.

— Então ninguém poderia ter se escondido lá em cima?

— Não. — Sebastian balançou a cabeça. — Meus pais tinham selado o lugar. Era uma armadilha mortal.

Talvez sentindo que essa era a escolha de palavras errada, ele esfregou os olhos.

— Desde então foi substituído, por motivos de segurança — acrescentou. — Considerando o que tinha acontecido aqui, não queríamos que ninguém mais se machucasse.

Talvez fosse todo o tempo que tinha passado em passeios guiados na semana anterior, mas Stevie podia sentir nos ossos quando o tour estava para acabar.

— Você se importa se ficarmos mais um pouco? — perguntou ela quando Sebastian foi até a porta. — Preciso fazer um negócio da escola. Tenho que tirar umas fotos, e seria ótimo se pudesse posar no feno. Posso usar um ou dois? Depois devolvo para o lugar.

Sebastian concordou e os deixou, talvez pensando que escolas americanas davam tarefas de casa vagas, relacionadas a feno, e esperavam pelo melhor. Não estava totalmente errado.

— Feno? — questionou David assim que Sebastian foi embora. — O que você está fazendo?

Stevie fechou a porta do galpão, deixando-os no escuro. Ela pegou o celular e ligou a lanterna, apontando para o teto. Estendeu a mão para a corda, mas estava alguns centímetros fora do alcance dela.

— Agarre isso — disse ela a David. — Puxe.

— Me leva para jantar primeiro.

Ela deu uma cotovelada nas costelas dele — talvez um pouco forte demais, porque David começou a tossir. Ele ergueu a mão e puxou a corda, abrindo o alçapão. Havia uma escada dobrável, que Stevie pediu para puxar para baixo.

— É bom variar — disse David. — Em geral, entramos em buracos sinistros no chão. Estou gostando de subir em buracos sinistros no teto em vez em disso.

Quando a escada estava esticada, Stevie não perdeu tempo e subiu. Imaginou que poderia estar prestes a enfiar a cabeça no lar de um milhão de aranhas, que imediatamente a atacariam. Em vez disso, sentiu um cheiro forte de folhas velhas e terra. Não havia nada ali, na verdade. Somente um espacinho vazio com cerca de um metro e vinte de altura, não contendo nada além de terra e algumas caixas de papelão desmontadas. Ela bateu nas tábuas com o punho algumas vezes, tanto para testar a firmeza quanto para desentocar quaisquer ratos ou outras criaturas que pudessem viver ali. Não houve movimento visível.

Ela subiu o máximo possível na escada, apoiando o corpo no chão do sótão e deslizando por ali. Rastejou apoiada nos cotovelos. Então se agachou e foi até a janela. Era ainda menor do que parecia de baixo. Ela tentou levantá-la, mas a madeira tinha empenado e ela só conseguiu movê-la alguns centímetros.

David subiu atrás dela e entrou no sótão também.

— Muito agradável — disse ele. — O que estamos fazendo?

Stevie rolou as fotos no celular.

— Veja — disse ela. — Essa é a foto que Sooz tirou quando eles chegaram, na noite do assassinato. Essa janela... — Ela apontou para a janela atrás deles. — ... estava fechada. Mas veja a foto da polícia no dia seguinte.

Stevie tinha, claro, tirado fotos de todos os documentos no trem. Ela chegou na foto da polícia que mostrava a parte de fora do galpão mais claramente.

— Está aberta — constatou ela, apontando para a janela. — Em algum momento entre a chegada deles e a vinda da polícia no dia seguinte, essa janela foi aberta. Sebastian acabou de dizer que o chão aqui estava apodrecido e não havia acesso. E veja...

Ela buscou outra foto da cena do crime, que mostrava as manchas de sangue no teto. Também claramente mostrava o buraco onde a corda de puxar devia estar.

— Não tem corda — disse ela. — Então como alguém sobe neste lugar supostamente inacessível para abrir uma janela alguns centímetros depois de um assassinato?

— Isso importa? — perguntou David. — Ninguém poderia ter entrado por aqui.

— Bem, ninguém não. Há pessoas capazes de deslocar as clavículas e se espremer por portinhas de cachorro. Ou que podem fazer certas contorções.

— Então, gente sinistra. Ou do circo.

— Mas por quê? Eles arrebentaram a fechadura da porta. Por que deslocar sua clavícula e rastejar por uma abertura impossível quando você pode entrar pela porta? Que foi o que aconteceu.

— Talvez a polícia tenha aberto? — sugeriu David.

Stevie franziu a testa.

— O protocolo da polícia era diferente naquela época — disse ela. — As cenas de crime não eram examinadas tão bem. Mas sinto que eles não *abririam a janela da cena do crime* antes de tirar uma foto. Não tem nada nos relatórios sobre eles subirem aqui. Quer dizer, eu li bem depressa no trem, mas teria visto alguma coisa sobre um sótão acima da cena do crime. É meio que crítico. Não. A polícia não fazia ideia de que esse espaço estava aqui. Eles nunca olharam.

— O que isso significa? — perguntou David. — Que alguém veio até esse lugar que parece inacessível só para fazer algo sem sentido?

— Significa — cortou ela — que isso importa. Este sótão. Essa janela. O galpão inteiro. Está trancado e está destrancado. O chão estava podre e não havia como subir aqui, mas alguém subiu.

— Você fala como se Sebastian estivesse mentindo sobre o chão podre.

Stevie ficou em silêncio, enquanto os últimos raios de sol esvaneciam.

— Talvez estivesse — disse ela.

— Mas Sebastian era a única pessoa que todo mundo podia ver o tempo todo, certo? No templo? Então por que mentir sobre isso? Não entendo.

— Nem eu — admitiu ela. — É melhor voltarmos para a casa. Acho que podemos ter deixado nossos amigos com um assassino.

20

O JANTAR, COMO DIZEM, ESTAVA SERVIDO.

A sala de jantar de Tempo Bom era o tipo de lugar que podia acomodar onze pessoas e ainda ter espaço de sobra. Como era usada para casamentos e eventos, havia diversas mesas e cadeiras dobradas num dos lados da sala. Um espelho de prata enorme estava pendurado sobre uma lareira de mármore. As paredes eram cobertas por um papel de seda amarela com um padrão pintado de trepadeiras, pássaros e flores.

— Perdoem a simplicidade — disse Sebastian enquanto todos se sentavam. — Só tive tempo de preparar um menu básico.

Uma mulher apareceu de uma porta oculta que se mesclava perfeitamente com o restante da parede. Era baixa, com cabelo preto rente à cabeça e um braço todo coberto com tatuagens de hera, flores e arame farpado.

— Essa é Debbie — apresentou Sebastian. — Ela organiza nossos eventos. Pedi que passasse aqui para me dar uma mão.

Houve uma rodada de olás para Debbie.

O menu básico começou com uma sopa de couve-flor e cebolinha, servida em porcelana branca simples, com cestinhas de pão quente. Debbie serviu cada pessoa enquanto Sebastian circulava a mesa com garrafas, servindo bebidas.

— Branco ou tinto? — perguntou quando chegou em Stevie. — Tenho espumante de flor de sabugueiro também.

Stevie já bebera vinho, mas ninguém com um sotaque inglês numa sala de jantar comprida numa mansão no campo jamais se aproximara dela para servi-la como se ela fosse uma adulta refinada de verdade.

Porque Stevie não era. Nem adulta. Nem refinada. Não vinha do tipo de família que bebia vinho com o jantar. Eles bebiam Coca Zero, como americanos decentes. Se tivessem oferecido vinho tinto ou branco com o jantar a seus pais, eles provavelmente sacariam uma arma de surpresa.

— *Hããã* — respondeu ela.

Sebastian graciosamente virou-se para Izzy, dando a Stevie tempo para pensar.

— Eu aceito o espumante — disse Izzy. — Não estou a fim de vinho hoje.

O grupo assentiu de maneira compassiva.

Stevie tinha se recuperado o suficiente para pensar no que beber. Ela faria o que Izzy fez — beberia o que quer que fosse espumante de flor de sabugueiro. (No fim, era parecido com Sprite. Sprite refinada, para pessoas refinadas.)

— Isso tem lactose, Seb? — perguntou Sooz quando a sopa foi disposta na frente dela.

— Não, querida, é vegano. Eu chequei.

— Eu sou vegana — explicou Sooz aos recém-chegados, embora isso pudesse ter sido inferido pelo diálogo.

— Você já comeu carne — disse Sebastian.

A boca de Sooz se torceu num sorrisinho.

— Faz muitos anos — falou ela. — Me alimento inteiramente à base de plantas agora.

Theo franziu o cenho e virou-se para Stevie e os outros.

— A comida da sua escola é muito ruim? — perguntou ela educadamente. — Ou é razoável?

— Tem muito xarope de bordo — respondeu Stevie.

— E alce — acrescentou David. — Bife de alce com xarope. Delicioso.

O grupo à mesa, educado, deixou esse comentário ter uma morte pacífica.

— Pete — chamou Sooz —, Yash, do que vocês estavam falando antes?

— Só uma nova ideia de programa que estávamos considerando — disse Yash. — Ainda estamos no começo.

— Ah! Sobre o que é? — perguntou Sooz.

— Precisa ser trabalhada — respondeu Peter.

— Eles são sempre assim — disse Theo. — Sempre foram. Yash tem as ideias. Peter as rejeita. Yash refina. Peter acha os problemas. Até que no fim eles chegam a algo brilhante juntos.

— Eu tenho ideias o tempo todo — comentou Peter. — Só porque tenho critérios...

— Não foi o que sua mãe me disse ontem à noite — interrompeu Yash.

— Estão vendo com o que eu tenho que lidar?

Eles continuaram assim, batendo boca sem pausa conforme a noite escura assentava-se ao redor. Debbie trouxe pratos de salsichas e purê de batatas e salada. ("O purê é à base de planta, né, Seb? E qual é a salsicha vegana?") O grupo falava sem respirar, sem parar, agarrando a ponta das frases uns dos outros, entendendo cada nuance. Do que eles estavam falando, Stevie não tinha ideia na maior parte. Era a conversa de pessoas que se conheciam havia muito tempo, cientes umas das outras de maneira tão íntima que tinham o próprio idioma. Todos pareciam ter um conhecimento profundo e penetrante de tudo que acontecia no mundo — política, arte, livros, música. Todos soavam tão confiantes. Não era surpreendente, considerando que eram mais velhos e bem-sucedidos.

Izzy entrou tranquilamente na conversa, falando com confiança sobre fazendas eólicas, algum escândalo no Parlamento e *Bake-Off*. Seu suéter azul-royal, com Stevie olhando mais de perto, ficava tanto pequeno quanto grande nela de um jeito muito preciso. Era uma forma e tamanho de suéter que evoluíra de todos os suéteres menores do passado, atingindo essa forma final com caimento perfeito. Se Stevie o tivesse usado, teria dado errado, de alguma forma. O decote ficaria estranho e os ombros caídos. Ela decepcionaria o suéter. Stevie entendia apenas de moletons, o que parecia muito americano e rústico, e talvez um pouco com o Unabomber. Ela puxou as mangas para esconder as mãos, aí percebeu o que estava fazendo e as empurrou parcialmente até os cotovelos. Isso também estava errado, então deixou as mangas caírem de volta aos pulsos.

Aquele molho de salada do avião ainda era visível no moletom dela.

Stevie não era uma pessoa alheia ao mundo. Ela lia muito. Sabia o básico. Mas se viu embasbacada, confusa e intimidada. Janelle conseguia acompanhar com facilidade quase tudo o que era discutido, especialmente se envolvia ciência ou artes manuais. Vi estava chocantemente bem-informade sobre a política do Reino Unido, até mais do que David, que estava ali estudando relações internacionais. Somente Nate e Stevie ficaram quietos. Nate focou na comida, e Stevie observou as pessoas. Todos ao redor da mesa estavam ignorando ostensivamente o motivo de estarem ali. Não houve menção a Angela. Tudo foi leve, flutuante e evitava desesperadamente o terrível problema em mãos. Stevie teve a sensação de que todos esperavam algo — um *boom* para acompanhar o tique-taque do relógio.

Enquanto comia as salsichas, ela examinou o design intricado das paredes. Levou alguns momentos para perceber que o padrão não se repetia. Não era apenas um papel de parede bonito que fora cuidadosamente alinhado para reproduzir um padrão — era uma peça de arte contínua e variada, não desenhos repetidos.

— É de seda — disse Sebastian. — Pintado à mão.

Obviamente ele a vira examinando atentamente as paredes.

— É uma imagem contínua. Acho que foi pintada por volta de 1920. Está um pouco gasta em alguns lugares, mas com as luzes baixas não dá para ver. É uma obra de arte e tanto. Não sei se daria para conseguir algo assim hoje em dia, uma grande obra de arte que pudesse envolver uma parede inteira.

Uma imagem longa e contínua. Não pedaços. Uma imagem.

— Então — começou Yash, quando os pratos foram levados e Debbie entrou com pudins de caramelo grudentos. — Conte-nos sobre suas investigações. Você resolveu dois casos?

Stevie retorceu as mãos no colo.

— Bem, quatro. Mais ou menos. Ou... depende de como você conta.

— Como você faz? — perguntou Sooz, inclinando-se sobre a mesa. — Não tem um laboratório de DNA no seu quarto, imagino. Como soluciona assassinatos? Qual é o seu *processo*?

— Eu... eu meio que só... olho para tudo.

— Bem velha guarda — comentou Peter.

Talvez percebendo que discutir a carreira de Stevie poderia levar a conversa a alguns caminhos sombrios, eles passaram para Nate.

— Você escreveu um livro? — perguntou Theo. — *Os ciclos da lua fulgente?*

— Eu li esse — disse Peter, animando-se. — Minha filha amou e queria que eu o lesse, então eu li.

Ele não disse, Stevie notou, que amou o livro. Isso não significava que não tinha amado. Mas Stevie tinha passado tempo suficiente ao redor de Nate para saber que, se alguém lia o livro dele e não dizia especificamente que tinha gostado, ele presumia que tinham odiado. Seria pior se dissessem que tinham gostado. Se isso tivesse acontecido, Nate teria se arrastado até a lareira e ateado fogo em si mesmo. Escritores eram estranhos. Falar com eles era como falar com aranhas — um mero suspiro os fazia sair correndo.

Nate começou a enfiar pudim de caramelo na boca. Eles passaram para Janelle, discutindo as habilidades de engenharia e as máquinas que ela fazia, as inscrições para o concurso Rube Goldberg. Vi falou sobre se tornar tradutore.

— E o que você faz, David? — perguntou Yash.

David fez um aceno.

— O mínimo possível — respondeu ele, dando um gole no vinho tinto. Era uma resposta superficial, mas todos riram de maneira educada, e Sebastian brindou com uma taça de água. — Mas aprendi muito desde que cheguei aqui. Tipo o Ato do Salmão de 1986. É ilegal manusear salmão...

— ... *de um modo suspeito* — completaram Yash e Peter, quase em uníssono.

— Escrevemos piadas para um programa chamado *Peixes num Barril* — explicou Peter. — É nosso trabalho conhecer leis idiotas sobre peixes.

— Existem mais delas do que você imaginaria — acrescentou Yash.

Stevie não gostou de como a conversa tinha se desenrolado. David era inteligente. David sabia programar. David estudava relações internacionais e fazia trabalho voluntário em casa, para uma organização pelos direitos dos eleitores, mas não tinha uma *coisa* como o restante deles. E ele brincava com isso, mas ela o viu se remexer um pouco na cadeira. Seu sorriso era fino. Ela estava prestes a dizer algo sobre todo o trabalho voluntário que ele fizera no verão, mas soou um barulho no corredor. Alguém estava entrando na casa.

Todos se endireitaram na mesa.

— Jules — disse Sooz, empurrando a cadeira para trás.

Um minuto depois, um homem entrou na sala de jantar. Quer dizer, outras pessoas *entravam* em salas, Julian Reynolds mudava a orientação espacial delas. Todas as cadeiras, os olhos e as energias se voltaram para ele de um jeito magnético.

Seu cabelo era da cor da areia da praia, com alguns fios grisalhos elegantes nas laterais. Ele estava impecavelmente vestido numa calça cinza e uma camisa azul-royal que devia saber que destacava a cor dos próprios olhos. Stevie tinha lido a frase "olhos azuis penetrantes" muitas vezes e nunca entendera por que olhos podiam ser descritos assim. Olhos eram notoriamente redondos e esponjosos e estourariam como uma bexiga d'água se usados como arma. Os de Julian eram azuis como água de piscina e igualmente límpidos. Eles convidavam a pessoa a mergulhar e examinar suas profundezas. Você entrava naquele tipo de conversa muda e íntima que decorre de fazer muito contato visual com um desconhecido. Ficava preso.

— Desculpem o atraso — disse ele, tirando o casaco bege de maneira graciosa. — Tive cirurgia essa tarde.

Debbie se apressou a fazer o casaco desaparecer, e todos os Nove se ergueram para cumprimentar o amigo.

— Você conhece Isabelle, a sobrinha de Ange — disse Sebastian. — E esses são os amigos americanos dela.

Ele os apresentou como se fossem amigos da vida toda — como se estivesse esperando o momento em que poderia apresentá-los.

— Posso lhe trazer um prato? — perguntou Debbie. — Ainda está quente. Salsicha e purê, um pouco de sopa?

— Comi um sanduíche no trem, obrigado — recusou Julian. — Mas um pudim seria bom, e um pouco de café. Tenho algumas coisas que gostaria de discutir.

— Por que não vamos à sala de estar? — sugeriu Sebastian. — Tomamos o café lá, junto ao fogo.

Todos saíram da sala de jantar em direção à sala de estar.

— Acho que eles querem conversar — disse Janelle em voz baixa. — Nós vamos subir.

— Acho que é melhor — acrescentou David.

Todos no contingente de Stevie seguiram para a escada, mas ela queria descobrir o que estava acontecendo. Por sorte, Izzy queria o mesmo.

— Stevie, você pode ficar? — disse Izzy. — Acho que seria útil.

Nate deu a Stevie um olhar significativo antes de se virar e subir a escada.

— Ele disse que acabou de ter uma cirurgia? — perguntou Stevie antes de entrarem na sala de estar.

— Ah. Ele é um membro do parlamento. Quando ficam abertos ao público, em que os constituintes podem vir falar com eles, chamam de cirurgia.

Nada fazia sentido naquele lugar.

Estava escuro. O fogo tinha sido atiçado com lenha. Sebastian fechou as cortinas pesadas contra a noite enquanto Debbie entrava com uma bandeja de café e chá e um pudim para Julian. Ela deixou tudo numa otomana.

— É só isso por hoje, Debbie — disse Sebastian. — Muito obrigado pela ajuda.

— Algum desses é leite de soja ou aveia? — perguntou Sooz, olhando as jarrinhas na bandeja.

— O com as rosas é à base de planta — esclareceu Sebastian, inclinando-se para passá-lo a Sooz. As palavras *à base de planta* só podiam ser ditas um certo número de vezes antes que perdessem todo o sentido.

— Estive em contato com a polícia — declarou Julian, servindo-se de um café. — Falei com eles a caminho daqui e consegui algumas informações. As câmeras de segurança mostram Ange saindo da casa dela por volta das dez naquela noite. Ela usou o cartão Oyster e pegou o metrô até Waterloo. Saiu da estação às dez e cinquenta e cinco. Há imagens dela saindo da estação, mas estava chovendo e ela ergueu um guarda-chuva, então ficou difícil segui-la.

— E o celular dela? — perguntou Stevie. — Eles podem checar qual foi o último ping.

Julian fez um barulho que sugeria que não tinha sido muito frutífero.

— O último ping foi cerca de uma hora depois disso, e ainda bem perto.

— Então ela saiu de casa e foi para Waterloo — disse Theo. — Ela saiu da estação. Sozinha?

— Sim, sozinha.

— E ninguém a viu ferida — continuou Peter.

— Exato — disse Sooz. — Falta de notícias não significa boas notícias de muitas formas? Ange saiu numa tarefa ou missão, ou talvez só precisasse de um tempo a sós. Acontece com muita gente.

Ela estendeu a mão e deu um tapinha no braço de Izzy.

— Vou continuar trabalhando nisso — disse Julian. — Combinei de falar com outra pessoa mais tarde.

Ele virou o resto do café.

Stevie observou Julian por um momento. Apesar da graça líquida com a qual ele se movia, havia certa agitação em seus movimentos. Sob a sombra dos cílios compridos, os olhos azul-céu estavam anuviados com uma tempestade.

Ao contrário de todos os outros, ele não estava fingindo que tudo estava bem.

21

ALGUNS MINUTOS DEPOIS, APÓS SE DESPEDIR DE TODOS, STEVIE SUBIU SOZINHA os degraus rangentes da grande escadaria de Tempo Bom, o relógio de pêndulo tiquetaqueando atrás dela e os olhos dos Holt-Carey do passado a encarando. Os tetos ali eram tão altos que os retratos não ficavam na altura dos olhos — tudo estava *em cima*.

Ela tinha uma escolha, então. Para qual quarto ir? Podia bater na porta de Janelle e terminar logo com isso. Eram nove horas e Quinn ainda não tinha ligado. Ela precisava fazer isso logo. Começou a andar naquela direção, mas tudo começou a nadar na cabeça dela. Angela e o cadeado. A mensagem sobre o botão. Samantha Gravis. A queda de energia e a árvore no final da estrada. As regras do jogo e os depoimentos sobre onde todos estavam naquela noite.

Coisas demais. Ela precisava pensar. Falaria com Janelle num minuto. Voltou ao próprio quarto e andou um pouco, encarando as paredes lilás e prateadas, a pintura de um cavalo, os detalhes na lateral do guarda-roupa. Um momento depois, houve uma batida suave e David enfiou a cabeça para dentro.

— Ei — disse ele, entrando e fechando a porta silenciosamente atrás de si.

— Eles não pareceram muito... calmos para você? — perguntou Stevie. — Ninguém falou sobre Angela.

— Eles são ingleses — argumentou David, sentando-se na cama. — Aquela história de "mantenha a calma e siga em frente" é real. Tipo, não fale sobre coisas ruins. Fale sobre tênis! É o jeito deles.

— É mais que isso — disse ela. — Havia algo de estranho na conversa toda, em tudo isso. Eles nos deixaram vir aqui com Izzy... tem algo de errado com tudo isso e não consigo entender o que é. Estou com uma sensação... claustrofóbica.

— Acho que é só uma situação estranha — disse David. — E o fato de você ser estrangeira. As coisas parecem diferentes. Você se sente muito deslocada.

— Mas Angela sumiu — insistiu Stevie.

— E se ela não quiser ser encontrada? Se achar que um dos amigos é um assassino, então...

— Eu pensei nisso. Ela manda as mensagens, percebe que cometeu um erro e vai embora. Mas... — Stevie balançou a cabeça. — Você viu quantos brinquedos de gato tinha naquela casa? As fotos? Ela ama aquele gato. Não ia deixá-lo, não sem informar alguém. Não deixaria aquela bagunça. Não iria simplesmente sumir sem mencionar algo a Izzy, qualquer coisa, só para a sobrinha não se preocupar.

David se recostou na cabeceira.

— Então o que significa o celular dela estar localizado junto ao rio na noite em que ela desapareceu?

— Como assim? — perguntou Stevie. — Pensei que tivesse sido perto da estação Waterloo?

— Que fica exatamente no rio. É perto de onde estávamos na outra noite, próximo da London Eye.

Veja só, esse era o tipo de coisa que Stevie precisava saber para entender que diabo estava acontecendo ali.

— Bem, isso não é bom — disse Stevie. — Acho que podemos dizer que Angela não está a salvo no momento. Se queremos encontrá-la, precisamos entender o que aconteceu aqui.

Stevie sentia que a resposta estava pairando próxima, na visão periférica dela. Se virasse a cabeça rápido demais, ela se moveria. Talvez, se ficasse muito imóvel, flutuaria e entraria à vista. Ela foi até a janela, abriu-a e recebeu uma lufada do ar frio de outono, terrosa e refrescante. Ficava tão escuro ali. Ela podia ver tantas estrelas pontilhando o céu, e havia uma lua redonda, branca e brilhante.

Outra batida na porta. Mais suave ainda. David falou para entrarem.

— Desculpe — disse Izzy. — Estou incomodando?

— Não — disse David. — Só estávamos conversando.

Izzy entrou como um fantasma envergonhado e fechou a porta. Sentou-se numa das poltronas cor de lavanda no meio do quarto.

— Eles estão falando sobre os espetáculos que costumavam fazer — contou Izzy. — Julian parece ser o único *fazendo* qualquer coisa. E a história do celular da minha tia... Será que devíamos voltar para Londres agora, ir até onde o telefone estava da última vez? Por que não está ligado?

— Tantas coisas podem ter acontecido — disse David, tentando tranquilizá-la. — Ela pode só ter derrubado o celular. Ou se livrado dele.

— Por que ela se livraria do celular?

— Se ela está investigando, não ia querer ser encontrada — apontou David. — Está trabalhando no caso. Certo? Ela pode estar trabalhando no caso.

Isso foi dito a Stevie, que estava distraída demais inclinando-se para fora da janela para responder.

— Acha que devemos voltar para Londres? — perguntou Izzy. — Está tarde para um trem, mas talvez pudéssemos pegar um carro emprestado.

Seria tão fácil cair daquela janela. Por que ela tinha ido até a janela? Algo a fez querer ir à janela. A janela. O jardim.

— Parem — disse ela, erguendo a mão.

Era um jeito estranho e dramático de interromper uma conversa, mas tinha que ser feito.

Ela tirou o cofre à prova de fogo de baixo da cama. Embora tivesse escaneado os documentos, queria ver a foto original por um momento. Senti-la na mão. Jogou todas as fotos na cama, todas aquelas cenas impressas em formato grande e papel lustroso. Pegou uma e outra, por fim tirando a foto do exterior do galpão e a que mostrava a corda de puxar que tinha sumido. Tinha tirado uma foto de dentro antes de eles saírem do sótão. Ela a puxou e ficou olhando.

— O que sua tia disse para você mesmo? — Stevie perguntou a Izzy. — O que ela disse *exatamente*?

— O que eu te contei. Ela disse que o cadeado não estava na porta. Pensou que alguém...

— Sobre a evidência plantada. O que ela disse *exatamente*? Você precisa pensar com cuidado e se lembrar do que puder. Ela disse evidência? Ou só disse que foi plantada? Ou...

Izzy sentou-se na beirada da cama e se concentrou.

— Não me lembro exatamente. Deixa eu ver. No dia em que ela me contou, eu tinha ido ao mercado. Comprei um monte de sopas para ela e fiz uma de alho-poró e batata. Ela estava no sofá da sala, assistindo à TV. Acho que estava vendo o noticiário do canal 4. E... é isso. Estava passando algo sobre um assassinato. Deve ter sido por isso que ela me contou.

Izzy fez o que Stevie fazia — conectar eventos, criar uma história na mente.

Uma imagem contínua...

— E ela disse algo como "Meus amigos foram assassinados, você sabia?". E eu falei que sim. E ela comentou algo sobre como estava tudo errado. Estava errado porque o cadeado não estava na porta. Que ela pensava que alguém que ela conhecia tinha cometido um assassinato. E aí... ela murmurou sobre as coisas plantadas.

— Ela disse plantadas? Ou disse *plantas*?

Stevie estava completamente focada em Izzy, observando a expressão dela. Os olhos da garota ficaram distantes de um jeito que todos os livros de linguagem corporal que Stevie já lera sugeriam ser a expressão de alguém lembrando ou tentando lembrar de algo.

— Plantadas. Plantas? Plantando? Não sei. Pensei que ela tinha dito plantadas, porque fazia sentido, mas... agora que estou falando... talvez ela estivesse dizendo plantas?

À base de plantas. Plantadas. Plantando. Plantas no jardim abaixo da janela...

— Plantas — disse Stevie.

Ela não tinha um seguimento imediato a isso.

— Plantas — repetiu David.

Stevie continuou em silêncio.

— O que está acontecendo agora? — perguntou Izzy.

David fez um gesto para ela esperar.

Stevie sentiu a coisa que a evadia insinuar-se no canto da visão.

— A janela não precisa deixar que as *pessoas* entrem — raciocinou ela em voz alta. — É o Expresso do Oriente. Deus, eles disseram. Eles praticamente nos contaram.

— O que está acontecendo? — perguntou Izzy de novo.

— Alguma coisa — respondeu David. — Nunca sabemos até acontecer.

Ah, sim. Alguma coisa estava finalmente acontecendo.

Os seis dos Nove estavam exatamente como Stevie os deixara, embora alguns tivessem passado para copos de uísque. Sebastian se servia uma xícara de chá. Stevie, Izzy e David se juntaram a eles, sendo recebidos graciosamente com ofertas de chá ou uísque. David aceitou o uísque, enquanto Izzy sentou-se ao lado de Theo e se encolheu ali. Stevie atravessou a sala diretamente até o fogo.

— Está tudo bem? — perguntou Sebastian.

— Precisamos perguntar algo a vocês — disse Stevie.

Daquela posição, na frente do fogo, ela podia ser vista por todos. Mas a bunda dela ficou muito quente. Stevie tentou não pensar nisso. Enfiou a mão no moletom e tirou uma das fotos da cena do crime.

— O que é isso? — perguntou Yash, inclinando-se para a frente. — É uma das fotos de Sooz?

— É uma foto da polícia.

— Como você arranjou uma foto da *polícia*? — perguntou Julian.

— Essa — continuou Stevie — é uma foto do exterior do galpão na tarde após o assassinato. Ela mostra a cena como foi encontrada. Notem que a janela está aberta...

Ela passou a foto à pessoa mais próxima, que, por acaso, era Sebastian. Ele a pegou em silêncio e a encarou antes de passar adiante.

— Mas algo não faz sentido, porque na foto que vocês tiraram ao chegar a janela está fechada — apontou Stevie. — Por que a janela estava fechada antes do assassinato, mas aberta no dia seguinte?

— Os assaltantes devem ter feito isso — disse Theo, mal olhando para a foto quando passou por ela.

— Exceto que Sebastian acabou de me contar lá fora que o espaço estava podre, ninguém podia subir lá em cima. A polícia não subiu. Não há fotos do sótão. Acho que é porque não havia uma corda...

Ela ergueu a foto do teto, focando no buraquinho onde já estivera uma corda.

— Há sangue borrifado no teto — continuou Stevie. — O alçapão para aquele espaço estava fechado quando Rosie e Noel foram mortos. Então como e por que os assaltantes subiram num espaço que não podiam acessar, com um chão apodrecido, para abrir uma janela? Não faz sentido, certo? A não ser...

Stevie fez uma pausa e assentiu. Eles tinham discutido isso no andar de cima. Era hora de mostrar a mão. Izzy se arrastou para a beirada do sofá.

— Minha tia fez uma cirurgia este ano — começou Izzy —, ela precisou tomar analgésicos no pós-operatório. Eu fiquei na casa dela ajudando, e minha tia começou a falar sobre os assassinatos. Disse algo sobre o cadeado estar fora da porta e que alguma coisa tinha sido plantada.

— Exceto que ela provavelmente não disse *plantada* — interveio Stevie. — Angela estava falando sobre *plantas*. Não é que um de vocês está mentindo...

Stevie falou devagar, conforme o pensamento tomava forma à frente dela.

— ... é que todos vocês estão.

24 de junho, 1995
13h00

Era do cheiro que Theo se lembrava com mais clareza. Ela ficaria familiarizada com esse cheiro ao longo da carreira. O odor metálico de sangue, o odor de um corpo. Eflúvio. Rolava sobre ela, inundando as narinas.

Rosie e Noel estavam parcialmente obscurecidos pela pilha de lenha, parte da qual fora empurrada em cima deles. Pelo restante da vida, tanto Theo como Sebastian ficariam gratos por essa pequena misericórdia, por não poderem ver a extensão total do horror. Mas viram o suficiente. Uma perna. Uma mão. Algumas partes de roupas. As marcas escuras e úmidas no chão, e o sangue que cobria o cabo do machado que Sebastian usara para puxar o gancho da corda que abria o alçapão no teto.

Eles tropeçaram para fora do galpão até a luz estranha do dia. Os borrifos e rastros de sangue no rosto de Sebastian faziam a barriga de Theo embrulhar. Era a única cor no rosto dele — Sebastian tinha ficado cinza e parecia incapaz de se mover.

Os pássaros gorjeavam e voavam acima, alheios ao fato de que qualquer coisa estava errada em Tempo Bom.

— Precisamos chamar... uma ambulância...

Theo não precisava explicar para ele que uma ambulância era desnecessária a essa altura. Sebastian estava apenas falando coisas. Ambulância. Polícia. Ajuda. Alguém. Quem quer que se chamasse quando seus amigos tinham sido assassinados num galpão.

A polícia...

Eles viriam e encontrariam a escada abaixada e um espaço cheio de plantas de maconha, instrumentos de jardinagem e dois estudantes mortos.

Chegariam à conclusão errada.

Theodora era estudante de medicina havia três anos — ela aprendera a lidar com coisas sérias. Salvar todos que pudesse. Triagem. Rosie e Noel não podiam ser salvos, mas outra pessoa estava em perigo.

— As plantas — disse ela.

— As plantas? Quem liga para as plantas?

— *Eles* vão ligar para as plantas, Seb — disse ela com urgência. — Quando acharem um galpão cheio de maconha, vão te prender. Podem achar que você fez algo com Rosie e Noel, algo por causa das plantas.

Sebastian parecia estar além de entender ou se importar. Os joelhos dele decidiram que era hora de ceder, e ele cambaleou antes de se sentar pesadamente na lama.

— E daí? — perguntou ele. — O que a gente faz?

Uma boa pergunta. Theo era uma diretora. Uma planejadora. Ela cuidava das pessoas. Era uma médica em treinamento. Podia fazer isso. *Faria* isso.

O plano começou a tomar forma na mente dela. A adrenalina a impeliu adiante, fazendo seu cérebro trabalhar mais rápido. Lutar ou fugir.

— É *isso* o que gente vai fazer — disse ela, com respirações profundas e lentas. — Precisamos voltar lá para dentro. Precisamos contar para todo mundo o que aconteceu. Precisamos trabalhar juntos. Precisamos nos manter calmos.

Sebastian começou a rir, o que era justo.

Theo estendeu a mão para erguê-lo do chão. Ela o guiou até um trecho isolado de um dos jardins murados.

— Tire as roupas — disse ela. — Eu já volto.

Sebastian assentiu, tirando as botas e a camisa justa e a calça. Ficou parado no jardim, descalço e quase nu exceto pela cueca, esperando que Theo voltasse. Ela logo reapareceu com roupas secas, uma toalha, um copo d'água, uma garrafa de uísque e um rolo de papel higiênico. Começou a limpá-lo. Enrolou um pouco do papel, umedecendo-o com a água no copo, e limpou o sangue das mãos e do rosto dele.

— Podemos nos livrar disso dando descarga, entende? — disse ela, mais para si mesma. — Não queremos sangue nas toalhas nem no lixo.

Quando ele estava limpo, ela lhe entregou o uísque.

— Beba — mandou Theo. — Para o choque.

Ele obedeceu, dando um longo gole. Deixou o líquido deslizar pelo esôfago e, quando atingiu o estômago, sentiu o calor subir ao rosto. Isso lhe deu clareza suficiente para se secar e vestir a calça jeans e a camiseta que Theo tinha pegado em seu quarto. Ela o fez erguer os pés, que limpou antes de reinserir nas botas. Reuniu os lenços ensanguentados. Sebastian carregou as roupas e a toalha. Enquanto voltavam para a casa, Theo fez ambos enfiarem as botas no riacho no jardim, livrando-se do sangue nas solas.

Relativamente limpos, eles voltaram à casa, onde Theo enfiou as roupas e a toalha na máquina de lavar junto com alguns panos de prato da cozinha e a pôs para funcionar. Não era ideal, mas seria fácil explicar que precisavam lavar algumas roupas e toalhas depois de passar a noite brincando na chuva e na lama.

Então, a parte difícil. Foi quando ela hesitou. Sebastian viu acontecer e apoiou uma mão no ombro dela.

— Deixa comigo — disse ele. — Você fez tudo até agora.

Ele tomou um gole excepcionalmente longo da garrafa.

Os dois foram até a sala de estar, onde todos estavam rindo e conversando e comendo sanduíches de bacon. Era como se Theo e Sebastian tivessem vindo de outro mundo — eram fantasmas no mundo dos vivos, o mundo do antes.

Julian os viu primeiro, o rosto se contorcendo numa careta confusa.

— Você está bem, Seb? — perguntou ele. — Theo?

As risadas e a conversa esvaneceram conforme percebiam o par silencioso na porta.

— Aconteceu uma coisa — começou Sebastian.

Depois, diriam a Sebastian que foi ele que deu a notícia, mas ele não teria qualquer recordação disso. Tinha uma lembrança distante da reação. Uma risada estranha de Yash. Silêncio dos outros. Descrença. Alguém começou a gritar. Possivelmente Angela? Sooz disse algo sobre a polícia, que foi quando Theo bloqueou a porta.

— Tem uma coisa que precisamos fazer primeiro e tem que ser agora — disse ela. — Temos que tirar todas as plantas de lá. Senão eles vão prender Seb.

Ela não precisava dizer duas vezes. A questão foi comunicada ao redor da sala silenciosamente. Eles podiam ouvir os pensamentos uns dos outros.

— Como? — perguntou Julian.

— Tocando o mínimo possível — disse ela. — Um de nós sobe no sótão para pegá-las. Limpamos o espaço, nos livramos de todas as plantas e equipamento, e então ligamos para a polícia. Temos que ser rápidos. O jardineiro vai chegar hoje à tarde.

Quando começou a focar no plano, Theo percebeu a mente clarear. Não que fosse fácil — não era. Mas pelo menos havia algo que ela podia *fazer*. Manter-se ocupada. Manter-se em movimento. Mais tarde, ela processaria. Acharia um jeito de lidar com o trauma.

— Precisamos de sacos de lixo — disse ela. — Muitos deles. E luvas. Podem ser luvas de limpeza. Sacos de lixo, luvas, uma vassoura, produtos de limpeza, umas tesouras de poda ou normais, corda.

O grupo, então com sete membros, atravessou os jardins se apoiando uns nos outros e carregando os instrumentos. A cena estava como Sebastian e Theo a deixaram — o carrinho de mão virado, a porta aberta. Não fora um sonho.

— Eu vou — disse Theo. — Eu já vi...

Ela quase disse "aquilo". *Aquilo* era *eles*. Rosie e Noel. Noel e Rosie.

— Eu preciso ver — disse Sooz, dando um passo à frente.

— Sooz...

Sooz chegou na porta, congelou e recuou.

— Eu... eu não consigo. Tem certeza? Theo, você tem certeza? Tem *certeza mesmo*?

Ela começou a tremer descontrolada. Peter a alcançou primeiro e a puxou para trás, abraçando-a apertado.

Theo vestiu as luvas.

Primeiro, dispôs uma trilha de sacos de lixo desenrolados no chão entre a porta e a escada. O chão estava encharcado por causa da chuva que caíra durante a noite. Theo tirou as botas para subir a escada. Não podia deixar pegadas. No espaço de cima, abriu a pequena janela. Era pequena, mas suficiente para tirar as plantas. As outras coisas — as luzes de cultivo, as lonas — seriam mais difíceis. Talvez pudessem ir pelos degraus, se necessário.

Eles formaram uma brigada. Theo abaixou as plantas da janela no balde. Alguém no chão as jogou diretamente dentro de um saco de lixo. Pouco a pouco, o sótão foi se esvaziando. Quando estava limpo, ela varreu qualquer resquício da maconha do chão e virou o conteúdo da pá num saco de lixo. Cogitou fechar a janela, mas ainda restava o cheiro das plantas no espaço. A janela tinha que ficar aberta. Havia uma brisa — qualquer coisa que pudessem fazer para arejar o espaço seria bom. Ao descer, ela foi limpando os degraus da escada.

Quando terminou em cima, cortou a corda que abria o alçapão e a removeu, deixando apenas um buraquinho onde estivera, e fechou o alçapão com o cabo da pá. Saiu de ré do galpão, levando as lonas consigo.

Uma última coisa. O machado. Estava no chão, onde Sebastian o soltara. Ela se obrigou a olhar enquanto o limpava, segurando-o com um saco de lixo e o cobrindo para que os outros não pudessem ver. Ela saiu do galpão e caminhou vários metros para trás, até o riacho que serpenteava pelo bosque que entrava no jardim. Tirou-o do saco com uma sacudida, jogou-o na água e o chutou até que estivesse inteiramente submergido.

Ela encarou o machado por um momento, pacificamente repousando ali entre as pedras. A realidade se fragmentou por um momento. Ela estava limpando a cena de um crime. Rosie. Noel. Teve um flash do corpo de Rosie sob a lenha...

— Controle-se, Theo — disse a si mesma. — Você vai ser médica. Faz o que precisa ser feito para ajudar os outros. Tem que fazer isso.

Ela balançou a cabeça com força, como se tentasse tirar a imagem de lá à força. Funcionou, pelo menos o bastante para ela erguer o queixo e marchar de volta até onde os outros carregavam os carros.

— Para onde levamos isso? — perguntou Yash, olhando para os sacos. — Os bosques?

— Eles podem procurar por lá — disse Peter. — Podem encontrá-los.

— Tem muito bosque.

— Provavelmente vai ter muita polícia.

Peter e Yash, refinando as ideias um do outro mesmo naquele momento.

— Alguns quilômetros além na estrada — disse Angela. — Tinha uma caçamba de lixo ao lado de uma construção. Eu vi quando chegamos.

Um canteiro de obras perto do pub. Podemos levá-las e jogá-las lá com o resto do lixo.

Todos concordaram que era a coisa certa a fazer.

— Quem acha que consegue dirigir? — perguntou Theo.

— Acho que eu conseguiria — disse Julian. — Não sei por que ou como, mas acho que sim.

— Vocês cinco, vão. Livrem-se dos sacos e depois vão ao mercado e comprem pão ou leite ou salgados ou alguma coisa, então, se alguém disser que viu um carro sair daqui de manhã, vamos ter um bom motivo. Enquanto estiverem fora, vamos ligar para a polícia. Depois que começarmos isso, precisamos ficar juntos. Não só hoje. Sempre. Concordam?

Um por um, cada um do grupo assentiu em concordância. Julian, Sooz, Angela, Peter e Yash deram ré da entrada de carros com a carga terrível, deixando Theo e Sebastian.

E Rosie e Noel.

Theo pegou a mão de Sebastian. O palco estava montado. Prontos ou não, a hora do show sempre chegava. Você tinha que aparecer mesmo se não se sentisse preparado.

22

O FOGO CREPITAVA E LAMBIA O AR ESCURO. O RELÓGIO NA CORNIJA FAZIA SUA parte e emitia um som gentil e lento como a batida de um coração. Os Nove se entreolharam. Falaram sem palavras uns com os outros. Era estranho como podiam ter uma conversa inteira assim. Stevie podia sentir, mesmo que não pudesse ouvir.

A bunda dela estava queimando. Ela avançou um pouco.

— Eu só comecei a juntar as peças no jantar — disse Stevie. — Não sabia para o que estava olhando, no começo. Mas algumas coisas me fizeram pensar. Se vocês não tivessem dito *à base de plantas* tantas vezes, acho que não teria me ocorrido do que Angela estava falando. Plantas. Aí comecei a pensar sobre todas as coisas que Sebastian me contou lá fora. Que costumava fumar muita maconha. Que aprendeu sobre plantas com o jardineiro. Quando se junta tudo: plantas, maconha, a janela fechada um dia e aberta depois do assassinato, a corda que sumiu do alçapão, tudo resulta em...

— Estufa de cultivo — concluiu David, abrindo um sorriso.

Os presentes não fizeram nada. Um nada grande demais. Ela avançou um passo no vazio e...

Aí alguém suspirou.

— É minha culpa — disse Theo.

— Não *ouse*, Theo — repreendeu Sebastian. — Se é culpa de alguém, é minha.

— Parece que foi minha — acrescentou Sooz. — Talvez fosse meu subconsciente falando.

— Não é *culpa* de ninguém — disse Peter. — Não é culpa de ninguém. Foi...

— O que tínhamos que fazer — concluiu Julian.

... e ela tinha pousado em terra firme. Do outro lado da sala, David tinha uma expressão estranha. Não exatamente um sorriso — uma espécie de careta maravilhada.

— Vocês sabem onde está minha tia? — perguntou Izzy.

Todos balançaram a cabeça. Um coro de nãos.

— Não sabemos! — disse Theo. — Se soubéssemos, acredite...

— Estaríamos lá — completou Sooz. — Queremos saber tanto quanto você. Isso... a maconha...

— Não tem nada a ver com a sua tia — falou Peter. — Nada.

— Não faz mal explicar agora — cedeu Sebastian. — Você parece ter entendido bem a situação. E é tudo culpa minha, de toda forma. Você tem razão. Eu tinha plantas de maconha lá em cima. Não muitas. Instalei algumas luzes e ventiladores e cultivava algumas mudas, nada de mais. Eu pegava umas quando vinha visitar. Quando topamos com aquela cena pela manhã e vimos a porta arrombada, a primeira coisa que me ocorreu era que alguém tinha descoberto e viera roubar a maconha.

— E tinham? — perguntou Stevie.

— Não — respondeu Sebastian. — Nada tinha sido levado. Só encontramos... Rosie e Noel. Então nos livramos das plantas antes de a polícia chegar.

— Com cuidado — acrescentou Theo. — Tentamos alterar o mínimo possível da cena. Quando chegamos lá, o chão estava encharcado. Havia poças d'água em todo lugar, então não havia pegadas. E ainda usamos outros objetos para evitar pisar no chão. Removemos tudo lá de cima, com muito cuidado, e nos livramos de tudo. As únicas coisas em que mexemos embaixo foram o machado e a corda.

— Onde estava o machado quando vocês chegaram? — perguntou Stevie.

— Exatamente onde sempre estivera — respondeu Sebastian. — Encostado na porta. Tinha um cabo longo, então eu usava para enganchar na corda do alçapão. Foi o que fiz naquela manhã. Eu o peguei e puxei a porta. Só vi Rosie e Noel quando desci a escada.

— Tivemos que cortar a corda porque tinha sangue nela — continuou Theo — e a polícia poderia subir lá e encontrar resíduos das plantas.

Tivemos que limpar o machado porque as digitais de Sebastian estavam nele. Limpamos o cabo e jogamos no riacho. Nunca me arrependi do que fizemos naquele dia. Não podíamos ajudar Rosie ou Noel, mas podíamos ajudar Sebastian. Se aquelas plantas tivessem sido encontradas, ele teria ido para a cadeia e talvez sido acusado de assassinato.

— Sem arrependimentos — disse Sooz.

O comentário ecoou pela sala.

— E minha tia sabia? — perguntou Izzy.

— Claro — respondeu Theo. — Todos nós participamos. Ela ajudou.

— Todos nós — disse Sooz.

— Cada um de nós — acrescentou Peter. — Usamos um sistema de brigada para abaixar as plantas. Colocamos elas num carro e as descartamos.

— E aí eu liguei para a polícia — informou Theo. — O mais rápido que consegui.

— E o cadeado do galpão? — perguntou Stevie.

— O que dissemos sobre isso era verdade — disse Sebastian. — Encontramos o cadeado intacto e a porta arrombada. Deve ter sido mais fácil para os assaltantes abri-la com um pé-de-cabra do que ficar mexendo com o cadeado.

Stevie teve que se afastar do fogo. Estava quente demais. Ela foi para o lado mais escuro da sala, mais perto de onde David estava sentado.

— Pergunta — disse Yash, erguendo a mão. — Você ainda não explicou por que tem fotos da cena do crime e relatórios da polícia.

— São da minha tia — contou Izzy. — Encontramos tudo isso na casa dela. Ela vem pesquisando o caso.

— Quer dizer, procurando os assaltantes? — questionou Yash. — Em busca de traços de DNA ou algo assim? Ela nunca mencionou isso para mim. Falou com algum de vocês?

Uma onda de cabeças balançando.

— Se Angela está investigando o caso, é *nesse ponto* que ela está? — disse Sooz. — Quer dizer, tem que ser, não é? Onde mais ela poderia procurar? E por que não apenas contar para a gente que estava fazendo isso?

Porque ela acha que foi um de vocês, pensou Stevie.

— O que ela tem? — perguntou Julian. — O que descobriu?

— Só o que a polícia sabia na época — respondeu Stevie. — Ela tem as fotos, os depoimentos, as anotações, o relatório do legista.

— O arquivo inteiro da polícia? — exclamou Julian.

— E mais uma coisa. Quem é Samantha Gravis?

Seis olhares vazios.

— Quem? — perguntou Sooz.

— Isso estava nos arquivos.

Stevie pegou a notícia de jornal e a passou ao redor.

— Não sei quem é ela — disse Julian.

— Nem eu — falou Theo, passando para Sebastian, que deu de ombros. Peter e Yash seguraram juntos o papel e o examinaram.

— Sabe, tenho uma vaga lembrança — disse Peter. — Algo que não consigo situar.

Yash franziu a testa, pensando. Os outros se aglomeraram ao redor do sofá. Sooz se inclinou para baixo sobre as costas do sofá, os cotovelos nos ombros dos amigos.

— Bem, o artigo é datado do dia em que chegamos em Tempo Bom, 23 de junho de 1995 — disse ela. — Também foi o dia em que Rosie e Noel foram assassinados.

Eles debateram, tentando tirar algum sentido daquilo. O burburinho confuso parecia genuíno. Eles realmente não sabiam quem era Samantha Gravis, mas queriam descobrir.

Stevie estava prestes a perguntar uma coisa quando Janelle apareceu na porta.

— A dra. Quinn acabou de ligar — disse ela. — Posso falar com você um minutinho?

Stevie levou Janelle até o lado mais distante do hall de entrada, sob o retrato desaprovador do homem com o cachorro. Isso a deixou nervosa demais, e elas ainda estavam ao alcance dos ouvidos da sala, então fez um gesto para Janelle segui-la até a biblioteca e fechou a porta. Tateou a parede em busca do interruptor, mas não conseguiu encontrá-lo. A conversa teria que acontecer no escuro, o que para Stevie não era um problema.

— Descobri umas coisas — disse Stevie. — Lá dentro. Sobre o que aconteceu.

— Eu ouvi — respondeu Janelle em voz baixa.

Não houve nenhum "ótimo trabalho, Stevie!" ou "você é genial!" ou "sendo assim, está tudo perdoado!".

— Então, estou chegando mais perto — continuou Stevie depressa. — Ainda não entendi tudo, mas se descobrirmos quem é Samantha Gravis...

— Você me ouviu dizer que a dra. Quinn ligou, certo?

Stevie chupou os lábios e os mordeu com força.

— *Uhum*.

— Eu não atendi a tempo — continuou Janelle. — Então ela ligou para Nate. E ouvi ele dizer que estávamos na sala de TV assistindo a um filme. E como não estamos numa sala de TV assistindo a um filme...

O vento estava aumentando do lado de fora, e as árvores corriam a ponta dos galhos nus pela casa, dedos magrelos batendo e arranhando. Saía um assovio oco da lareira.

— Certo. — Stevie disse a palavra num sopro violento. — Eu posso explicar...

— Nate já explicou.

— Eu estava tentando achar um momento para te contar...

— Que você mentiu e disse que tínhamos permissão para vir para esta casa enquanto a dra. Quinn acha que estamos em Londres?

— É — respondeu Stevie, se encolhendo um pouco. — Mas você sabe por que eu fiz isso.

Janelle não disse nada por um momento. A biblioteca escura talvez tivesse sido uma escolha ruim para a discussão. As janelas eram altas e projetavam longos retângulos de luar no chão. Os livros estavam enfileirados como sentinelas silenciosas, testemunhas da vergonha de Stevie. Havia alguma obra de arte meio sinistra por perto, algo com olhinhos redondos. O ar tinha um leve cheiro de lustra-móveis, poeira de livros e julgamento.

— Eu sei por que você *acha* que fez isso — disse Janelle. — Você acha que fez isso porque tinha que ajudar Angela e tinha que nos trazer para cá de qualquer jeito.

— Você disse que não podíamos vir se Quinn dissesse não... — retrucou Stevie.

— Mas não minta — replicou Janelle, uma nota de emoção na voz.
— Devia ter me contado o que ela disse. Vi não sabia. Quando você
contou para Nate?

— Quando chegamos aqui — admitiu Stevie baixinho.

— Acho que David sabia, não faz diferença para ele. Não tem que
responder à Quinn.

— Eu também não contei para ele — confessou Stevie. — Mas você
sabe... você sabe por que eu tive que mentir.

— Não — rejeitou Janelle. — Eu sei que fez isso, mas não precisava.
Se eu não puder confiar nos meus amigos, se não puder confiar em *você,*
em quem eu posso confiar?

Os olhos de Stevie ardiam com lágrimas. Ela tossiu e as enxugou.

— Fui idiota por mentir para vocês — disse ela —, mas estou sinceramente com medo pela Angela, e este é o único lugar onde podemos
descobrir o que aconteceu com ela. Então eu fiz uma coisa errada. Sou
uma amiga de merda, mas por um bom motivo.

— Mentir para nós te deixou mais perto de encontrar Angela? —
perguntou Janelle.

— Estou mais perto. Ela está por aí, em algum lugar, e está encrencada.
E... e não existe um eu sem nós. Angela precisa de *nós.*

Stevie falou aquele *nós* com a maior ênfase possível. Era verdade. Não
havia Stevie sem Janelle e Nate e Vi e David. Eles eram um só ser, como
as pessoas na outra sala. Eram um organismo. Um sistema. Mesmo na sala
escura, Stevie podia ver o suéter amarelo alegre de Janelle, suas tranças
perfeitas envoltas num lenço laranja e marrom — alegre, mas outonal,
sempre adequado para o momento. A amiga que sempre a apoiava, que
consertava as coisas quebradas, que fazia as contas difíceis. A pessoa
que você podia procurar no meio da noite.

A postura de Janelle suavizou um pouco; ela sempre se sensibilizava
com pessoas que precisavam de ajuda.

— Sabe — começou ela —, se você tivesse me contado o que Quinn
disse de verdade, teríamos dado um jeito. Não é como se eu não ligasse
para o fato de Angela poder estar ferida. Eu estava brava com você por
ficar procrastinando. Se tivesse me contado... podíamos ter encontrado
uma solução juntas. Mas você não confiou em mim.

— Eu confio em você — disse Stevie. — Com qualquer coisa. Só não sabia o que fazer. Como posso me redimir?

Janelle suspirou.

— Me conte a verdade — disse ela. — Mentiras são veneno. Mas, Stevie... só temos pouco mais de um dia aqui na Inglaterra. E você tem o que, trinta e seis horas? Eu acredito em você, mas dessa vez... talvez não haja tempo. Você pode ter que deixar outra pessoa encontrá-la. Essa é a realidade. Tem algo específico que você acha que pode fazer nesse tempo para descobrir a verdade?

A resposta era não. Não, Stevie não sabia o que vinha em seguida. Ela nunca sabia. Os próximos passos sempre lhe ocorriam conforme montava o quebra-cabeça. Nunca havia um plano antecipado, um método, ou um jeito organizado de lidar com isso.

— Amanhã nós vamos voltar a Londres — disse Janelle suavemente. — Fazer o que está no nosso cronograma. Beber nosso chá. Ir ao teatro. Terminar nossa viagem. Não podemos arruinar nossa vida por causa de palpites, Stevie. Precisamos nos planejar e precisamos confiar uns nos outros.

Cada uma das palavras pousou com força nas entranhas dela.

— Não vou fazer de novo. Prometo.

— É melhor não fazer — respondeu Janelle. Então, depois de um longo momento, acrescentou: — Mas você fez um bom trabalho lá atrás. Tem sorte de ser tão inteligente.

— Tenho sorte de ter você.

— É verdade, mas não force a barra — respondeu Janelle. As palavras saíram severas, mas Stevie podia ouvir o sorriso em sua voz.

23

STEVIE TINHA EXAURIDO SUAS CAPACIDADES MENTAIS NAQUELA NOITE. ENTRE AS revelações e a conversa com Janelle, não tinha mais forças para nada. Queria se enfiar na cama gigante no andar de cima e dormir — dormir por uma semana. Saiu no salão principal cheio de sombras, onde David esperava ao pé da escada.

— Senti falta desse tipo de noite — disse ele. — Você resolve tudo, o caos se instaura. Em geral, acabamos num buraco ou algo assim. Até que deu tudo certo hoje.

Stevie não tinha energia para piadinhas. Sentou-se ao lado dele na escada. Ao espichar o pescoço, viu que a conversa na outra sala ainda estava animada, as fotos sendo passadas ao redor.

— Quinn não disse que vocês podiam vir para cá, né? — perguntou ele em voz baixa.

— Não exatamente — respondeu Stevie.

— Você não muda — disse ele.

— Você quer dizer que sou uma cretina.

— Encare como quiser. Não é a palavra que eu usaria.

— Parece a certa — falou ela. — Mas o que eu poderia ter feito de diferente?

Em vez de responder, ele pegou a mão dela. Usando o dedão, desenhou círculos lentos e suaves na palma. Era conforto. Era amor. Aquele pequeno gesto também fez cada nervo no corpo dela se arrepiar. Havia um estremecimento, uma nota gentil e repetida, como uma orquestra se aquecendo. Uma energia crescente. A ansiedade e a exaustão se converteram em algo mais líquido. Uma catarse emocional. E também tesão, puro e gloriosamente simples.

— Podemos subir agora? — perguntou ela baixinho.

David se ergueu, e o olhar dele lhe disse tudo.

Eles não acenderam as luzes. Nem avançaram tanto para dentro do quarto de Stevie. Assim que a porta estava fechada, David se virou. Ela avançou primeiro, com uma energia faminta e nervosa, beijando-o com força e acidentalmente batendo a cabeça dele na parede. Para seu prazer, ele a ergueu nos braços e a levou até a cama, soltando-a no ar. Ela quicou gentilmente. Ele também pulou, cobrindo-a com o corpo. Ela pensou que ele estava prestes a se inclinar e beijá-la. Stevie estava pronta para uma experiência *Bridgerton* completa ali em Tempo Bom. Mas ele apenas ficou pairando sobre ela, observando-a com um leve sorriso.

— Na outra noite, você ia perguntar se eu já transei. Não ia?

Para a surpresa dela, o constrangimento com a pergunta tinha sumido.

— Ia — confirmou Stevie.

— Mas você não perguntou. Que resposta queria?

— A real. Porque estou imaginando que sim.

— É a resposta certa — confirmou ele.

Ela sentiu uma leve pontada no peito — em parte mágoa, em parte satisfação. Era ok. Era meio estranho. Era bom. Era tudo isso ao mesmo tempo.

— Muito? — perguntou ela.

David riu, mas não era desagradável.

— O que é muito?

— Você ganhou algum prêmio de Mais Transudo?

Uma risada real, dessa vez. Ele saiu de cima dela e rolou para o lado de forma que ficassem cara a cara no travesseiro.

— Foi com minha última namorada, antes de eu ir para Ellingham — disse ele. — E uma vez em Ellingham. Bem, não em Ellingham. Eu fui para Burlington com Ellie para uma festa e conheci uma pessoa lá. Foi só uma vez.

Ellie. A amiga deles de Ellingham. Era estranho falar dela assim, fora do contexto de todas as coisas terríveis que tinham acontecido lá.

— Tem algo específico que você queira saber?

— Acho que não — disse ela. — Não agora.

— E você? — perguntou ele, se apoiando em um cotovelo.

— A pergunta é mesmo necessária?

— Quer dizer, acho que a resposta é não, mas quero perguntar.

— Acertou.

— Você está perguntando por... algum motivo?

— Acho que sim.

Ele considerou por um momento.

— Certo — disse ele. — Você quer... falar sobre isso? Porque... devíamos falar sobre isso. Antes...

— É — concordou ela. — Mas eu pensei a respeito. E... você... quer?

Uma risada curta.

— Quero — confessou ele. — Claro. Mas... não precisamos. Podemos fazer qualquer coisa. Estou dizendo sim. E também estou dizendo que estou bem com o que você decidir. Você sabe o que estou dizendo...

Havia um certo nervosismo atípico nele. Stevie examinou o rosto de David, emoldurado pelos quadrados de luar entrando pela janela.

Se não hoje, quando? Era o momento ideal pelo qual ela esperara. Era isso que ela tinha pensado e considerado e pesquisado.

— Estou dizendo sim — disse ela.

— Hoje à noite, ou no futuro em geral?

— Hoje à noite — falou ela. — Agora.

— Eu trouxe camisinha — contou ele. — Não disse nada.

— Onde estão?

Ele enfiou a mão no bolso de trás e puxou uma pequena embalagem.

— Se você disser para parar, a gente para. Fala comigo. E não temos que fazer isso. Só para ficar superclaro.

— Idem.

Como já tinham tido a conversa, por um momento ficaram apenas se olhando no travesseiro. Por um momento, ela pensou que o feitiço tinha se quebrado. Mas então os dois irromperam em risos. As pessoas falavam dessas coisas como se fossem tão sérias — mas não eram. Era idiota e divertido. Estavam se revezando, rolando em cima um do outro, mordendo orelhas e beijando pescoços e ficando presos nas próprias roupas enquanto tentavam tirá-las. Estavam sentindo os músculos se movendo sob a pele, sentindo o calor sob as cobertas. Ela não sabia exatamente como tudo deveria acontecer, mas estava começando a suspeitar que crescer era isso, o tempo todo. Ela estava vagamente ciente de barulhos no corredor, mas não importava. Ela estava fora dali — fora da mansão, em algum tipo de céu feito do cabelo de David e do interior das cobertas. Nada importava, nem o futuro nem a faculdade nem nada, mas...

Houve batidas na porta — batidas fortes e firmes que aumentaram em urgência.

— Quem é? — perguntou Stevie, por fim, sem fôlego.

A pessoa respondeu abrindo a porta. Era Sooz, vestindo um roupão vermelho comprido em cima de pijamas azul-royal com um padrão de tigres saltando.

— Eu sei quem... *ah*. — Ela olhou para os dois juntos, piscou em confusão, então cobriu os olhos como uma concessão à privacidade. — Pensei que você tinha dito para entrar. Sinto muito.

Ela saiu de vista, mas deixou uma fresta da porta aberta.

— Mas é importante. Você precisa descer. Eu sei quem é Samantha Gravis.

Sooz reuniu os residentes de Tempo Bom na cozinha, em vez de na sala de estar. Ela tinha acordado a casa inteira, incluindo Janelle, Vi e Nate. Todos os outros estavam usando, se não pijamas completos, algo razoavelmente decente. David vestiu a calça de moletom de Yale e camiseta. Stevie pegou a coisa mais próxima em mãos — o moletom de sexo.

— Ah — disse Janelle, notando o macacão que Stevie estava usando (daquela vez bem fechado).

Embora fosse recatado, ela nunca pretendera que tivesse uma audiência maior. Perguntou-se se ainda estava corada, ainda suando. Podia sentir umidade na base do pescoço. Seu cabelo provavelmente estava espetado. Por sorte, ninguém ligava para a aparência de Stevie — todos tinham sido acordados e trazidos para a mesa, onde o laptop de Sooz estava aberto.

— Eu não conseguia dormir — falou Sooz. — Estava pensando em tudo o que aconteceu e no rosto da garota no jornal. Tinha certeza de que já a tinha visto antes. Então procurei nas minhas fotos. Levou um tempo, já que eu tenho tantas, mas... encontrei.

Ela apontou para uma foto escaneada na tela.

Havia membros dos Nove — jovens e de rosto reluzente, com cabelo dos anos 1990 e roupas comuns — lado a lado no bar de um pub. Atrás deles, havia as alças decorativas das torneiras de cerveja, e um bartender pego de surpresa pela câmera, os olhos brilhando vermelhos enquanto erguia a cabeça após encher um copo. Na ponta, estava Sebastian, os olhos apertados e fazendo pose para a câmera. Theo estava enfiada sob o braço dele, sorrindo para algo ou alguém fora de vista. Noel, alto e encurvado, usando óculos grandes demais e com o cabelo escuro desgrenhado. Angela estava ao lado dele, esticando uma flor na direção da câmera como uma espada. Peter usava uma camisa de rugby listrada em azul e verde e tinha a cabeça jogada para trás numa risada, enquanto Yash tinha a boca aberta e a mão estendida num gesto largo, ainda no meio de uma piada. Somente Julian tentava posar para a câmera, com um meio sorriso nos lábios. Ele usava uma camiseta solta e tinha uma camisa de flanela amarrada na cintura.

E havia mais uma pessoa, bem na margem da foto. Um acréscimo de último segundo que quase não apareceu. Ela olhava um pouco para longe, mas seu rosto estava suficientemente nítido. Usava um moletom de Oxford grande demais.

Sooz apontou para ela.

— Lá está ela — disse Sooz. — A *canadense*.

— Quê? — Yash quase derrubou a xícara de chá. Foi até lá depressa e se inclinou para a tela.

— Canadense? — repetiu Stevie. Ela foi olhar, mas os membros dos Nove tinham se aglomerado ao redor de Sooz e do computador. Yash puxou uma das cadeiras de madeira e se sentou.

— A canadense — repetiu ele, esfregando a testa. — Meu Deus.

— Por que vocês estão dizendo que ela é canadense? — perguntou Stevie.

— Porque ela nos contou que era canadense — respondeu Sooz.

— Era uma coisa na época — explicou Theo. — Algumas pessoas não eram muito fãs de americanos, sabe? Então alguns americanos diziam ser canadenses. Não conseguimos ver a diferença. Os sotaques americano e canadense soam iguais para a gente, em geral.

— Tá — disse Stevie. — *Quem* é a canadense? Quer dizer, Samantha. É Samantha. Mas como vocês a conheciam?

— Não conhecíamos — disse Peter.

— Bem, de certa forma — acrescentou Theo. — Mas não de verdade, como Peter disse.

— Conhecíamos, sim — afirmou Yash. — Eu conhecia.

— Julian com certeza conhecia — cortou Sooz.

Era como se falassem em enigmas.

— Na nossa última semana em Cambridge — começou Sooz —, durante as provas ou logo depois, por volta desse período, estávamos todos no pub uma noite e conhecemos a canadense. A americana... Samantha. Acho que nem sabíamos o nome dela, né? Chamávamos ela de outra coisa.

— Monty — acrescentou Yash. — Porque ela era canadense e eu disse algo sobre os policiais deles, os Mounties, e ela achou que eu disse Monty ou algo assim. Era uma daquelas coisas que aconteciam num pub. Ela provavelmente nos disse o próprio nome, mas a chamávamos de Monty. Ela pareceu gostar. Ria disso.

— Eu tirei a foto — disse Sooz. — E dá para ver que estamos todos nela, exceto por Rosie. O que significa que isso aconteceu na noite em que Julian a traiu.

Julian ergueu a cabeça.

— Sooz, você tem que...

— Estou tentando explicar. Rosie estava estudando para uma prova ou num laboratório ou algo assim, e estávamos todos no pub sem ela. E Julian conheceu a canadense e ficou com ela. A canadense foi o motivo de ele e Rosie terminarem...

Julian ergueu a cabeça de novo em protesto.

— ... o que parece pior do que é. Todo mundo terminava com Julian quando ele traía, o que acontecia sempre e, bem, com todo mundo. A gente terminou, o quê, umas quatro vezes por causa disso?

— Não fui sempre eu que traí no nosso caso, Sooz...

— A questão é que foi assim que Rosie e Noel acabaram juntos — resumiu Peter.

— Mas você não a reconheceu? — perguntou Izzy.

— Eu lembro da canadense, mas não reconheci a foto dela — disse Julian.

— Julian pegava muita gente — acrescentou Sooz.

— Sooz, você poderia não...

— Ela passou um tempo comigo na noite seguinte — disse Yash. — Era bacana. Engraçada. Gostava muito de música. Disse que gostava de estar na Inglaterra porque muitas das bandas que ouvia eram daqui. Ao contrário de Julian, eu não transava com tudo o que se movia, então isso me chamou a atenção. Eu gostei muito dela. Como ela ia ficar na Inglaterra por mais um dia ou dois, emprestei uns CDs que estavam na minha bolsa. Dei nosso endereço para ela poder visitar e devolvê-los, mas ela nunca veio. Achei que ela só tinha roubado meus CDs e voltado para o Canadá.

— Mas não voltou — disse Sooz. — Ela morreu. Não sei como Angela descobriu isso ou por quê, mas a conhecíamos.

— Ela morreu correndo em *punts*? — perguntou Stevie. — As pessoas fazem isso mesmo?

— Ah, sim — confirmou Sebastian. — Cambridge fica sobre um rio, o Cam. Os *punts* são os barcos usados nesse rio, principalmente por turistas. À noite, ficam amarrados em fileiras, e as pessoas correm em cima deles quando estão bêbadas.

— Quão fácil é cair?

— Muito — disse Theo. — Geralmente não faz mal, mas o boato era que você pegava síndrome de Weil da água... leptospirose. Não era tão comum quanto as pessoas pensavam, ou todo mundo pegaria. O perigo maior seria ficar preso num carrinho de compras que alguém largou na água. Mas parece que ela bateu a cabeça ao cair, o que também é fácil de acontecer.

— Parece que ela foi encontrada perto de Grantchester Meadows — falou Peter. — Isso fica entre a cidade e a nossa casa. Yash, ela podia estar a caminho de lá. Talvez com os seus CDs.

Yash se reclinou na cadeira e esfregou a testa.

— Isso é tão triste — comentou ele. — Ah, Deus.

— Então uma garota que todos vocês conheceram — começou Stevie — causou um término de relacionamento, desapareceu e se afogou alguns dias antes de Rosie e Noel morrerem, e podia ter estado a caminho da sua casa quando aconteceu. E no dia em que vocês partiram para Tempo Bom, apareceu uma notícia no jornal dizendo que o corpo dela foi encontrado. Naquela noite, Rosie e Noel foram mortos. Angela descobriu a respeito disso, e agora Angela sumiu.

— *Onde está minha tia?* — perguntou Izzy.

Mas não houve resposta.

24

Tinha havido, para dizer o mínimo, uma mudança de clima.

A casa inteira estava acordada. Não somente as pessoas — Stevie sentia que a própria Tempo Bom tinha despertado. Estava, de um jeito muito agudo, ciente dos rostos nos retratos na parede, do gemido e do rangido da madeira, do vento de outono batendo nas janelas. Sua cabeça vibrava com informações enquanto subia de novo para o quarto.

David e ela tinham bagunçado a cama enorme. O edredom estava amarfanhado e quase enrolado em um lençol. Havia vincos onde eles tinham suado e se retorcido. Stevie alisou os lençóis e se ergueu. David sentou-se ao lado dela e se inclinou para beijá-la, então recuou.

— Foi uma noite estranha — constatou ele.

— É — concordou ela. — A gente não pode só deitar?

David ergueu o braço, abrindo espaço para ela se encaixar ao lado. Brincou com o cabelo dela enquanto os pensamentos de Stevie flutuavam sobre as novas informações. Ela não sabia bem quanto tempo tinha passado antes de notar que a mão dele não estava se movendo e que ele tinha adormecido. Ela se apoiou em um cotovelo para olhar o contorno do rosto dele na escuridão por um momento, então saiu da cama o mais silenciosamente possível, pegou o tablet no escuro e foi até o banheiro. Sentou-se no sofá sob a janela. (Como não poderia? Quem tem um sofá no banheiro?) A lua estava cheia e branca, iluminando os jardins.

Quando Stevie tinha tentado entrar no espírito de um caso arquivado antes, às vezes tinha que mergulhar em sons, algo para ajudar o cérebro a funcionar. Anos 1990. Britpop. Eles ficavam mencionando a banda Blur, então foi o que ela procurou. Não conhecia nenhuma música, mas havia uma chamada "Country House". Começava com uma série ousada de acordes descendentes que pareciam a introdução a uma festa. Uma voz muito inglesa dizia: "*Então a história começa...*".

Stevie a colocou no *repeat* e deixou Blur tocar em seus ouvidos enquanto examinava cada documento outra vez. Tentou elencar tudo na mente. Samantha Gravis era uma americana visitando a Inglaterra, como ela. O tempo de Samantha ali era limitado, como o de Stevie. Ela conheceu os Nove, como Stevie. Beijou dois membros do grupo. Pegou CDs emprestados de um e tinha o endereço da casa deles. Parecia que Samantha Gravis, um pouco bêbada, começou a andar até a casa deles para devolver os CDs e visitá-los. Era 1995, então ela não tinha celular para guiá-la. Talvez tivesse um mapa ou apenas uma ideia geral do caminho. Estava tarde. Estava escuro.

Quem teria motivos para machucar Samantha?

Samantha tinha beijado Julian e Yash. Julian e Rosie estavam namorando, e Samantha era o motivo de eles terem terminado.

Será que Rosie tinha matado Samantha Gravis? Era disso que se tratava? Era a isso que Angela se referia? Quando disse que achava que um dos amigos era um assassino, queria dizer Rosie? E depois? Alguém mata Rosie e Noel em retaliação? Yash?

Pelo que eles diziam, todas essas pessoas estavam envolvidas umas com as outras. Havia muitos casinhos e ciúme e términos e retomadas. *Qualquer um* podia estar bravo pelo que tinha acontecido.

Stevie deve ter caído no sono por um tempo. Acordou com um susto quando o tablet deslizou do colo e caiu no chão. Com uma bufada, olhou para o banheiro e a grande banheira confusa e verificou o horário. Eram cinco da manhã.

Desligou a música e esfregou o rosto com as mãos. Não tinha respostas. Café. Ela precisava de café.

David estava dormindo profundamente quando ela passou, as enormes nuvens do edredom branco puxadas até o nariz e um braço pendendo da beirada da cama. Era o braço no qual ele usava o relógio — o velho relógio que o pai lhe dera. Era um acessório grande, mas David tinha pulsos pesados e fortes. Ao ver o braço dele estendido daquele jeito, por algum motivo considerou voltar para a cama, acordá-lo com beijos, terminar o que eles tinham começado. Ficou parada ali por um momento, sendo puxada em duas direções diferentes, então resignou-se a seguir para a porta.

Havia tão pouco tempo e tantas perguntas.

Stevie seguiu pelo corredor do segundo andar de Tempo Bom, passando pela tigela de porcelana e os vasos e os retratos severos. Desceu a escadaria principal, onde o relógio de pêndulo se mantinha como uma sentinela. Ela cruzou o piso de madeira, sentindo o cheiro da fumaça que restara do fogo da noite anterior. Seguiu até a enorme cozinha e encontrou o interruptor. As cadeiras ainda estavam afastadas da mesa, após a conferência de algumas horas antes. Ela foi até a chaleira. Encheu-a na pia e a devolveu à base, então a colocou para ferver. Não era um processo complicado, mas a fez sentir que pertencia àquele lugar.

Ela podia se acostumar àquilo. Podia viver ali. Podia estudar ali, com David. Talvez aquela pudesse ser a vida dela, ir a lugares como Tempo Bom...

A janela da cozinha dava para uma parede de tijolos. Ela se inclinou sobre a pia para erguer os olhos para o céu escuro das primeiras horas da manhã. Havia uma figura atrás dela refletida na janela. Ela arquejou, mesmo percebendo que era apenas Nate, arrastando os pés, usando um moletom marrom grande e calça de pijama listrada em azul, e segurando o laptop.

Ela assentiu. Ele se sentou, esticando e abrindo as pernas.

— Já entendeu tudo? — perguntou ele, indicando a cozinha, Tempo Bom, o mistério e a vida em geral. Stevie negou com a cabeça.

— O que é isso? — perguntou ela, indicando o computador. — Você está escrevendo?

— É — respondeu ele, um pouco rápido demais.

— Você mudou completamente — comentou Stevie. — Costumava evitar escrever, e agora parece fazer só isso.

— Só não conseguia dormir — disse ele, apoiando o computador na mesa. — Estamos vivendo num tabuleiro de Detetive agora. Ouvi alguém andando por aí e vi que era você. Provavelmente uma boa ideia estar aqui. Muitas facas.

Ela estreitou os olhos para ele. Definitivamente estava rolando algo. Nate apoiava as mãos no laptop fechado, como se o negócio pudesse se abrir sozinho e revelar todos os seus segredos. Mas Stevie tinha problemas maiores no momento. A escrita misteriosa de Nate teria que ser examinada em outra hora.

— Estive relendo as coisas que Angela reuniu — falou ela. — Só... não apontam para nada. Nada que eu possa ver. — Stevie mordeu o lábio e balançou a cabeça. — Talvez tenha sido um roubo mesmo, agora que sabemos o que estava no galpão.

— Alguém veio roubar a maconha?

Ao dizer em voz alta, a ideia começou a ganhar certa forma. Será que ela a tinha descartado rápido demais? Valia a pena ao menos dar uma olhada do lado de fora com isso em mente?

— Quer dar uma volta? — perguntou ela.

— Está falando sério?

— Só perguntei se você queria dar uma volta.

— Caminhada de madrugada na mansão do assassinato a machadadas? Pode apostar. Especialmente se você ouviu um barulho e quer investigar.

— Está quase amanhecendo — comentou ela.

— Está *escuro*.

— Assassinatos não acontecem duas vezes no mesmo lugar — disse ela. — São como raios.

— A gente literalmente estuda numa escola onde assassinatos vivem acontecendo.

— Bem, não podemos ficar indo a lugares onde mais de um assassinato aconteceu — disse Stevie. — Então definitivamente estamos seguros.

— Sério, não. Só espera o sol nascer.

— Não temos muito tempo — insistiu ela. — Qualquer coisa que eu for descobrir, vai ter que ser hoje. Logo as pessoas vão acordar e aí vou poder falar com elas. Agora é o melhor momento para terminar de olhar a propriedade. Além disso, eles não têm armas aqui.

— Têm machados.

— Muito mais lentos. Mais difíceis de usar.

Ela desligou a chaleira que tinha colocado para ferver e que apitava na base. Foi até o vestíbulo e procurou o par de galochas que tinha usado mais cedo. Pegou um casaco também. Havia lanternas numa estante ao lado da porta. Pegou uma para si e uma para Nate, que entrou lá um momento depois.

— Sabe, qualquer dia desses eu não vou te seguir — disse ele.

— Sério?

— Não sei. Talvez.

Ele suspirou, pegou o casaco impermeável mais próximo, vestindo-o sobre o moletom, e aceitou a lanterna que ela estendeu.

— Acha que deveríamos levar alguma coisa? — perguntou ele. — Sério. Por segurança.

Stevie olhou ao redor e viu um martelo sobre uma pilha de ferramentas de jardinagem embaixo de um dos bancos. Pegou-o e o enfiou no bolso fundo do casaco, até onde dava.

— Pronto — declarou ela.

— Martelo — falou Nate, assentindo. — Ótimo. Vamos levar nosso martelo para o bosque.

A porta estava trancada por dentro, então ela virou a chave e saiu no frio.

O ar estava espesso com umidade e o cheiro de folhas e vegetação. A lua estava pesada e brilhante, vertendo uma luz leitosa sobre a terra. Eles quase não precisaram das lanternas. Além disso, tinham a experiência de andar num bosque à noite. O Instituto Ellingham ficava nos bosques de uma montanha de Vermont, muito mais isolada que Tempo Bom. E eles tinham passado o verão investigando um assassinato. E aquele lugar não era somente um bosque — havia campos abertos também. A linha de árvores se rompia de vez em quando, revelando prados extensos e jardins e trechos de muro.

Stevie considerou cada um enquanto apertava o cabo do martelo. Mas ficaria tudo bem. Ela tinha quase certeza.

Eles desceram pela entrada de carros de cascalho e terra, que tinha cerca de quatrocentos metros, até alcançar o portão de madeira robusto que tinha pelo menos um metro e oitenta de altura. Ela consultou as fotos no tablet. Parecia o mesmo, ou era muito parecido.

— Esse portão fecha automaticamente — disse ela. — É eletrônico. Quando a força caiu às duas e meia naquela manhã, teria parado de funcionar. Teria que ser aberto à força, o que não aconteceu. A estrada logo além desse portão ficou bloqueada das três e meia às sete e meia da manhã para restaurarem a energia. Basicamente não tinha jeito de ninguém ter vindo aqui com um carro ou van. Então o que esses assaltantes fizeram? Andaram a noite toda numa tempestade torrencial para chegar aqui?

— Talvez? — devolveu Nate.

— E *ninguém* os viu? Nenhuma das pessoas correndo pelos jardins? Só Rosie e Noel, e só no galpão de madeira? Mas tem um problema com isso também. Digamos que você seja Rosie e eu um assaltante. Você me surpreende ou eu surpreendo você. Eu posso só fugir, mas, tudo bem, eu entro em pânico. Pego um machado. Mato você.

Stevie imitou a ação com o martelo, talvez um pouco perto demais para o gosto de Nate.

— Matei você. Ah, merda. Que mancada. O que eu faço? Deveria fugir agora. Mas não fujo. Eu te *enterro* sob a lenha. Quebro a lâmpada em algum momento, então suponho que ainda estou agitando o machado. Por quê? Tanto faz. Eu demoro tanto que mais alguém aparece. De novo. Eu não fujo. Eu mato a outra pessoa.

Ela encenou com o martelo, mais longe dessa vez, o suficiente para passar a ideia.

— Eu enterro a segunda pessoa. Por que continuo ali?

— A chuva? — sugeriu Nate. — Quer dizer, não é um ótimo motivo...

Stevie balançou a cabeça.

— E esses gênios que caminharam na chuva para roubar algumas plantas de maconha e acabaram cometendo um assassinato duplo conseguem evitar serem vistos por qualquer outra pessoa. Exceto que Sooz disse que viu uma lanterna passar pela janela da sala de estar, mas a polícia desconsiderou o depoimento dela porque estava bêbada na hora e porque isso não se encaixava com o que eles claramente queriam que encaixasse. E tudo isso ignora o fato de que Rosie sabia que algo estava errado e devia ter visto aquela notícia sobre Samantha Gravis, que apareceu no jornal naquela manhã. Não.

Ela balançou a cabeça. Tinha mais certeza do que nunca.

— Tudo isso tem uma ordem. Samantha Gravis. Rosie. Noel. Um leva ao outro. Problema leva a problema.

— Conheço uma velha que engoliu uma mosca — disse Nate.

— O quê?

— Sabe aquela musiquinha? A gente cantava no jardim de infância. É sobre a velha que engoliu uma mosca. E aí ela engole uma aranha para pegar a mosca e continua engolindo coisas progressivamente maiores para lidar com a última coisa que engoliu.

Stevie se virou e começou a voltar para a casa. À direita deles, havia o bosque, à esquerda, árvores e um muro baixo e a abertura para os jardins maiores. Conforme se aproximavam da casa, Stevie virou-se naquela direção, pulando sobre o muro baixo de pedra e caminhando pela grama na direção do pequeno lago e do templo. Para chegar lá, eles tinham que cruzar o córrego estreito que atravessava a propriedade, mas o lugar onde estavam tinha apenas cerca de sessenta centímetros de largura e alguns centímetros de profundidade, e podia ser cruzado com um único passo.

Prédios ornamentais apareciam muito em histórias de assassinatos. As pessoas gostavam de pôr corpos embaixo ou ao redor deles. Fazia sentido, porque eram construções arquitetônicas inúteis e extravagantes — algo que você construía se era um adulto rico e queria uma casinha de brinquedo. Por que *não* construir uma coisa inútil no jardim? Seria esquisito se não o fizesse.

Aquela tinha sido feita como a fachada de um templo grego — quatro colunas e um teto triangular. Não tinha cômodo interno; era só uma saliência, um lugarzinho para escapar do sol ou da chuva, talvez tomar um chá ou fazer um piquenique.

— Fiquei lendo os depoimentos das testemunhas a noite toda — disse ela. — Olhei as anotações da Angela. Ela tentou entender quem estava onde e quando. E isso é ótimo, mas a questão é, entre as onze e as duas e meia da manhã, praticamente todo mundo estava em algum lugar na propriedade, não sendo visto pelos outros. Eles aparecem ali ou aqui, mas todos estavam fora de vista, exceto Sebastian, que estava aqui. Ele tinha as chaves do galpão na calça. É um lugar bem exposto, né? Não há onde se esconder.

Atrás deles ficava o lago, que parecia ter, no máximo, um metro de profundidade e era o lar de algumas carpas. Stevie as observou deslizar sob a superfície.

— O legista examinou os corpos por volta das duas da tarde — continuou ela. — Estimou que Rosie e Noel morreram no mesmo período, entre as onze da noite e as quatro da manhã. Então, os assassinatos podiam ter acontecido em qualquer momento durante a noite e praticamente qualquer um podia tê-los cometido.

Ela encostou a testa numa coluna.

— Eu nunca vou resolver isso — disse ela, mais para si mesma. Sua respiração saiu como uma nuvem, uma pena delicada de névoa branca. — É impossível. Eu tenho uma mansão, uma casa cheia de suspeitos, uma pilha de evidências, e *nada*.

Ela se afastou da coluna e foi olhar as ovelhas nos campos abaixo. Alguns cervos espiavam através das árvores e provavam a grama do início da manhã. Nate parou ao lado dela. Ele estava prestes a dar outro passo quando ela se lembrou.

— Ha-ha — alertou ela, apertando o braço dele e apontando para baixo.

— Que porra? — disse ele, olhando para a queda súbita sem qualquer indicação.

— É para manter os animais longe e preservar a vista. Chamam de ha-ha.

— Tipo a risada da criança dos *Simpsons*? Qual é o *problema* dessas pessoas?

— Vários — respondeu Stevie. Sentou-se no chão, deixando as pernas balançarem sobre a beirada. Sentiu a grama molhada encharcar a bunda do macacão. Não era feita para aquele tipo de atividade. Possivelmente para nenhuma atividade. David estava dormindo no andar de cima da casa. Ela tinha tão pouco tempo ali, mas parecia não haver esperanças de resolver o caso. Por que se dar ao trabalho?

Porque Angela estava por aí, em algum lugar.

— Podemos falar sobre outra coisa por um segundo? — pediu ele, sentando-se ao lado dela.

Ela se virou, surpresa.

— Bem, já que parecemos estar no meio da porra de lugar nenhum sem ninguém por perto, e eu estava planejando... pensei que essa viagem seria uma boa hora, e já que estamos aqui de madrugada sem nenhum motivo em particular...

Nate estava tendo dificuldades com as palavras, apertando os olhos para a lua pálida acima deles.

— O que foi? — incentivou ela.

— Tá — disse ele. — Sabe, tipo, você e David?

Stevie inclinou a cabeça em confusão.

— Você e David — repetiu ele. — Vi e Janelle. Não sei se você notou, mas isso não é muito... eu.

— O que não é você?

— Romance — falou ele. — Estar com alguém.

— Eu notei — confirmou ela.

— Não. Eu quis dizer... nunca.

Stevie digeriu isso na mente por um segundo.

— Estou dizendo que sou ace — declarou ele. — Assexual. Sempre soube, mas só consegui pôr em palavras nos últimos meses — continuou. — Você é a primeira pessoa para quem eu conto.

Que Nate fosse ace não era surpreendente, na verdade — mas esperar até ficarem sozinhos para dividir algo tão importante era. Stevie se viu inesperadamente emocionada. Ela fingiu tirar um fio de cabelo do olho para enxugar uma lágrima.

Nate observou esse sinal de emoção com desconfiança.

— Você vai contar para o restante do pessoal? — perguntou ela.

— Em breve, provavelmente — respondeu ele. — Janelle provavelmente vai me fazer um cachecol de crochê da bandeira ace ou algo assim.

— Pede pra ela te fazer um drone de orgulho ace.

— Ela faria isso, né?

— E tricotaria um chapeuzinho para ele — completou Stevie, assentindo.

— Vou esperar até voltarmos. Não consigo lidar com essas coisas todas de uma vez. — Ele esfregou os olhos, sonolento. — Tem muita coisa rolando. Mas eu queria contar para *você* enquanto estivéssemos aqui, e pareceu a hora certa. Quer dizer, eu estava acordado e você acordou e estamos aqui fora fazendo algo idiota.

— Espera. — Stevie se virou para ele bruscamente. — Isso tem algo a ver com o fato de você estar escrevendo tanto de repente? Sair do armário te ajudou a começar a escrever de novo?

— Ah, meu Deus — disse ele, esfregando a testa. — Cala a boca. Só estou escrevendo. Eu escrevo. Sempre escrevo.

— Não escreve não — murmurou Stevie. — Mas tudo bem.

Nate puxou o ar com rispidez pelo nariz e Stevie redirecionou a conversa depressa.

— Você sabe como eu me sinto em relação a você, né? — disse ela. — Tipo, se precisar de um rim ou algo do tipo, definitivamente devia me procurar depois que pedir para todo mundo que conseguir pensar primeiro.

— É por isso que eu decidi te contar primeiro — respondeu ele. — Você é meio que o mais perto que eu chego dessas coisas. É por isso que eu fico te seguindo para lugares duvidosos.

Eles trocaram um olhar de cumplicidade. Nate, desgrenhado e alto e surpreendentemente forte, com as mangas do moletom puxadas sobre as palmas. Ela não conseguia nem lembrar de ser uma Stevie sem um Nate. Uma aurora prateada começou a desabrochar. A névoa os cercava — o orvalho cobria tudo, uma luz suave atravessando a neblina. Tudo tinha um ar mágico, suavizado, como se a realidade tivesse sido colocada num filtro de foco suave. Ainda não era a luz do dia, mas estava chegando.

— Certo — disse ele, erguendo-se. — Acabou a hora do sentimentalismo, tá bom? Vamos voltar para a casa. Minha bunda está congelando.

Assim que Stevie se levantou e se virou para a casa, viu uma figura atravessando o vasto jardim da frente na direção deles, carregando algo nas mãos. Sentiu uma pontada de medo, e o desejo súbito de empurrar Nate da beirada do ha-ha até a segurança. Era isso. Ela o levara àquele lugar remoto e eles iriam morrer.

Mas era Theo, carregando duas xícaras fumegantes. Ao contrário de Stevie e Nate, ela já estava vestida — calça jeans, um suéter, um casaco de lã e um chapéu combinando.

— Eu vi vocês pela janela do quarto — disse ela. — Sempre acordo cedo. Nunca consegui dormir até tarde. Achei que podiam estar com frio, então trouxe algo para aquecer vocês. Os americanos em geral preferem café pela manhã, acho? Espero que instantâneo seja razoável.

Esse comportamento de Theo fora registrado nos depoimentos. Ela levava chá e água e café para as pessoas. Sempre a médica, cuidando de todo mundo.

— Está meio cedo para uma caminhada — comentou ela. — Mas parece que você nem foi dormir.

— Só pensando sobre tudo — respondeu Stevie, honestamente.

— Eu fiquei fazendo o mesmo — disse Theo.

Theo sentou-se no degrau de pedra do templo e Stevie também. Nate pairou ao redor, encostado numa coluna.

— É uma sensação muito estranha — disse Theo — ter um segredo que guardo há tantos anos finalmente exposto. O que você fez ontem à noite foi impressionante. É tão... estranho. Sinto que está faltando algo. Quer dizer, algo... alguém... está faltando.

— Você faz ideia de onde ela pode estar? — perguntou Stevie.

— Se eu tivesse a *menor* ideia de onde Angela está, estaria lá agora, não aqui.

— Porque você acha que ela está com problemas — disse Stevie.

Theo olhou para o chão.

— Eu trabalho com medicina de emergência — falou ela finalmente. — Vejo tantas coisas, todo os dias, das mais mundanas às completamente bizarras. Muitas coisas podem acontecer. Eu não especulo. Trato a situação conforme chega para mim. Nesse caso, tudo o que sei é que Angela saiu de casa na outra noite, pegou o metrô até Waterloo e não foi vista desde então. Nada disso é um bom sinal.

— Você trabalha no hospital à noite? Quer dizer, teria visto se alguém tivesse sido trazido?

— Eu trabalho durante o dia. Vantagens de estar lá há muito tempo. Mas eu chequei, confie em mim. Contatei cada pronto-socorro em Londres, e sei que a polícia verificou em todo o país. Vir para cá... pelo menos podíamos ficar juntos, apoiar Izzy, não nos preocupar sozinhos.

Theo esfregou as mãos para dispersar o frio da manhã.

— O que quer que tenha acontecido — disse Stevie —, provavelmente tem algo a ver com o que aconteceu aqui, o que ela acredita que aconteceu aqui. Ela já disse algo a respeito para você? Sobre investigar?

— Não sobre investigar — contou Theo. — A única coisa que já disse... foi no dia em que os encontramos. Naquela tarde. A polícia entrevistou todos nós, um por um. Angela estava com frio... o choque pode fazer isso... então subiu para tomar um banho. Eu subi para levar um chá para ela. Ela estava muito abalada. Todos estávamos, obviamente. Mas ela estava tendo uma reação física forte à notícia, não parava de tremer. Me contou que Rosie a tinha puxado de lado quando chegamos e queria falar com ela sobre algo importante, mas não teve chance. Então Angela começou a falar sobre não ver o cadeado na porta do galpão durante a brincadeira e algo sobre uma luz do lado de dentro.

— Você sabia disso? — perguntou Stevie.

— Você tem que entender, Stevie, que passamos a noite inteira bêbados e o dia seguinte em choque. Não sei quão confiáveis são nossas lembranças ou depoimentos. Também não sei o que a história de Angela sobre o cadeado significa, mesmo se for verdade.

— Ela mencionou um botão nas mensagens para vocês naquela noite — disse Stevie. — Sabe do que ela estava falando?

— Não faço ideia. Imagino que tenha sido um erro de digitação. Enfim, vamos servir o café da manhã em cerca de uma hora. Sebastian tem comida suficiente lá para alimentar um exército.

Com aquilo, ela se levantou e voltou para a casa, com o passo focado de alguém que caminha pelos corredores de um hospital o dia inteiro e sempre tem um lugar para onde ir.

— Você teve a impressão de que ela não veio pra cá só para nos trazer café instantâneo? — perguntou Nate, mantendo o rosto sobre o vapor quente que emanava da xícara. — Sinto que estava tentando nos dizer alguma coisa. Quer dizer, teve as coisas sobre Angela ter ido falar com ela, mas parece que tinha mais.

Theo alcançou os degraus de pedra baixos da casa, então atravessou a varanda e saiu de vista.

— Eu acho... — começou Stevie lentamente, correndo os olhos pela grande fachada de Tempo Bom — ... que Theo não consegue dormir porque acabou de perceber que as coisas em 1995 não aconteceram como ela achava que tinham acontecido.

— Imagino que isso seria uma surpresa ruim.

— Acho que ela está mais do que surpresa — respondeu Stevie. — Ela é uma mulher muito inteligente. Acho que está aterrorizada.

25

Quando Stevie voltou ao quarto, David não estava mais lá. Ela pôs a mão do lado da cama onde ele tinha dormido e descobriu que os lençóis retinham um pouco de seu calor. No corredor, ouviu vozes e passos que faziam a madeira ranger — Tempo Bom estava acordando.

Ela tomou uma ducha rápida sob o luxuoso chuveiro de cascata, aproveitando os produtos caros estocados no banheiro. Emergiu cheirando a gardênias e flores de laranjeira, com o cabelo loiro molhado. Sacudiu-o, vestiu a calça jeans e o moletom, e voltou para o andar de baixo.

Julian andava de um lado para o outro do salão principal, falando no celular e correndo as mãos pelo cabelo.

— ... sim, eu sei, Fiona, mas a votação é na terça. Sim. Sim, eu *sei*...

— Bom dia — disse uma voz atrás dela. Sooz descia a escada, seu cabelo vermelho encaracolado como um halo contrastando com a madeira escura e sóbria da escadaria. Ela usava um macacão rosa-pétala, enrolado nos tornozelos, e coturnos brancos.

— Espero que tenha dormido mais depois que eu te acordei ontem — disse ela. Podia ter sido imaginação de Stevie, mas ela pareceu se demorar na palavra *dormido*. — Tem café e chá na cozinha — completou Sooz, passando por Stevie e indo naquela direção.

Yash e Peter estavam na sala de estar um na frente do outro, cada um com o laptop aberto e uma expressão concentrada. Peter sentava-se meio jogado. Estava usando uma calça jeans e um suéter listrado em laranja e vermelho que destacava o cabelo loiro-avermelhado. Tinha uma expressão tão sonolenta que parecia estar adormecendo ali mesmo, mas Stevie podia ver que seus olhos estavam intensamente focados em Yash.

Yash vestia blusa e calça de moletom, e fazia um gesto que ou era uma mímica de trombone ou algo obsceno.

— ... e *aí* a gente diz algo sobre ele ser um fodido — disse ele.

— Isso é óbvio demais — respondeu Peter.

— Que tal alguma coisa sobre pular a cerca? — rebateu Yash.

— Fizemos essa piada três semanas atrás.

— Não foi exatamente a mesma.

— Perto o bastante.

— Então é uma referência — argumentou Yash.

— Isso não é uma referência. É só uma piada repetida.

Yash ergueu a mão e esfregou o cabelo encaracolado enquanto pensava.

Mais alguém estava descendo a escada. Stevie se virou e encontrou Nate usando uma blusa preta de gola rolê esticada e uma calça jeans gasta. Seu cabelo também estava molhado, colado na testa.

— Ei — chamou ele, tamborilando os dedos no corrimão. — O que está fazendo?

— Só observando — disse ela. — Acho que é assim que os escritores trabalham.

Yash notou que ele e Peter tinham uma pequena audiência e acenou para Stevie e Nate se juntarem a eles na sala. O lugar tinha um ar estranho pela manhã — as cadeiras eram baixas e macias demais, as cortinas grossas demais, as taças e bandejas com bebidas inadequadas para a hora.

— É assim que as piadas são escritas — explicou Yash. — Eu faço as sugestões e ele as insulta.

— Edita — corrigiu Peter.

Yash gesticulou como que para dizer: *viram só?*

— Nesse caso — continuou Peter —, temos um ministro do governo que fica traindo a esposa e sendo pego. É a terceira vez esse ano. E temos que ficar inventando piadas novas sobre ele.

Atrás deles, Julian abria um buraco no chão do salão cavernoso outra vez, ainda falando sobre uma votação próxima.

— Ah, não é Julian — esclareceu Yash, sentindo a direção em que Stevie olhava. — Não dessa vez. Mas já escrevemos piadas sobre Julian para o programa.

— Tínhamos *anos* de material guardado para isso — acrescentou Peter, fechando o laptop com força. — Mas foda-se, não sei o que escrever agora. Vamos continuar depois do café da manhã.

Havia uma movimentação geral na direção da cozinha, onde Sebastian, Theo e Sooz estavam todos fazendo atividades diferentes. Theo estava no telefone, falando sobre um paciente.

— ... bem, eu mandei uma mensagem para a neurologia, mas ninguém respondeu. O exame de sangue já voltou?

Sooz bebia café e folheava um suplemento a cores do jornal que estava na mesa. Sebastian, enquanto isso, corria do fogão à geladeira à pia ao balcão, cuidando de todas as panelas e bandejas que estava preparando. O ar estava espesso com cheiros gostosos — bacon frito e salsichas, alguns aromas salgados que ela não conseguiu identificar.

— Já comeram um completo café da manhã inglês? — perguntou Sebastian, alegre. — É um ícone cultural. Ovos, bacon, salsicha, feijões, tomates, cogumelos e o mais importante...

Ele ergueu algo que parecia um salame escuro.

— Morcela — disse ele.

— O que é isso? — perguntou Nate.

— É feito de sangue — disse Sooz, torcendo o nariz. — Tem salsicha vegetariana também, para aqueles de nós que não querem comer sangue de porco congelado.

— Sangue de porco com *temperos*. É delicioso.

— *Nham-nham* — disse Nate, sombrio. Sooz assentiu em concordância.

— Não deixe o sangue intimidar você — falou Sebastian. — É um clássico nacional.

— Yash, tira o bacon da grelha, por favor? Peter, os cogumelos e os tomates estão no forno. Nate, Stevie, podiam levar essas xícaras e pratos para a sala de jantar?

Stevie e Nate pegaram cada um uma pilha de pratos e as levaram. Enquanto as deixavam ali, Stevie pegou uma garrafa de vinho vazia que ainda estava na mesa desde a noite anterior. Ela a considerou por um momento.

— É uma garrafa — disse Nate. — Encoste-a no ouvido e dá para ouvir a vinícola.

Stevie ficou olhando para a garrafa por um longo momento, abaixando-a na mesa quando o desfile de comidas de café da manhã atravessou a porta. Yash trazia uma bandeja de salsichas ainda chiando e bacon. Peter trouxe os tomates e feijões e cogumelos. Sooz manteve a comida à base de plantas longe da morcela e da gordura animal que estava pingando em todo canto. Sebastian apareceu, por fim, com pratos de ovos e pilhas de torradas.

— Você pode chamar Theo e Julian? — pediu ele a Sooz.

Sooz saiu e, um momento depois, sua voz de atriz soou por toda a Tempo Bom, enrodilhando-se pelo salão e deslizando sob portas.

— Gostariam de aprender algo sobre etiqueta de casa de campo? — perguntou Sebastian. — As refeições eram sempre servidas à mesa por criados, exceto o café da manhã. As pessoas sempre se serviam no aparador no café da manhã. Estou fazendo assim porque sou preguiçoso e não vou me dar o trabalho de servir esses vagabundos. E todo mundo gosta de um bufê.

Theo reapareceu, parecendo exausta.

— Estão tendo uma manhã horrorosa lá no pronto-socorro — disse ela. — Tive que explicar que não estou na cidade. Estou faminta.

Janelle e Vi apareceram, convocados por uma mensagem de Nate. David demorou mais um momento, e Izzy chegou por último. Era curioso, mas Stevie ignorou.

Julian ainda não tinha aparecido.

— Sempre o último — disse Sebastian.

— Deve estar salvando o país — comentou Peter.

— Vou mandar uma mensagem para ele — falou Theo.

— Enfim! Vamos começar.

Todos encheram os pratos e se sentaram.

— Quais são os planos de vocês? — perguntou Sooz.

— Temos que voltar para Londres hoje — disse Janelle, com um olhar de soslaio sutil para Stevie. — É nosso último dia na Inglaterra. Nosso voo é amanhã.

— Têm algo legal planejado para a última noite? — perguntou Sebastian.

— Chá — respondeu Vi. — Em um hotel no Soho. E então vamos ver *Ricardo III* no Barbican.

— Ah — disse Sooz. — Tenho três amigos nessa produção. Posso mandar uma mensagem e avisar que vocês vão. Eles podem te dar um tour dos bastidores, se quiserem.

— E você, Izzy? — perguntou Sebastian com gentileza. — Pode ficar com a gente, a não ser que queira voltar com seus amigos...

— Acho que vou voltar — disse ela. — Tenho que revisar anotações das aulas e fazer um trabalho. E eu vou limpar a casa de Angela e dar comida para Porta. Ela deixou uma bagunça. Talvez eu fique lá até ela voltar.

— Boa ideia — disse Sebastian.

— Eu tenho uma pergunta idiota — anunciou Stevie. — Queria levar algo para o meu pai. Ele ama uísque e eu posso comprar aqui legalmente...

Isso de imediato chamou a atenção de todos os amigos dela, que sabiam que Stevie jamais levaria uma garrafa de uísque para os pais. Um ímã, talvez.

— E... é estranho, mas... nos depoimentos de vocês, eu estava lendo sobre aquela garrafa de uísque incrível? Vocês beberam algo, sabe... e eu sei que conhecem uísque...

— Ah, aquele uísque — disse Sebastian, assentindo. — Não acho que vá achar um desses no *duty-free*, e, se achasse, não o compraria.

— Por quê?

— Porque custaria dez mil libras — respondeu Sebastian, cortando um pedaço grande de salsicha. — Isso nos anos noventa. Hoje em dia provavelmente seria umas quarenta mil libras.

— Vocês beberam uma garrafa de uísque de dez mil libras? — perguntou Stevie.

— Ah, sim. Cada gota.

— Você estava obcecado com aquele uísque — disse Peter.

— *Eu* não estava. Meu pai estava. Ele procurava garrafas raras, e aquela era a mais rara de todas. Ele parecia amar aquela garrafa de uísque mais do que a mim. Eu estava determinado a bebê-la, como um gesto simbólico.

— Mas quase derrubou a casa para tirá-la do armário — disse Yash.

— Lembro de ter me aproximado elegantemente do armário.

— Você engatinhou no chão — falou Theo.

— Com uma vela na mão — acrescentou Yash. — Que eu peguei. Aí arranhou a porta e bateu no armário até Peter ficar de quatro e te ajudar a abrir.

— Eu estava testando a solidez da madeira.

— Ainda tem os arranhões lá — comentou Yash. — Eu fui olhar. Alguém tentou cobri-los, mas eu vi.

— Deve ter sido o gato.

— Você não tem um gato — apontou Sooz.

— Eu tenho *você* — disse Sebastian. — Quase a mesma coisa.

Julian apareceu na porta da sala de jantar, fazendo uma entrada impactante, como sempre.

— Os ovos estão frios, querido — falou Sebastian. — Espero que seus constituintes saibam os sacrifícios que você faz por eles.

Julian não respondeu. Olhou para a mesa, para os amigos e para os estranhos que acabara de conhecer. Seu olhar tímido e convidativo era mais deliberado. Ele não conseguia exatamente erguer os olhos. O grupo à mesa congelou, todos prestando uma atenção nervosa. Stevie se retesou e abaixou o garfo.

— Eles a encontraram — disse Julian em voz baixa.

— Onde? — perguntou Izzy. — Onde ela está?

— Ela está bem? — falou Yash.

Versões murmuradas dessas perguntas vieram de quase todos. Mas não de Theo. Theo abaixou os olhos para o prato.

— Eles a encontraram — disse Julian, com um esforço óbvio para manter a voz clara e firme. — No rio.

26

ELA TINHA APARECIDO NUM LUGAR CHAMADO LIMEHOUSE, QUE ERA UMA SEÇÃO do Tâmisa do lado leste de Londres, onde o rio faz uma curva. Isso era tudo o que havia para saber. O café da manhã foi interrompido. Izzy se levantou e saiu da sala. David foi atrás dela. Janelle, Vi e Nate imediatamente se retiraram em silêncio. Stevie queria fazer o mesmo, mas descobriu que não conseguia se mexer. Angela era seu caso, sua responsabilidade, sua pessoa para proteger. Ela sabia que algo estava muito errado, mas agora tinha chegado ao fim.

— Vamos nos sentar na outra sala — sugeriu Theo com gentileza, colocando a mão no braço de Yash enquanto ele chorava. — É mais confortável.

Sooz e Peter se apoiavam. Sebastian ficou sentado à mesa, estoico, por vários momentos, olhando para Julian.

— Obrigado — disse ele, por fim. — Por... fazer as ligações.

Julian assentiu sombriamente.

— Vamos, Seb — chamou Julian. — Vamos com os outros.

Todos saíram, e Stevie ficou sentada numa mesa comprida e vazia de café da manhã, cortada por quadrados de luz do sol fraca e tigelas de feijão e salsichas.

Ela sentiu uma necessidade esmagadora de sair daquela casa.

Ainda não estava chovendo, mas havia um gosto de chuva no ar. Ela pôs os fones de ouvido e ouviu um podcast, mais para abafar tudo ao redor do que qualquer outra coisa. Tinha fracassado. Completa e totalmente. Não tinha salvado Angela, não tinha encontrado Angela, não tinha descoberto o que aconteceu naquela noite em 1995. Tudo bem, descobrira alguma coisa, mas algo que não era assassinato, nem de longe.

Tempo Bom era um ótimo lugar para se perder. Os caminhos serpenteantes e os muros verdes convidavam a pessoa a entrar, perambular, ser absorvida e nunca olhar para trás. A casa desapareceu atrás da cortina de árvores, das paredes, das sebes de freixo altas. Ali, havia apenas os chamados dos pássaros, a risadinha do riacho fino que ziguezagueava através da propriedade. Ela se viu na área de topiaria com a fonte borbulhante. O ponto de meditação. Quando foi diagnosticada com ansiedade, teve que fazer uma aula de meditação. Frequentemente se esquecia de praticar, mesmo sabendo que ajudava e que funcionava melhor como uma prática regular. Mudava o cérebro. Ela desligou o podcast e fechou os olhos, tentando se recompor. Ouviu os pássaros reclamando acima, o som da fonte.

Alguém estava lá. Ela abriu os olhos depressa.

— Desculpa se te assustei — disse ele. — Eu vim tomar um ar e...

Ele tirou um maço de cigarros do bolso.

— Se importa?

Ela balançou a cabeça. O que diria a ele depois do que tinha acontecido? Que ele não podia fumar um cigarro fora da casa do amigo, com mais uma amiga morta?

— Eu sou o único que ainda fuma, acho — disse ele, sentando-se ao lado dela no banco. — Não conte para Theo. Ela ficaria furiosa.

Ele enfiou um cigarro na boca e o acendeu. Mesmo naquele momento, talvez especialmente naquele momento, ela via o apelo de Julian. Ele tinha uma postura relaxada, mas elegante, um certo jeito de se inclinar sobre um joelho. Seus olhos eram tão bonitos. Os cílios cheios, talvez? O que no cabelo ao redor dos olhos era tão hipnotizante?

— Eu queria falar com você, na verdade — disse ele, exalando uma longa nuvem de fumaça. — É óbvio que é muito perceptiva. Li sobre você ontem à noite, na verdade. Os casos que resolveu. Impressionante.

Stevie murmurou um agradecimento.

— Ontem à noite — continuou Julian — você perguntou se eles tinham rastreado o celular de Angela. Eu tinha alguns detalhes a mais sobre isso que não contei.

— Eu percebi — disse ela.

— Os pings indicaram que ela estava andando entre Waterloo e Vauxhall... isso fica ao longo do rio. Dá um pouco mais de um quilômetro e meio. Naquela hora da noite, algumas partes desse caminho estariam vazias. Eu tinha uma ideia razoável do que isso provavelmente significava. Não quis alarmar todo mundo antes de sabermos com certeza.

Ele deu uma tragada longa, examinou o cigarro e o apagou com cuidado no braço de metal do banco. Apertou a ponta para certificar-se de que estava totalmente apagada, então o enfiou de volta no maço. O maço retornou ao seu bolso e ele pegou o celular.

— Meu contato me mandou mais informações agora mesmo. Eu quero sua opinião.

Ele passou o celular para Stevie. Havia um e-mail na tela que vinha de alguém da Polícia Metropolitana.

Corpo encontrado em Limehouse às 19h50. Óbito declarado na cena. A hora da morte é impossível de determinar, mas provavelmente mais de 48 horas. Não há ferimentos visíveis. A bolsa continha: carteira (com 40 libras e cartões de crédito, intactos), chaves, celular, cartão do metrô, escova de dente Oral-B nova na embalagem, caixa de pastilha para garganta, cartela de comprimidos Nytol (de sete comprimidos, somente restava um), cinco pedras grandes. Identificação baseada nos cartões da carteira, verificada através de fotos, aguardando a identificação formal. A autópsia está agendada para amanhã à noite.

— Nytol é remédio para dormir — esclareceu Julian. — Imagino que já tenha ouvido falar. Há pouca dúvida do que aconteceu aqui.

— Onde ela encontrou as pedras? — perguntou Stevie. — Onde se acham pedras em Londres?

— Há muitas áreas de areia pelo Tâmisa. Não é difícil achar pedras ao longo das margens, especialmente quando a maré está baixa. Eu verifiquei. A maré baixa foi às onze naquela noite. O que eu queria te perguntar... esses detalhes, você acha que saber disso ajudaria Izzy, ou tornaria tudo mais difícil? Você é amiga dela e parece ter uma cabeça boa para essas coisas. Eu devia contar a ela?

Após um longo momento, Stevie respondeu:

— Acho que ela deveria saber, mas seria mais fácil se vier de nós. Poderia compartilhar isso comigo, e mostramos para ela quando for a hora certa? Ou David faz isso.

— Isso é muito sensato — concordou Julian. Ele tirou um print da mensagem e mandou para Stevie. Agradeceu a ela, pediu desculpas por interromper sua privacidade, e a deixou sentada em meio à vegetação calmante.

Stevie também tinha poucas dúvidas do que acontecera ali. Seis comprimidos de remédio para dormir e cinco pedras grandes. Ela estava olhando os instrumentos que levaram ao assassinato de Angela.

Quando Stevie voltou para dentro da mansão, a casa estava tomada por um silêncio inquieto. As portas da sala de estar estavam abertas, mas não havia ninguém lá. As pessoas tinham se dispersado. O grande relógio de pêndulo tiquetaqueava pesadamente. A casa soltava ocasionais rangidos, como parte de uma conversa, mas fora isso estava silenciosa.

Ela voltou ao quarto, ouvindo apenas sons baixos que vinham de trás de algumas das portas — soluços abafados e vozes. Fez a mala rapidamente, enfiando o cofre à prova de fogo de volta na bolsa. Então desceu o corredor na ponta dos pés; não parecia o momento certo para ser ouvida andando por aí. Aproximou-se da porta de David e bateu de leve. Não houve resposta. Ela decidiu andar mais um pouco, virando a esquina e entrando em alguns lugares daquele andar que não tinha visto antes. Atrás de uma das portas, conseguiu distinguir a voz de David, baixa e suave. Bateu nela e, após um momento, lhe disseram para entrar. Empurrou a porta e viu um quarto alegre cor-de-rosa com uma cama de dossel dominando o centro do quarto. David e Izzy estavam sentados na cama. Bem, não sentados. Reclinados. Izzy estava enrodilhada numa posição quase fetal, a cabeça apoiada no peito de David.

Stevie viu-se com bile subindo pela garganta e apertou as mãos em punhos apertados e nervosos.

— Oi — disse ela.

— Um segundo, Iz — falou David, deslizando Izzy do próprio peito com gentileza. Ela caiu nos travesseiros, um peso morto, e virou o rosto para baixo. David foi até ela e fez um gesto para Stevie se juntar a ele no corredor.

— Ela não parece... bem.

— Não — confirmou David. — Não está.

— O carro vai chegar em alguns minutos — disse Stevie. — Quer que eu arrume suas coisas pra você?

— Izzy precisa ficar aqui por um tempo — falou ele em voz baixa. — Ela não quer ir embora. Sinto que eu devia... ficar com ela.

— Ficar? — perguntou Stevie.

— Só por mais algumas horas. Tem um trem no fim da tarde. E vocês têm coisas para fazer hoje, certo? Chá e uma peça ou algo assim? Posso te encontrar depois.

Ele estava certo — eles tinham planos para a tarde. E, claro, Izzy tinha sofrido uma perda enorme e precisava de apoio. Ele estava fazendo a coisa certa. Mas ela tinha acabado de entrar nas últimas vinte e quatro horas da viagem. Tudo contava. O trajeto de carro, sentarem juntos no trem — todos esses momentos que ela não poderia ter de novo porque estava deixando a Inglaterra.

Ela forçou uma expressão apropriada para a ocasião — algo sério e compreensivo. Uma tristeza pesada começou a cair sobre seus membros.

Alguns minutos depois, um veículo subiu a entrada de carros de cascalho, e então eles estavam voltando para Londres. Stevie virou-se para olhar para Tempo Bom. A casa se encolheu à distância antes de desaparecer entre as árvores.

— Fizeram um bom passeio? — perguntou o motorista, alegre.

O trajeto de trem até Londres foi silencioso. Janelle e Vi sentavam-se de um lado de uma mesa, e Stevie e Nate do outro. Depois que Stevie contou o que ouvira de Julian, ninguém disse nada por um tempo. O que poderia ser dito? A viagem não tinha resultado em nada exceto más notícias. O tempo estava deprimente. Uma chuva fraca batia nas janelas do trem.

— O chá é às quatro — disse Janelle, por fim. — Devemos chegar a tempo.

Claro. O último dia deles. Chá e teatro. Coisas normais. Era para ser uma celebração — a cereja do bolo.

— O que você estava fazendo no café da manhã? — perguntou Nate. — Com a garrafa de vinho. O uísque. Por que fez aquilo?

— Não sei — disse Stevie. — Eu vi a garrafa de vinho vazia na mesa e pensei em como eles estavam bebendo naquela noite. Tem um ponto na noite que quase todo mundo menciona, quando eles voltam para casa e bebem a garrafa de uísque cara. Tudo meio que para depois disso.

— Você acha que eles foram drogados ou algo assim? — perguntou Janelle.

Stevie balançou a cabeça, hesitante.

— Não sei. Só... tem *alguma coisa* aí. Importa, de alguma forma.

— Posso dizer uma coisa desconfortável? — interrompeu Vi. — Você acha que um dos seus amigos é um assassino. Acidentalmente diz isso em voz alta para a sobrinha enquanto está sob o efeito de analgésicos. Sua sobrinha conta para um monte de americanos que acabou de conhecer, uma das quais já resolveu assassinatos antes. Você diz a seus amigos que deveriam se encontrar no lugar onde o assassinato aconteceu. E então sai de casa, toma um monte de comprimidos e pula no rio.

— E deixa um na cartela na bolsa — complementou Stevie —, só para o caso de alguém ter perguntas.

— Ela foi drogada e jogada no rio — afirmou Nate. — É o que todos estamos pensando, certo?

— Definitivamente — disse Stevie. — Provavelmente.

— Mas o que podemos fazer quanto a isso? — perguntou Janelle.

Ela não queria ser cruel — era uma pergunta prática. E a resposta parecia ser: não muito.

27

O HOTEL FICAVA NO SOHO — UMA BOUTIQUE CONHECIDA PELO CHÁ DA TARDE elaborado. Todos tinham concordado em fazer isso, mas, conforme se aproximavam das portas do hotel, Nate começou a dar para trás.

— Talvez a gente pudesse comer comida de verdade? — sugeriu ele.
— São cinquenta libras por pessoa, e é só chá.
— Chá e sanduíches e sobremesas — disse Janelle. — A gente precisa tomar um chá britânico. Vamos. A gente *combinou*. É o último dia da viagem e temos que... fazer algo com ele.

Em vez de uma atmosfera borbulhante e divertida, foi um grupo um tanto sombrio que se sentou ao redor da mesa alegremente disposta, com um arranjo sofisticado de flores frescas e um conjunto animado de xícaras de porcelana verdes e brancas. Diante deles foi posta uma seleção em três níveis de pequenos sanduíches, cortados em retângulos delicados e sem casca. O garçom apontou para um de cada vez, apresentando o salmão defumado com recheio de cream cheese, o Stilton com maçã e maionese, o frango com curry e aipo-rábano, o presunto de Yorkshire com mostarda. Outro suporte de três níveis chegou cheio de broas com creme de leite, creme de limão e geleia, bolinhos de chocolate, tortinhas de frutas de inverno e geleia de amora, bolo de cenoura com especiarias e cardamomo. Cada vez mais coisas chegavam à mesa — todos os pratinhos necessários para as comidinhas, as tigelas de cubos de açúcar mascavo e refinado, ásperos e irregulares, os utensílios de prata e os infusores e suportes de infusores de chá e as facas especiais para espalhar o creme...

Tantas *coisas*.

Aquilo apenas fez Stevie se lembrar do jantar na casa de Angela — as muitas tigelas de curry, o arroz à parte com os pontinhos amarelos em cima, a meia dúzia de chutneys e acompanhamentos, os pães e paparis...

Angela falando sobre Ana Bolena. O carrasco parado ali, chamando um assistente imaginário para fazer a vítima virar a cabeça e vir de encontro às necessidades da espada.

Uma cilada para poder assassiná-los.

— Tem algo de errado? — perguntou o garçom, preocupado com todos os sanduíches e bolos intocados. Todos começaram a comer para mostrar que estavam bem, que eram apenas turistas normais sendo normais durante o chá. Stevie comeu um bolinho de chocolate. Ele caiu no estômago dela como uma bolota de areia úmida. Ela verificou as mensagens. Nada de David.

Como estão as coisa por aí?, escreveu. Sabe quando vai chegar?

Não apareceu nenhum pontinho. Eram quase cinco da tarde. A peça deles começava às sete. *Ricardo III*. Stevie tinha tanta vontade de assistir a uma peça quanto de virar aquela chaleira de líquido escaldante no próprio colo, mas o que mais iria fazer? Angela estava morta, e Stevie deixaria a Inglaterra no dia seguinte.

A peça era no Barbican, que era um complexo de concreto — uma fortaleza, mais ou menos como a Torre de Londres, feita de blocos de concreto aparente em vez de torres de pedra. Mais brutalismo, contou Janelle.

— Como alguém fez algo tão feio? — perguntou Vi. — Eles podiam ter feito qualquer coisa e decidiram fazer isso.

— Meio que adorei — disse Nate, olhando ao redor. — Parece a fazenda de umidade onde o Luke Skywalker mora.

— Eu também — falou Janelle. — Parece uma máquina.

— Dois jeitos diferentes de olhar para um bloco de concreto gigante — comentou Vi.

Se alguém perguntasse a Stevie como foi *Ricardo III*, ela diria que tinha duas horas e meia, com alguns minutos no meio para pegar uns M&Ms caros do saguão e os enfiar na boca perto de um poste de concreto.

Havia muitas pessoas em túnicas entrando e saindo do palco às pressas, aparentemente todas chamadas Ricardo ou Edward ou Lorde Isto ou Aquilo, com o ocasional Catesby jogado no meio para manter as coisas confusas. Stevie ficou com o celular no colo durante toda a apresentação, esperando mensagens de David que não chegaram, para a grande irritação da mulher ao lado, que ficou bufando e fazendo *tsc* até Stevie se levantar e ir sentar no saguão nos últimos quinze minutos. Ela devia ter perdido a cena em que Ricardo implorava por um cavalo. Podia imaginar que ele não conseguiria um. Nada de cavalo para você, Ricardo.

Ela não queria ficar brava. Não queria estar perambulando pelo saguão de um prédio brutalista quando lhe restavam apenas algumas horas naquele país antes de ser arrancada de tudo isso — de David, do caso, da chuva e da névoa e dos chás que não acabavam nunca.

— Por que você saiu? — perguntou Janelle enquanto se retiravam do teatro depois da peça.

— Desculpa — respondeu Stevie. — Não consegui mais ficar sentada lá.

— Eu não gostei muito também — disse Vi, esfregando o cabelo curto atrás da cabeça.

Os acontecimentos do dia os tinham derrotado. Não havia bolinhos e chá e lordes ingleses aos berros que consertariam isso.

No metrô de volta para a Casa Covarde, o grupo se acomodou num silêncio úmido. O silêncio vinha de saber que a viagem estava, oficialmente, praticamente acabada àquela altura, e da umidade, da chuva invisível que os atacara no caminho até a estação.

— Vou decidir no avião — disse Janelle, do nada. — Quantas universidades. Vou escolher no avião. Terei oito horas e provavelmente não vai ter internet. Só preciso fazer isso.

Ela se virou para Vi, silenciosamente fazendo a pergunta *Topa?*, porque o projeto era, de modo geral, conjunto.

— Não sei — disse Vi. — Podemos ver depois? Talvez eu só queira assistir a uns filmes. Aviões são tão... eu fico triste em aviões, às vezes.

Janelle jogou o braço ao redor dos ombros de Vi e beijou a testa delu. Stevie podia ver que ela estava decepcionada com a resposta, mas, se aviões deixavam Vi triste, Janelle não insistiria.

— E você? — perguntou ela a Nate. — Quer discutir listas comigo?

— Quê?

— Eu preciso fazer planilhas — explicou Janelle. — Decidir o que fazer. Podemos trabalhar nas nossas listas de faculdades. Não quer?

— Tô de boa — respondeu Nate.

— Só me diga quantas já olhou. Preciso decidir isso. Preciso fazer *alguma coisa* dar certo.

Stevie ergueu a cabeça do celular (que não estava com um sinal bom no metrô, de qualquer forma). Alguma coisa estava acontecendo ali. Ela nunca vira Janelle tão frustrada. O fato de que essa viagem não fora exatamente o que ela tinha esperado a estava corroendo por dentro, e ela tinha que tirar uma vitória dos escombros.

— Em quantas você já se inscreveu? — perguntou Janelle para Nate. — Preciso de algo com que trabalhar. Dados.

Nate ergueu a cabeça como se ela tivesse apontado uma arma para ele.

— Vai — insistiu Janelle. — Que foi? É segredo?

A expressão de Nate sugeria fortemente que era segredo. Ele estava sendo evasivo de um jeito que não fazia sentido. Algo borbulhou na mente de Stevie. Um padrão estava se desenvolvendo. Ela tinha notado, sem estar inteiramente ciente de que estava fazendo isso. Nate vinha escrevendo o tempo todo — ou Nate vinha fazendo *alguma coisa* no computador. Ele pulou uma refeição ou café de vez em quando e o cartão dele não estava passando.

— Ah, meu Deus — disse Stevie. — Você estava se inscrevendo em universidades. Era *isso* o que esteve fazendo.

Nate corou, quase ficando roxo. Ela tinha acertado em cheio. Janelle e Vi olharam para Stevie em confusão.

— Quantas? — perguntou Stevie.

Nate olhou para ela com uma expressão que dizia *Eu nunca vou deixar você usar meu drone de orgulho ace*.

— Setenta e uma — respondeu ele, por fim.

O grupo ficou em completo silêncio por um momento.

— Isso é legalmente permitido? — perguntou Vi, por fim.

— Como? — quis saber Janelle. — Como você se inscreveu em setenta e uma universidades? Teria que ter se inscrito em algum lugar todos os dias pelos últimos dois meses.

— Não todos os dias — disse Nate, os ombros caindo. — Não todos os dias. Tem a inscrição padrão, e dá para reaproveitar boa parte dela. Não é tão...

— Como você conseguiu tantas cartas de recomendação? — perguntou Vi.

— Eu não usei Ellingham — confessou ele em voz baixa. — Pedi para a editora e a agência escreverem cartas, e um cara que tem uma feira de livros. Eles me deram cartas-modelo que eu podia ajustar para onde fosse mandar.

— *Setenta e uma* — repetiu Janelle. — Isso é... quanto custou tudo isso?

Tendo sido honesto até aquele ponto, Nate estava preparado para fazer uma confissão completa.

— Cinco mil, setecentos e quarenta dólares — disse ele. — Até agora. Algumas ainda não caíram no cartão. Não sei onde quero estudar, tá bom? E pensei... se vou ter dívidas pelo restante da vida por ir à universidade, provavelmente deveria escolher a certa. Mas elas são todas só... prédios de tijolos e pessoas andando com mochilas e fazendo apresentações na frente de lousas brancas cheias de triângulos, e não tenho ideia de qual escolher. Tem tantas pequenas e esquisitas onde você pode criar seu próprio curso e estudar a história das xícaras de chá ou vibes ou o que quiser. Tem as grandes, com seus prédios com pilastras que oferecem de tudo e é como morar numa minicidade. E aí tem as que... tipo, ficam em cidadezinhas fofas do interior onde as folhas estão sempre mudando de cor. Tem algumas perto da praia. Tem uma onde todo mundo faz kitesurf o tempo todo...

— Kitesurf — repetiu Janelle. — Você. Fazendo kitesurf.

— Sei lá! Eles não te *obrigam* a fazer kitesurf. Só estou dizendo.

— Você sequer gosta de praia? — questionou Stevie.

— Todo mundo gosta de praia! Eu nado! Só estou dizendo, não sei aonde ir, então decidi tentar de tudo.

O trem chegou à estação deles, e eles desembarcaram em silêncio. Pelo menos Stevie resolvera um mistério, ainda que tivesse levantado mais perguntas do que tinha respondido.

Quando voltaram à Casa Covarde, Stevie foi direto para o lado do prédio de David e Izzy. Ela bateu na porta dele, mas não teve resposta. Perguntou a algumas pessoas que passavam e, por fim, achou alguém que sabia onde ficava o quarto de Izzy — no final do corredor, através de duas portas corta-fogo e um lance de escadas inútil com três degraus. Além da porta, Stevie conseguia ouvir música tocando — baixo. Alguma coisa calma. Quando bateu, ouviu barulhos de movimento, uma pausa, e então Izzy abriu a porta. Para a surpresa de Stevie, ela imediatamente a envolveu num abraço.

— Entra — disse Izzy.

Embora seu quarto fosse tão básico quanto o de Stevie, ele não tinha aquele caráter plástico. A cama estava coberta por um edredom grosso, amarelo-sol, com pontinhos brancos. As paredes estavam cobertas com gravuras e murais coloridos onde calendários, listas de leitura e pequenos bilhetes escritos à mão estavam presos. A escrivaninha estava cheia de livros, garrafas de champanhe vazias, um par de taças de vinho com alguma coisa gravada, um boá de penas ao redor de um espelho. Havia um tapetinho felpudo no chão, com uma pilha de almofadas felpudas. David estava repousado nesse conjunto de objetos macios. Ele assentiu para ela, mas não fez menção de se levantar.

— Eu queria saber se podia falar com David — pediu Stevie.

— Ah. Claro. *Claro*.

David se levantou do tapete com menos entusiasmo do que ela antecipara. Stevie não sabia o que estava acontecendo, mas parecia que ele não queria muito falar com ela. Naquela noite. A última noite deles juntos. Ele saiu no corredor e fechou a porta.

— Quando vocês chegaram? — perguntou ela, tentando agir como se não tivesse notado nada estranho.

— Uma hora atrás, mais ou menos.

Uma hora? Estava tão tarde.

— Você quer... voltar? Comigo?

— Já vou — disse ele. — Ela ainda está arrasada. Deixa eu ficar mais um pouquinho com ela e aí vou te ver.

— Mas você ficou fora o dia todo — reclamou Stevie. Não saiu como ela queria. Foi afiado. Irritado.

— A tia dela acabou de morrer — apontou David.

— Eu sei — disse Stevie.

— Só quero ter certeza de que ela está bem e aí eu vou para o seu quarto.

— Você está bravo comigo? — perguntou ela.

— Quê?

— Porque eu fracassei. — Stevie abaixou a voz, ciente das outras pessoas entrando e saindo dos quartos, e Izzy logo atrás da porta.

— Isso não se trata de *você* — disse David. — Não se trata de resolver ou não o caso, como sempre faz.

As palavras foram como um tapa. Stevie ficou atordoada. David tinha magoado os sentimentos dela, e também seu orgulho. Ela se empertigou.

— Tudo bem — aceitou Stevie. — Não se preocupe com isso.

Ela se virou e se afastou sem dizer mais nada. Esperava que ele a chamasse, tentasse alcançá-la. Ela se demorou um pouco perto de uma porta corta-fogo, como se procurasse algo no bolso, mas ele não apareceu. Idem quando ficou enrolando perto da porta seguinte, e no saguão. Quase voltou atrás, mas percebeu que não funcionaria. Ela teria que seguir o cronograma dele.

Ela esperou com a porta entreaberta a maior parte da noite, enrolando, tentando parecer pronta, mas não pronta demais. Casual. Tentou ler, escutar alguma coisa, assistir à TV. Mas manteve um ouvido atento a qualquer movimento no corredor, ao sinal de qualquer mensagem. A meia-noite passou. Uma da manhã. Duas.

A falta de sono da noite anterior enfim a derrubou. Ela dormiu sentada, usando macacão de pijama, a porta com uma fresta aberta a noite toda.

Ninguém apareceu.

28

Stevie acordou com um tamborilar de chuva na janela. Uma manhã cinzenta de Londres. A noite anterior tinha sido um desperdício, e então tudo que ela tinha era...

Ela olhou o celular.

Quatro horas. Era o tempo que ela tinha antes de irem ao aeroporto. Além disso, não havia mensagens de David.

A situação da noite anterior tinha sido ruim, uma discussão estranha. Ele estava certo — ela estivera focada em si mesma, neles. Izzy tinha sofrido uma perda terrível. Ainda assim, era o último dia dela, naquele momento as últimas horas, e David tinha passado o dia anterior inteiro com Izzy. Era demais querer ver o namorado que você tinha cruzado o oceano para visitar?

Talvez a falta de mensagens fosse uma coisa boa. Eles eram assim — ficavam bravos um com o outro, se acalmavam e voltavam renovados. Mas tinham tão pouco tempo.

Ela tomou um banho rápido, sentindo falta da água caindo como uma cascata e dos sabonetes com cheiros agradáveis do dia anterior. Vestiu-se antes de estar totalmente seca, a calça jeans se agarrando às pernas úmidas enquanto a puxava. Encarou as coisas espalhadas ao redor do quarto. Roupas sujas, bolsas, uma geleia para a mãe, um chá esquisito, um livro sobre assassinatos... todos aqueles cabos e adaptadores e coisas para carregar e documentos para encontrar. Ela precisava fazer a mala. Mas também precisava ver David imediatamente. Ela o levaria lá e então arrumaria as coisas. Tinha que levar o cofre à prova de fogo para Izzy, de toda forma. Na confusão de deixar Tempo Bom sem ela ou David, Stevie acabou levando-o consigo.

Ela se apressou pelo corredor, passando reto pelo pequeno elevador vagaroso e subindo a escada depressa demais. Meio que atravessou correndo o saguão, passando pela árvore de Natal tristonha, e então subiu correndo os degraus até o quarto de David. Ela bateu. Nada. Tentou de novo. Tentou a porta. Trancada.

Mandou uma mensagem para ele.

Onde você está?

Na rua comprando um café, escreveu ele.

Eu te encontro lá fora, respondeu ela.

Stevie cogitou subir com o cofre até Izzy, mas levaria tempo demais. Então o levou junto ao sair e esperou nos degraus da frente da Casa Covarde, estremecendo no ar frio. David levou pelo menos quinze minutos para voltar com o café, o que era ridículo. Cada segundo contava. Ela tentou se controlar. Parecer paciente, não desesperada. Tranquila. Como se não fosse nada de mais. Apenas uma garota com um cofre à prova de fogo prestes a embarcar num avião e deixar o namorado.

David finalmente apareceu ao lado de uma van estacionada, o casaco batendo nos tornozelos. Estava usando uma camiseta verde puída e calça jeans, além de um gorro preto de crochê. Não tinha feito o menor esforço para montar o visual, ela sabia. Provavelmente nem tinha tomado banho. Esse tipo de beleza natural era parte de seu apelo. Ela se ressentia disso ao mesmo tempo que sentia a atração por ele em cada parte do seu ser.

— Eu te trouxe um café — disse ele baixinho.

O gelo em seu coração já estava começando a derreter.

— Obrigada — falou Stevie, aceitando.

Ela esperou que ele se sentasse no degrau ao lado dela, mas David permaneceu de pé. Não estava sorrindo — o que fazia sentido, já que estavam prestes a se separar. Mas a expressão dele era distante. Distraída, quase.

— Você quer... se sentar? — perguntou Stevie.

— Que tal andarmos um pouco?

Ela assentiu para o cofre pesado.

— Eu levo — ofereceu ele. — Vamos andar.

— Eu tenho que fazer a mala — alertou Stevie.

— Dez minutos. Olhar a paisagem.

Talvez ela pudesse tirar dez minutos, embora estivesse com o pulso acelerando.

Eles seguiram o caminho familiar na direção do rio, mas os passos de David estavam lentos.

— Você não mandou mensagem ontem à noite — comentou ela.

— Não. Desculpa.

— Nem passou lá.

— Você disse para eu não ir.

— Eu disse que tudo bem — corrigiu ela. — Não disse...

Não havia tempo para isso, por mais que a irritasse. Ele tinha desperdiçado a última noite que eles tinham juntos por uma questão de semântica e teimosia.

— Você não perguntou como Izzy está — apontou ele, bebendo o café.

— E como ela está? — perguntou Stevie.

— Bem mal. Mas ficando inglesa de novo. Toda reservada. Ela vai falar com o agente funerário hoje para planejar o funeral.

Isso era algo que Stevie não tinha considerado. Funerais eram... coisas que apenas aconteciam. Ela não sabia. Nunca tinha ido a um. Mas ter que planejar um funeral você mesma? Ligar para um agente funerário?

— Sinto muito — falou ela.

— Não é culpa sua.

— Não. Eu sei. Mas... ainda sinto como...

Não se trata de você, ele tinha dito.

David interrompeu o passo, embora não tivessem chegado ao rio ainda. Estavam parados na rua junto ao ponto de ônibus. Ele virou o resto do café num longo gole e jogou o copo no lixo.

— Vamos... atravessar a rua? — perguntou ela. — Porque eu meio que preciso fazer a mala e pensei que você poderia ficar comigo enquanto faço isso?

David esfregou a ponta do nariz.

— Eu sei — disse ele. — Eu entendo. Eu... eu entendo.

Ele não fazia ideia do que entendia, e ela menos ainda. Stevie sentiu algo do lado esquerdo do peito, ao redor do coração. Como se o sangue tivesse começado a fluir ao contrário nas veias.

— O que está acontecendo agora? — perguntou ela.

Foi o jeito como ele moveu o queixo — para baixo, um pouco para a esquerda. Seus olhos estavam focados numa bicicleta de entrega acorrentada a um poste. Ele ficava arregalando os olhos de leve, como se estivesse tentando acordar. Puxou as lapelas do casaco mais perto do peito.

— Você e eu — começou ele. — Eu...

Um tremor sísmico atravessou o sistema nervoso dela. Os músculos ficaram rígidos.

— Eu acho que não deveríamos mais fazer isso — soltou ele, olhando para as mãos. — Não está funcionando.

— Como assim? — perguntou ela, com pânico subindo pela garganta. David não podia estar falando aquilo. Aquilo *não podia* estar acontecendo.

— Eu acho que não... é bom.

— É por causa de... Izzy? — perguntou ela.

Ele entortou a cabeça e sacudiu.

— Izzy? Não. Não tem nada entre Izzy e eu. Sou... eu. É...

O celular dela estava tocando.

— Você deveria atender.

Ela queria jogar o aparelho na rua. Em vez disso, o encarou. Era Janelle. Ela não atendeu.

— Sinto muito — falou ele. Não olhou para ela. — Você deveria voltar. Vai ser mais fácil assim.

— David... — disse Stevie, a voz rouca. Isso pareceu afetá-lo, e ele apertou os braços em volta do corpo.

— Me avise quando chegar — pediu ele. — Quando pousar.

E então se virou e se afastou, descendo a rua e levando o cofre consigo. Ela queria correr atrás dele, mas descobriu que não conseguia se mover. Estava magnetizada à calçada. Seu cérebro em queda livre. Era uma queda gentil, lenta, como uma pena no vento, flutuando para a frente e para trás até atingir o chão. Era quase engraçado. Ela poderia rir, porém havia um zumbido oco nos ouvidos.

O celular tocou de novo, e ela o atendeu.

— Cadê você? — perguntou Janelle, sem fôlego. — Nós estamos...

— Ele terminou comigo — respondeu Stevie antes de irromper em lágrimas.

Houve um momento de hesitação.

— Estamos indo — disse ela. — Onde você está?

— Que merda aconteceu? — perguntou Nate enquanto Janelle e Vi ajudavam Stevie a voltar para o quarto alguns minutos depois. Stevie estava chorando tanto que soluçava com violência. Janelle e Vi a acomodaram na cama com gentileza.

— Ele terminou com ela — explicou Vi.

— O quê? Agora?

— Agora — disse Janelle. — Porque é um filho da mãe.

Aquilo era uma crise e exigia organização. Em outras palavras, era o momento de Janelle brilhar. Eles sentaram Stevie na cama, e Janelle examinou a bagunça ao redor. Parecia quase satisfeita, como se fosse o tipo de desafio pelo qual estava esperando.

— Certo — disse ela. — Temos cinco minutos. Vi, tira tudo do armário e das gavetas. Só jogue numa pilha. Eu organizo e ponho na mala. Nate...

Nate estava se afastando da porta.

— Pega uma água para ela.

Ele desapareceu em direção à água.

Assim que Vi conseguia separar os itens, Janelle os pegou e enrolou. Tudo — as calcinhas e meias sujas, as camisetas extremamente usadas. Ela encontrou um cantinho para tudo, dos absorventes não utilizados ao casaco extra. Embrulhou a geleia e uma xícara de café em roupas, organizou os itens de banheiro, deixando para trás qualquer coisa que não fosse viável ou apresentasse risco de vazamento. Observando Janelle, Stevie percebeu que o choro estava se acalmando. Ela não tinha mais umidade. Não tinha mais energia. Estava hipnotizada pelo movimento, como um lagarto.

Nate voltou com uma garrafa d'água. Ele se aproximou de Stevie cuidadosamente, como se ela pudesse explodir. Aceitou a garrafa e tentou beber, mas começou a soluçar de novo. Nate sentou-se ao lado dela, mantendo alguns centímetros entre eles.

— Quer que eu... — Ele procurou algo para dizer. — Sei lá, dê um soco no pau dele ou algo assim?

— Deixa isso comigo — disse Janelle, encaixando os últimos itens na mala. — Onde está seu passaporte, Stevie?

Stevie olhou ao redor e apontou para a mochila. Depressa, tudo estava no lugar. Eles deram uma toalha para ela enxugar o rosto, pegaram uma caixa de lenços e saíram. Stevie se perguntou se a porta do elevador se abriria e ele estaria no saguão, pronto para pedir desculpas e retirar tudo o que disse.

Mas claro que não estava.

Vi tinha reunido as chaves deles e as colocou sobre a mesa da frente. O quarto não era mais delu.

— Todas as chaves são iguais — disse, tentando jogar conversa fora enquanto a pessoa na recepção devolvia as chaves ao lugar. — Seria de se pensar que haveria mais designs de chaves.

Janelle gesticulou que o carro tinha chegado. E foi isso. Eles estavam de volta à autoestrada, retornando por onde tinham vindo.

Antes de David, Stevie nunca tivera um namorado. Isso significava que nunca soubera o que significava de repente *não* ter um. Ela não tinha experiência em ouvir alguém dizer: "Eu não quero ficar com você". Não fazia sentido. Era David. O seu David. Stevie e David. Um buraco gigante tinha sido rasgado no pano de fundo de sua vida, revelando uma paisagem estranha e indistinta além. A Inglaterra estava sendo apagada, quilômetro a quilômetro. Olhar pela janela reforçava a partida iminente, então Stevie fechou os olhos. A princípio, a escuridão trouxe uma pontada insana de dor — emoções que ela não conseguia controlar nem entender. Era uma onda, e ela estava submergindo e não sobreviveria. Apertou os olhos com força, tentando lembrar dos truques de meditação que tinha aprendido para lidar com a ansiedade. Ela recuaria tão fundo dentro de si que o mundo nunca a veria de novo. Deixaria os pensamentos e sentimentos surgirem. Somente os reconheceria e os deixaria quietos.

Não havia nome para aquele monólito arrebatador de tristeza. Ela tentou ignorar que era dor — dor, dor, dor, medo, dor, agonia, pânico, dor, náusea, constrangimento, raiva, luto...

Sob tudo isso, algo a chamava.

Você viu, disse uma voz na cabeça dela. *Você viu.*

Vira o quê? Onde?

A voz murmurou alguma coisa, limpou a garganta. Stevie quase conseguia ouvi-la reorganizando os cartões de anotações.

Casa, respondeu, por fim. *Casa. Você viu lá na casa dela.*

Stevie agarrou-se a essa corda salva-vidas mental. Ela lhe daria todo o seu ser. Cerrou a mandíbula, pôs os fones de ouvido e colocou Britpop para tocar no volume máximo. Entrando no clima da época. No ritmo. Na mentalidade. As guitarras estridentes e as letras bem-humoradas. Ela fechou os olhos, flutuou pela casa de Angela na mente. Materializou-se na sala de estar, olhando atrás do sofá. Que cor era? Esmeralda. A parede atrás era cinza ardósia. Havia migalhas na mesa de centro. O cheiro de curry... que foi seguido pelo cheiro de curry no lixo depois. O azedume.

O que mais? Angela guardava dinheiro na cozinha. Um cofre à prova de fogo sob a escada. Livros em cada cômodo. Livros e decapitações...

— Chegamos — disse Vi com gentileza.

Eles tinham parado na frente da enorme fachada de vidro e metal do Aeroporto de Heathrow. Entraram arrastando malas, esperando na fila. Então as malas foram etiquetadas e levadas numa esteira, e eles seguiram para a segurança para colocar os pertences remanescentes em bandejas.

Pertences remanescentes. O que eram mesmo? Comprimidos para dormir. Pedras. Chaves. Celular. Pastilhas de garganta. Uma escova de dente, talvez? Mais alguma coisa.

Ela seguiu atrás dos outros, serpenteando pelas multidões. Lançou um olhar atordoado e triste pelas muitas coisas que o aeroporto lhe oferecia enquanto ia embora. Com certeza, ela não podia deixar a Inglaterra sem uma garrafa de uísque, um conjunto de xícaras de porcelana, um Urso Paddington, uma biografia de algum esportista emburrado, uma bolsa cara demais, um xale, várias garrafas de perfume...

As pessoas iam ao aeroporto apenas para queimar o próprio dinheiro?

Havia ofertas mais práticas também. Todas as lojas ofereciam doces, água, etiquetas de bagagem e escovas de dentes. Coisas que você podia ter esquecido ou precisar no caminho.

Você viu, disse a voz enquanto Stevie passava pela segurança. *Você passou bem na frente.*

— Você está bem? — perguntou Janelle. — Não diz nada há quase uma hora.

— Aham — murmurou ela. — Eu vou pegar uma água.

Ela gastou o restante do dinheiro inglês numa garrafa gigante de água e uma barrinha de chocolate. A Inglaterra acabaria em menos de uma hora. Cada passo ao longo dos corredores brancos e estéreis de Heathrow era um passo para longe de tudo. Tinha acabado. Eles seguiram as placas amarelo-douradas até o portão, onde tinham que passar por uma última verificação de passaportes e documentos. Stevie esperou atrás dos amigos, deixando a visão borrar.

Se você for embora, a voz disse a ela, *nunca vai saber.*

Eu preciso ir, respondeu Stevie internamente.

Então nunca vai saber o que viu. Nunca vai saber o que aconteceu.

Nate passou. Janelle. Vi.

Stevie saiu da fila.

— Aonde você vai? — perguntou Nate.

— Só preciso ir ao banheiro — respondeu ela. — Volto num segundo.

Eles já tinham seguido para o lounge. Stevie voltou para o banheiro que ficava a alguns passos da fila e se trancou numa cabine. Seu coração começou a bater um pouco mais rápido, e o brilho fluorescente do banheiro criava um halo ao redor de sua visão do mundo.

Estava tão perto. Bem ali. Ela apertou os olhos. O que tinha visto?

Uma vibração. Uma mensagem.

Você está bem?, escreveu Janelle.

Bem. Fazendo xixi.

Ainda?

Vai logo.

Estamos embarcando.

Stevie, estamos no avião.

CADÊ VOCÊ?

Stevie estava na baia. Permaneceu lá enquanto ouvia "Última chamada para o voo dezessete para Boston. Todos os passageiros devem imediatamente se apresentar ao portão vinte e sete".

Eles fecharam o portão de embarque!

QUE PORRA ESTÁ ACONTECENDO

Stevie saiu da baia e apertou a beirada da pia enquanto ouvia o anúncio de que o portão estava fechado. Ela ergueu o celular e mandou uma resposta.

Tenho que terminar isso, **escreveu aos amigos.** Vou pegar outro voo. Não estou mentindo. Não vou meter vocês no meio disso. Vejo vocês em casa.

Ela desligou o celular e virou-se para deixar o aeroporto.

29

Voltar para Londres, sozinha, à noite, foi uma experiência diferente. Ela pegou o Heathrow Express até Paddington. Não havia uma cama quente esperando por ela. Nenhum namorado amoroso. Nenhum amigo ao seu lado. Nenhum apoio do Instituto Ellingham para a viagem. Só ela e um celular descarregando depressa. Havia bateria o suficiente para mandar uma mensagem de texto. Assim que recebeu a resposta, ela recostou a cabeça e tentou fechar os olhos. Tentou focar. Tentou impedir a dor de apertar seu peito.

Havia trabalho a ser feito.

O trem a jogou em Paddington, onde ela emergiu em uma multidão de gente espremida voltando para casa. Ela usou a bateria que restava no celular para se orientar nas ruas, voltando até a porta preta lustrosa de Angela.

Izzy esperava lá, em seu casaco azul e um grande gorro com pompom. Porta se esfregava ao redor dela. Izzy não usava maquiagem e seus olhos estavam inchados de chorar.

— Você perdeu seu voo — disse Izzy em cumprimento, quando Stevie se aproximou da entrada. — Vai ficar encrencada?

— Vou — respondeu Stevie simplesmente.

— O que está procurando? — perguntou Izzy, destrancando a porta.

— Não sei. Mas eu sei que vi alguma coisa, algo que vai fazer tudo isso fazer sentido. Só preciso olhar tudo de novo até reconhecer o que é.

Abandonadas, mesmo que por alguns dias, as casas adquirem uma atmosfera estranha. O frio se acumula nos cantos. A escuridão se assenta e se empoça na mobília. O silêncio vaza por todos os lados. O ar azeda. Porta estava bem com tudo aquilo. Ele entrou correndo, subiu a escada como um morcego saído do inferno e desceu igualmente rápido, não perseguindo nada em especial.

De imediato ocorreu a ela — estivera preocupada demais para ver o óbvio. Foi direto para o pequeno armário sob a escada, que ainda estava parcialmente aberto. Ligou a lanterna do celular e enfiou a cabeça no espaço, fuçando até pôr a mão nos tesouros nojentos de Porta: parte de um rato morto, um sachê de chá usado, um algodão sujo, um lenço e...

Dois botões.

Ela os pegou e os levou à luz, deixando-os na mesa de centro. Um era rosa-choque, o outro, prata. E, quando estavam expostos, Stevie imediatamente começou a desconsiderá-los como prova. Se Angela tinha alguma evidência decisiva na forma de um botão, seria mais lógico trancá-los no cofre seguro do que deixar o gato roubá-los. Além disso, os botões estavam ao lado do cofre.

— Isso é uma evidência? — perguntou Izzy, olhando para eles em dúvida. — De 1995?

Stevie murchou um pouco quando ouviu o tom.

— São botões — respondeu ela. — Eu só queria ver.

— Esse aqui — disse Izzy, apontando para o rosa. — Acho que saiu de um suéter dela. É dessa cor e tem botões na frente. Posso conferir lá em cima. E esse aqui... — Izzy se inclinou para olhar. — Tem cara de Stella McCartney.

Stevie não fazia ideia de quem era essa, mas o nome soava familiar. McCartney.

— Não acho que Stella McCartney já criava roupas nos anos noventa — disse Izzy. — Deixa eu checar.

Stevie murchou um pouco mais quando Izzy verificou no celular.

— Dois mil e um — falou ela. — E acho que talvez eu saiba de onde vem porque peguei esse casaco emprestado uma vez.

— Eu só estava pensando sobre o botão — insistiu Stevie, tentando parecer estar no controle daquela situação. — Só queria conferir.

— Claro! — disse Izzy, a voz cheia de confiança. — Olhe ao redor. Eu confio em você. Faça o que precisar.

Isso soou estranho. Izzy confiava nela. Por um momento, a seriedade do que tinha feito atingiu Stevie. Ela tinha desaparecido em outro país e estava parada na meia-luz da casa de uma mulher morta, tentando entender uma *sensação*.

Ela tirou o casaco e se pôs a trabalhar.

Abriu a bolsa e tirou o carregador, depois subiu a escada, tocando o corrimão cinza de leve com a ponta dos dedos, movendo-se rumo às sombras no topo. Enfiou o carregador na tomada do corredor, deixou o celular no modo não perturbe, e pôs para tocar a playlist de músicas Britpop. Enfiou os fones bluetooth no ouvido e começou a andar pelo andar de cima.

Foi ao quarto primeiro. Angela era organizada e minuciosa, com suéteres de caxemira dobrados e sapatos em caixas transparentes. Havia apenas um livro na mesa de cabeceira — uma biografia de Catherine Howard, com um marcador no meio. Um livro por vez, não a bagunça de livros em andamento que ficavam jogados na cabeceira de Stevie. Ela entrou no banheiro e reservou um tempo para examinar o armário de remédios. Fio dental. Desodorantes. Cabeças extra para a escova de dentes elétrica. Um tubo de hidratante. Removedor de esmalte. Uma garrafa rosa-choque de remédio para indigestão, anticoncepcionais e remédio para gripe.

Nada de remédios para dormir.

No escritório, percorreu o perímetro da sala, encarando a lombada dos livros de história nas estantes. Olhou cada foto emoldurada. Havia as fotos formais de Cambridge — as fotos em grupo, as fotos da formatura nos vestidos escuros sem manga estranhos com os colarinhos que pareciam pele de gambá. Os pôsteres dos shows dos Nove emoldurados. Cartazes dos documentários dela. Fotos de Angela com amigos e família. Com Izzy em diferentes idades.

Stevie sentou-se na cadeira da escrivaninha e girou. O que você estava pensando, Angela, ao reunir a caixa de evidências? Onde encontrou Samantha Gravis? O que te fez pensar nela? Do que se lembrou ou viu ou ouviu? O que fez você examinar o passado de uma americana fingindo ser canadense, que ficou com dois de seus amigos e aí caiu num rio e morreu...

Como você.

Quem gosta de rios, Angela? Quem mata com corpos d'água e um *machado*?

Havia algo nisso. O contraste. Samantha foi golpeada na cabeça e afundou nas águas rasas, e Angela estava cheia de remédios que a deixaram sonolenta. Ela não teria sofrido. Mas Rosie e Noel? Eles sofreram.

— Fale comigo — disse Stevie à luz no teto. — O que você *sabia*? Quem te ligou? O que eu vi aqui que não faz sentido?

Porta enfiou a cabeça no quarto. Ele esfregou o corpo laranja grandão no batente e ronronou alto. Foi até Stevie e esfregou a cabeça nas canelas dela como cumprimento. Ele permitiu que ela o pegasse no colo, ficando mole em seus braços.

— Que cacete eu não estou vendo, Porta? — perguntou ela.

Porta fez um círculo no colo dela e se enrodilhou para se reposicionar. Ela o acariciou distraída. Virou-se para a escrivaninha e pegou uma caneta para escrever uma lista.

Coisas que ficam aparecendo:
Um cadeado
Um botão
Samantha Gravis

Era uma equação. Essas três coisas, de alguma forma, resultavam na resposta. O que tinham em comum?

Não muito. O cadeado estava na porta do galpão. Samantha Gravis estava em Cambridge. E ninguém sabia onde ou o que era o botão. Nem parecia *haver* um botão.

Porta bocejou e se alongou, quase rolando para fora do colo dela. Ela o agarrou antes que caísse.

Então sentiu aquela sensação crepitante entre os olhos. O ronronar de Porta apenas a fez crescer. Ela o deixou se contorcer e cair no chão. Ela desceu os degraus dois por vez, até a cozinha, onde Izzy estava lavando os pratos nojentos manchados de curry, que estavam cobertos por uma camada de bolor.

— As mensagens — falou Stevie. — Me mostre as mensagens de novo.

Ela tentou não gritar de impaciência enquanto Izzy tirava as luvas de limpeza para pegar o tablet na mesa. Stevie o agarrou e correu os olhos pela conversa.

21h46. ANGELA: Ela tinha o botão
21h47. THEO: ?
21h48. SOOZ: O que Theo disse.

21h48. YASH: Botão?

21h49. PETER: o que?

21h50. SOOZ: Tenho que voltar pro palco. Por favor, alguém me explica o que tá acontecendo.

21h51. SEBASTIAN: Você pode me ligar?

21h55. THEO: Ange?

— Ela recebeu a ligação às 21h53 — começou Stevie. — Isso foi sete minutos depois de enviar a última mensagem. Esse botão chamou a atenção de alguém. Sete minutos...

Stevie continuou dizendo sete minutos por talvez sete minutos. Estava quase tremendo. Olhou ao redor da cozinha, desesperada. Ela ainda tinha visto alguma coisa *naquela casa*.

— Que merda eu vi?! — gritou ela.

A resposta envolvia Angela — o que Angela tinha feito, o que Angela tinha dito, o que tinha acontecido naquela noite que a fez entrar em ação meros momentos depois que Stevie e os outros saíram. Talvez recriar a cena ajudasse.

— Vem comigo — pediu Stevie a Izzy, que observava o olhar ensandecido e as declarações estranhas de Stevie com os olhos arregalados. — Eu estava sentada aqui — disse ela, encontrando o ponto no chão que ela tinha ocupado. — Você estava ali. Sente-se lá. Exatamente como estava. Pense. Do que estávamos falando naquela noite, antes de começarmos a falar sobre os assassinatos?

— História, principalmente. A Torre de Londres. Guy Fawkes. Bastante coisa sobre Ana Bolena, acho. Sobre a execução dela, como foi diferente de muitas outras. Trouxeram um espadachim especial da França e ela teve que se sentar reta por causa dele. Você abaixa a cabeça se for um machado, mas tem que se sentar ereto para uma espada, e o espadachim fez um truque para fazer ela pôr a cabeça na posição certa...

Stevie olhou para os dois botões na mesa de centro.

Clique, clique, clique. Uma sequência de coisas caiu no lugar. Foi assim que aconteceu — todas as coisas que ela vinha colecionando, todas as ruminações e digressões, tudo que ela já absorvera de mistérios e crimes reais e enigmas, todas aquelas vezes que leu artigos da Wikipédia sobre coisas sangrentas até as três da manhã, tudo o que ela tinha observado sem notar — tudo isso fermentou em sua cabeça. Borbulhou. Ferveu. Não estaria pronto até estar pronto, mas, quando ficou, transbordou como uma daquelas maquetes de vulcão que ela construiu no ensino fundamental que cuspia bicarbonato de sódio e lava de vinagre. Foi a grande erupção revelatória.

Stevie olhou para Izzy com uma espécie de assombro.

— Não há botão — declarou ela.

— Ainda não encontramos, mas...

— Não — cortou Stevie. — Não há botão. *É essa a questão.* E se não há botão...

Os pensamentos vinham rápido. Stevie não tinha a capacidade de articulá-los. Se tentasse, perderia tudo.

— Você tirou o lixo? — perguntou ela.

— Estava cheirando mal — respondeu Izzy.

— Ah, Deus — disse Stevie. — Já foi embora?

— Acho que está nas lixeiras lá na frente.

Stevie tropeçou nos próprios pés na pressa para se levantar, fazendo Porta sair voando de medo. Ela se apressou pela escada e inclinou-se sobre a cerquinha preta de ferro forjado para alcançar as lixeiras. Ainda estavam cheias de lixo pungente. Ela tirou os sacos e os levou de volta à casa. Dessa vez, nem se deu o trabalho de cobrir o chão da cozinha com sacos plásticos antes de virar o conteúdo. Fuçou nas coisas com as mãos nuas, afastando as embalagens de comida e guardanapos. Pousou o olhar num papelzinho manchado de curry e pontilhado com pedacinhos de arroz. Ela o ergueu e estudou em silêncio por vários minutos. Então correu escada acima, até o banheiro de Angela. Examinou-o por um minuto, depois lentamente voltou à sala de estar e olhou para Izzy.

— Aquele amigo da sua família que trabalha na London Eye. Preciso que ligue para ele.

— Por quê?

— Porque eu sei o que aconteceu — respondeu Stevie, apertando o papel imundo, com os olhos brilhando. — E agora tenho que provar.

30

A NOITE ESTAVA ENREGELANTE, COM UM VENTO CRUEL SOPRANDO DO TÂMISA. Fazia os olhos de Stevie marejarem, e ela e Izzy seguiram determinadas pelo Embankment e a Ponte de Hungerford. Ela não se virou para olhar o Parlamento, à direita, com a face brilhante do Big Ben. Não estava lá para pensar na vista, recordar os momentos com David e os amigos.

Estava trabalhando, sendo uma detetive em Londres. Focada. Enfrentando o frio. Sozinha.

— Quanto tempo vamos ter? — perguntou Stevie.

— Acho que o quanto você precisar. Vão fazer manutenção numa das cabines, então a roda vai ficar parada. Eles vão nos trazer para baixo quando mandarmos mensagem. Foram muito gentis quando eu disse que era para um memorial.

Foi assim que elas armaram aquilo e chamaram os últimos membros dos Nove. Izzy tinha mandado uma mensagem para eles e dito que conseguira reservar uma cabine privada na Eye e que eles poderiam pairar sobre Londres em paz e prestar uma homenagem a Angela sobre o rio no qual ela fora encontrada. Julian e Sebastian estavam em Londres para o memorial de Angela e para passar um tempo com os amigos. A substituta de Sooz estava cobrindo ela, e Theo havia tirado alguns dias de folga. Estavam todos juntos, então foi relativamente fácil convocá-los como grupo.

Stevie fungou. Seu nariz estava escorrendo no frio. Ela se sentia suja e esfarrapada nas roupas de viagem gastas, e o casaco de vinil vermelho era fino demais. Mas era bom sentir frio. Isso a mantinha afiada.

Os seis já estavam lá quando elas chegaram, sentados nos bancos junto às filas vazias da Eye. Os últimos passageiros desembarcavam.

— Obrigada por virem — disse Izzy. — Sei que é meio incomum, mas minha tia amava andar nisso e, como temos um contato na família...

— É um gesto muito bonito — elogiou Theo. Ela soava fanha, como se tivesse chorado muito nas horas anteriores.

— Stevie — chamou Sooz. — Achei que todos vocês iriam embora hoje.

— Perdi meu voo — respondeu Stevie. — Izzy me deu um lugar para ficar e eu queria... sabe.

— É muito gentil da sua parte — disse Yash.

— E trouxemos uma cesta — falou Peter, erguendo uma cestinha com algumas garrafas e copos. — Para um brinde.

Izzy foi até a pessoa que cuidava da plataforma e explicou quem eles eram. Após um momento de discussão, todos foram levados a uma cabine. A porta foi selada e a roda começou a subir. Stevie olhou para os raios enormes. O rio despareceu, escuro e proibitivo, e Londres brilhava ao redor deles. Peter e Julian abriram as garrafas e distribuíram copos de uísque para quem queria álcool e espumante de flor de sabugueiro para os que não queriam. Yash tinha trazido um alto-falante portátil e pôs música para tocar — Britpop, claro. Um pouco de Blur. Stevie conhecia o som deles a essa altura. Era uma música lenta e reflexiva chamada "Best Days".

Quando a roda atingiu o ápice, os seis colocaram os braços ao redor uns dos outros, convidando Izzy e Stevie para o círculo. Era desconfortável, mas Stevie entrou entre Sooz e Julian.

— A gente te ama, Ange — disse Sooz. — Sentimos muito.

— Te amamos — ecoou Sebastian.

Eles foram um por vez — Julian, Peter, Theo, Yash, Izzy. Stevie abaixou a cabeça.

Assim que a cabine chegou ao ápice, reduziu de velocidade e parou completamente. Ela balançou quando o vento a atingiu.

— A Ange — brindou Sebastian, erguendo o corpo. — Uma historiadora. Escritora. Pensadora. Bebedora.

— A Ange — ecoaram todos. Stevie ergueu a Sprite chique com timidez.

É claro que os Nove, ou os Seis, tinham transformado aquilo num evento. Porém, conforme o silêncio se acomodava sobre o grupo e o vento batia na cabine e Stevie percebia quão alto estavam dentro de uma bolha de metal e vidro sobre um rio enorme agitado pelo vento... ela soube que era hora. Olhou para Izzy, que enxugava lágrimas com as costas da mão, espalhando o rímel e o delineador preto em todas as direções.

Ela limpou a garganta.

— Na verdade — falou Izzy, o que era um jeito estranho de começar qualquer coisa — quisemos trazer todos aqui para ter uma conversa. Porque... Stevie tem algo que queria dizer. Se não se incomodarem de se sentar.

Naquele momento, Stevie sentiu a falta dos amigos tão profundamente que poderia ter chorado. Janelle, Vi e Nate estavam no céu, seguindo para casa. E David estava ali, mas poderia muito bem estar em Marte.

Ela não podia pensar naquilo. Precisava agir. Gostaria de poder fazê-lo da estabilidade do banco no meio da cabine, mas teve que ficar parada na ponta, onde balançava mais, mas onde todos podiam vê-la.

— Eu queria falar sobre o botão — contou Stevie. — O que Angela mencionou na mensagem dela.

— É — disse Yash, se encolhendo no casaco de caxemira cinza. — O que foi aquilo?

— Foi uma mensagem — respondeu Stevie. — Uma mensagem a um amigo. Ela estava tentando dizer algo a um de vocês. Eu só entendi o que a mensagem significava porque, por acaso, estava lá na noite em que ela a mandou. As pessoas têm ideias a partir das coisas ao seu redor. Usam exemplos que conhecem, que fazem sentido para elas. E, vocês sabem, Angela conhecia história. Sabia tudo sobre Henrique VIII e suas esposas. Quando a visitamos naquela noite, ela nos contou uma história sobre a execução de Ana Bolena. Estava nos contando em muitos detalhes como Ana foi colocada para morrer, e como o rei chamou um carrasco especial e chique da França. Esse cara usou uma espada, não um machado...

A palavra *machado* foi o momento em que o clima na cabine mudou. Todos ficaram um pouco mais atentos, mais sensíveis.

— ... então a cabeça da vítima tinha que estar em certa posição para ele fazer o serviço com um único golpe. O carrasco usava um truque. Chamava um assistente imaginário para que lhe trouxesse a espada e a vítima virava a cabeça naquela direção para ver a espada chegando, mas o cara já tinha a espada nas mãos. Então o pescoço ficava na posição certa e ele golpeava. Angela disse: "Um pouco de dissimulação ajudava muito". Foi aí que teve a ideia. Um pouco de dissimulação. Fazer alguém virar a cabeça. Angela tinha cansado de esperar, tinha cansado de não saber o que sabia. Ela tinha acabado de descobrir que começara a falar sobre os assassinatos quando estava sob o efeito de analgésicos...

Não havia mais desculpas. Naquele momento todos sabiam o que significava.

— ... e decidiu que bastava. Queria uma resposta. Decidiu chamar sua assistente para lhe trazer a espada. Jogou algo para o mundo. Ana Bolena lhe deu parte da ideia; seu gato lhe deu o restante. O gato dela rouba botões. Ele tentou tirar um do meu casaco enquanto estávamos lá. E se houvesse uma evidência? O que seria uma boa evidência? Algo pequeno que poderia sair das roupas. Ela tinha visto acontecer ali mesmo. Um botão. Mandou uma mensagem dizendo que tinha o botão. Foi um tiro no escuro. Se não funcionasse, não importava. Quem ligaria? Não foi nada. Um erro de digitação. Mas, se funcionasse...

Ela se virou para olhar para os reunidos.

— E funcionou — disse Stevie. — Sete minutos depois, alguém ligou para ela. E, logo depois disso, Angela vestiu o casaco e saiu de casa para encontrar essa pessoa. O fato de que ela foi nos diz uma coisa. Não acho que ela pensou que encontraria o assassino. Achou que a pessoa que encontraria tinha as mesmas suspeitas que ela. Mas se encontrou com a pessoa que matou Samantha Gravis, Rosie e Noel. Angela encontrou com a pessoa que destrancou o galpão de madeira. Que tinha a chave naquela noite, em 1995, e estava desesperada para manter isso em segredo.

Ela se virou para Sebastian, que empalideceu e se recostou no banco.

— Eu não...

— Não — cortou Stevie. — Tinha algo interessante nos depoimentos das testemunhas sobre aquela noite, algo que pareceu completamente insignificante a princípio. Mas, se você os ler de novo e focar só em uma coisa, fica imediatamente óbvio o que aconteceu. Alguém tinha uma chave. Onde estavam as chaves? Na sua calça, aparentemente. Mas lembra quando você tentou abrir o armário para pegar o uísque? O armário não abria.

Não era porque você estava bêbado. Era porque *você não tinha as chaves certas*. Mas aí você abriu o armário. E quando isso aconteceu?

Stevie se virou para o homem que estava se inclinando para a frente, com os cotovelos nos joelhos e um olhar curioso no rosto.

— Quando você as trocou — concluiu ela, olhando para Peter.

23 de junho de 1995
23h00

TINHA COMEÇADO COM A GAROTA QUE ELES CONHECERAM NO PUB. A CANADENSE. A americana. Samantha. Era esse o nome dela. Peter devia ter percebido que ela era americana. Ela tinha cabelo encaracolado — cabelo grande de norte-americano. Um sorriso grande de norte-americano. Aquela confiança de norte-americano. Julian falou com ela primeiro, porque era Julian. Não havia nada monogâmico em Julian. Ele piscava aqueles cílios compridos para todo mundo, olhando com aqueles olhos azul-gelo, aquele olhar que parecia tão tímido. Todo mundo caía na dele. Ele e a americana estavam se pegando em questão de minutos.

Peter tinha ficado com sua cerveja. Típico. Irritante. Tudo era tão *fácil* para Julian porque ele nascera parecendo um deus grego. Tinha talento também — cantava bem, era um guitarrista decente e um ator perfeitamente aceitável. Se Julian quisesse atuar profissionalmente, poderia fazer isso num segundo. Já havia agentes rondando-o. Mas ele ia trabalhar no direito e na política, onde também teria sucesso graças à aparência e ao charme.

Peter queria trabalhar na televisão e na comédia. Era tudo que ele sempre quis. Era a vida dele, e ele *trabalhara* por isso. Escrevia obsessivamente, estudava cada programa, refinava cada piada. Ele iria ao Festival de Edimburgo com Yash, depois para Londres. Sabia que seria difícil e que eles não teriam dinheiro. Não podiam bancar um apartamento — estavam procurando um quarto vago numa casa para dividir.

Enquanto bebia a cerveja e o observava, a raiva crescia, a consciência de que eles estavam a dias de sair no mundo e que pessoas como Julian estariam em todo lugar. Alguém precisava dar um chute na bunda dele.

Peter tinha cansado. Bebeu o resto da cerveja e saiu do pub, alegando exaustão, o que era justo. Voltou a pé para a casa ao longo do rio, o ressentimento aumentando a cada passo. Lá, encontrou Rosie revisando intensamente a matéria da última prova. Era uma noite ruim para contar a ela, mas Peter o fez mesmo assim. Contou com gentileza, com um tom de desculpas — e se sentia mesmo mal por ela —, mas também ficou satisfeito com os olhos duros de Rosie, mesmo que se enchessem de lágrimas. Ela não ficou surpresa, mas a confirmação foi um golpe pesado. Engoliu o choro, transformou-se numa pequena bola feroz de raiva irlandesa. Agradeceu a Peter, enxugou uma lágrima que escapou, e então esperou no jardim com uma garrafa de Coca-Cola, que jogou na cabeça de Julian quando ele chegou.

Peter assistiu àquilo da janela do segundo andar. Foi muito satisfatório.

— Por acaso *você* contou para ela? — perguntou Yash quando se sentaram no quarto dele naquela noite, ouvindo os gritos que vinham do jardim abaixo. — Ela sabia quando a gente chegou. Só você podia ter contado.

— Achei que ela devia saber — respondeu Peter.

— Não é o melhor momento, com a prova dela, mas justo, acho. Enfim, Noel rodeia Rosie há séculos. Eu os vi saindo juntos por aí. Imagino que vai acabar assim.

Yash tinha razão. Rosie passou a noite envolta nos longos braços de Noel, soluçando. Provavelmente fazendo outras coisas também, mas Peter não sabia os detalhes e não se importava.

A americana estava de volta ao pub na noite seguinte, e Peter já estava se sentindo melhor sobre as coisas. Julian estava emburrado num canto e não queria companhia. Ela era bonita, a americana. Talvez ele devesse abordá-la e tentar falar com ela. Mas, antes que pudesse se aproximar, Yash estava lá, contando uma piada para ela. E ela estava rindo. Rindo e rindo e rindo. Com Julian, eles tinham somente sugado a cara um do outro e dispensado as cortesias, mas estava claro que Yash e aquela menina estavam formando uma conexão, se dando bem. Yash se inclinava para a frente, fazendo caretas, tentando muito entretê-la, e a garota respondia à altura, gesticulando e brincando de volta.

Peter observou aquilo enquanto bebia outra cerveja. Era menos típico, e de alguma forma mais irritante.

Ele estava tão farto de estar com essas pessoas o tempo todo. Amava-as, claro, mas queria acabar logo com tudo isso. O drama. A competição. A necessidade incessante de impressionar, de entreter.

Na noite seguinte, Peter não foi ao pub; voltava para casa depois de uma longa sessão de revisão para a última prova. Foi aí que a viu, cambaleando no caminho de terra estreito ao longo do rio. Ele sabia aonde ela estava indo, claro. Ninguém teria caminhado tão longe no escuro, desde o centro da cidade, na direção de Grantchester Meadows, a não ser que morasse lá ou fosse visitar alguém. A garota ia para a casa deles, para ver Yash. Peter a alcançou e se apresentou. Ela meio que apenas se lembrava que ele existia, que tinha estado lá com os outros.

Claro.

A americana estava bêbada e com um ótimo humor. Era a última noite dela lá, explicou. Queria devolver os CDs de Yash. Talvez, sugeriu a Peter, eles devessem roubar um barco e remar até a casa deles. Era uma ideia idiota, mas a garota parecia estar flertando com ele. Talvez as coisas estivessem pendendo para seu lado, afinal. Então ele foi com ela até uma das muitas pequenas docas ao longo do rio onde os *punts* ficavam amarrados.

O que aconteceu não foi culpa dele. Foi um mal-entendido. Ele, de verdade, não conseguia mais lembrar de todos os detalhes — foi medo e confusão. Ela pulou para longe dele e o barco balançou. Ele a viu bater a cabeça e cair na água. De repente, ela estava gritando e dizendo algo sobre a polícia, mas ele não tinha feito nada, não a tinha ferido — ela caiu e tudo desapareceria em um instante, a vida inteira dele seria desfeita se ele *não fizesse algo*.

É preciso pouquíssimo esforço ou tempo para segurar alguém embaixo d'água. Foi aí que começou — uma caminhada malfadada para casa.

Rosie sabia de alguma coisa.

Na manhã seguinte, ela o observou da mesa da cozinha e perguntou quando ele tinha chegado em casa. Por que queria saber? Ele tinha mentido, claro. Mas então tinha certeza — Rosie sabia de alguma coisa.

Rosie era uma pessoa forte e impetuosa. Quando agarrava alguma coisa, não a soltava.

Não houve notícias da americana. Por que não houve notícias? O Cam tinha talvez um metro e meio ou um metro e oitenta de profundidade — não era o *oceano*. Como ela podia não ter sido encontrada? Com certeza corpos flutuavam? Talvez ela tivesse ficado presa em alguma coisa. O Cam estava cheio de carrinhos de compras e outras coisas no fundo. Era comum ouvir sobre pessoas prendendo o pé quando caíam. A americana estava na água, em algum lugar. Dias se passaram e, a cada um, a cena parecia menos real. Talvez nunca tivesse acontecido.

Mas claro que aconteceu.

Rosie o estava observando. Ele notou. Peter podia enxergar tantas coisas que mal estavam visíveis para ele antes. Podia ver as características e movimentos e tiques de todo mundo. A necessidade de atenção de Sooz. A indecisão de Julian. A obsessão de Yash de ser o mais engraçado. Os cuidados irritantes de Theo. As desculpas compulsivas de Angela. O glamour falso de Sebastian e suas piadas sobre ser o senhor da mansão que não eram piadas de verdade. A astúcia de Noel.

A teimosia de Rosie.

A disposição de Rosie de entrar em qualquer discussão.

A relutância de Rosie de recuar.

O que importava, àquela altura? Em uma semana ele se livraria da maioria deles. Tudo o que tinha que fazer era superar aquela última semana e todos poderiam seguir em frente. Eles iriam para Tempo Bom, o que era ótimo. Ele precisava sair de Cambridge.

E então, na manhã que viajariam, saiu na capa do jornal. A foto dela e a manchete: CORPO DE ESTUDANTE AMERICANA DESAPARECIDA É ENCONTRADO. Peter leu o artigo com uma rapidez intensa e ficou aliviado com o que viu. Foi aí que ele descobriu que ela era americana, que se chamava Samantha Gravis, e que a polícia tinha certeza de que ela caíra de um *punt* bêbada. O alívio o inundou. Ele destruiu o jornal e então vomitou. Eles só precisavam *ir*, sair daquela casa, terminar de empacotar as coisas e partir, e a coisa toda acabaria. Mas todo mundo estava demorando tanto. Então Rosie foi para a cidade pegar alguma coisa antes de saírem e voltou quieta e estranha. Rosie nunca ficava quieta.

Ela devia ter visto o jornal e começado a juntar as peças.

Foi aí que ele soube com certeza que algo precisava ser feito. Vinha matutando a semana inteira de uma forma distante, mas o problema de repente entrou num foco afiado.

Dado o comportamento dela na semana anterior, Peter tinha certeza de que Rosie iria no carro de Noel, então seguiu para lá. Mas Rosie se virou e juntou-se ao grupo que iria no carro de Sebastian. Ele não mudou o que estava fazendo. Já tinha colocado a bolsa no pequeno porta-malas do carro de Noel. Tinha que seguir em frente. Entrou com Julian, Noel e Angela.

O carro levava os maiores fumantes da casa, e o trajeto foi marcado por cigarros e pelo som de Blur e Pulp estourando pelos alto-falantes metálicos do Golf de merda de Noel. Durante todo o caminho até Tempo Bom, ele sorriu e assentiu e fingiu estar interessado no que todo mundo estava dizendo, mas sua mente estava em outro lugar. Ele pensou em cada passo. O primeiro era conseguir as chaves. Com certeza, quando chegassem, Sebastian as largaria em algum lugar. No fim, foi excepcionalmente fácil — as chaves ainda ficaram na porta por um momento quando todos entraram. Peter as tirou e, antes de jogá-las a Sebastian, trocou-as pelas próprias chaves. Se Sebastian tivesse olhado, poderia ter notado a diferença. Mas ele não olhou. Pegou-as sem pensar duas vezes. A casa já estava em polvorosa.

Peter subiu correndo a grande escadaria, passando pelas pinturas dos Holt-Carey do passado — os viscondes, as damas, os homens de uniforme militar. Um dos quartos que queria ainda estava disponível. Não era dos melhores. Era pequeno e estreito, coberto por um papel de parede verde arsênico, mas tinha uma grande vantagem — era a linha de visão potencial mais direta para o galpão de madeira. Enquanto espiava, viu Noel e Rosie ainda do lado de fora, conversando no jardim. Rosie ergueu os olhos e o viu. Naquele momento, quando seus olhares se encontraram, houve uma comunicação: *Eu sei o que você fez.*

Peter tentou agir de forma casual e se afastou lentamente, mas o mundo oscilava. Somente mais um quarto tinha vista para o jardim da cozinha e em potencial para o galpão de madeira. Era o do lado, e ele podia ouvir alguém se movendo lá. Ele se recompôs, tirou os cigarros do bolso e bateu na porta. Angela disse para ele entrar. Ela estava parada com a janela aberta.

— Perdi meu isqueiro no carro — disse ele. — Posso usar o seu?

— Está na minha bolsa, a azul, na cama.

Ele abriu a bolsa e fuçou lá dentro até achar o isqueiro amarelo descartável enterrado no fundo.

Era conveniente que ela já estivesse na janela. Mesmo a alguns passos dali, ele podia ver que Rosie e Noel tinham deixado o jardim, então era seguro ir à janela e observar a vista. As árvores ocultavam a totalidade da garagem e do galpão de madeira, como quase com certeza foram plantadas para fazer. No íntimo, ele agradeceu aos construtores ricos daquela mansão do campo que se esforçaram muito para garantir que nunca teriam que ver outras pessoas trabalhando.

Por um momento, parado ali com Angela, ele considerou abandonar o plano todo. Havia algo tão adorável ao vê-la ali. Ele sempre tinha gostado dela. Angela tinha raspado a cabeça por causa de um desafio. Uma fina penugem castanha-escura estava brotando. Combinava com ela, ressaltava as sardas, destacava os olhos castanhos profundos. Ela parecia triste. Angela era leal e emocional, e ele podia ver que ela estava tendo dificuldade com o fato de aquela ser a última semana deles juntos, como alunos e colegas de casa. Naquela noite prateada de verão, com o cheiro de petricor e rosas trepadeiras, nada terrível podia acontecer. Talvez ele pudesse contar a Angela, contar a todos, confessar. Eles o ajudariam. Entenderiam que não foi culpa dele. Ele era um dos Nove, e os Nove ficavam juntos.

Houve um trovão tremendo à distância, e a chuva começou a cair.

— Acha que ainda vamos brincar? — perguntou Angela.

A pergunta dela acabou com qualquer devaneio romântico e o fez voltar bruscamente ao problema iminente. Claro que não podia contar a eles. Você não podia só dizer a seus amigos "Afoguei a garota que conhecemos no pub". Mesmo se alegasse que foi um acidente, Rosie sabia que não foi. Eles tinham que brincar. Caso contrário, ficariam dentro da casa e beberiam e Rosie contaria a todo mundo. Ele tinha que garantir que a brincadeira seguisse conforme o planejado. Devolveu o isqueiro a Angela e a deixou junto à janela com uma expressão pensativa.

Peter deu uma volta silenciosa no corredor escuro do segundo andar, fazendo anotações mentais de quem tinha ficado com qual quarto. Estava prestes a descer quando notou Rosie seguindo para a porta de Angela. Ele congelou, então recuou e entrou no quarto vazio que ficava entre o dele e o de Angela. Era um dos piores da casa, nem tinha uma janela. Talvez fosse um quarto de vestir, ou um quarto para uma criada ou atendente pessoal, alguém que não era importante o bastante para merecer ar fresco e uma vista da paisagem. Havia uma porta contígua para o quarto de Angela e ele apertou o ouvido ali para ouvir, mas, entre a música na casa e o barulho da tempestade, apenas conseguiu distinguir o nome de Julian repetido várias vezes.

Típico. Que se fodesse o Julian. E geralmente era esse mesmo o problema.

Então vieram passos pesados, alguém subindo os degraus dois por vez. Era Sooz, que sempre soava um pouco mais alta que todo mundo, e ela tinha champanhe. Boa e velha Sooz. Sempre se podia confiar nela para trazer a festa. Ele ouviu Sooz falar para as outras duas descerem. Ele podia ter beijado ela — *tinha* beijado ela, todos tinham —, mas, naquele momento, sentiu um afeto tremendo pela amiga. Abriu uma fresta da porta para sair do quarto e descobriu que Rosie e Angela ainda estavam lá. Naquele momento, conseguiu ouvir o que disseram.

— Eu falo mais tarde — disse Rosie. — Suba e me encontre depois da brincadeira.

— Mas do que se trata? O que está acontecendo?

— Agora não. É importante demais.

Sooz as chamou, mas Rosie virou-se no último momento.

— Estou desesperada para ir ao banheiro — disse Rosie. — Vão lá. Eu chego num momento.

Sooz e Angela desceram a escada, e Rosie seguiu para o próprio quarto. Peter saiu do esconderijo, tentando não a assustar, mas falhou. Ela recuou, apoiando-se na parede.

— Rose — chamou ele em voz baixa. — Preciso falar com você sobre um negócio. Acho que Yash está encrencado.

Isso a confundiu genuinamente. Ele viu os ombros dela relaxarem.

— Quê?

— Yash precisa da nossa ajuda. Acho que você sabe o que eu quero dizer. Precisamos conversar. Em particular. Vá para o galpão. Eu tenho a chave. Te encontro lá assim que o jogo começar.

Ele assentiu com confiança e desceu a escada, pegando o finalzinho dos preparativos para a brincadeira. Já estava suando. Precisava se acalmar. Ficou de olho em Rosie quando a brincadeira começou. Ela olhou de volta para ele quando saiu pela porta da frente com Angela. Ele foi para a direita, atravessando a biblioteca, saindo pelo lado da estufa. Melhor manter um pouco de distância. Não a seguir de perto. Mas ele era rápido e contornou a casa, saindo nos fundos e seguindo até o galpão. No começo, Rosie parecia não estar lá, mas então ele ouviu a voz dela. Estava atrás de uma das árvores junto ao galpão.

— Qual é o problema com Yash? — perguntou ela, aproximando-se.

— Aqui não. Lá dentro.

A chuva batia com força na cabeça dele, escorrendo pelo rosto. Ele se atrapalhou com as cerca de doze chaves no chaveiro de Sebastian antes de finalmente achar a que abria a porta. Os dois entraram. Não havia fechadura por dentro e, claro, eles não podiam ser perturbados. Se ele tentasse segurar a porta, ela poderia entrar em pânico.

— Me ajuda — pediu ele. — Precisamos manter isso fechado. Precisamos ficar escondidos enquanto conversamos.

Depois de um momento de consideração, Rosie pegou um ancinho e o prendeu de modo que a porta não pudesse ser aberta.

— O que rolou com o Yash? — perguntou ela. — Você vai tentar me convencer de que ele feriu aquela garota?

As suspeitas dele infelizmente estavam corretas, e aquilo já estava acontecendo rápido demais.

— A garota... — murmurou Peter, enrolando.

As palavras não vinham. Ele sempre se lembraria dela naquele momento — nunca tinha parecido tão Rosie. Baixinha, mas era como se tivesse dois metros de altura. O rosto rígido. Os olhos fixos, os braços cruzados.

— A gente te viu — disse ela, enfim.

Isso o pegou tanto de surpresa que ele nem disse "Viu o quê?", e sim:

— A gente?

Rosie quase sorriu. Peter sentiu o chão sob os pés desmoronar.

— Na noite em que a garota desapareceu, caiu no rio, ouvimos gritos. Duas vezes. Um tinha sotaque, soava como uma garota. Nós saímos da tenda para ver o que estava rolando. Tudo tinha ficado quieto. Você apareceu pelo caminho pouco depois. Estava molhado e agitado. Eu não fazia ideia do que tinha visto até ler o jornal hoje de manhã. A foto dela estava lá, da garota. A canadense. Ela não era canadense, era americana. O nome dela era Samantha. Foi ela que você me disse que ficou com Julian na outra noite, e aí ela ficou com Yash. Yash deu nosso endereço para ela. E agora aqui está você, tentando me convencer de que Yash fez alguma coisa. Yash nunca faria algo assim.

O pânico dominava o corpo dele. Peter precisava controlá-lo. Tentar resistir aos pontinhos preto e branco que cobriam sua visão.

— Eu estive observando você — contou Rosie. — Desde aquela noite. Tentando entender o que vi. Alguma coisa aconteceu lá fora, Peter. O que você fez?

— Você tem que estar brincando — disse ele. Mas sua voz estava seca.

— Não estou brincando. Até te perguntei na manhã seguinte. Você mentiu, Peter. Mentiu sobre quando voltou. O que aconteceu?

Ele tinha que tentar mais. Pôr mais convicção na voz.

— Você sinceramente acha que sou capaz de machucar alguém? E por qual motivo?

— Acho que você é competitivo — falou ela. — Acho que todos somos. Acho que alguma coisa aconteceu. Eu não tinha certeza antes, mas agora tenho.

Naquele momento, estava decidido. Por que o que mais ele poderia fazer? Que escolha tinha? O que aconteceu em seguida foi parecido com o que tinha acontecido com a americana. Ele precisava sobreviver. Sentiu o pânico sumir, substituído por uma claridade quente. Um foco diferente de tudo que já sentira. A mentira foi mais fácil. Era macia como manteiga.

O machado estava encostado na porta. Ele vira Sebastian usá-lo antes de subir para o sótão.

— Rosie — chamou Peter, com calma. Esfregou a mão na testa como se estivesse preocupado, apenas tentando entender a questão. Ele estava num *esquete*, era somente isso. Um esquete sobre um mal-entendido.

Interpretava um homem exasperado numa loja tentando explicar o que queria. — Acho que você...

Ele se moveu no meio da frase. Peter sempre fora um atleta; era um excelente jogador de críquete e tênis quando se dava o trabalho de jogar. O machado tinha um cabo longo, então ele o girou num arco grande. Quando o primeiro golpe fez contato, Rosie emitiu um barulho estranho e baixo. Cada golpe sucessivo foi mais fácil. Não foram necessários muitos. Machados são ferramentas eficazes.

Quando teve certeza de ter acabado, e estava arquejando e suando e olhando para baixo, a figura no chão não parecia mais com Rosie. Era como um saco.

Havia um zumbido na cabeça dele. Uma euforia estranha que não fazia sentido, porque Peter não podia estar feliz com aquilo. O corpo compensa em momentos de extremo estresse. Havia luvas de jardinagem na prateleira. Ele as vestiu e puxou Rosie até a pilha de lenha do outro lado do galpão e a cobriu gentilmente. Percebeu que estava falando com ela enquanto o fazia.

— Me desculpa, Rose. Sinto muito mesmo, Rose. Eu não tive escolha, Rose. Vai ficar tudo bem, Rose...

E ele estava falando sério. Sinto muito, Rosie. Não quis que isso acontecesse.

A porta começou a balançar. Uma pontada aguda de pânico atravessou o corpo dele.

— Oi? — chamou uma voz.

Uma das garotas. Era meio difícil ouvir com a tempestade e o som do coração em seus ouvidos. Ele foi até a porta e ouviu.

— Ei, quem está aí? Vi a luz debaixo da porta. Abre, vai, está horrível aqui fora... eu tenho champanhe!

Angela. Estava apenas participando da brincadeira. Ele se obrigou a respirar com calma e esperou até ter certeza de que ela tinha ido embora. Enquanto esperava, teve que olhar para a pilha de lenha sob a qual estava Rosie. Era intolerável. Ele girou o machado e quebrou a lâmpada, deixando o galpão no escuro.

Era melhor. Nenhuma luz. Somente o som da chuva. Ele se encostou na porta e fechou os olhos e ouviu o som.

A gente te viu, dissera Rosie. *Nós saímos da tenda*. A tenda do sexo. Rosie e Noel nos braços um do outro e conversando junto ao muro do jardim quando chegaram. Não parecia que Noel sabia a história toda — o comportamento dele tinha sido casual demais para isso —, mas, quando Rosie fosse encontrada, tudo seria revelado. Noel entenderia. Noel iria atrás dele.

Peter enxugou o machado com um trapo e o deixou junto à porta, apenas para o caso de não voltar a tempo. Que horas eram? O que era o tempo? Ele conferiu o relógio. Quase meia-noite. Só isso? Somente uma hora desde que saíram correndo da casa? Podiam ter sido segundos. Podiam ter sido anos.

Ele espiou do lado de fora, não encontrando nada exceto chuva e a noite o esperando. Quando deixou Rosie e o galpão de madeira, quebrou a fechadura da porta e deu alguns passos saltitantes até o cascalho da área de carros. A natureza o ajudara. A chuva o lavou, tirou o sangue da capa de chuva, das mãos, das galochas. Ele inclinou o rosto para trás e correu até ficar encharcado.

Precisava encontrar Noel, o que significava que a melhor coisa a fazer era ser encontrado. Entrar no grupo de busca. Pegar uma lanterna. Ouviu vozes partindo de trás da casa, então se moveu através das árvores e ao redor das quadras de tênis. Angela e Yash estavam lá atrás, em algum lugar, na topiaria. Ele se moveu na direção do som, então se agachou sob o primeiro banco que viu. Foi Yash que atravessou a entrada da topiaria, girou a lanterna ao redor e o avistou. Peter fingiu que tentava escapar.

— Filho da puta, filho da puta! — disse Yash, rindo e o perseguindo. — Ange! Peter está aqui!

Peter fingiu tropeçar e permitiu que Yash o agarrasse. Yash e Angela o levaram até o templo, onde Sebastian lhe deu uma capa de chuva amarela e uma lanterna.

— Vá e busque por mim — disse Sebastian.

— Quem ainda não foi encontrado? — perguntou Peter.

— Rosie, Julian, Noel e Sooz. Encontre-os e traga-os a mim!

Noel ainda estava em algum lugar lá fora.

Quando precisa encontrar alguém porque sua vida depende disso, você encontra. O problema era que Noel era famoso por ser bom naquela brincadeira. Era extremamente flexível e disposto a fazer o máximo. Também gostava de escalar coisas. Ele estaria no *alto*, em algum lugar. Poderia ter escalado alguma parte da casa, poderia ter saído por uma janela até o teto.

Não. Não numa noite como aquela. Escorregadia demais. Exposta demais.

Enquanto procurava Noel, ele descobriu Sooz escondida num muro de topiaria. Perdeu um tempo precioso levando-a até Sebastian. Depois disso, separou-se dos outros de novo e começou a correr pelo bosque. Uma árvore, talvez. Muitas delas. Seria impossível procurar em todas, então Noel teria que ser atraído.

— Noel — chamou Peter, com gentileza, enquanto seguia pela fileira que cercava a casa. — Noel, ela precisa de você.

Por meia hora, ele cutucou árvores, apontando a lanterna para os galhos. Seguiu até um pequeno pomar no jardim dos fundos. Aquelas árvores eram um pouco menores e, portanto, mais promissoras. Os galhos eram igualmente abundantes, mas mais próximos ao chão. Mais fácil para Noel subir e escapar, se necessário. Ele devia ter começado ali.

— Rosie — disse Peter, atravessando o pomar. — Ela precisa de você.

Um som fraco de algum lugar no alto.

— Rosie precisa de você, Noel — repetiu Peter. — Ela precisa da sua ajuda.

O farfalhar ficou mais alto. Noel colocou a cabeça para fora de uma árvore logo atrás dele.

— O que aconteceu com ela? — perguntou, caindo do galho mais baixo.

— Aí está você — disse Peter, com alívio real na voz. Ele desligou a lanterna. — Ela pediu por você. Venha.

— Mas o que aconteceu? — perguntou Noel, permitindo-se ser guiado pela escuridão.

— Temos que fazer silêncio — respondeu Peter. — Você vai ver.

Eles quase toparam com Sooz no caminho, mas conseguiram permanecer escondidos. Peter descobriu que estava quase ansioso pelo que ia acontecer. Era tão terrível e enorme que criava uma antecipação nauseante e selvagem. Ele estava ciente de que algo estranho dominava sua mente, estava tão inundado de adrenalina e champanhe que desenvolvera um foco intenso. O momento entre a vida e a morte fazia o corpo produzir as substâncias químicas mais fortes de que era capaz.

Peter destrancou o galpão enquanto Noel se escondia atrás dele. Ele tinha uma mão no machado enquanto acenava para Noel adentrar a escuridão com a outra.

Noel nunca soube o que aconteceu. Disso, Peter tinha certeza. O primeiro golpe pareceu acertar algum ponto do lado do ouvido, no rosto, provavelmente. Derrubou-o de lado. Deixou-o atordoado. Peter golpeou de novo e de novo.

Então cobriu Noel com o mesmo cuidado que demonstrara a Rosie.

Ele saiu de novo às duas e quinze. A tempestade estava piorando. Afastou-se do galpão na escuridão pesada, cruzando até o lado oposto da casa. Então, como se seguisse alguma deixa celestial, a força caiu.

Todos recuaram para a casa, estremecendo, tirando capas de chuva e roupas molhadas, se enrolando nas mantas de lã, abrindo mais champanhe. E lá estava Sebastian, engatinhando no chão com uma vela nas mãos, tentando alcançar alguma garrafa de uísque que o pai tanto amava. Ele precisaria de uma chave para abrir o armário.

Era como se o universo lhe desse um caminho, ou talvez a vida se tornava simples quando você tinha poucas escolhas. Lá estava a chance dele. Peter caiu no chão e se juntou à brincadeirinha de Sebastian enquanto mexia com as chaves roubadas, procurando a do armário. Triunfo. O armário foi aberto, o uísque obtido, as chaves devolvidas à mão de Sebastian como se nunca tivessem sido levadas.

Havia apenas mais uma coisa a fazer. Isso exigia ser visto indo para a cama. Ele disse que talvez vomitasse, o que era verdade, e retirou-se para o quarto. Esperou mais de uma hora no chão do banheiro tentando se controlar e descobrindo que estava bem. Theo passaria com água como sempre fazia depois de uma longa noite. Peter queria estar no quarto quando ela fizesse as rondas. Era bom conhecer tão bem os amigos. Depois de uma hora, ele ouviu Theo entrar no quarto e chamá-lo. Respondeu de trás da porta do banheiro que estava bem.

Ela deixou a água lá.

Quando Theo saiu, ele se esgueirou pelo andar de cima, verificando os cômodos e fazendo uma anotação mental de onde todos estavam. Angela, Yash e Theo se retiraram para os quartos. Sobrava Sooz, Julian e Sebastian. Ele desceu a escada dos fundos e ficou junto à porta da sala de estar por um momento para contar as vozes que ouvia lá dentro. Sooz estava repreendendo Julian. Bom para ela. Sebastian soava entediado com a discussão.

Todo mundo na casa. Então ele poderia completar a limpeza.

Primeiro, precisava de roupas. Os Nove trocavam e dividiam roupas, então foi fácil pegar algumas de outra pessoa. Noel teria sido ideal — ele não estava por perto para notar —, mas Noel era esguio e usava roupas vintage, em geral dos anos 1970. Parecia uma má ideia limpar a cena do crime em uma calça boca de sino. Peter precisava de algo menos distinto, de que ninguém sentiria falta. Julian, então. Ele estava no andar de baixo, e com certeza tinha uma calça de moletom e uma camiseta que serviriam. E se descobrissem que as roupas sumiram? Por ele, tudo bem. Em seguida, Peter foi até o vestíbulo, onde vestiu um par de galochas e um par de luvas de jardinagem e pegou uma pá de jardim de uma prateleira. Fez uma rota cuidadosa até o galpão, usando a casa e os muros do jardim para se esconder. Tinha que trabalhar depressa. Os pássaros começavam o coro do amanhecer, e o sol logo nasceria. A realidade do que ele tinha feito cairia, despencando em queda livre. Tudo seria real. Ele se obrigou a continuar. Apenas mais um pouco e tudo acabaria. Primeiro: forçar a porta para que parecesse um roubo. Era, afinal, um galpão cheia de maconha. Ele usou a pá para isso. Precisou de algumas tentativas e quase a quebrou no processo, mas a madeira finalmente cedeu e a porta se abriu. Embora fosse um alívio parcial não ver muito lá dentro, ele tinha que checar a cena. Apontou a lanterna para as pilhas de madeira, a lâmpada quebrada, o sangue no chão. Tirou o carrinho de mão e o deixou virado no chão fora do galpão, fazendo parecer que alguém tinha sido pego enquanto o levava.

O machado foi mais difícil. Peter sentiu uma náusea crescente quando o pegou. A lâmina estava coberta de sangue e... coisas que ele não conseguiu se obrigar a olhar. Ele o devolveu ao lugar onde costumava ser mantido, junto à porta. Em uma tentativa final de apagar as evidências, jogou um pouco da água da chuva do barril que estava do lado de fora no chão, destruindo pegadas e espalhando o sangue para as fissuras e os cantos. Verteu mais ainda na faixa de grama e lama que corria entre o galpão e a entrada de cascalho para bagunçar quaisquer pegadas deixadas fora do galpão também. Elas não importariam, de toda forma — qualquer pegada seria de galocha padrão, e os jardins estariam cheios delas. Todos tinham usado galochas naquela noite.

Ele estava prestes a voltar para a casa quando teve uma última ideia. Por que não acrescentar uma última coisa para confundir a linha do tempo? Ele se esgueirou pela frente da casa e viu que ainda havia luzes ligadas na sala de estar. Algumas pessoas estavam acordadas. Ele se aproximou o máximo que ousou, ligou a lanterna, apontou-a para a frente, então a desligou e correu de volta por onde tinha ido. Quando entrou, ouviu Sooz chamando Rosie e Noel.

Peter subiu a escada dos fundos e entrou no quarto. Tirou as roupas e as enfiou sob um armário de bugigangas para se livrar delas de manhã. Tomar um banho de banheira ou uma ducha faria barulho demais; ele se lavou silenciosamente na pia. Vomitou ali. Então foi para a cama.

Bebeu a água que Theo trouxera para ele.

Claro, a polícia viria de manhã. Encontrariam evidências de uma invasão interrompida. Encontrariam toda aquela maconha. Sebastian poderia ser preso por isso, e ele sentia muito.

Tinha acabado. Não havia mais o que fazer. Ele seria uma boa pessoa para os amigos. Ajudaria eles a superarem aquilo. Peter não sentia nada além de boa vontade e caridade por tudo e todos. Teria um futuro brilhante. Nada daquilo seria em vão.

Ele afundou num sono profundo e sem sonhos.

31

As torres de vidro da Cidade de Londres cintilavam atrás deles. A cabine sofreu um tranco. Os Nove continuaram sentados, uma plateia atenta, embora confusa.

— Vou contar uma história — disse Stevie. — É tudo o que tenho para vocês agora, uma história. Mas é uma história que faz muito sentido. É uma história que se encaixa com as evidências. Começa com uma americana chamada Samantha Gravis, que estava visitando a Inglaterra e fingindo ser canadense. Todos vocês a conheceram. Julian e Yash ficaram com ela. Ela tinha o endereço de vocês e alguns CDs de Yash. Provavelmente estava a caminho da sua casa quando morreu na madrugada do dia 15 de junho de 1995. Parecia ser o caso de uma turista que se embebedou e estava brincando num barco no rio no escuro, caiu e se afogou. Vocês disseram que sua casa ficava no rio, e disseram que havia algo no jardim dos fundos... uma tenda?

— A tenda do sexo — ofereceu Sooz, o rosto uma máscara de mármore de choque.

— Seria o tipo de lugar aonde Rosie e Noel iriam quando ficaram juntos?

— Era para isso que servia. Sexo. Encontros. Sim.

— Então temos uma conexão. Uma garota morre no rio. Rosie e Noel estão lá nos fundos, perto do rio. Rosie vê alguma coisa naquela noite, algo que ela não consegue entender. No dia em que vocês vão para Tempo Bom, sai uma notícia no jornal dizendo que Samantha foi encontrada, mostrando a foto dela. De acordo com os depoimentos, vocês ficaram em Cambridge na maior parte do dia. Saíram tarde, por volta das oito da noite.

O que significa que havia tempo de sobra naquele dia para Rosie ver o jornal. E ela viu. E Rosie de repente entende o que viu. Ela tenta contar a Angela quando chegam a Tempo Bom, mas não dá tempo. E então Rosie e Noel saem na tempestade e nunca mais voltam. É essa a parte onde todos vocês entram na história. Vocês foram testemunhas do que aconteceu em seguida. Sabem que Angela viu que o cadeado não estava no galpão naquela noite. Ela disse que o viu fora da porta. Contou para vocês, não contou?

Stevie direcionou a pergunta a Theo, que assentiu.

— Achei que ela estava bêbada e incomodada com a mentira que tivemos que contar.

— Provavelmente era verdade — respondeu Stevie. — Mas ela estava certa. Quando passou por aquele galpão, alguém estava lá dentro, matando uma das amigas dela.

Ela deixou a declaração assentar sobre o grupo. Não era o tipo de coisa muito tranquila de se dizer, não a uma grande altura, trancados e sozinhos. Mas era o que Stevie precisava fazer.

— Algumas coisas são muito parecidas entre si — disse ela. — Como chaves, sabe? Talvez você repare num chaveiro, mas quem nota uma única chave? Minhe amigue acabou de dizer, quando saímos do alojamento estudantil, que ninguém presta atenção a chaves. Quando você percebe isso, a coisa toda começa a fazer mais sentido. Quando vocês chegaram à Tempo Bom, destrancaram a porta. Talvez você tenha deixado as chaves em algum lugar quando entraram, mesmo que por um ou dois minutos? Não precisaria ser muito tempo.

— Imagino que sim — concordou Sebastian. — É normalmente o que acontece com chaves. Sei que eu estava com elas antes da brincadeira começar.

— Você definitivamente estava com *algumas* chaves antes de a brincadeira começar — disse Stevie. — Porque todo mundo te viu enfiá-las na calça. Mas não eram as suas chaves. Você pegou as de...

Ela olhou para Peter de novo. A expressão dele não tinha mudado.

— Você encontrou Rosie no galpão de madeira. — Ela acusou Peter. — Abriu a porta e a trancou por dentro. O relatório da polícia deixa claro que Rosie e Noel morreram um de cada vez. Rosie primeiro. Foi aí que você descobriu sobre Noel, não foi? Você a enterrou sob a lenha. Quebrou a lâmpada. Era porque não conseguia olhar para o que tinha feito, ou porque não queria que Noel visse o corpo dela quando entrasse em seguida?

Peter não disse nada. Stevie continuou.

— Talvez tenha sido ambos. — Ela deu de ombros. — Em algum momento, porém, Angela passou por lá. Ela viu que o cadeado não estava na porta. A situação perfeita para ela intuir que algo estava errado. Rosie tinha acabado de *contar* isso para ela.

Stevie chegava à parte que seria mais difícil para eles ouvirem.

— Rosie e Noel já estavam mortos quando a força caiu e vocês voltaram para a casa — continuou ela. — Sei disso porque foi quando você devolveu as chaves para Sebastian. Provavelmente só planejava enfiá-las no bolso dele ou algo assim, mas essa história sobre ele engatinhar no chão até o armário fica se repetindo nos depoimentos. Ele ficou tentando abri-lo, sem conseguir... até, claro, você se agachar no chão com ele. Você abriu o armário porque tinha as chaves. Entregou as chaves de Sebastian para ele bem na frente de todo mundo. Não precisava mais delas. Mas tinha mais uma coisa para fazer. O palco tinha que ser montado. Precisava parecer um roubo. Você disse que estava enjoado e subiu para o quarto. Quando não havia ninguém por perto, voltou para baixo, saiu... tem umas mil portas lá, então não foi muito difícil... e arrombou o galpão. Tirou um carrinho de mão e um balde. E fez mais uma coisa, só para garantir: deu uma volta na direção da sala de estar e ligou uma lanterna. Sooz a viu.

Sooz se ergueu e começou a dar voltas na cabine, olhando para Peter. Yash tinha se retraído para dentro de si. Theo parecia reflexiva, como se estivesse considerando o caso na cabeça, conferindo os cálculos de Stevie. Julian se concentrou nas mãos, alongando os dedos. Somente Sebastian olhava diretamente para Peter, considerando-o por completo.

— Provavelmente teria funcionado — disse Stevie. — E *funcionou*. Você sabia que o galpão estava cheio de maconha. A polícia imediatamente pensaria que alguém tinha ido roubá-la. Se alguém se encrencasse, seria Sebastian. Mas aí aconteceu uma coisa. Theo interveio para garantir que Sebastian não fosse preso. Todo mundo colabora para se livrar das plantas. Seus amigos estavam *ajudando você* a limpar a cena do crime, *ajudando você* a cimentar todas as mentiras daquela noite. Mentir é uma merda. É tão solitário. Você se sentiu melhor, com todo mundo compartilhando da mesma mentira? Não só você?

Foi a única vez naquela noite que Stevie viu um vislumbre de qualquer emoção cruzar o rosto de Peter.

— Então... — Stevie se preparou para concluir. — Acabou. Entretanto... Angela viu que o cadeado não estava na porta. Ela mentiu para a polícia sobre isso, mas não conseguia esquecer. Angela sabia que havia algo de errado naquela noite. Ela queria saber o que Rosie queria contar para ela. Sei como é não conseguir resolver alguma coisa. Isso toma conta da sua mente. Ela usou as habilidades como pesquisadora e obteve registros e relatórios. Não podia contar para o restante de vocês o que estava fazendo porque não fazia ideia de quem era confiável. Manteve a investigação escondida de todos, mas então teve que fazer uma cirurgia e tomou analgésicos. Os remédios a deixaram atordoada. Na noite em que desapareceu, nós jantamos com ela. Estava tudo bem até Izzy mencionar o que Angela tinha dito sob efeito dos medicamentos. Tudo mudou em um segundo. De repente, ela tinha que voltar ao trabalho e pediu que encerrássemos por ali. O que aconteceu quando deixamos a casa? Ela ficou incomodada. Sabe que seus pensamentos estão à solta no mundo, que os disse em voz alta. Seus medos são reais. Ela sabe que alguma coisa está errada, e agora a sobrinha levou uma detetive estudantil americana esquisita — ela apontou para si mesma — para a casa dela. Então talvez essa história vaze. Ela não aguenta mais. Pega o celular e começa a mandar mensagens para os amigos. E agora estamos de volta ao botão e Angela saindo pela porta.

Finalmente, depois de tudo, Peter se remexeu. Ele se endireitou, estalando as costas acidentalmente, e olhou para Stevie.

— Você disse tudo isso porque acha *chaves parecidas*? — questionou ele. — Porque acabou de falar a todos os meus melhores amigos que eu matei três dos nossos, e está baseando isso no fato de que chaves são parecidas. Não estou inteiramente confortável para continuar com essa conversa. Viemos aqui para fazer uma homenagem, e isso...

— Ah, não — interrompeu Stevie, com calma. Sentia-se melhor com ele falando. Gostava de ter algo com que trabalhar. O silêncio era assustador. — Tem mais uma coisa. A bolsa de Angela. Julian me mostrou a lista do que acharam nela. Aqui, eu leio para vocês.

Ela tinha a foto pronta no celular, que não quis ligar de imediato e a obrigou a fazer o reconhecimento facial três vezes.

— A bolsa continha: "carteira (com 40 libras e cartões de crédito, intactos), chaves, celular, cartão do metrô, escova de dente Oral-B nova na embalagem, caixa de pastilha para a garganta, cartela de comprimidos Nytol (de sete comprimidos, somente restava um), cinco pedras grandes". Alguma coisa se destaca aqui?

— Vou sugerir as cinco pedras grandes — disse Peter.

Stevie balançou a cabeça.

— Não. Você as colocou lá. O que é estranho é a *escova de dentes*.

Ela fuçou na mochila, onde tinha guardado com cuidado o recibo manchado de curry pescado do lixo.

— Eu revirei o lixo dela da noite em que ela desapareceu — disse Stevie, num tom com que alguém poderia dizer "Eu fui à praia porque estava fazendo sol". — Ela comprou descongestionante nasal, pastilhas para tosse, sabonete corporal e uma escova de dentes. Estava sarando de uma gripe na noite em que a vimos, então o descongestionante e as pastilhas fazem sentido. O sabonete é óbvio. Mas a escova de dentes não. Ela tinha uma escova de dentes elétrica chique. Não precisava de outra descartável. E por que, se você iria se jogar no Tâmisa, levaria uma escova de dentes? É o que você pegaria?

— Talvez ela só a tenha esquecido na bolsa depois de comprar? — sugeriu Izzy.

Stevie balançou a cabeça.

— O remédio de gripe estava no banheiro dela — esclareceu ela. — Angela tirou da sacola em casa. O recibo estava no lixo. Faz sentido carregar pastilhas de tosse se sua garganta está doendo. Mas ela não precisava de uma escova de dentes, e a escova claramente era para alguma coisa, porque estava embrulhada separadamente num saquinho. Como se ela fosse dar para alguém. E o que todo mundo diz a respeito de Angela? Que ela é tão respeitosa. Que, mesmo que vocês todos pegassem emprestadas as coisas uns dos outros, era ela quem sempre devolvia. Quando todo mundo a viu pela última vez? Em uma festa, na casa de Peter. Onde ela passou a noite. E podia não ter uma escova de dentes. Então ela comprou uma para substituir. Quando saiu naquela noite, colocou-a na bolsa para devolver a ele. Não é algo que você faz se pensa que está indo se encontrar com um assassino. Ela foi lá sem saber. Alguma coisa aconteceu.

— Então, chaves e uma escova de dentes? Sério? — reclamou Peter. Ele olhou ao redor, mas os cinco amigos o observavam com estranheza.

— Bem — começou Yash em voz baixa. — Se não é verdade, deve ser fácil de desmentir, certo, Pete? Julian conseguiu obter informações. Aposto que as coisas podem ser rastreadas de trás para a frente. Em vez de procurar Angela nas câmeras de segurança, eles podem procurar você. No seu apartamento. Onde seu telefone estava. Você consegue fazer isso, não consegue, Julian?

— Consigo — disse Julian. — E farei. Esta noite. Eu vou revirar a sua vida do avesso.

— Vai ficar tudo bem, Peter — continuou Yash. — Se você não fez isso.

Peter parecia fervilhar por dentro. Estava mantendo o controle, mas seu lábio superior encrespou de leve.

— Você sempre foi tão *irritante*, Julian — cuspiu ele. — Tudo sempre teve a ver com você, né? Com quem Julian estava dormindo ou flertando ou traindo. Não acabava nunca. E cá está você de novo. O membro do parlamento. O político.

— Ah, você acha que vai ser só Julian? — disse Sooz, erguendo-se e indo até Peter. — Nós nos juntamos para salvar Sebastian. Vamos fazer de novo. Na verdade, por que não abrimos esse...

Sebastian agarrou Sooz por trás e a afastou de Peter. Izzy já tinha pegado o celular e estava fazendo uma ligação.

— Acho que estamos prontos para descer — disse Izzy. — O mais rápido que puderem, por favor. Alguém está, *hã...* passando mal.

32

Eram quase dez da noite, e o Big Ben bateu as horas. Eles voltaram ao chão, o que era um alívio. Não oscilava no vento.

Sooz foi impedida de jogar Peter pela porta de vidro da cabine. Ela provavelmente não teria conseguido — as cabines eram feitas para serem seguras, projetadas para suportar qualquer tentativa de abertura por dentro —, mas deu o seu melhor. No minuto em que tocaram o solo, Peter saiu andando, o casaco abanando atrás dele ao vento. Sooz foi novamente impedida de segui-lo e jogá-lo no rio. Estava sendo abraçada por Theo e Sebastian. Julian estava ao telefone. Yash se inclinava encostado na mureta de pedra na margem do rio e respirava sozinho por um momento.

Izzy e Stevie sentavam-se sozinhas em outro banco, assistindo.

— Então o que acontece agora, com Peter?

— Não sei — respondeu Stevie. — Acho que estou certa sobre o que aconteceu, mas é difícil provar. É por isso que fazer lá em cima, em uma situação de alta pressão, era importante. Ele precisava estar assustado. Começar a cometer erros. E eu acredito neles quando dizem que vão descobrir tudo.

— Mas ele vai ser preso?

— Acho que depende do que eles encontrarem — disse Stevie, olhando para Izzy.

— E já estamos procurando.

Era Sebastian, que se juntou a elas com Sooz. Theo foi cuidar de Yash.

— O que vai acontecer — começou Sebastian, sentando-se — é que vamos perseguir isso até os confins da Terra. Vai haver mais provas em algum lugar... câmeras de segurança, ou testemunhas, ou alguma coisa. O que quer que seja, a gente vai descobrir. Ele sabe que essa vida, como ele a conhece, acabou.

— Julian pode ser um bundão, mas é o nosso bundão. — Sooz se abraçou e refletiu por um momento. — Ele não é *tão* bundão, na verdade. Mas ainda *tem*... no fim, ele virou um cara legal. — Ela se virou para Yash e Theo. — Vai ser difícil para ele. Eles são parceiros de escrita há anos. Mas vamos garantir que Yash fique bem. E...

Theo tinha tomado a mão de Yash na dela enquanto conversavam.

— Olha só — disse Sooz, mais para Sebastian. — Demorou. Talvez algo bom saia disso.

— Sim — concordou Sebastian, pensativo. — Talvez finalmente vá acontecer.

Julian foi até eles, enfiando o celular no bolso.

— Acabei de falar com meu contato no Met. Eles vão recuperar as gravações das câmeras de segurança e examinar o histórico de ligações do celular de Peter. Vamos usar o que for preciso... mídias sociais, que seja... vamos achar alguém que o tenha visto com Ange naquela noite. Vamos dar um jeito.

Os cinco estavam unidos.

— Você perdeu seu voo — disse Julian a Stevie. — Por causa disso.

Stevie assentiu.

— Vai ficar encrencada?

Stevie assentiu de novo.

— Vamos dar um jeito. Em agradecimento ao que você fez aqui. Há uma médica proeminente... — ele apontou a cabeça na direção de Theo — ... que estava tratando você por... o que gostaria? Uma intoxicação alimentar? E tem um membro do parlamento que ficaria feliz em ligar para a sua escola e explicar tudo.

— Você vomitou em mim — ofereceu Sooz. — Estava no meu cabelo. Eu ficaria feliz em descrever em detalhes.

— Somos bons mentirosos — disse Sebastian, inclinando-se e abrindo um sorriso com dificuldade. — Fazemos isso há anos.

Depois que os cinco garantiram que Stevie ficaria com Izzy naquela noite, e as acompanharam até um táxi que as levaria direto à Casa Covarde, o grupo se separou. Táxis pretos londrinos eram enormes por dentro — praticamente um quartinho ambulante com uma parede de plástico entre elas e o motorista, e um interfone para se comunicar com ele.

— Você acha que Peter pode vir atrás de nós? — perguntou Izzy. — Eles pareceram preocupados com isso.

A verdade era que Stevie não sabia. Pessoas desesperadas faziam coisas estranhas e terríveis.

— Peter agiu por medo. Ele matou quatro pessoas para salvar a própria pele. É isso que o motiva. Ele está com medo. E agora sabe que está sendo observado. Não podemos desconsiderar a possibilidade, mas... sinto que ele vai alegar inocência ou então fugir.

Ficaram em silêncio por um momento enquanto Londres passava ao lado. À noite, ficava acesa como um teatro, as luzes fortes nas fachadas brancas e nos monumentos, os anúncios brilhantes, o neon azul e roxo traçando linhas pela escuridão. Stevie teria tempo para absorver tudo. Ela estava sozinha, sem a mala e levando apenas uma pequena mochila. Os amigos dela estavam a caminho de casa, completamente fora de alcance.

Ela tinha perdido David. A emoção a atingiu com a fúria súbita de uma onda inesperada. Ela teve que se virar depressa para a janela enquanto seus olhos se enchiam de lágrimas. Cerrou os punhos. Londres ficou borrada através das lágrimas. Ela esperava que Izzy estivesse perdida demais nos próprios pensamentos para notar, mas aparentemente não.

— Você está bem? — perguntou Izzy baixinho. — Eu... eu sei o que aconteceu. David mencionou. Sinto muito.

Stevie abriu a janela pela metade e inspirou o ar frio para tentar se acalmar. Não funcionou.

— Eu fui uma idiota — disse ela, a voz falhando um pouco.

— *Você?*

— Eu fiquei com ciúme — confessou Stevie. — De você.

— De mim?

Pelo visto aquela conversa serviria para identificar quem era quem.

— Você achou... David? E eu? Stevie, tenho meu próprio caso complicado rolando em casa. É uma bagunça. Não, David e eu nunca... nunca nem pensamos nisso.

Aquilo pegou Stevie de surpresa.

— Tem? — perguntou ela. — Você nunca disse.

— Não tivemos tempo esta semana — respondeu Izzy. — Eu mal pensei nisso.

A ideia de que Izzy tinha uma vida inteira que não girava ao redor de David de alguma forma jamais ocorrera a Stevie. O amor a tinha deixado idiota.

— Ontem à noite eu esperei por ele. E ele não veio — falou Stevie. — Era nossa última noite juntos e eu deixei a porta aberta, e ele não veio. Achei que estava com você.

— Não — esclareceu Izzy. — Ele foi embora cerca de uma hora depois que você passou lá. Ficou falando sobre você o tempo todo. Eu estava arrasada demais para ouvir direito. Queria dormir, estava tão cansada... mas ele ficou sentado lá no chão falando e falando. Ele faz muito isso, fala e fala sem parar sobre você.

— Então ele ficou sentado com você contando que ia terminar comigo — constatou Stevie.

— Não. Ele não estava dizendo isso — corrigiu Izzy. — Na verdade, ontem à noite, estava falando sobre si mesmo. Não quero soar ingrata... ele foi muito gentil comigo o dia todo... mas à noite ele estava tendo algum tipo de crise pessoal e eu não tinha energia nenhuma para ajudar.

— Espera — disse Stevie, virando-se para Izzy. Ela não se importava mais com o rosto molhado ou o fato de que ia escorrer ranho do nariz a qualquer momento. — *O que* estava acontecendo?

— Ele só fala sobre você. Acho que se sente intimidado. Stevie isso e Stevie aquilo, e Stevie descobriu isso, e Stevie correu para o bosque... Ontem à noite ele estava falando sobre o que você fez em Tempo Bom, e como ele não tem direção na vida, e como você é especial e ele não é. Esse tipo de coisa. Ele vive fazendo isso. Eu estava quase preparada para não gostar de você, só porque David vivia falando sobre a incrível namorada dele, Stevie, mas aí te conheci.

Essa ideia completamente inusitada varreu a mente de Stevie, apagando outros conceitos e realidades como se tivessem sido escritos em areia. David sentia-se *intimidado*. Por ela? David não tinha medo de nada.

— Aí hoje à tarde ele estava com uma cara estranha quando me trouxe o cofre e me contou o que fez — continuou Izzy. — Posso ver por que você pensaria que teve algo a ver comigo, já que encontrou ele no meu quarto. Você me ajudou. Ajudou minha tia. Agora preciso fazer algo por você. Alguma coisa tem que resultar disso.

Isso pareceu inflamá-la. A luz voltou aos olhos dela, que endireitou a postura. Havia algo que Izzy podia fazer para se distrair da dor.

— O quê? — perguntou Stevie. — Não sei o que fazer.

— David é um idiota — declarou Izzy. — É um amor de pessoa, mas é um idiota. É impulsivo. Ele não terminou com você porque não se importa, e sim porque está em pânico com a ideia de te perder. Tenho certeza. Ele provavelmente está em casa agora, se arrependendo e ficando maluco. Você falou para ele que está aqui? Mandou mensagem?

Stevie balançou a cabeça em negativa.

— Certo. — Izzy pegou o celular e começou a digitar. Ela o ergueu para Stevie poder ver a mensagem.

Você errou terminando com Stevie, né? É um idiota. O que estava pensando?

Uma pausa. Três pontinhos apareceram, sumiram, apareceram de novo.

Eu sei.

Mais um conjunto de pontinhos.

No pub. Vodka sodass a dias libsras

Eu fiz uma cgada

Vou beber tudo todas as vofka sodas

— Está *vendo*? — disse Izzy. — Vamos consertar isso antes que ele beba o bar inteiro. Com licença!

A última parte foi direcionada ao motorista, que ligou o interfone. Ela deu direções até o Sete Bispos. E, com isso, o mundo inteiro girou. As lágrimas pararam. As ruas de Londres as impeliram na direção de David. Tudo ficaria bem.

Elas chegaram ao Sete Bispos em poucos minutos. O cheiro de cerveja atingiu Stevie quando entraram, junto do calor de tantas pessoas aglomeradas num espaço tão pequeno. Izzy deu uma olhada ao redor, então guiou Stevie mais para o fundo da multidão, que se reunia junto ao bar e preenchia o espaço. Em segundos, ela estaria com ele.

Então Izzy se virou com um sorriso torto.

— Ah — disse ela. — Ele acabou de mandar mensagem. Não está mais aqui. Está em casa. Devíamos...

— Quê? — exclamou Stevie. Izzy não tinha olhado para o celular ou o relógio.

— Por aqui! — disse Izzy, com uma alegria forçada na voz. Ela pegou o braço de Stevie e tentou guiá-la de volta pela multidão, mas Stevie se desvencilhou. Izzy não mentia bem. David não estava no alojamento. Algo esquisito estava acontecendo.

— Pizza! — falou Izzy. — Estou com fome. Precisamos de comida. Eu não como há...

Stevie olhou por cima do ombro de Izzy, apesar das tentativas da outra garota de bloquear a vista. Lá, na mesma cabine onde tinham se sentado juntos apenas uma semana antes, estava David. Ela podia ver as costas do casaco dele. Sua cabeça. Mas não seu rosto.

Porque estava junto ao de outra pessoa.

AGRADECIMENTOS

Eu consegui. Finalmente escrevi um mistério que se passa em uma mansão inglesa no campo. Era uma meta de vida para mim. A pequena Maureen passou muitas tardes com a cabeça enfiada num mistério, sonhando em encontrar um corpo na biblioteca. Eu era ruim em kickball, mas era boa em encontrar o assassino. Muitas pessoas me ajudaram a realizar esse sonho, e todas merecem agradecimento.

Nada acontece sem minha agente, Kate Schafer Testerman, da KT Literary. Fomos colegas de quarto. Fomos parceiras na publicação. Fomos amigas inseparáveis. Ela já trabalhou do hospital em processo de parto (eu não pedi — ela disse que estava entediada), montando em cavalos, enquanto era uma mãe incrível todos os dias. Está em todo lugar ao mesmo tempo. Não sei como ela consegue. Você é a melhor, gata. Te vejo em Vegas.

Eu sou extremamente sortuda por ter Katherine Tegen como editora. Ela apoiou a mim (e Stevie) ao longo de todas as nossas aventuras. Sem ela, esses livros não seriam possíveis. Minha gratidão não tem limites. Sara Schonfeld tem estado lá a cada passo do caminho, para todos os e-mails e perguntas tarde da noite. Muito obrigada a todos na HarperCollins que trabalharam neste livro, incluindo: Alexandra Rakaczki, Vanessa Nuttry, Jessica White, David DeWitt, Joel Tippie, Leo Nickolls, Taylan Salvati e Michael D'Angelo. A responsável pelo marketing, Megan Beatie da Megan Beatie Communications, está sempre lá, ajudando a levar Stevie para o mundo.

Meus amigos e parceiros de escrita enchem minha vida de alegria e meu cérebro de ideias. Cassie Clare me forneceu refúgio e um lugar para escrever durante a pandemia, assim como muito apoio. Muitas coisas neste livro começaram a fazer sentido depois de uma longa conversa com Holly Black (a maioria das coisas na vida começam a fazer sentido depois de falar com Holly Black). Robin Wasserman, como sempre, teve grandes sacadas, porque Robin é um farol brilhante de pura sabedoria. Kelly Link tem ideias sagazes sobre romance. Um agradecimento adicional a Roosevelt Sinker por seus comentários, e a Dan Sinker por me manter trabalhando.

Obrigada a Alexandra Padfield Young, por me levar aos jardins de Hidcote, e a Marion e Dom Young, por me explicarem a flora das florestas inglesas. Alexander Newman me explicou a arte das provas finais. (Em Oxford, não Cambridge. Ele ficaria furioso comigo se eu não mencionasse isso.) Simon Cole me deu uma assistência muito necessária sobre procedimentos policiais e muito entusiasmo pelos Manic Street Preachers.

Todo o agradecimento e amor do mundo ao meu marido, que passou muito tempo mentalmente andando por sua *alma mater* comigo, planejando assassinatos. Ele quer que vocês saibam que não devem nadar no rio Cam. Está cheio de síndrome de Weil e carrinhos de supermercado.

E a você, é claro, por ler. Você é a parte mais importante. Espero que tenha desfrutado de seu tempo na mansão.

MINHAS IMPRESSÕES

Início da leitura: ____ /___ /____

Término da leitura: ____ /___ /____

Citação (ou página) favorita:

Personagem favorito: _____

Nota: ✦ ✦ ✦ ✦ ✦ ♡

O que achei do livro?

Este livro foi impresso em 2025, pela Vozes, para a Editora Pitaya
e deixou suas editoras totalmente indignadas com a frase final.
O papel do miolo é Avena 70g/m², e o da capa é Cartão 250g/m².